Valentina May

Elfenbeinsonne

Das Geheimnis der Güldensteins

PIPER

Mehr über unsere Autoren und Bücher:
www.piper.de

ISBN 978-3-492-50181-1

Redaktion: Ulla Mothes
Covergestaltung: Favoritbüro München
Covermotiv: Shutterstock.com
Printed in Germany

1.

Amelies Herz hämmerte vor Aufregung, als sie behutsam das zerbrechliche Schmuckstück auf das mit dunkelblauem Samt ausgeschlagene Podest legte. Hoffnung und Herzblut steckten in diesem Anhänger. Sie hatte ihn geschnitzt, geformt, geschliffen und war zufrieden mit dem Ergebnis. Jedes Detail ihrer Idee hatte sie umsetzen können. Die vielen geopferten Stunden hatten sich gelohnt. Der Anhänger besaß gute Chancen auf den Sieg. Mutter wäre stolz auf sie gewesen. Schade, dass sie nicht hier sein konnte. Einen Moment schloss sie die Augen und dachte an die letzten gemeinsamen Minuten. Mutter war zu Hause friedlich eingeschlafen. Damals war Amelie gerade erst fünfzehn geworden. Ein dürrer Teenager mit Zahnspange und unerschöpflichen Ideen im Kopf. Hand in Hand hatten sie und ihre Schwester Laura an Mutters Bett gestanden.

Blass und schmal hatte Ingrid Stolze in ihrem Bett gelegen, mit eingefallenen Wangen, die Augen weit in den Höhlen liegend. Aus dem Körper der einst agilen Frau war jegliche Kraft gewichen, ihre letzten Worte nicht mehr als ein Wispern gewesen. Amelie hatte sich weit zu ihr hinunterbeugen müssen, um das zu verstehen, was der Mutter offensichtlich auf der Seele gelastet hatte. »Seltene Gabe … Schmuckstück Seele einhauchen … du hast sie. Deine Großmutter hatte das Talent … ihre Mutter … und deren Mutter … Nutze es … versprich mir … niemals aufzugeben … versprich es …«

Mit Tränen in den Augen hatte Amelie Mutters eiskalte Hand in ihre genommen und sanft gedrückt, während sie ihr versprach, ihrer Begabung zu folgen. Mit einem Lächeln auf den Lippen war färbte ihr Haar neuerdings platinblond, was ihr ausgezeichnet stand und einen reizvollen Kontrast zu ihrer leicht gebräunten Haut bildete.

»Ich wette mit dir, dass die Castanos die letzte Nominierte ist«, raunte Tilda ihr zu und schnitt eine Grimasse.

»Abwarten«, antwortete Amelie. Schulleiter Lehmann hatte den sechsten Beitrag bisher nur dem Schulgremium gezeigt, während alle anderen Beiträge vor dem Wettbewerb im Forum hinter Glas ausgestellt worden waren. Vielleicht hatte Tilda recht. Claudia wirkte verdammt selbstsicher, obwohl sie zu den Schlechtesten des Jahrgangs zählte. Anstatt sich Mühe bei den Arbeiten zu geben, war sie lieber shoppen gegangen oder hatte ihren Partyrausch ausgeschlafen. Dennoch hatte ihr keiner der Lehrer das nachgetragen, nicht einmal Eckhard Lehmann, der für seine Strenge bekannt war. Die temperamentvolle Tilda hatte in den vergangenen drei Jahren sehr unter ihm gelitten, weil er Widerworte hasste. Claudia Castanos hingegen besaß bei ihm Narrenfreiheit. Sie musste nur mit ihren langen Wimpern klimpern, schon schmolz Lehmann dahin wie Butter in der Sonne.

Während Claudia ständig irgendwelche News aus dem Hause Castanos erzählte, um sich interessant zu machen, sprach Tilda selten über ihre Familie. Auch in den meisten Ferien war sie in Pforzheim geblieben, statt nach Hause zu reisen.

»Seit Mamas Tod sehen wir uns nur zu den hohen Feiertagen. Das ist okay so. Mein Vater vergräbt sich in der Arbeit. Und wenn ich mal zu Hause bin, will er alles bestimmen, was ich anziehen, welche Veranstaltungen ich besuchen oder mit wem ich ausgehen darf. Darauf kann ich gut verzichten. Sich selten zu sehen, besitzt viele Vorteile, glaub mir.«

Heimlich hatte Amelie im Internet nach der Juwelierfamilie Gold gesucht, aber keine Informationen gefunden. Nicht einmal einen Hinweis zu der Firma, für die der Vater der Freundin arbeitete.

Amelie hatte überlegt, ob sie Tilda darauf ansprechen sollte, sich aber dagegen entschieden, weil sie dann gestehen müsste, im Internet nach ihr gesucht zu haben. Das kam Amelie wie ein

Vertrauensbruch vor. Jede Frage nach ihrer Familie würgte Tilda ab. »Bitte versteh mich. Ich mag nicht darüber reden, besonders nicht über meinen Vater. Er ist ein absoluter Despot und Kontrollfreak. Bitte frag mich nicht mehr nach ihm, ja? Ich bin Tilda. Ich möchte, dass du mich so magst, wie ich bin.«

Amelie hatte es der Freundin versprochen. Wie sie hatte auch Tilda ihre Mutter früh verloren. Amelie schloss einen Moment die Augen. Sie konnte sich kaum noch an das Gesicht ihrer Mutter erinnern, nur an ihre tiefe, warme Stimme. Sie zuckte zusammen, als Tilda sie am Ärmel zupfte. »Hast du mir eigentlich zugehört?«, fragte die Freundin vorwurfsvoll.

»Entschuldige, aber ich bin so aufgeregt«, wich sie aus und lächelte Tilda an.

»Okay. Schon gut.«

Schulleiter Eckhard Lehmann war ein Mann mittleren Alters, schlank, mit aschgrauem Haar und Geheimratsecken. Sein anthrazitfarbener Anzug war von edlem Zwirn, ebenso das blütenweiße Hemd und die grüne Krawatte. In dem Augenblick, als er vor die Gäste trat, klingelte ein Handy. Tilda suchte hektisch in ihrer Hosentasche und zog es heraus. Sie zuckte mit den Achseln. »Hab ich vergessen«, entschuldigte sie sich, bevor sie mit den Augen rollte. »Schon wieder mein Vater«, flüsterte sie Amelie zu. »Jetzt nicht.« Sie schaltete das Handy aus und schob es mit finsterer Miene in die Hosentasche zurück.

»Alles in Ordnung?«, flüsterte Amelie, woraufhin Tilda nickte.

»Ja, ja, er will mich sicher wieder nur nach Bernd ausfragen. Nicht mit mir …«

Bernd war seit drei Wochen Tildas neuer Freund. Sie und der angehende Architekt hatten sich bei einem Richtfest getroffen und Hals über Kopf ineinander verliebt. Amelie kannte Bernd nur von einem Foto. Ein absoluter Frauentyp, gut aussehend, sportlich und smart. Tilda war in ihn vernarrt und verzieh ihm zu oft, wenn er sie versetzt hatte.

»Darf ich Sie um Ruhe bitten, meine Damen.« Lehmann warf ihnen einen wütenden Blick zu. Sofort verstummte Tilda. Amelie spürte, wie ihr die Hitze ins Gesicht schoss. Es war ihr unangenehm, als sich alle Blicke auf sie und die Freundin richteten. Tilda hingegen lehnte sich grinsend zurück.

Auf einen Wink Lehmanns kehrte der Mann mit dem lila Einstecktuch zurück. In der einen Hand eine weitere Glasglocke und in der anderen auf einem Tuch drapiert das letzte Exponat. Die Spannung ließ Amelies Herz schneller schlagen. Der Armreif … den hatte sie doch schon einmal gesehen. Da war sie sich sicher. Hatte nicht Claudia einen in der Zwischenprüfung präsentiert? Ein goldener Armreif mit Hieroglyphenschrift darauf. Mit zusammengekniffenen Augen starrte sie auf die Glasglocke. Tatsächlich, es war der Gleiche, wenn auch jetzt mit anderen Gravuren versehen. Da hatte Claudia es sich wirklich leicht gemacht, indem sie etwas nur leicht umgearbeitet hatte. Der zweihändebreite Goldarmreif mit Hieroglyphen in einer Kartusche hätte aus einem Pharaonengrab stammen können. Durch das Licht glänzte das Gold. Ein Raunen ging durch die Zuschauer. Verglichen mit den anderen Beiträgen war der Armreif ein Eyecatcher. Gegen Claudias Beitrag wirkten die anderen Exponate unscheinbar. Claudia stolzierte an den Reihen entlang, bevor sie in der ersten Reihe Platz nahm.

»Natürlich muss sie wieder ganz vorn sitzen. Als wäre sie ein VIP. Bestimmt hat sie Lehmann dazu gebracht, ihr einen Stuhl zu reservieren«, lästerte Tilda und kniff die Lippen verärgert zusammen.

Geschmeidig schlug Claudia ihre Beine übereinander und wippte mit der Fußspitze. Amelie entging nicht das kurze Aufleuchten in Lehmanns Augen, bevor er die Jury begrüßte.

»Applaus für die Juroren, liebe Gäste!«, rief Lehmann ins Mikro. Zwei Frauen um die vierzig und vier Herren zwischen Ende zwanzig und sechzig betraten den Saal. Nacheinander rief Lehmann sie auf und berichtete von ihrem künstlerischen Werdegang. Beifall brandete auf. Nachdem der verklungen war, herrschte eine kurze Weile Stille. Jemand hüstelte, und Lehman setzte eine wichtige Miene auf.

»Es ist mir eine große Ehre, Ihnen für den heutigen Abend

Mutter dann gestorben. »Die Goldschmiedekunst ist mehr als ein Beruf. Sie ist eine Passion. Du hast mehr Talent als ich, mein Kind. Mach was draus«, hatte sie oft zu Amelie gesagt, wenn sie als Kind bei ihr in der Werkstatt gesessen und sich an einem Schmuckstück versucht hatte.

Sobald Amelies Gedanken in die Vergangenheit schweiften, flammte der Schmerz wieder auf. Traurigkeit trübte ihre Vorfreude auf den Wettbewerb.

Auch ihre Mutter hatte immer von einem Wettbewerb wie an der Goldschmiedeschule in Pforzheim geträumt, wo sie ihre Begabung unter Beweis hätte stellen können. Doch es war aus den unterschiedlichsten Gründen nie dazu gekommen. Wie sehr hätte sie es ihr gegönnt. Ihre Mutter war eine innovative Designerin gewesen, die ihre künstlerische Berufung der Kinder wegen stets zurückgestellt hatte. Eine Träne quoll unter Amelies Lid hervor, die sie verstohlen fortwischte. Jetzt war nicht die Zeit, Trübsal zu blasen, sondern hoffnungsvoll in die Zukunft zu blicken, und der Sieg bei diesem Wettbewerb war der erste Schritt dafür.

Die meisten der Gäste saßen bereits auf ihren Plätzen, die Blicke nach vorn auf die Exponate gerichtet. Alle warteten auf den Beginn des Events. Ihr Anhänger wirkte in der betongrauen Umgebung des Forums wie ein Relikt aus längst vergessener Zeit.

Ein letztes Mal strich Amelie über die glatt polierten Stellen. Es hinterließ bei ihr das Gefühl, ihr Werk dem Schicksal preiszugeben, wie eine Mutter, die ihr Kind zum ersten Mal losließ. Laura hätte sie sicher für diese Sentimentalität ausgelacht. »Du bist immer so schrecklich theatralisch«, warf sie Amelie stets vor.

Während Amelie sich schlecht von Dingen trennen konnte, mit denen sie intensive Erinnerungen verband, warf Laura sie in den Müll, um Platz für neue Errungenschaften zu schaffen.

Unterschiedlicher wie sie beide konnten Schwestern nicht sein. Dennoch hatte das Leben sie zusammengeschweißt. Nach Mutters Tod war die jüngere Laura nicht mehr von ihrer Seite gewichen, hatte eine Zeit lang in ihrem Bett geschlafen, bis sie zu Oma Irmi gezogen waren. Die Großmutter war eine energische, aber liebenswürdige Frau gewesen, zu der Amelie und Laura eine innige Beziehung besessen hatten. Mit den Geschichten aus ihrem Leben in Afrika hatte sie es stets verstanden, sie in ihren Bann zu ziehen. Amelie wusste dank ihr alles über Elfenbein und das bedauernswerte Schicksal der Tiere. Aber sie wusste auch von den Riten der Eingeborenen, ihrer Furcht vor dem Zorn der Götter und Ahnen und wie sie sich durch Zauber davor zu schützen versuchten. In ihrem Kopf waren lebendige Bilder über das entbehrungsreiche Dasein in Afrika entstanden.

Aus Oma Irmis Nachlass stammten auch das Elfenbein und die dazugehörigen Zeichnungen eines Eingeborenen. Ursprünglich war der Elfenbeinanhänger ein zweifingerbreites, längliches Stück gewesen, bis auf ein paar Kerben unbearbeitet, von zwei simpel gearbeiteten Goldhäubchen eingefasst, davon eines mit Öse für die Kette. Oma Irmi hatte den Anhänger vor einem halben Jahrhundert während ihrer letzten Reise auf einem Markt irgendwo in Zentralafrika von ihrem Mann geschenkt bekommen. Opa Hartwig, den Amelie leider nie kennengelernt hatte, war Botaniker gewesen und mit Irmi durch ganz Afrika gereist. Tragischerweise war er kurz darauf an einem Fieber gestorben.

»Hätte mein Hartwig ihn nicht gekauft, wäre er jetzt noch am Leben.«

Wenn Amelie sie nach dem Grund gefragt hatte, war Oma Irmi ihr stets ausgewichen.

»Darüber darf man nicht sprechen. Das bringt Unglück«, hatte sie ihr stets erklärt.

An Oma Irmis Hals hatte der Anhänger wie ein Knochen ausgesehen. Beim Anblick hatte Amelie sich jedes Mal innerlich geschüttelt. Es hatte in ihren Fingern gejuckt, ihn zu bearbeiten, zu formen, was der Großmutter nicht entgangen war.

»Du bist wie deine Mutter. Wenn ich einmal nicht mehr bin, gehört er dir. Vielleicht bringt er dir mehr Glück. Magische Kräfte umgeben ihn.«

Wie abergläubisch ihre Großmutter doch gewesen war, geprägt von ihren Aufenthalten unter den Einheimischen Afrikas, bei denen Übersinnliches zum Alltag gehörte. Als Kind hatte Amelie es aufregend gefunden, wenn sie Großmutters abenteuerlichen Erzählungen von heiligen Medizinmännern, deren Ritualen oder mystischen Tierbegegnungen gebannt gelauscht hatte. Heute hingegen lächelte sie, wenn sie an die netten Geschichten dachte, die Oma Irmi so lebendig erzählt hatte. Aber diese Erzählungen hatten sie inspiriert. Ohne sie wäre der Anhänger nicht entstanden. Amelie erinnerte sich noch gut daran, dass auf der Rückseite des Elfenbeinanhängers drei Kerben zu sehen waren. Sie erinnerte sich daran, dass Oma Irmi oft, wenn sie sich unbeobachtet gefühlt hatte, fast andächtig mit dem Finger darübergestrichen hatte.

»Bitte treten Sie jetzt zurück.«

Eine Hand legte sich schwer auf ihre Schulter. Amelie zuckte zusammen. Sie wandte sich um und stand einem hochgewachsenen Mann im Nadelstreifenanzug mit lila Einstecktuch in der Brusttasche gegenüber, der sie streng musterte. Eine Frau reichte ihm eine Glasglocke, die er über ihr Werk stülpte. Auf dem Aufkleber am unteren Rand war das Motto des Wettbewerbs *Ein Fest für die Sinne* aufgeführt. Die Namen der Teilnehmer wurden streng geheim gehalten. Doch Amelie hatte in den drei Jahren ihre Mitschüler und -schülerinnen und deren Arbeiten so weit kennengelernt, dass es ihr leichtfiel, die Schmuckstücke ihrem Hersteller zuzuordnen, die von einem speziellen Gremium ausgesucht worden waren.

Lange hatte sie über das Rohmaterial gegrübelt, bis sie sich für Elfenbein entschieden hatte. Sie liebte das Schnitzen.

Ein Parfümduft mit der Maiglöckchennote drang in Amelies Nase. Tilda trat neben sie. Der Hauch von Frühling passte zu ihrer Freundin mit dem Porzellanteint und dem quirligen Naturell. Doch heute trat sie mit angespannter Miene neben sie. »Hey, wie geht's dir?«, fragte sie mitfühlend.

»Kneif mich mal, damit ich weiß, dass ich wirklich nicht träume«, antwortete Amelie und streckte ihr den Arm hin. Tilda schüttelte den Kopf.

Die Freundin strich eine widerspenstige Strähne ihrer kupferroten Lockenpracht hinters Ohr. »Ich beneide dich. Die Szene wirkt so lebendig. Die Bewegung, die Mienen … Ich wünschte, ich könnte das auch. Egal, welche Mühe ich mir immer gebe, nichts gelingt so, wie ich es mir vorstelle.«

»Stell dein Licht nicht unter den Scheffel. Dafür bist du eine begnadete Glasbläserin.« Die selbstgefertigten Christbaumkugeln der Freundin waren zu Weihnachten überaus gefragt gewesen. Tilda zog eine Grimasse. »Leider bildet mein Vater sich ein, dass ich Goldschmiedin werden soll, auch wenn das nicht mein Ding ist. Stur und verbohrt, wie er ist.« Deutlich war die Enttäuschung herauszuhören.

»Vielleicht kannst du ihn ja eines Tages dazu überreden, in einer Glashütte zu arbeiten?« Ein wachsamer Ausdruck trat in Tildas Augen und weckte in Amelie das Gefühl, dass sie ihr etwas verschwieg. Die Freundin sprach kaum von ihrer Familie, fiel ihr wieder einmal auf.

»Da müssten Weihnachten und Pfingsten auf einen Tag fallen, damit das geschieht!«, rief Tilda aus. »Dabei hätte ich wirklich tolle Ideen.«

Amelie wusste, welche Bürde auf den Schultern der Freundin wegen der elterlichen Erwartungshaltung lastete. Schon wieder schweiften ihre Gedanken in die Vergangenheit.

Mutters viel zu früher Tod hatte den Juwelierladen der Familie in eine finanzielle Krise gestürzt, weshalb Vater seinen Kummer im Alkohol zu vergessen suchte. Amelie, kurz vor ihrer Ausbildung und unerfahren in der Geschäftsführung, hatte ihn zum Glück überreden können, den smarten Goldschmied Dennis einzustellen. Dennis! Unter seinem begehrlichen Blick war sie jedes Mal dahingeschmolzen. Die Erinnerung an ihn besaß jedoch auch einen bitteren Nachgeschmack. Ihre Wunden waren noch immer nicht ganz verheilt. Fluchtartig hatte sie damals Bremen verlassen, um einen neuen Anfang in Pforzheim zu starten. Nur möglichst weit von ihm entfernt. Vater hatte den Laden geschlossen und arbeitete als Aushilfsgärtner, wo er bei körperlicher Arbeit und an der frischen Luft seine Trauer und Probleme vergessen konnte.

Doch er träumte noch immer davon, seiner Berufung als Goldschmied irgendwann nachgehen und den Laden wiedereröffnen zu können. Amelie hatte ihm versprechen müssen, nach ihrem Schulabschluss nach Bremen zurückzukehren und bei ihm im Juwelierladen zu arbeiten. Eine Entscheidung, die sie längst bereute. Tilda, die ihre Bedenken nur allzu gut verstand, hatte sie ermutigt, am Wettbewerb teilzunehmen. Ein Sieg könnte ihr den Sprung in die weltweite Designerwelt ermöglichen. Vater würde ihr sicher nicht im Weg stehen.

Tilda dirigierte Amelie zur vorletzten Reihe. »Da hinten sind zum Glück noch zwei frei. Bin mal gespannt, wer Konkurrent Nummer sechs ist«, flüsterte sie Amelie zu. »Schon komisch, dass Lehmann die ganze Zeit solch ein Geheimnis daraus gemacht hat.«

Sechs Schmuckstücke hatten es nach Vorauswahlen des Schulgremiums in die Endrunde geschafft, eines fehlte noch für die Jury zur Begutachtung.

Amelies Blick schweifte umher, bis er an Claudia Castanos hängenblieb, die kühl lächelnd an einer der Betonsäulen lehnte. Amelie senkte den Blick. Sie konnte die Mitschülerin nicht ausstehen, die ständig mit ihren Reisen oder ihrem Vater prahlte und sogar Mitschüler bestach. Dennoch musste sie neidvoll gestehen, dass Claudia im klassischen Sinn als schön zu bezeichnen war, mit den mandelförmigen Augen, den hohen Wangenknochen und dem sinnlichen Mund. Ihre raubtierhafte Grazie war provokativ und hatte schon so manchen der Männer an der Schule ins Schwärmen geraten lassen. Claudia schien nur ein Ziel zu verfolgen: um jeden Preis aufzufallen.

Ihre Familie lebte in Siena und zählte zu den traditionsreichsten Schmuckdesignern Europas.

Ihr pinkfarbenes Minikleid brachte ihre endlos langen Beine hervorragend zur Geltung und ließ Männer zu Gaffern werden.

Amelie hingegen trug stets Hosen, in denen sie sich wohler fühlte. Sie war schlank, aber verglichen mit der superschlanken sexy Italienerin kam sie sich wie ein Dorftrampel vor. Claudia einen besonderen Gast anzukündigen. Wie Ihnen bekannt sein dürfte, werden die Wettbewerbe jedes Jahr von einem Kunstmäzen unterstützt. Heute befindet sich der diesjährige Sponsor unter uns. Begrüßen Sie mit mir Signore Tomas Castanos!« Eifrig klatschte Lehmann in die Hände, und die Gäste folgten seinem Beispiel. Auch Amelie spendete Beifall.

»Das ist doch kein Zufall! Ausgerechnet Castanos«, raunte Tilda ihr empört zu. Amelie ahnte, was die Freundin ihr damit sagen wollte.

»Der braucht doch keinen Wettbewerb, um seine Tochter im Unternehmen mitarbeiten zu lassen.« Dem Gewinner dieses Wettbewerbs winkte ein Vertrag über die Mitwirkung an der Frühjahrskollektion bei Castanos. Das Sprungbrett für jeden angehenden Designer. Claudias Vater zählte zu den führenden Schmuckherstellern Europas neben Namen wie Rohde, Wellendorff oder von Güldenstein. Schmuck für die alljährliche Frühjahrskollektion von Castanos zu entwerfen, wäre der Hammer! Amelie hatte immer davon geträumt. Dennoch missfiel ihr der Gedanke, dass sie, wenn sie den Wettbewerb gewinnen würde, womöglich ständig Claudia begegnen könnte und ihren Sticheleien ausgesetzt wäre.

Lehmann leierte die Auszeichnungen des Ehrengastes herunter und erwähnte, dass dessen Gesellenstück ganz Europa in Erstaunen versetzt hätte, als es seinerzeit bei Sothebys für mehrere Millionen Pfund versteigert worden war. Amelie erinnerte sich noch gut an den Tag, an dem Vater ihr aus der Zeitung von dem Opal mit dem besonderen Schliff vorgelesen hatte. Gleich würde sie den Mann kennenlernen, über den seitdem ganz Europa redete. Castanos erhob sich aus der ersten Reihe und trat neben Lehmann. Er reichte dem Schulleiter nur bis zur Schulter. Sein lackschwarzer Haarkranz glänzte im Licht. Nur an den Schläfen waren Silberfäden erkennbar. Auch er trug einen dunklen Anzug, über dessen Hosenbund sich sein Bauch wölbte. Am kleinen Finger seiner linken Hand steckte ein goldener Siegelring. Sein dargestelltes Selbstbewusstsein übertraf seine Körpergröße.

Tilda stieß sie mit dem Ellbogen in die Seite. »Das ist Tomas Castanos, Claudias Vater? Den habe ich mir anders vorgestellt. Auf den Fotos in der Zeitung sah er immer größer aus. Ich hätte vorher mal ins Internet sehen sollen. Der könnte ja der jüngere Bruder von Danny di Vito sein. Ich weiß nicht, was Frauen an kleinen, korpulenten Männern so anziehend finden. Ich jedenfalls nichts.« Tilda rümpfte die Nase. Auch Amelie hatte ein anderes Bild von ihm gehabt. In den Klatschblättern wurde oft von seinen zahlreichen Affären berichtet. Auf Fotos war er nie ganz zu sehen, und sie hatte noch nie eine Ablichtung mit einer seiner Geliebten gesehen. Unter dem Begriff Womanizer hätte auch sie sich etwas anderes vorgestellt. Wider Erwarten wirkte er in natura sympathischer als in den Boulevardzeitungen. Im Vergleich zu seiner gebräunten Tochter war seine Haut eher blass. Offensichtlich hielt er sich mehr in Gebäuden auf, als sich von der toskanischen Sonne verwöhnen zu lassen.

»Seine Absichten sind doch sonnenklar«, flüsterte Tilda.

»Du siehst mal wieder schwarz.« Amelie schüttelte den Kopf.

Nach dem der tosende Beifall verklungen war, stellte Lehmann die einzelnen Wettbewerbsbeiträge nacheinander vor.

Amelie war viel zu aufgeregt zuzuhören. Stattdessen beobachtete sie die ganze Zeit Claudia, die ungewohnt zurückhaltend dasaß und ihren Vater anhimmelte. »Beitrag Nummer fünf ist eine Elfenbeinschnitzerei.« Amelies Herz klopfte bis zum Hals. Jetzt hörte sie Lehmann doch zu.

»Eine besondere Jagdszene, wie Sie sehen können«, fuhr der Schulleiter fort. Die schwenkbare Kamera an der Decke warf ein vergrößertes Bild ihres Beitrags für die Anwesenden an die Leinwand hinter Lehmann.

»Sie erkennen Krieger auf Elefantenjagd. Wenn ich auch jetzt die Juroren zu mir bitten darf, für die Beurteilung das Stück näher in Augenschein zu nehmen.« Nacheinander traten die sechs Jurymitglieder vor, umrundeten die Glaskuppel und tuschelten miteinander. Nichts in ihren Mienen oder Gesten verriet, ob ihnen Amelies Arbeit gefiel. Im Anschluss bat Lehmann Castanos, näher zu treten und Amelies Beitrag zu betrachten. Kurz glaubte sie, einen Anflug von Anerkennung im Blick des bekannten Schmuckherstellers zu erkennen.

»Claudia wird siegen, wirst sehen«, flüsterte Tilda ihr zu und ballte die Hände auf dem Schoß.

»Noch hat sie nicht gewonnen. Wart erst mal ab. Das wäre doch zu offensichtlich«, versuchte Amelie die Freundin zu beschwichtigen.

In der Zwischenzeit war die Jury weitergegangen und versammelte sich nun um Claudias Armreif. Amelie hielt den Atem an und beobachtete gespannt die Reaktionen. An den mangelhaften Steineinfassungen und Gravuren konnte eigentlich jeder Experte die flüchtige Arbeit erkennen. Wieder folgte Gemurmel, und der eine oder andere Juror nickte anerkennend. Amelies Muskeln spannten sich an. Jeder Laie erkannte doch die schlampige Ausführung der Gravuren. Es sei denn … Tilda hatte recht und es ging hier nicht mit rechten Dingen zu.

Die Freundin legte ihr die Hand aufs Knie und sah sie mitfühlend an. Claudia drehte sich lächelnd zu ihnen um. Ihr siegessicherer Blick war wie eine Ohrfeige für Amelie.

»Meine Damen und Herren, die Jury wird sich jetzt zur Beratung zurückziehen. Genießen Sie bitte in der Pause unser Fingerfood, das für Sie im Nebenraum serviert ist.« Mit einer knappen Verbeugung verabschiedete Lehmann sich, eilte zur doppelflügeligen Tür zum Nebenraum und zog sie weit auf. Die Gäste erhoben sich von ihren Plätzen und folgten ihm.

»Eigentlich musst du diesen Wettbewerb trotzdem gewinnen, Lie. Jeder wird die Qualität deiner Arbeit erkennen«, versuchte Tilda sie aufzumuntern, die ihre Missstimmung offenbar bemerkt hatte. Amelie lächelte gequält, während sie weiterhin gegen ihre zunehmende Nervosität kämpfte. Sie konnte das Urteil der Jury kaum erwarten. Sie wollte endlich den Siegernamen von Lehmann hören.

Obwohl alle sich in den Nebenraum begeben hatten, verblieben die beiden Freundinnen auf ihren Sitzen. Vor lauter Aufregung waren Amelies Hände eiskalt. Sie hoffte immer noch, dass sie sich täuschte.

»Wollen wir nicht auch hinübergehen und eine Kleinigkeit essen? Mein Magen knurrt«, schlug Tilda vor.

Als wenn sie jetzt etwas essen könnte! »Geh ruhig. Ich kriege keinen Bissen hinunter.«

»Wirklich?«, fragte ihre Freundin hoffnungsvoll.

»Ja, klar, nun geh schon.« Amelie rang sich ein Lächeln ab und gab ihrer Freundin einen sanften Schubs.

Nachdem Tilda fort war, ging Amelie nach vorn, um sich noch einmal alle Werke der Konkurrenten genauer zu betrachten. Die erste Glasglocke barg einen Smaragdring. Ihrem geschulten Blick entging nicht der achteckige Schliff. Die Facetten waren an den Edelsteinkanten treppenartig, parallel zueinander verlaufend angelegt worden und reflektierten das Licht besonders intensiv. Eine sehr aufwendige Arbeit, die sich für Amelies Geschmack gelohnt hatte. Unter den nächsten beiden Glasglocken befanden sich ein Perlendiadem und eine mehrreihige Perlenkette mit einem gut gearbeiteten Amethyst-Verschluss. Unter der Glasglocke neben Claudias Armreif war ein Paar Ohrringe zu sehen, bestehend aus zwei achtzehnkarätigen goldenen Halbmonden, in die winzige Brillanten eingelassen waren, die wie Sterne funkelten. Bis auf Amelie hatten alle Teilnehmer Gold als Basismaterial ihrer Bearbeitung gewählt, doch war kein Schmuckstück darunter, das sich vom Marktüblichen abhob.

Amelie hingegen liebte es, wenn ihre Kreationen eigene Geschichten erzählten, die sie zu etwas Besonderem formten.

Im Vergleich zu den glänzenden Objekten unter Glas wirkte ihr Anhänger zugegebenermaßen farblos und zerbrechlich. Erst auf den zweiten Blick erkannte jeder Schmuckliebhaber die Detailtreue. Wenn sie ein Bild im Kopf hatte, musste sie es genauso umsetzen. Sie hatte den Elefanten und die Krieger vor ihrem geistigen Auge gesehen und versucht, ihrer Vorstellung entsprechend wiederzugeben.

»Der Elfenbeinanhänger ist sicher von dir. Bestimmt hoffst du, den ersten Preis zu gewinnen. Da du dir ja so viel Mühe gegeben hast.« Der sarkastische Tonfall ließ Amelie herumfahren. Der leichte Akzent hatte Claudia verraten.

»Und du fühlst dich wohl schon als Siegerin.« Auf Amelies Worte hin blitzte es wütend in Claudias Augen auf.

»Das werden wir ja bald erfahren. Allerdings glaube ich, dass es eine Frage des allgemeinen Geschmacks ist. Frauen schmücken sich lieber mit strahlendem Schmuck als mit deprimierenden Jagdszenen. Und es sollte auch ein bisschen nach was aussehen.« Claudia drehte an ihrem pompösen Goldring, einem Castanos-Entwurf für die Millionärsliga.

Wie konnte Amelie auch nur einen Moment annehmen, Claudia wäre eine faire Verliererin! Aber klar, der breite Goldreif war allein vom Materialwert den anderen Stücken um ein Vielfaches überlegen.

»Zum Glück bist du kein Jury-Mitglied«, konterte Amelie.

»Dein Anhänger wäre bestens in einem Heimatmuseum aufgehoben. Kleiner Tipp am Rande: Grandelschmuck wäre nicht so kostspielig wie Elfenbein gewesen.« Mit diesen Worten wandte Claudia sich um und stolzierte zu ihrem Platz.

Was bildete sie sich nur ein? Amelie schluckte eine bissige Bemerkung hinunter, denn sie wollte vor den Gästen keinen Streit provozieren. Empört blickte sie ihr hinterher. Hätte sie vorher gewusst, dass Tomas Castanos den Wettbewerb unterstützte, hätte sie bestimmt nicht teilgenommen.

Tilda kehrte mit einem Glas Sekt in der Hand zurück und sah sie fragend an.

»Lie, du siehst aus, als wärst du gerade einem Geist begegnet.«

»Eher einer Hexe.« Wütend presste Amelie die Lippen zusammen.

»Wen meinst du damit?«

»Claudia war eben hier, um mal wieder eine ihrer Spitzen loszuwerden. Ich hätte bei diesem verdammten Wettbewerb nicht mitmachen sollen. Das war eine blöde Idee. Sie wird sowieso gewinnen, dafür wird ihr Vater schon sorgen. Von wegen Qualität. Hier entscheidet sicher nur Vitamin B.«

Geräuschvoll sog Tilda die Luft ein. Es war ihr anzumerken, dass sie kurz davor stand zu explodieren.

»Was bildet sich diese arrogante Gans ein?«, presste sie hervor. »So was wie deinen Elfenbeinanhänger hätte die nie hingekriegt. Wenn ich nur ihre schiefen Gravuren sehe … Oh, ich könnte die erwürgen! Ich hoffe, die Jury wird das erkennen.« Tilda war vor Wut rot angelaufen.

»Und wenn ich mich doch bei der Materialauswahl geirrt habe?« Es ärgerte Amelie, dass Claudia es geschafft hatte, sie zu verunsichern.

»Gold wählen die meisten, da kommt kein Überraschungseffekt auf. Lie, deine Arbeit ist fantastisch und muss die Juroren einfach überzeugen.« Doch Tilda klang nicht überzeugt.

Lehmann kehrte zurück und putzte sich mit einer Serviette den Mund ab, die er anschließend in der Anzugtasche verschwinden ließ, bevor er die Gäste in den Saal zurückwinkte.

»Wenn ich bitten darf, meine Herrschaften. Die Jury wird gleich die Gewinner verkünden!«

»Ich glaube, wir sollten uns auch lieber wieder zurück auf unsere Plätze begeben.« Amelie nickte und folgte ihrer Freundin.

2.

Nur noch vorsichtig fixieren, dann wäre alles geschafft. Schweiß perlte von Christians Stirn, während er den Lötbrenner senkte, um den Golddraht am Kettenverschluss zu befestigen. Ein Zittern oder eine unbedachte Bewegung könnten bedeuten, noch einmal von vorn anfangen zu müssen. In dem Augenblick, als er den Draht mit der Pinzette gegen den Rand des kugeligen Verschlusses drückte, verkündete sein Handy den Eingang einer SMS. Seufzend legte er das Werkzeug aus der Hand. Eigentlich konnte er jetzt gar keine Störung gebrauchen. Er wollte die Arbeit beenden, andererseits war er neugierig auf die Nachricht. Vielleicht war es Chiara, seine letzte Verabredung, der er seine Nummer gegeben hatte. Die Vorstellung, einen weiteren Abend an der Seite der rassigen Italienerin zu verbringen, war durchaus reizvoll. Er genoss ihre unbeschwerte, heitere Art, und sie war nicht besitzergreifend wie Claudia. Wann würde die Tochter seines Chefs endlich begreifen, dass er nicht an ihr interessiert war? Leider setzte Claudia weiterhin alles daran, ihn für sich zu gewinnen. Er hatte die Idee ihres Vaters begrüßt, sie ins weit entfernte Pforzheim auf die Goldschmiedeschule zu schicken. Wenn er nur an die letzten Ferien Claudias dachte … Jede Gelegenheit hatte sie für einen Flirt genutzt und ihm mehr als deutlich zu verstehen gegeben, dass sie mit ihm ins Bett wollte. Nicht nur, dass sie als Tochter seines Arbeitgebers für ihn tabu war, Christian hielt sie für launisch und unberechenbar. Doch je häufiger er sie auf Abstand hielt, desto mehr legte sie es darauf an, ihn zu verführen. Wenn sie jetzt nach dem Schulabschluss hierher zurückkehrte, würden die Konflikte erneut aufflammen.

Er legte die Arbeitsutensilien vor sich auf die Werkbank, zog das Handy aus der Tasche und schaute aufs Display. Keine Nachricht von Chiara, sondern von Tomas. Fotos vom Wettbewerb. Sein Chef war vor Tagen geschäftlich nach Deutschland gefahren und beabsichtigte einen Abstecher nach Pforzheim zu Tochter Claudia zu unternehmen, die an einem Wettbewerb ihrer Goldschmiedeschule teilnahm. In den letzten Wochen hatte es kaum ein anderes Gesprächsthema gegeben. Gelangweilt blätterte er ein Foto nach dem anderen durch. Dem Gewinner winkte, am Entwurf der nächsten Kollektion entscheidend mitzuwirken. Sein Chef war stets auf der Suche nach Talenten. Wettbewerbe waren für ihn wie Castings für die Firma. Um seine marktführende Position in Europa halten zu können, bedurfte es der besten Designer und innovativsten Ideen. Sie heranzuziehen war eine Mammutaufgabe, die Tomas bislang mit Bravour gemeistert hatte, weil er das Gespür für Ausgefallenes besaß und die geheimen Wünsche der Käufer kannte.

»Neue frische Köpfe bringen neue frische Ideen ins Haus.« Das hatte auch für Fabiano, einen jungen Designer aus Rom, gegolten, den Tomas per Zufall auf einer Vernissage kennengelernt hatte. Mittlerweile arbeitete das Ausnahmetalent leider für Tiffanys in New York.

Tomas erwartete von Christian ein Feedback zu den ausgestellten Entwürfen. Es ehrte ihn, dass der Chef viel Wert auf seine Meinung legte. Etwas, das er sich von seinem Vater immer gewünscht, aber nie bekommen hatte. *Lieber nicht darüber nachgrübeln.* Negative Gedanken wirkten destruktiv auf seine Kreativität.

Die ersten Schmuckstücke waren solide gearbeitet, aber nichts Besonderes. Der Armreif von Claudia … Das Design erinnerte Christian an etwas. Er drehte sich zu den Regalen um, in denen fein säuberlich in Ordnern unzählige Entwurfszeichnungen abgeheftet waren. Gleich im zweiten Aktenordner fand er die Vorlage, die irgendein ehemaliger Mitarbeiter einst für Castanos entworfen hatte. Die Kartuschen waren die Gleichen, nur Claudias schlampiger gearbeitet. Tomas' Tochter probierte sich an Entwürfen, verlor aber schnell die Geduld, wenn es zeitaufwendiger wurde. Die meisten ihrer Arbeiten blieben unvollendet. Tomas wollte einfach nicht erkennen, dass seine Tochter nicht ambitioniert genug war, um zu den besten Designern zu gehören. Überhaupt war es schwierig, ein wirkliches Talent zu finden. Christian hatte Tomas angeboten, nach Mailand zu gehen, um sich dort als Chefdesigner zu beweisen. Doch der Firmeninhaber hatte darauf bestanden, dass er in der Zentrale in Siena blieb. Christian glaubte fest, dass Claudia die Entscheidung des Vaters beeinflusst hatte.

Tomas' Ausflug nach Pforzheim schien sich nicht zu lohnen. Christians Handy meldete sich erneut und zeigte weitere Fotoeingänge an. Hastig fuhr er übers Display und hielt abrupt inne, als er einen kunstvoll geschnitzten Anhänger auf dunkelblauem Samt erblickte. Er zoomte das Foto für Details heran. Ein Anhänger aus Elfenbein mit Schnitzerei in Reliefform, eine Jagdszene. Jedes winzige Detail war akribisch und liebevoll herausgearbeitet worden. Der Überlebenskampf des Elefanten berührte ihn. Er schluckte. »Wow!« Die Schnitzerei erinnerte ihn weder an Elfenbein-Reliefbilder der Zarin Katharina noch an Arbeiten aus Dieppe an der Atlantikküste und auch nicht an die Historie seiner Familie. Es gab irgendein dunkles Kapitel mit Elfenbein aus Afrika, das alle lieber verschwiegen. Der Schnitzer dieses Anhängers war jedenfalls ein Meister seines Fachs. Nur zu gut wusste Christian, wie zeitintensiv eine solche Bearbeitung war, hatte er doch selbst einmal in der väterlichen Werkstatt ein paar Ohrringe aus Elfenbein in Reliefstruktur angefertigt.

Elfenbein gewinnt, simste er seinem Arbeitgeber zurück. *Fifty, fifty* lautete Tomas' Antwort, die ihn verwunderte. Sein Chef besaß doch sonst einen Riecher für das Besondere.

Nein 100 %. Kauf den Schnitzer für Milano ein, schrieb Christian zurück. Als Antwort erhielt er eine Faust mit dem Daumen nach unten zeigend.

Warum nicht? Hatte sein Chef bereits etwas anderes im Kopf?

Während er auf die Antwort wartete, erinnerte er sich daran, dass Tomas in den vergangenen Monaten mehrere Male in Begleitung Claudias nach Mailand gereist war. Doch nur ein ausgezeichneter Designer könnte die Leitung übernehmen. Würde sein Chef als Sponsor so weit gehen, die Jury zu beeinflussen? Tomas konnte oft sehr überzeugend sein. Es war besser fürs Firmenimage, wenn die zukünftige Chefin eine Preisträgerin wäre. Schade, ein Künstler wie der Elfenbeinschnitzer wäre eine echte Bereicherung für das Unternehmen gewesen.

Er beneidete Claudia um die Gunst des Vaters, die ihm vom eigenen nie zuteil geworden war. Die von Güldenstein'schen Manufakturen waren immer von Vater und Sohn eine Zeit vor der Übergabe an die nächste Generation gemeinsam geleitet worden. So war es Tradition. Nur sein Vater beabsichtigte nicht, die Leitung mit ihm oder seinem Bruder zu teilen.

Wie immer, wenn er an seinen Vater dachte, stieg Bitterkeit in ihm auf. Er war jetzt achtundzwanzig Jahre und traute sich zu, ein Unternehmen allein zu führen. Sein Werdegang war vorbildlich gewesen, mit siebzehn ein Einserabitur, in Rekordzeit ein betriebswirtschaftliches und danach ein Industriedesign-Studium mit Auszeichnung bestanden. Sich seiner zukünftig verantwortungsvollen Rolle bewusst, hatte er geschuftet wie kein Zweiter. Dennoch besaß Vater kein Vertrauen in ihn. Gleichgültig was er auch unternahm, Christian fand bei ihm keine Akzeptanz. Mal war er ihm zu modern, dann wieder zu verstiegen.

»Ich gehöre noch lange nicht zum alten Eisen. Dir fehlt es an genügender Reife, besonders für diplomatisches Verhandlungsgeschick, dass ich überhaupt in Erwägung ziehen könnte, dich als Juniorchef einzusetzen.« Vaters Worte hatten sich unauslöschlich in sein Gedächtnis gebrannt und ihn tief getroffen. Dabei hatte er erst einen Tag vorher für eine seiner Konzeptionen die Auszeichnung für Nachwuchskünstler des Landes Niedersachsen erhalten. Das war seinem Vater nur ein Schulterklopfen wert gewesen. Die Enttäuschung brandete noch heute wie Säure in seinen Adern. Grund genug, fern der Familie eigene Wege zu gehen. Deshalb hatte er Tomas Castanos' Jobangebot angenommen. Es war der Traum eines jeden Designers, bei einem solch renommierten

Schmuckhändler arbeiten zu dürfen. Nicht nur die Reichen Italiens, die Grimaldis, auch das Weiße Haus und die Scheichs der Vereinten Arabischen Emirate gehörten zu Castanos' Kunden.

Vater hatte seine Entscheidung mit einem Achselzucken quittiert. »Tu, was du nicht lassen kannst. Aber komm nie wieder angekrochen«, waren seine Worte gewesen.

Seit Mutters Tod war Vaters einziger Lebensinhalt die Firma. Wochenlang jettete er für die Geschäfte rund um die Welt. Wenn er einmal zu Hause war, saß er bis weit in die Nacht über seinen Büchern oder begutachtete Schmuck. Für Familie war in seinem Leben kein Platz mehr. Vor zwei Jahren war er von einer Geschäftsreise mit einer Herzmuskelerkrankung zurückgekehrt und hatte sich nie wirklich davon erholt. Dennoch dachte er nicht daran, die Verantwortung an die Söhne zu übertragen. Christian seufzte.

Die tiefe Kluft zwischen ihnen schien unüberbrückbar. Das letzte Weihnachtsfest hatte Christian deshalb mit Freunden in Rom gefeiert. In seinem Job bei Castanos könnte er Vater beweisen, dass er es auch ohne das Güldenstein'sche Unternehmen einer der erfolgreichsten Schmuckdesigner Europas werden konnte. Noch einmal betrachtete er ausgiebig das Foto des Elfenbeinanhängers. Elfenbein aus geschützten Beständen gehörte zu den Raritäten und war begehrt.

Sein Handy meldete sich erneut. Christian zögerte, das Telefonat entgegenzunehmen, als er die Büronummer des Vaters auf dem Display erkannte. Sicher ging es wieder darum, ihn zu überreden, die Osterfeiertage auf Güldenstein zu verbringen.

Er verspürte keine Lust darauf und schon gar nicht, am Telefonat darüber zu debattieren. Kurzerhand drückte er den Anruf weg.

Gleich darauf klingelte es wieder und wieder. Seufzend nahm schließlich das Gespräch entgegen.

»Ja, Vater?«, meldete er sich grußlos. Er war erstaunt, als er die Stimme von Vaters Sekretär hörte.

»Guten Tag Herr von Güldenstein, ich muss Sie leider enttäuschen, Andreas Schmiedel hier. Gut, dass ich Sie endlich erreiche.« Schmiedel klang besorgt. Gleichgültig wie er zu seinem Vater stand, Christians Kehle war plötzlich eng und rau.

»Guten Tag, Herr Schmiedel. Ist etwas geschehen?«

Der Sekretär, ein Mann von Ende dreißig, gehörte zu den wenigen engen Vertrauten des Vaters, die offen ihr Bedauern über Christians Fortgehen ausgesprochen hatten.

»Ich habe lange überlegt, ob ich Sie informieren sollte, und muss gestehen, Ihr Vater weiß nichts von meinem Anruf.« Schmiedel redete leise, als befürchtete er, belauscht zu werden. Seine Worte beunruhigten Christian sehr.

»Was ist mit ihm?«, fragte er beherrscht.

»Sein Gesundheitszustand gibt mir seit ein paar Tagen Anlass zur Sorge«, erklärte der Sekretär.

Der dumpfe Druck in Christians Magen nahm zu. Schmiedel wusste von Vaters Krankheit. Auf andere mochte der Baron robust wirken, vor allem weil sein Vater sich alle Mühe gab, seine Erkrankung zu verbergen. Permanenter Stress und mangelnder Schlaf waren Gift für ihn. Ein Schwächefall im vergangenen Jahr hatte Christian und seine Geschwister das Schlimmste befürchten lassen.

»Sein Herz?« Christian drängte die Ängste zurück.

»Vermutlich. Manchmal taumelt er und ist kurzatmig. Er gönnt sich einfach keine Ruhepausen und arbeitet bis spät in die Nacht. Selbst an den Wochenenden sucht er die Werkstatt auf. Ich dachte, Sie sollten das wissen. Vielleicht können Sie mit ihm reden und ihn überzeugen ...«

»Ausgerechnet ich? Zwischen Vater und mir herrscht schon lange Funkstille. Sie wissen doch genauso wie ich, Herr Schmiedel, dass ich aus diesem Grund gegangen bin. Mein Vater lässt sich nicht von mir überzeugen, geschweige denn hört er meine Meinung an!« Vater hatte ihn wie eine Hilfskraft behandelt. Neben einem Patriarchen wie Carl von Güldenstein gab es keinen Platz für einen anderen.

»Ja, aber Ihr Vater braucht Sie jetzt. Die ganze Arbeit ... das wächst ihm über den Kopf. Nach jedem Geschäftstermin geht es ihm schlechter. Auf mich hört er nicht.«

»Nein, das schlagen Sie sich bitte aus dem Kopf.« Schließlich hatte Schmiedel die Streitigkeiten zwischen ihnen hautnah miterlebt.

»Aber er braucht Unterstützung …«, startete der Sekretär einen weiteren Überredungsversuch.

»Weshalb bittet er mich oder meinen Bruder nicht persönlich darum?«, fiel Christian ihm ins Wort. Wie oft hatte er seinem Vater Unterstützung vergeblich angeboten. Aber der war zu eigensinnig, sie anzunehmen. *Weil ein Carl Baron von Güldenstein zu stolz dafür ist und das Patriarchendasein liebt,* höhnte es in seinem Innern.

»Sie kennen ihn doch. Er würde Sie niemals selbst darum bitten, nicht mal, wenn alles zusammenbräche.«

»War Dr. Mahler bei ihm?« Der Arzt und sein Vater waren seit Ewigkeiten miteinander befreundet.

»Ja, der war hier, auf Drängen Ihres Bruders. Es gab einen Streit, und Ihr Vater hat seinen Freund hinausgeworfen.« Wahrscheinlich hatte Vater Rolf Mahler wie immer ausgelacht und behauptet, auf sich selbst aufpassen zu können. Halb ernst, halb scherzhaft. Aber dass er seinem Freund die Tür gewiesen hatte, stimmte Christian nachdenklich.

Kurz geriet sein Vorsatz ins Wanken, nicht mehr zum Palais Güldenstein zurückzukehren. Andererseits wäre sein Vater sicher wenig erfreut über sein Kommen. »Die Geier umkreisen die Sterbenden. Doch noch bin ich nicht tot! Du musst auf das Erbe warten. Es sei denn, ich enterbe dich«, hatte er Christian beim letzten Gespräch aufgebracht an den Kopf geworfen. Hinzu kam, dass Christian Tomas versprochen hatte, sich in dessen Abwesenheit um die Geschäfte zu kümmern.

»Es geht leider nicht, Schmiedel. Mein Boss ist verreist, und ich vertrete ihn. Auch wenn ich wollte, ich kann hier nicht einfach so weg. Ich trage Verantwortung.« *Im Gegensatz zu meinem Vater vertraut mir Tomas.* Doch diese Bemerkung verkniff er sich.

»Verstehe. Schade, dass Sie unabkömmlich sind. Ich hatte gehofft, Sie überreden zu können, sofort zu kommen.« Schmiedel klang enttäuscht. »Tja, dann … Ich hoffe, es ist dann nicht zu spät.« Christian hörte ihn laut ausatmen.

»Was meinen Sie damit? Heraus damit!«

»Ihr Vater verhält sich merkwürdig …« Schmiedel räusperte sich.

Jetzt wurde Christian erst recht hellhörig. »Wie darf ich das verstehen?«

»Nächtelang wandert er ruhelos durchs ganze Haus. Und ist er mal eingeschlafen, wird er von Albträumen gequält. Seine Schreie haben gestern das ganze Schloss geweckt. Ich wollte ihn beruhigen, aber er hat um sich geschlagen und immer wieder was von Fluch und Bestrafung gestammelt. Noch nie habe ich Ihren Vater so aufgewühlt erlebt. Heute Morgen konnte er sich an nichts mehr erinnern. Irgendetwas scheint ihn zu ängstigen.«

Schmiedel hatte auf Wunsch des Vaters eine Wohnung im Schloss angemietet, um jederzeit für ihn erreichbar zu sein. Ruhelos war Vater nur in Bezug auf die Firma. Aber Albträume? Das kannte Christian von ihm nicht, nicht einmal, als Mutter gestorben war. Es hörte sich an, als beschrieb der Sekretär eine fremde Person. Furcht war ein Gefühl, das Vater hasste und unterdrückte. Das von Schmiedel beschriebene Verhalten passte so gar nicht zum Familienoberhaupt.

»Gab es in den letzten Wochen irgendwelche Probleme in der Firma?« In der Presse waren keine Negativschlagzeilen zu lesen gewesen. Aber Emanuel hätte ihn doch längst in solch einem Fall angerufen, oder?

»Nur das Übliche, nicht mehr als sonst auch. Es muss etwas anderes dahinterstecken. Meine Frau meinte, dass es … vielleicht Einsamkeit sein könnte.«

Schmiedels Worte stimmten Christian nachdenklich. Vater und einsam? Er hatte immer betont, dass die meisten ihm auf die Nerven fielen und er das Alleinsein vorzog.

In diesem Moment wurde Christian bewusst, dass er nie mit

seinem Vater über Probleme, Sorgen oder Mutters Tod gesprochen hatte. Vermisste er sie vielleicht mehr, als er zuzugeben bereit war? Was, wenn er sich tatsächlich einsam fühlte? Der Klumpen in Christians Magen wuchs. Er war hin- und hergerissen zwischen dem Wunsch, sofort nach Hause zu fahren, wo er gebraucht wurde, und dem Pflichtbewusstsein, Tomas nicht zu enttäuschen. Sich als Tomas' Vertreter zu bewähren, war eine Chance. Und ausgerechnet jetzt gab es familiäre Probleme!

»Ich rede mit meinem Bruder und melde mich bei Ihnen.«

»Danke, Herr von Güldenstein. Dann warte ich auf Ihren Anruf. Und bitte kein Wort zu Ihrem Vater.«

Nachdem Schmiedel ihm seine private Handynummer mitgeteilt hatte, verabschiedeten sie sich voneinander.

Das Telefonat mit Schmiedel ließ Christian keine Ruhe. Er lief im Raum auf und ab, bis er es nicht mehr aushielt und das Handy zückte, um Emanuels Nummer zu wählen.

»Hallo, Christian«, wurde er von seinem Bruder freudig begrüßt. »Wie geht's? Ach, was frage ich. Sicher geht es dir hervorragend im Süden, während wir in der Eiseskälte bibbern.« Wäre sein Bruder um den Vater besorgt, würde er nicht so klingen.

Aus dem Internet wusste Christian, dass der Winter in diesem Jahr in Niedersachsen besonders streng war. Hier in der Toskana gingen die Temperaturen nur selten in den Frostbereich.

»Ja, ja, mir geht es gut. Hier in Siena ist es recht angenehm.«

»Beneidenswert. Aber du hast mich sicher nicht angerufen, um mit mir über das Wetter zu plaudern.« Emanuel merkte immer sofort, wenn Christian etwas auf dem Herzen hatte.

»Nein, du hast recht. Es geht um Vater.«

»Vater? Wieso? Was ist mit ihm?« Auch Emanuel hörte sich jetzt besorgt an.

»Das wollte ich eigentlich dich fragen.«

Stille am anderen Ende der Leitung. »Äh ... Ich ... verstehe nicht ganz, was du meinst. Erst heute Vormittag habe ich mit ihm telefoniert. Er war knapp wie immer, und alles schien in Ordnung zu sein.«

In wenigen Sätzen berichtete Christian von Schmiedels Anruf.

Er hörte, wie Emanuel anschließend laut den Atem ausstieß.

»Was Schmiedel da sagt, überrascht mich schon. Vater hat kein Sterbenswörtchen erzählt.«

»Du kennst ihn doch genauso gut wie ich und weißt, dass er nie etwas sagt. Hast du denn wirklich nichts mitbekommen?«

»Nein, wie denn? Er redet nicht über seine Nöte und Probleme. Auch mit mir nicht.«

Das stimmte. Dabei hätte Christian es sich sehr gewünscht, wenn der Vater sie alle an seinen Gedanken und Gefühlen all die Jahre hätte teilhaben lassen.

»Außerdem bin ich … Ich bin nur selten im Palais«, gestand Emanuel.

»Wie kommt's?«, fragte Christian.

»Eva hat Vater dazu überreden können, uns die alte Porzellanmanufaktur zu überlassen. Wir renovieren sie gerade. Und du weißt ja, wie sehr Eva Pflanzen liebt. Stell dir vor, er hat ihr auch erlaubt, dass sie den Garten wieder nach den alten Plänen herstellen lassen darf. Eva ist völlig energiegeladen. Deshalb sind wir dorthin gezogen.« In den Worten Emanuels schwang Begeisterung mit. Die Manufaktur gehörte zum Anwesen des kleinen Weserrenaissance-Schlösschens Sophiengarten, das sich etwa fünfzig Kilometer entfernt vom Hauptschloss befand. Zu Ururgroßvaters Zeiten war hier Porzellan mit edlen Dekors für das hannoversche Königshaus angefertigt worden. Die Geschirrserie mit dem klangvollen Namen Frühlingswalzer hatte später sogar Einzug bei den Adelsfamilien Russlands und Frankreichs gehalten. Der Verkauf hatte den Unterhalt des Schlösschens sichern können, bis zur Kriegszeit. Nach dem Zweiten Weltkrieg hatte ihr Großvater von einem Tag auf den anderen die Produktion einstellen lassen. Niemand kannte den Grund. Mittlerweile wurden Teile des Schlosses zu Veranstaltungszwecken genutzt.

In seiner Verlobten Eva hatte Emanuel eine Gleichgesinnte gefunden, die seine Leidenschaften für Gärten und Porzellan teilte.

»Schmiedel will, dass ich zurückkehre. Aber du weißt ja, wie ich dazu stehe. Vater und ich unter einem Dach … Das geht einfach nicht. Außerdem hat Tomas mir während seiner Abwesenheit die kommissarische Leitung übertragen.«

»Verstehe. Ich muss morgen sowieso zum Palais zurück. Eva möchte Schablonen anfertigen. Da könnte ich Vater einen Besuch abstatten und danach Schmiedel aufsuchen. Ich werde dir dann berichten.«

Erleichtert und dankbar zugleich seufzte Christian. »Danke, Emanuel. Du hast was gut bei mir. Also, dann höre ich wieder von dir.«

3.

Die Spannung war nicht mehr zum Aushalten. Amelies Herz raste wie verrückt. Drei ihrer Konkurrenten waren bereits ausgeschieden. Nur noch Claudia, der einzige männliche Mitschüler und sie rangen um den Sieg. Claudia saß in der ersten Reihe und strahlte ein Selbstbewusstsein aus, als hätte sie den Wettbewerb bereits gewonnen.

Tilda, ziemlich angespannt, umklammerte Amelies Arm. Mit jeder Minute des Wartens bohrten sich ihre Finger schmerzhafter in Amelies Fleisch.

»Du schaffst es, ich weiß es«, flüsterte Tilda ihr zu.

Lehmann löste sich nach einem kurzen Gespräch aus der Gruppe der Juroren. Alle Augen richteten sich erwartungsvoll auf ihn, der es sichtlich genoss, im Rampenlicht zu stehen.

»Der dritte Platz geht an …« Ein Blickwechsel mit Castanos, dann nickte Lehmann.

Amelie kniff die Augen zu. *Bitte lass ihn nicht Nummer fünf nennen! Bitte nicht!*

»Die Nummer zwei! Herzlichen Glückwunsch.«

Tilda jubelte und klopfte Amelie auf die Schulter. »Ich wusste es, ich wusste es! Jetzt bist du wieder einen Platz nach oben gerutscht. Du darfst für Castanos Schmuck entwerfen!«

»Halt! Noch habe ich nicht gewonnen. Vergiss nicht, dass Claudias Vater der Sponsor des Wettbewerbs ist«, bremste Amelie die Euphorie der Freundin aus. Jubeln durften sie, wenn sie tatsächlich gewonnen hatte.

Applaus brandete für ihren Mitschüler Martin auf, der jetzt nach vorn zu Lehmann trat, um seine Urkunde in Empfang zu nehmen. Die Laudatio für Martin lief an Amelie ungehört vorbei. Gott, wie lange dauerte das denn noch?

Die Jury umrundete zum zweiten Mal beide Schmuckstücke, um die finale Bewertung vorzunehmen.

Auch das Prozedere der Entscheidungsfindung zog sich endlos in die Länge. Amelie hielt es kaum noch auf ihrem Stuhl aus. Offenbar waren sich die Jurymitglieder nicht einig, denn sie diskutierten miteinander, ein paar von ihnen schüttelten die Köpfe und gestikulierten aufgeregt. Das Warten war für Amelie das Schlimmste. Tomas Castanos wurde zum Jurorenkreis herangewinkt. Angespannt verfolgte sie, wie er auf die Jury einredete. Anschließend nickten alle. In diesem Moment ahnte Amelie, wer den Wettbewerb gewonnen hatte. Lehmann hob den Arm. Amelies Kehle war wie zugeschnürt.

»Jetzt … jetzt wird er gleich verkünden, dass Claudia den zweiten Platz hat. Ich freue mich so für dich. Du hast es verdient.« Tilda bekam Schluckauf, wie immer, wenn sie freudig erregt war.

Amelie konnte die Zuversicht der Freundin nicht teilen. Ihre Aufmerksamkeit richtete sich auf den Blickaustausch zwischen Vater und Tochter Castanos. Der triumphierende Ausdruck in den Augen ihrer Konkurrentin verriet, zu wessen Gunsten die Entscheidung gefallen war. Amelie spürte, wie ihr Magen sich vor Enttäuschung zu einem Klumpen zusammenballte.

Tilda wedelte vor Aufregung mit der Hand. »Gleich … gleich … wird das Ergebnis verkündet. Oh, Mann, der spannt uns vielleicht auf die Folter!«

Amelie wollte die Freundin erneut bremsen, aber sie brachte keinen Ton über die Lippen. Lehmann faltete lächelnd die Hände wie ein Geistlicher. Er sah zu Claudia und nickte ihr wohlwollend zu. Tomas Castanos stand nicht weit entfernt von seiner Tochter mit einem selbstgefälligen Lächeln auf den Lippen. »Die Zweitplatzierte unseres diesjährigen Wettbewerbs konnte mit einer exquisiten Bearbeitung eines außergewöhnlichen Materials die Jury voll und ganz überzeugen.« Lehmann ratterte die Bewertungspunkte herunter. Anschließend hielt er die kleine Silbertrophäe für die Zweitplatzierte hoch. Auf dem Tisch hinter ihm stand noch eine größere in Gold. Amelies Fingernägel drückten sich in die Handflächen. Den ganzen Winter über hatte sie fast jeden Abend bis spät in die Nacht an dem Elfenbeinanhänger gearbeitet. Wie oft hatte sie davon geträumt, die goldene Trophäe in den Händen zu halten, sich ausgemalt, wie ihre Karriere verlaufen würde. Designerin bei Castanos! Besonders Vater und Laura wären auf sie stolz gewesen. Ein flüchtiger Blick auf Tilda, die mit geröteten Wangen nach vorn starrte. Hatte sie die Worte über das außergewöhnliche Material nicht gehört? Scheinbar glaubte sie noch immer fest an ihren Sieg.

»Den zweiten Platz hat die Nummer fünf!«

Jetzt war es offiziell. Amelies Herz klopfte schwer in der Brust. Beifall und Stimmen rauschten an ihr vorbei. Sie hatte verloren. Verloren, verloren, hallte es in ihrem Kopf. *Bloß nicht heulen! Reiß dich zusammen, Amelie Stolze!* Sie stand auf. Tilda saß mit versteinerter Miene neben ihr. Sie klatschte nicht, sondern legte mitfühlend ihre Hand auf Amelies Rücken. Aber dann sprang sie auf einmal auf.

»Das geht hier nicht fair zu! Die Entscheidung ist manipuliert! Sicher wussten die alle, dass der letzte Beitrag von Claudia ist!«, empörte sie sich laut, während der Beifall am Abklingen war. Mit jedem Wort zog sie die Blicke der Anwesenden auf sich. Vorwurfsvoll wurden sie von allen angestarrt. Amelie wäre am liebsten im Boden versunken. Ehe sie es verhindern konnte, platzte Tilda vor Wut.

»Die Entscheidung war nicht gerecht! Schauen Sie doch selbst! Wieso hat sich Herr Castanos eben in die Jurydiskussion eingemischt? Spätestens da wussten alle, wer den Armreif angefertigt hat!«, rief sie quer durch den Saal. Empörung spiegelte sich in den Mienen aller wieder. Einige erhoben sich von ihren Plätzen und schüttelten die Köpfe.

»Unerhörte Unterstellung! Unverschämt!«, kam es lautstark von der Jury. »Hinauswerfen!«, forderten einige. Lehmanns und Castanos' Miene gefroren. Nur Claudia saß still da mit eingefrorenem Lächeln, die Hände im Schoß …

Amelie versuchte vergeblich, ihre aufgebrachte Freundin zu beruhigen. Sie hätte es besser wissen müssen, Tildas Gerechtigkeitssinn stäubte sich gegen die Entscheidung und ließ sie zur kämpfenden Löwin mutieren. Aber Amelie wollte kein Aufsehen erregen und morgen vielleicht noch als schlechte Verliererin in der Presse stehen. Das durfte sie ihrem Vater nicht antun.

»Bitte, Tilda, lass es gut sein«, versuchte sie die Freundin zu beschwichtigen, die mit einer Geste abwehrte.

»Dieser Preis hat seinen Wert verloren. Es wurde nicht die Qualität der Arbeit, sondern ein Name bewertet! Wahrscheinlich fürchtet die Schule, ihren Sponsor zu verlieren!«

Eine Welle der Entrüstung brach über Tilda und Amelie herein. Castanos schimpfte auf Italienisch, wovon Amelie kein Wort verstand. Lehmann lief wie ein aufgeschreckter Gockel vor den Sitzreihen auf und ab und versuchte die aufgebrachten Gemüter zu besänftigen.

Amelie zog Tilda mit sich. Die Freundin hatte recht, die Entscheidung war nicht fair. Auch sie war darüber wütend und enttäuscht. Doch jeder Protest war zwecklos. Tränen brannten in ihren Augen, die sie mühsam zurückhielt. Der lang herbeigesehnte Abend war zu einem Fiasko geworden.

Leider war der einzige Ausgang vorn. Lehmann, der nicht wissen konnte, ob sie hinaus oder auf die Bühne wollten, stürmte aufgebracht auf sie zu und baute sich vor ihnen auf. »Raus hier! Verlassen Sie sofort den Saal!«, brüllte er und zeigte wutschnaubend zum Ausgang. Tilda schnappte nach Luft und drehte erst recht auf.

»Sie wollen uns hinauswerfen, bevor meine Freundin ihren Preis entgegennehmen kann? Nur weil wir die Wahrheit sagen? Der ganze Wettbewerb ist doch eine Farce!«

Amelie riss die Freundin mit sich, deren Eifer sie rührte, der aber offensichtlich an den Verantwortlichen abprallte. Nach zwei Schritten stoppte die Freundin erneut.

»*Deine* Arbeit hat den ersten Platz verdient!«, empörte sich Tilda.

Ihr Protest würde die Entscheidung der Jury nicht ändern. »Lass uns jetzt gehen. Bitte.« Flehend sah Amelie ihre Freundin an. Tilda schien jedoch etwas entgegnen zu wollen.

»Ja, gehen Sie, gehen Sie endlich«, ertönten Stimmen ringsherum. Tilda schien mit sich zu ringen, bevor sie nachgab und gemeinsam mit Amelie den Saal verließ.

Kaum war die Tür hinter ihnen zugefallen, explodierte sie erneut. »Es war ein abgekartetes Spiel. Claudia sollte gewinnen! Nur wegen ihres Vaters. Ich fasse es nicht! Von wegen Talentförderung!« Tilda boxte wütend in die Luft. »Das ist alles so verdammt ungerecht!«

»Du wirst die Menschen nicht ändern können.« Amelies Worte gingen in Tildas Schimpftirade unter.

Amelie sank auf die steinerne Fensterbank. Anspannung und Enttäuschung brachen sich Bahn. Schluchzend hielt sie die Hände vors Gesicht. Bremen war also ihre Bestimmung. Nicht eine Mitarbeit bei Castanos in Siena. Tilda legte ihr den Arm um die Schultern.

»Es tut mir so leid. Ich weiß, wie wichtig dir dieser Preis gewesen ist.«

Amelie wischte die Tränen fort und nahm das Taschentuch entgegen, das ihr die Freundin reichte. »Ich hatte wirklich gehofft, eine reelle Chance zu haben, meine Ideen verwirklichen zu können, zu zeigen, was ich kann …« presste sie schluchzend hervor. Es tröstete sie wenig, die Goldschmiedeschule mit der besten Jahrgangsnote absolviert zu haben.

Sanft strich Tilda mit der Hand über ihren Rücken. »Ich weiß. Gegen Männer wie Castanos kann man nur verlieren.« Jedem anderen Mitbewerber hätte Amelie den Preis von Herzen gegönnt. Doch Claudia, die ihre Noten einzig ihrem Aussehen und dem Einfluss des Vaters verdankte, hatte den Sieg nicht verdient.

Im Saal brandete Applaus auf. Für die Siegerin. Amelie konnte das nicht ertragen.

»Ich will jetzt auf unser Zimmer.«

»Und die Trophäe für den zweiten Platz? Soll ich noch mal

hineingehen?«, erinnerte sie Tilda. Amelie winkte ab. »Bloß nicht! Die steinigen dich da drinnen. Ich kann sie morgen im Schulbüro abholen.«

Deprimiert betrachtete sie ihr blasses Gesicht in der Fensterscheibe. Der Kajal war verlaufen und hatte hässliche Spuren auf den Wangen hinterlassen, die sie mit dem Tuch abtupfte, bevor sie mit Tilda zum Zimmer lief. Dort angekommen, ließ sie sich aufs Bett fallen, Tilda glitt schweigend neben sie. Die Gegenwart der Freundin und deren Anteilnahme trösteten sie.

Grübelnd starrte Amelie zur Decke, die sie beim Einzug vor drei Jahren gemeinsam mit Tilda gelb gestrichen hatte, damit für sie immer die Sonne scheinen sollte. Die war eben untergegangen. Auch die trauten Stunden zwischen ihr und der Freundin waren gezählt. Nach der feierlichen Übergabe der Abschlusszeugnisse würde jede von ihnen nach Hause zurückkehren. Ihr grauste vor Bremen, vor einer Begegnung mit Dennis und der tristen, spartanisch eingerichteten Wohnung, die sie mit Vater und Laura teilte. Nach Mutters Tod war nie etwas geändert worden, selbst der beige Farbanstrich war gleichgeblieben. Vater beharrte darauf, dass alles so blieb wie zu Mutters Lebzeiten. Er weilte noch immer in der Vergangenheit. Laura war es egal, sie zog bald mit einer Freundin zusammen.

Amelie atmete tief durch. Sie wollte in einem modernen, lichtdurchfluteten Schmuckstudio arbeiten. Das musste Vater endlich einsehen. Das Geld, das sie ursprünglich für eine Reise eingeplant hatte, würde sie für die Renovierung des Ladens ausgeben. Es würde auch ohne den Preis weitergehen. Sie drückte Tildas Hand.

»Hast du nicht immer gesagt, dass du nach dem Abschluss nach Venedig zum Karneval reisen wolltest?«, brach Tilda ermutigt das Schweigen.

»Ja, schon, das war eigentlich immer mein Plan. Aber leider werde ich nun mein hart Erspartes in unseren Laden stecken müssen. Vater könnte das nicht bezahlen.« An vier Tagen die Woche hatte Amelie in einem Bistro ausgeholfen und jeden Cent beiseitegelegt. Ganz anders als Tilda, die sich um Geld keine Sorgen machen musste, weil sie von ihrem Vater monatlich Geld überwiesen bekam. Oft genug hatte sie die Freundin darum beneidet.

»Mein Vater hat gesagt, dass er mir zum Abschluss der Schule eine Reise schenkt. Was hältst du davon, wenn wir beide nach Venedig fahren? Am nächsten Wochenende.«

Amelie traute ihren Ohren kaum. Hatte Tilda ihr eben gerade wirklich eine Reise nach Venedig zum Karneval vorgeschlagen?

»Danke, Tilda. Es ist echt lieb von dir, dass du mich einlädst …« Ein Traum könnte für sie in Erfüllung gehen. »Aber … aber das geht nicht. Tut mir leid.«

Das Lächeln der Freundin erlosch schlagartig. »Wegen des Geldes? Mach dir mal keine Sorgen«, entgegnete Tilda.

»Mach ich mir aber. Ich könnte nicht mal ein Bahnticket bis dorthin bezahlen, geschweige denn den Aufenthalt in einer Pension oder einem Hotel. Venedig ist ein teures Pflaster!«

»Aber ich lade dich doch ein!« Tilda setzte sich auf und blickte vorwurfsvoll zu Amelie herunter.

»Ich kann euch das nicht zurückgeben!« Solch ein Geschenk konnte sie unmöglich annehmen. Tilda sollte lieber ihren Freund mitnehmen. Eine Reise könnte ihrer Beziehung guttun. »Was ist mit Bernd?« Sicher wäre Tildas Freund sehr enttäuscht, wenn sie mit ihr statt mit ihm nach Venedig reisen würde.

»Der steckt mitten in der Masterarbeit und kann nicht weg. Sag ja, bitte!«

»Ich weiß nicht recht … Mein Vater … er wird sicher sehr enttäuscht sein«, wandte Amelie seufzend ein. Sie setzte sich auf und stützte sich mit den Händen ab. Konnte sie wirklich so egoistisch sein und Tilda begleiten?

»Ein paar Tage später nach Hause … ich bitte dich. Denk mal an dich. Du hast dir Venedig verdient. Bestimmt wird er das verstehen.«

Vielleicht hatte Tilda recht. Doch vorher musste sie mit ihrem Vater reden. Die Freundin stieß sie sanft mit dem Ellbogen an.

»Lie, wir beide beim Karneval in Venedig! Das wäre megageil! Was wir alles sehen und erleben würden …«

Vor ihren Augen sah Amelie den Markusplatz und den Dogenpalast. Sie würden über die Rialtobrücke gehen. Venedig! Ihr Herz flatterte vor Freude. Sollte das tatsächlich Wirklichkeit werden? Seit sie als Kind von ihrer Großmutter eine alte venezianische Spieldose geschenkt bekommen hatte, träumte sie davon. Die Spieluhr war uralt, ein Erbstück, von dem keiner sagen konnte, wie alt es war. Amelie wusste, dass ihre Großmutter die Spieldose von ihrer Mutter bekommen hatte, bevor sie ebenfalls in die Lagunenstadt gereist war. Venedig schien in ihren Genen zu liegen. Vielleicht war es egoistisch, aber sie konnte dem Angebot der Freundin nicht widerstehen. Sie hoffte, dass ihr Vater es verstehen würde, wenn sie es erklärte.

»Okay, einverstanden. Doch vorher muss ich das meinem Vater schonend beibringen. Essen und Getränke zahle ich aber selbst. Abgemacht?«

»So machen wir das.« Tilda strahlte übers ganze Gesicht und umarmte Amelie. »Das wird bestimmt toll. Wir sollten so schnell wie möglich Flugtickets und Hotel buchen.«

Ehe Amelie antworten konnte, telefonierte Tilda bereits mit ihrem Vater. Das Telefonat verlief so ganz anders als die liebevollen Gespräche, die Amelie mit ihrem Vater führte. Kein »ich vermisse dich« oder so, sondern es klang wie die Unterhaltung zwischen Fremden.

Nachdem Tilda aufgelegt hatte, sprang sie jubelnd vom Bett. Amelie ließ sich von der Begeisterung der Freundin anstecken. Lachend tanzten sie durchs Zimmer. »Venezia, wir kommen!«, sangen sie.

Amelie fühlte sich in diesem Moment glücklich wie noch nie, vergessen war die Enttäuschung des verpassten Sieges beim Wettbewerb. Venedig! Die erste Reise in ihrem Leben. Die freudige Erregung ließ sie am ganzen Körper zittern.

4.

Lange nachdem Christian aufgelegt hatte, grübelte er darüber nach, was Emanuel ihm über Vater berichtet hatte. Sein Bruder hatte Vater auf das ruhelose Herumwandern angesprochen. Der hatte geblafft, dass er seit Wochen gewaltig unter Stress stehe, und war mal wieder über »Christians Flucht vor der Verantwortung« hergezogen, wie Emanuel berichtete. Christian wusste, dass in der nächsten Woche die neue Schmuckserie an den Start gehen sollte, und auch, dass ihr Vater Unsummen dafür investiert hatte.

Das erklärte einiges. Christian atmete auf. Sicher hatte der permanente Stress Vater zugesetzt. Doch ein letzter Rest Zweifel blieb. Sein Vater hatte sich noch nie gefürchtet. Jemand, der nicht an Gespenster und Übersinnliches glaubte, fürchtete sich bestimmt nicht vor Schatten. Vermutlich hatte Schmiedel aus Sorge übertrieben. Gedankenverloren ging Christian zu dem filigranen Tisch, auf dem mehrere Kristallflaschen verschiedenen Inhalts standen. Die meisten von ihnen waren mit alkoholischen Getränken gefüllt, der Rest mit Soda oder frischgepresstem Saft. Nach einem besonders anstrengenden Arbeitstag genoss Tomas gern ein Glas Weinbrand aus der Gegend. Etwas, das er mit Christans Vater gemeinsam hatte.

Christian war es gestattet worden, sich jederzeit an den Getränken zu bedienen. Seitdem er hier war, hatte er sich noch nie ein Glas eingegossen. Heute befüllte er ein Glas mit Wodka, um die Grübeleien wegzuspülen. Vaters Leben war das, was viele als ungesund bezeichnen würden. Er schuftete wie ein Besessener, rauchte Zigarren und trank Alkohol. Ein Mann so kräftig wie ein Baum. Das hatte auch Christian geglaubt, bis zu dem Tag vor zwei Jahren, an dem Vater zusammengebrochen war. Grund hierfür war ein Virus gewesen, das sein Herz angegriffen hatte. Hätte er Emanuel nicht erreicht, wäre Christian sofort in den Wagen gestiegen und nach Güldenstein gefahren, um sich selbst ein Bild von Vaters Zustand zu verschaffen. Emanuel hatte versprochen, mit Eva morgen ins Palais zu ziehen, um Vater weiter im Auge zu behalten.

Sein Handy vibrierte. *Die Castanos gewinnen immer*, schrieb Tomas in seiner SMS. Seufzend steckte Christian das Handy wieder in die Hosentasche zurück. Er war enttäuscht, denn er hatte gehofft, dass der Elfenbeinanhänger gewinnen würde. Tomas vergötterte seine Tochter und erfüllte ihr jeden Wunsch, selbst wenn er eine Jury bestechen musste.

Claudia Castanos war eine sehr attraktive Frau, von vielen Männern begehrt. Jeden ihrer Liebhaber hatte sie bislang um den Finger wickeln können. Seit über einem Jahr arbeitete Christian für Tomas und war Zeuge ihrer Eroberungen geworden. Vom ersten Tag an hatte sie ihm deutlich gezeigt, wie sehr er ihr gefiel. Doch als Tochter seines Chefs war sie tabu, auch wenn er zuerst nicht abgeneigt gewesen war. Recht bald hatte er jedoch begriffen, dass Claudia ebenso schön wie intrigant war und es mit der Treue nicht genau nahm. Christian hatte keine Lust, sich die Finger zu verbrennen, und wahrte genügend Abstand zu ihr.

Nachdenklich lief er mit dem Glas in der Hand zum Fenster hinüber. Von Tomas wusste er, dass Claudia nach der Goldschmiedeschule beabsichtigte, in Siena zu leben. Er musste vor ihr auf der Hut sein. Am Wodka nippend, genoss er den Anblick des abendlichen Sonnenuntergangs. Am Ende des Gartens erhoben sich die Zypressen wie Mahnsäulen vor dem purpurnen Himmel. Ihr würziger Duft schwebte über dem gesamten Garten, besonders im Sommer. Mutter hätte sie geliebt. Nach einem Besuch der Villa d'Este kurz vor ihrem Tod war sie Feuer und Flamme für die italienische Gartenkunst gewesen. Inspiriert von den klar strukturierten Beeten und Rabatten hatte sie sofort Scharen von Gärtnern beauftragt, die Gärten des Güldenstein-Palais und des Sophienschlosses umzugestalten. Die Familienschlösser nahe Hannover zählten zu den prachtvollsten Renaissancebauten Niedersachsens und erfreuten sich zahlreicher Besucher. Auch in deren Gärten wurden Zypressen zur Eingrenzung gepflanzt. Auf einer quadratisch gepflasterten Fläche davor standen Dutzende Zitrusbäume in Kübeln, wie auch in Castanos' Garten. Wenn er im Sommer das Fenster öffnete, drang ihr betörender Blütenduft ins Zimmer und weckte heimatliche Gefühle. Mutter hatte die Zitrusbäume in der Schloss-Orangerie überwintern lassen. Als Kinder hatten sie zwischen ihnen Verstecken gespielt. Einen Moment lang schloss er die Augen und fühlte sich in die Vergangenheit versetzt. Er hörte Mutter summen, während sie die vertrockneten Blätter von den Kübelpflanzen zupfte und die Erde auf Feuchtigkeit prüfte. Sie hatte es sich nie nehmen lassen, in den Gärten selbst Hand anzulegen. In jeder gesetzten Pflanze lag Herzblut. Sofort dachte er dabei an den Elfenbeinanhänger. Er hätte Mutter auch gefallen. Nach ihrem Tod kümmerte sich eine Firma um die Gärten. Alles war penibel gepflegt, die Hecken und Bäume exakt in Form geschnitten. Dennoch fehlte etwas: die Seele seiner Mutter, die ständig etwas Neues entdeckt hatte, eine seltene Pflanze oder eine dekorative Amphore.

Manchmal packte Christian die Sehnsucht nach Güldenstein. Aber er konnte dort nicht leben, bei Vater, der ihn jeden Tag spüren ließ, unwillkommen zu sein. Die stetigen Auseinandersetzungen mit ihm waren nervenaufreibend gewesen. Während Vater ihn als Ältesten stets maßregelte und ihm nichts zutraute, behandelte er die jüngeren Geschwister mit Gleichgültigkeit. Wut und Bitterkeit brandeten in ihm auf. Er würde nicht nach Güldenstein zurückkehren.

Mit einem Zug leerte Christian sein Glas und begab sich auf sein Zimmer. Morgen musste er früh aufstehen, um sich für die Übergabe an Tomas vorzubereiten. Er brannte darauf zu erfahren, wer den Elfenbeinanhänger geschnitzt hatte, und hoffte morgen mehr von seinem Chef und dessen Tochter zu erfahren.

In der Nacht fiel Christian in einen unruhigen Schlaf und warf sich hin und her.

Vom Geräusch knarrender Dielen geweckt stand er auf, warf sich den Bademantel über und trat hinaus auf den Korridor. Er lauschte. Irgendjemand stieg die Treppe zur Schlosshalle hinunter. Drei Uhr nachts sagte ihm die Leuchtanzeige seiner Armbanduhr. Wer um alles in der Welt geisterte nachts durchs Schloss? Weil die Wandleuchten nicht brannten, holte er sich eine Taschenlampe aus der Kommode und lief zur Galerie. Über die Brüstung leuchtete er nach unten und erkannte einen roten Seidenmantel und darunter einen grauen Pyjama, die er sofort seinem Vater zuordnete. Er verschwand im Seitengang, der zum Nordflügel führte. Was trieb er um diese Zeit da unten? Christian eilte leise die Treppe hinunter und folgte seinem Vater durch den Gang. Seit Mutters Tod wurde der Nordflügel nur selten betreten. Was wollte Vater dort, noch dazu mitten in der Nacht? Auf Zehenspitzen eilte Christian ihm nach. Eine Tür klappte, dann herrschte Stille. Er lief den unendlich erscheinenden Korridor entlang, bis er zu einer Tür gelangte, unter der ein Lichtschein hervordrang. Mutters Schlafzimmer. Tausend Fragezeichen schwirrten durch sein Hirn. Zuerst hielt er sein Ohr gegen die Tür und lauschte. Dumpfe Schritte, Rascheln und das Geräusch von Schubladen bewogen ihn dazu, sich zum Schlüsselloch hinunterzubeugen. Sein Vater stand mit dem Rücken zur Tür vor Mutters Biedermeiervitrine und durchwühlte jede Schublade. Was zum Teufel suchte er? Dann hörte Christian ihn seufzen, als hätte er das Gesuchte gefunden. Vater streckte den Arm in die Höhe. In der Hand hielt er den Elfenbeinanhänger und leuchtete ihn mit der Taschenlampe an, dass er einen riesigen Schatten an die Wand warf. Plötzlich entwickelte der Schatten ein Eigenleben. Es war gespenstisch, als die einzelnen Figuren sich daraus lösten, nach dem Vater griffen und ihn durch den Raum zerrten. Christian drückte die Klinke hinunter und stürmte ins Zimmer. »Nein!«, schrie er. Vater wandte den Kopf, die Augen in Panik weit aufgerissen. Christian sprang vor, um ihn am Arm zurückzuziehen und fasste immer wieder ins Leere. Vaters Körper begann sich aufzulösen und verschmolz mit den Schatten. Nur der Elfenbeinanhänger, den er in der Hand gehalten hatte, schwebte wie eine Feder zu Boden. Christian schrie seine Verzweiflung hinaus …

… und wachte davon auf. Mit dem Handrücken wischte er sich den Schweiß von der Stirn. Dieser Albtraum war so verflucht real gewesen, dass er einen Moment brauchte, um sich davon zu lösen. Als er die Augen aufschlug, schien der Mond in sein Zimmer in Siena und überzog alles mit einem silbrigen Schimmer. Christian fuhr sich mit der Hand durchs Haar, setzte sich auf und zog die Beine an. Er saß so lange da, bis sich Atmung und Herzschlag beruhigt hatten. Durchs geöffnete Fenster hörte er das Zirpen der Zikaden. Normalerweise nervte ihn das Grillengezirp, heute jedoch besänftigte ihn das vertraute Geräusch. Der Traum eben zeigte, wie sehr er sich trotz aller Differenzen um den Vater sorgte. Lange grübelte er nach, bis er kurz vor Morgengrauen einschlief.

5.

Mit einem flauen Gefühl im Magen tippte Amelie die Nummer ihres Vaters ins Handy. Seit gestern war sie im Geist immer wieder die Worte durchgegangen, die sie sich für das Gespräch mit ihm zurechtgelegt hatte. Sie wollte es ihm schonend beibringen, dass sie ihre Rückkehr nach Bremen verschob. Egal welche Mühe sich Tilda gegeben hatte, ihr die Schuldgefühle auszureden, die Reise nach Venedig fühlte sich dennoch egoistisch an.

Es verging eine Ewigkeit, bis ihr Vater sich am anderen Ende meldete.

»Hallo, Paps! Ich bin's, Amelie«, sagte sie betont heiter nach einem kurzen Räuspern. Gott, wie schwer ihr das fiel.

»Hallo, mein Liebes. Alles klar? Schon dein Zimmer ausgeräumt und alles gepackt?«

Ihr Herz sank Etagen tiefer. Er wirkte so fröhlich, dass es ihr schwerfiel, von ihrer Planänderung zu erzählen. *Reiß dich zusammen und sag es ihm endlich!*

»Wie geht es dir?«, überging sie seine Fragen.

»Mir geht es gut. Aber du klingst irgendwie … anders.« Sie hätte wissen müssen, dass er sofort spürte, wenn etwas mit ihr nicht stimmte. Jetzt, da sie Vaters Stimme hörte, fiel ihr alles noch schwerer. Doch dann drückte sie den Rücken durch. Was war schon eine Woche gegen die Zeit, die sie mit ihm zusammen verbringen würde?

Tilda, die ins Zimmer trat und sich neben sie setzte, legte ihre Hand auf Amelies Arm.

»Nein, nein, alles okay.«

»Wie ist denn der Wettbewerb gelaufen? Hast du gewonnen?«, fragte er.

»Den zweiten Platz.« Sie gab sich Mühe, nicht zu enttäuscht zu klingen. Die Entscheidung der Jury war noch immer bitter.

Sie hörte, wie ihr Vater tief Luft holte.

»Gratulation, Liebes! Das ist doch wunderbar, ein zweiter Platz!«

»Ja, ist es«, antwortete sie leise.

»Du klingst enttäuscht, Lie.«

Amelie schluckte gegen den Kloß in ihrem Hals. »Nein, nein«, versicherte sie hastig und lachte gezwungen auf.

»Du bist immer viel zu selbstkritisch, mein Kind. Was geschieht denn nun mit deinem Anhänger?«

»Er wird eine Zeit lang im Forum der Schule ausgestellt, und dann hole ich ihn nach Hause.«

»Das freut mich. Ich bin schon ganz gespannt, ihn aus der Nähe zu betrachten. Wann kann ich dich denn erwarten?«

»Darüber wollte ich gerade mit dir reden … Ich … ich werde nicht wie geplant übermorgen nach Bremen kommen.« Sie konnte seine Enttäuschung am anderen Ende der Leitung förmlich spüren.

»Warum?« Seine Frage klang so traurig, dass sie sich schlecht fühlte.

»Tilda hat von ihrem Vater eine Reise nach Venedig geschenkt bekommen.« Noch immer fiel es ihr schwer, frei zu reden. Ihre eiskalten Finger umklammerten das Handy. »Und sie hat mich gefragt, ob ich sie begleiten will. Du weißt ja, wie sehr ich mir schon immer eine Reise dorthin gewünscht habe, besonders zur Karnevalszeit«, sprudelte es aus ihr heraus. Stille auf der anderen Seite. Amelie befürchtete, ihr Vater könnte enttäuscht aufgelegt haben.

»Paps, bist du noch dran?«, fragte sie heiser.

»Ja, ja. Nach Venedig sagst du? Das ist ja klasse! Aber hast du ihr gesagt, dass du dir das nicht leisten kannst?«

Amelie schluckte hart. *Nun sprich weiter,* drängte sie Tildas Blick.

»Tilda hat mich eingeladen.«

Er sog geräuschvoll die Luft ein, während sie einfach nur froh darüber war, es ihm gesagt zu haben. Wieder herrschte Stille.

»Du musst wissen, was du tust. Ich habe mir nie von anderen was schenken lassen. Das verpflichtet zu sehr.«

Aber Tilda ist nicht so, hätte sie ihm am liebsten geantwortet.

»Keine Angst, Herr Stolze, Amelie braucht sich zu nichts verpflichtet zu fühlen!«, rief Tilda in den Hörer.

»Das ist sicher sehr nett von dir, Tilda, aber wie gesagt, wir Stolzes bezahlen unsere Rechnungen selbst.« Vaters Spitze versetzte Amelie einen Stich.

Dass es nicht leicht werden würde, hatte sie geahnt.

»Aber ich habe doch schon eine Willkommensparty für dich organisiert.«

Sie durfte sich jetzt kein schlechtes Gewissen einreden lassen. »Tut mir ja leid, aber du weißt doch, es war schon immer mein Traum, zum Karneval nach Venedig zu fahren. Ich verschiebe meine Rückkehr doch nur um eine Woche. Danach kümmere ich mich um die Wiedereröffnung des Ladens. Und Tildas Einladung … da konnte ich einfach nicht Nein sagen. Versteh mich doch bitte. Früher hättest du dir eine solche Chance sicher auch nicht entgehen lassen.«

»Ich habe so viel geplant … Aber gut, wenn du es dir so sehr wünschst, bin ich der Letzte, der dir im Weg stehen will. Dann verschieben wir die Party eben. Genieße die Zeit in Venedig. Und wenn du am Markusplatz bist, denk an Mama und mich.«

Amelie atmete auf. »Das mach ich«, versprach sie, bevor sie sich voneinander verabschiedeten und das Telefonat beendeten.

Mit einem Jubelschrei fielen sich Amelie und Tilda in die Arme.

»Weshalb sollst du eigentlich an deine Eltern auf dem Markusplatz denken?«, fragte Tilda, als sie später vor dem Computer saßen, um die Flugtickets zu buchen.

»Meine Eltern wollten damals ihre Hochzeitsreise in Venedig verbringen. Aber dann war meine Mutter mit mir schwanger, und der Plan fiel weg. All die Jahre haben meine Eltern es nie geschafft, dorthin zu fahren. Immer ist etwas dazwischengekommen, erst ich, dann meine Schwester, der Laden … Wie das Leben eben spielt. Das soll mir nicht passieren. Wer weiß, wann ich wieder die Gelegenheit dazu bekomme.«

»Kann ich verstehen. Du könntest deinem Vater ein Souvenir aus Venedig mitbringen«, schlug Tilda vor.

»Gute Idee.« Amelie freute sich sehr auf diese Reise. Mit Tilda würde es ein Erlebnis werden, weil sie sich beide gut verstanden und den gleichen Geschmack besaßen.

Nachdem sie vom Flugticket bis hin zum Hotelzimmer alles gebucht hatten, suchten sie im Internet nach passenden Kostümen und Masken für den Ball im Palazzo Vendramin-Calergi, für den Tilda ungeachtet des Protests Amelies zwei sündhaft teure Karten gekauft hatte. »Du wirst mir doch nicht den Spaß verderben, dort zu tanzen, oder?«, hatte Tilda gefragt. Und gegen dieses Totschlagargument war Amelie nicht angekommen. Ihre Wangen glühten vor Eifer. Es kam ihr wie ein Traum vor. Sie fieberte der Reise entgegen.

6.

»Die Kostüme sind …« Tilda brach ab, rümpfte die Nase und nieste mehrmals.

»In der Tasche dort drüben, ich weiß«, beendete Amelie den Satz und zeigte auf ihre rote Reisetasche. Mitfühlend sah sie die Freundin an, unter deren Augen dunkle Ringe lagen. Tilda hatte eine schlechte Nacht hinter sich mit Hals- und Kopfschmerzen.

»Hast du auch die Tickets eingesteckt, Tilda?« *Bloß nichts vergessen!* Noch einmal ging Amelie im Geist alles durch, während die Freundin sich auf ihren Koffer setzte und schnäuzte.

»Ja, natürlich«, antwortete sie heiser.

Ein fiebriger Glanz lag in ihren Augen, der Amelie zunehmend mit Besorgnis erfüllte. Die Erkältungswelle hatte nun auch Tilda erwischt.

Es klingelte an der Tür. »Das Flughafentaxi!« Tilda sprang vom Koffer auf. In Windeseile nahm sich jede von ihnen ihr Gepäck und eilte nach unten. Amelie war aufgeregt wie ein Kind, das zum ersten Mal einen Ausflug unternahm.

Eisige Luft schlug ihnen entgegen, als sie aus der Haustür traten. Warum musste der Karneval ausgerechnet in den Winter fallen? Sie stellten die Koffer hinter dem Wagen ab. Amelie zog fröstelnd den Kragen enger um den Hals und verschränkte die Arme vor der Brust.

Während der Fahrer ihr Gepäck einlud, schaute sie noch ein letztes Mal hinauf zu den Fenstern, hinter denen sich ihre Zimmer befanden. Drei Jahre lang hatten sie hier gelebt, alles miteinander geteilt: Kummer, Freude, Erfolg und Niederschläge. Tilda war wie eine Schwester für sie. Heute wurde das Kapitel Goldschmiedeschule geschlossen. Amelies Sachen waren in Kisten verpackt auf dem Weg nach Bremen in eine ungewisse Zukunft. Es stimmte sie traurig, dass sich nach Venedig ihre Wege trennten. Amelie kehrte nach Bremen zurück, während Tilda beabsichtigte, ein Jahr bei Verwandten auf Borkum zu verbringen. »Willst du hier Wurzeln schlagen oder mit nach Venedig kommen?«, scherzte Tilda, die bereits auf der Rückbank des Taxis Platz genommen hatte.

»Ich komm ja schon«, antwortete Amelie lachend und stieg zur Freundin in den Wagen.

Als das Taxi sich in Bewegung setzte, begann es zu schneien.

Das Wetter vermochte ihre Vorfreude nicht zu dämpfen.

Während der Fahrt gehörte Amelies Mitleid Tilda, die von Niesattacken geplagt wurde.

Die Freundin zog einen Spiegel aus der Handtasche und betrachtete sich darin. »Oh, nein! Wie sehe ich denn aus? Meine Nase ist knallrot! Hoffentlich ist das bis zum Ball fort, sonst muss ich mir noch ein Clownskostüm zulegen, damit es nicht auffällt. Kein Mann möchte eine Schnupfnase zum Tanz auffordern.«

Amelie stellte sich die Freundin im Clownskostüm vor und konnte ein Schmunzeln nicht unterdrücken. Mit der roten Nase und dem kupferfarbenen Lockenkopf würde sie sehr authentisch wirken. Amelie fing einen bitterbösen Blick Tildas auf und versuchte krampfhaft, nicht zu lächeln. »Sei mir bitte nicht böse, aber die Vorstellung, du in einem Clownskostüm amüsiert mich einfach. Mach dir keine Sorgen, bis dahin vergeht noch genug Zeit. Dann ist bestimmt das Schlimmste vorbei, und du wirst in deinem Kostüm umwerfend aussehen. Die Männer werden dich den ganzen Abend zum Tanzen holen«, versuchte Amelie die Freundin zu trösten, die wie ein Häufchen Elend neben ihr saß.

»Ja, wahrscheinlich hast du recht, und bis zum Ball ist alles vorbei. Zum Glück ist der ja erst übermorgen.«

»Bis dahin genießen wir Venedig und den Komfort des Hotels.

Vielleicht eine kleine Shoppingtour?« Amelies Worte zauberten tatsächlich ein Lächeln auf das Gesicht der Freundin.

»Es ist so schön, Lie, dass du mitgekommen bist.« Tilda griff nach ihrer Hand und drückte sie.

»Du hast ja keine Ahnung, was das für mich bedeutet!« Amelie seufzte versonnen. Ein Traum erfüllte sich.

»Was denn?«, fragte Tilda.

»Meine Großmutter hat mir eine Spieldose geschenkt, winzige Figürchen, eine Szene aus dem venezianischen Karneval. Ich war so fasziniert, dass ich sie stundenlang habe spielen lassen. Dann habe ich mir immer vorgestellt, eins der Figürchen zu sein. Die Frau mit dem Krinolinenkleid und der Perücke, die mit einem Pierrot tanzt. Irgendwann hat die Melodie dann gehakt. Mein Vater wollte die Spieldose wegwerfen, aber sie hat ihren Platz in meinem Regal behalten.« Deutlich sah sie das zierliche Püppchen mit dem himmelblauen Kleid vor sich, das sich an der Hand ihres Tanzpartners um die eigene Achse drehte.

»Mein Gott, was bist du für eine Romantikerin! Und das nach deiner Erfahrung mit Dennis.«

»Ach, Dennis. Der ist längst Vergangenheit«, wehrte Amelie ab. Die Enttäuschung mit ihrem Ex-Freund hatte sich wie ein Stachel in ihr Herz gebohrt, und die Wunde war noch immer nicht ganz verheilt. Sie dachte zwar kaum noch an ihn, aber er hatte Misstrauen gesät. Dennis war der zweite Grund, weshalb sie ungern nach Bremen zurückkehrte. Allein die Vorstellung, ihm dort wiederzubegegnen, ließ die Wut erneut in ihr aufflackern. Er war Teil eines dunklen Kapitels in ihrem Leben, an das sie lieber nicht mehr erinnert werden wollte.

Tilda sah sie zweifelnd an.

»Nein, wirklich, ich habe ihn vergessen.« Dennis schon, aber nicht den Schmerz, den er ihr zugefügt hatte.

Zwei Jahre war sie in den Nachbarssohn verliebt gewesen, hatte fest an seine Treue geglaubt, als sie nach Pforzheim gegangen war. Bereits wenige Wochen darauf, als sie Vater nicht besuchen konnte, hatte er sie betrogen. Der Seitensprung war schnell aufgeflogen, weil Ina, eine gemeinsame Freundin, von ihm schwanger geworden war. Mittlerweile war der kleine Bastian schon zwei Jahre alt, hatte Vater erzählt.

»Und was ist, wenn du ihm in Bremen wiederbegegnest? Mit dieser Ina?«, fragte Tilda.

»Ist mir egal. Ich empfinde nichts mehr für ihn. Sollen die beiden doch glücklich miteinander werden.«

Nur zu gut erinnerte Amelie sich daran, dass sie sich damals seinetwegen die Augen ausgeheult hatte. Sie hatten gemeinsam Zukunftspläne geschmiedet, von einem eigenen Laden geträumt und einer Familie. Es war eine schöne Zeit gewesen. Dennoch musste sie das Leben so nehmen, wie es kam. Menschen verliebten sich und verliebten sich auch wieder neu.

»Absolut. Schau, da vorn ist schon der Flughafen Stuttgart.« Tilda deutete zum Fenster hinaus auf das Schild, das zum Airport wies.

Es war ein unbeschreibliches Gefühl, alles hinter sich lassen zu können. Ab jetzt begann für sie eine neue Ära. Vor lauter Aufregung spürte Amelie ein Flattern im Magen.

7.

Christian tippte gerade die letzten Verkaufszahlen für den Geschäftsbericht in den PC, als zwei schmale, kühle Hände seine Augen bedeckten. Sie musste kein Wort sagen, er wusste auch so, wer hinter ihm stand. Wieder eines ihrer neckischen Spielchen, die er nicht ausstehen konnte. Mit energischer Sanftheit zog er ihre Hände herunter. »Claudia, was soll das? Ich muss den Bericht morgen fertig haben. Auftrag deines Vaters.«

Genervt drehte er sich zu ihr um. Ein Fehler, wie er bemerkte, denn sein Blick fiel auf ihre wohlgeformten Brüste, die sich unter dem bunten Kleid abzeichneten. Deutlich drückten sich ihre Brustwarzen durch den seidigen Stoff. Sie trug keinen BH. Sein Blick wanderte tiefer. Und sicher auch keinen Slip. Ihm wurde plötzlich heiß. Seine Kehle zog sich zu, dass er schlucken musste. Provozierend langsam strich sie ihr langes Haar zurück, ohne den Blick abzuwenden, und leckte sich über die Lippen. Sie war sich ihrer Wirkung auf Männer durchaus bewusst. Obwohl in seinem Kopf die Alarmglocken schrillten, entwickelte sein verfluchter Körper ein Eigenleben. In seinen Lenden kribbelte es. Mit aller Kraft versuchte er, das zu ignorieren. Claudia war eine schöne Frau, aber ebenso berechnend und egozentrisch.

Er verschränkte die Arme vor der Brust, um sie nicht in die Arme zu reißen und seinen Mund auf ihre Lippen zu pressen. Dieser Bericht musste unbedingt fertig werden, und er war schon spät dran.

»Aber es ist gleich Mitternacht. Papa wird verstehen …«

»Untersteh dich, mit ihm zu reden. Ich werde den Bericht zu Ende tippen. Basta. Und jetzt lass mich bitte allein. Ich habe keine

Lust, mir die ganze Nacht um die Ohren zu hauen.« Er wollte sich wieder zum PC umdrehen, als sie die Stuhllehne festhielt.

»Vielleicht kann ich dir dabei helfen?«, schlug sie vor. Ihre Stimme war süß wie Honig. Als sie sich zu ihm vorbeugte, drang der betörende Duft von Limonen in seine Nase. Seine Muskeln spannten sich an. *Lass dich nicht von ihr einwickeln!* Es gehörte zu seinen Prinzipien, sich nie mit der Tochter seines Arbeitgebers einzulassen. Eine Regel, die er nicht brechen würde.

»Danke, aber das schaffe ich schon allein. Wenn du jetzt also bitte gehen …«

»Ich habe dich vermisst«, flüsterte sie, in ihren Augen ein anzügliches Glitzern. Er spürte jetzt auch ein Kribbeln in seinen Händen und den stärker werdenden Wunsch, sie zu berühren. Nur sein eiserner Wille hielt ihn zurück. Sein Leben war kompliziert genug, da konnte er auf eine Affäre mit ihr verzichten. Sie legte die Arme um seinen Nacken. Ihr Gesicht war seinem jetzt nah. Zu nah. Das besaß etwas Intimes, was er auf keinen Fall wollte. Wütend presste er die Lippen zusammen und zog ihre Arme herunter. »Was soll das? Lass diese Spielchen.«

Claudia zog einen Schmollmund. »Du hast Angst, dass mein Vater dich entlässt, nicht wahr? Keine Sorge, das wird er nicht, wenn ich ihm das erkläre. Überhaupt findet er, dass wir das perfekte Paar abgeben.«

Christian lachte freudlos auf. Claudia und er waren wie Feuer und Wasser.

»Du weißt doch genau, dass das nicht geht. Dein Vater ist mein Boss, und ich fange grundsätzlich nichts mit der Tochter meines Arbeitgebers an!«

Sobald sie seiner überdrüssig war, würde sie versuchen, sich seiner zu entledigen. Tomas las seiner Tochter jeden Wunsch von den Augen ab. Es wäre ein Leichtes für sie, ihren Vater zu überreden, ihm zu kündigen. Aber er wollte den Job hier nicht verlieren.

»Scheiß Prinzipien! Du begehrst mich, das spüre ich, und ich will dich. Er wird nichts dagegen haben. Ich kann sehr überzeugend sein.« Sie lächelte hintergründig.

Das kann ich mir denken! Christian kniff die Lippen zusammen.

»Ich werde sie nicht über den Haufen werfen.«

»Ich verstehe nicht, dass du deine Gefühle für mich unterdrückst!«, rief sie. Christian stöhnte innerlich auf.

»Welche Gefühle zum Teufel? Die existieren nur in deiner Fantasie. Du weißt genau, dass ich nicht in dich verliebt bin. Wie deutlich soll ich noch werden?«, brauste er auf.

Claudias Liebschaften hielten nicht lange. Die meisten Verehrer behandelte sie respektlos, und sie konnte keinem treu sein. Es war besser, sich nicht in sie zu verlieben. Und zu allem Übel hatte Tomas ihm oft schon zu verstehen gegeben, dass er sein Wunschschwiegersohn war.

Claudia fuhr lächelnd mit dem Finger über seine Wange. »Du empfindest nichts für mich? Das kaufe ich dir nicht ab. Egal. Wir können auch einfach nur Spaß miteinander haben.«

Wütend sprang Christian vom Stuhl auf und packte Claudia an den Schultern. »Es reicht jetzt, Claudia. Ich will keine Affäre mit dir. Begreif das endlich. Ansonsten sehe ich mich gezwungen zu gehen!«

Sie wand sich aus seinem Griff. »Gehen? Wohin denn? Etwa zu deinem Vater? Bildest du dir etwa ein, er würde dich mit offenen Armen empfangen? Irgendwann wirst du noch begreifen, wer dir wirklich was Gutes tun will.« Mit diesen Worten drehte sie sich um und stolzierte aus dem Raum.

Christian fuhr sich durchs Haar. Kaum war Claudia wieder zurück, begannen die Probleme von vorn. Sie würde nicht aufhören, ihn zu provozieren. Er wusste nicht, wie lange er ihren Reizen würde widerstehen können. Fluchend stürmte er aus dem Haus. Vor der Haustür traf er mit Tomas zusammen, der gerade zurückgekehrt war, im Arm ein üppige Schwarzhaarige, die ihn um Haupteslänge überragte. Die beiden schienen bester Laune zu sein. Oft kam Tomas mit einer unbekannten Schönen nach Hause, verbrachte eine Nacht mit ihr. Es waren immer nur kurze Affären, die mit einem Schmuckgeschenk endeten. Christian hielt nichts vom Dolce Vita seines Chefs, aber es stand ihm nicht zu, ihn wegen seines Lebenswandels zu kritisieren. Tomas hatte ihm hin und wieder sogar angeboten, ihn zu begleiten. Immer hatte Christian abgelehnt. Flüchtige Affären, One-Night-Stands waren nicht das, was er wollte. Aufrichtigkeit und Treue waren ihm wichtiger als alles andere.

»Buona sera«, begrüßte Christian beide freundlich und wollte an ihnen vorbeieilen. Sein Zorn auf Claudia war noch immer nicht verraucht. Er wollte jetzt nach Siena fahren, um möglichst weit weg zu sein von ihr und der Casa dei limoni.

»Buona sera, Chris. Du willst noch fort?«, rief Tomas ihm nach. Christian hielt inne und drehte sich langsam zu ihm um.

»Ja, ich treffe mich noch mit ein paar Freunden«, antwortete er und hoffte, dass sein Chef die Lüge nicht durchschauen würde. Am liebsten hätte er ihm ins Gesicht gesagt, dass er wegen Claudia davonfuhr. Weil er das Gefühl hatte, in ihrer Nähe zu ersticken. Aber er schluckte die Antwort hinunter.

»Wo ist Claudia?«, fragte Tomas.

Christian zuckte mit den Achseln. »Im Haus, nehme ich an.«

»Ein Wort unter vier Augen?« Tomas' Frage klang ernst. Christian nickte. Während Tomas seine Begleitung ins Haus schickte, bedeutete er Christian, ihn in den Garten zu begleiten. Eine Weile liefen sie schweigend nebeneinanderher.

»Du weißt, dass ich deine Arbeit sehr schätze«, eröffnete Tomas das Gespräch. Christian wurde hellhörig. Das klang fast so, als würde sein Chef ihm die Kündigung aussprechen wollen. Er antwortete nicht, sondern wartete, was Tomas ihm weiter mitzuteilen hatte. Ein ungutes Gefühl beschlich Christian.

»Jetzt, da Claudia den Preis in Pforzheim gewonnen hat und wieder zurück ist, möchte ich mich ein wenig aus dem Geschäft zurückziehen.«

Tomas wollte seine Tochter zur Geschäftsführerin ernennen? Claudia hatte gerade mal die Ausbildung abgeschlossen, besaß keinerlei Erfahrung, ein Geschäft zu leiten. Christian schluckte hart. Mit Claudia als Chefin wäre es ihm unmöglich, weiter für Castanos zu arbeiten.

»Du willst dich zur Ruhe setzen und Claudia das Unternehmen führen lassen?«, fragte er betroffen.

»Nicht ganz. Ich muss eine längere Reise unternehmen. Du und Claudia … ihr seid ein Powerteam. Du mit deiner Erfahrung und dem Können und meine Tochter mit ihren kreativen Ideen würdet euch ergänzen und das Geschäft erfolgreich führen, davon bin ich überzeugt.« Tomas legte Christian die Hand auf den Arm und blieb mit ihm stehen. »Ich schätze dich nicht nur als Mitarbeiter, sondern auch als Mensch. Du und Claudia harmoniert und würdet ein wunderbares Paar abgeben, dem ich die Geschicke meines Unternehmens in die Hände legen möchte.«

Das klang so, als ob Tomas ihn gern zum Schwiegersohn hätte. Christian war wie vom Donner gerührt. Er und Claudia? Sie waren zu verschieden, eine Beziehung zwischen ihnen wäre zum Scheitern verurteilt. Hatte sie das eingefädelt, oder entsprang die Idee allein Tomas' Gedanken? Ihm war klar, dass er sich jetzt auf sehr dünnem Eis bewegte. Er konnte seinen Chef nicht vor den Kopf stoßen. Ihm hatte er den Job und die Anerkennung als Designer zu verdanken.

»Danke für dein Vertrauen, Tomas, das ehrt mich sehr. Aber ich bin mir nicht wirklich sicher, ob deine Tochter oder ich dieser Aufgabe gewachsen wären. Das Unternehmen Castanos braucht einen erfahrenen Geschäftsleiter …«, tastete Christian sich vor.

»Ach, Blödsinn. Castanos braucht frische Köpfe und neue, spritzige Ideen. Du und Claudia wärt wie geschaffen dafür. Es würde mich sehr freuen, wenn sich die Schmuckdynastien Castanos und von Güldenstein … vereinen würden.« Tomas klopfte ihm väterlich auf die Schulter, während in Christian Wut aufwallte. Hatte Claudia etwa ihrem Vater gegenüber behauptet, dass sie ein Paar wären? Die falschen Schlüsse, das konnte er nicht im Raum stehen lassen.

»Halt, langsam, Tomas, ich …«

Doch sein Gegenüber lächelte ihn nachsichtig an. »Du brauchst mir nichts zu erklären, Christian, ich lasse euch alle Zeit der Welt. Sagt mir einfach Bescheid, wenn ihr euch für einen Termin entschieden habt.«

Termin! Das Wort hallte in Christians Kopf nach. »Tomas, ich glaube, du hast da was gründlich missverstanden ...«, startete Christian einen weiteren Erklärungsversuch.

»Ich weiß alles, Claudia hat es mir erzählt.«

»Was hat sie dir erzählt?«, bohrte Christian nach.

»Dass ihr eine Meinungsverschiedenheit hattet. Ich verstehe euch ja. Erst die lange Trennung und dann noch die letzten Wochen, die total stressig waren ... Bei Claudia der Schulabschluss und besonders bei dir die Verantwortung, während du in meiner Abwesenheit den Betrieb hier aufrechterhalten hast. Das war sicher sehr viel. Wenn ich nur daran denke, dass du auch im letzten halben Jahr an jedem Wochenende gearbeitet hast. Ich bin doch kein Sklaventreiber. Du wirkst abgespannt, Christian. Wann war eigentlich dein letzter Urlaub?«

Was mochte Claudia ihrem Vater nur alles erzählt haben? Ja, er war gestresst, das stimmte. Alles in ihm drängte darauf, die Dinge Tomas gegenüber richtigzustellen. Er war nicht feige, dennoch schien er auf verlorenem Posten zu stehen. Offenbar hatte Claudia ihrem Vater eine Lüge eingeredet, die zu widerlegen sicher zu einem Eklat mit ihm führen würde. Tomas vergötterte seine Tochter und würde es nie akzeptieren, dass sie jemand als Lügnerin hinstellte. In gewisser Weise mochte Christian diese seiner Tochter gegenüber blinde, verständnisvolle Seite an seinem Chef sogar. Wie auch immer, ein Urlaub würde Christian einen gewissen Abstand zu den Castanos, insbesondere zu Claudia verschaffen, den er zum Nachdenken nutzen würde.

»Nun sag schon, wann hattest du deinen letzten Urlaub?«

Bisher war Tomas wirklich immer sehr fair zu ihm gewesen. »Vor über einem Jahr«, antwortete Christian wahrheitsgemäß.

»Dann wird es aber Zeit. Momentan haben wir keinen Messestress, da kann ich dich ein, zwei Wochen entbehren.«

Er würde die Zeit nutzen, sich nach einer neuen Bleibe in

Siena umzusehen und um zu überlegen, wie er das Tomas erklären konnte.

»Okay«, stimmte Christian zu.

»Am besten schon ab Morgen. Vielleicht möchtest du ja deine Familie besuchen. Nimm dir die Zeit, die du brauchst.« Tomas legte ihm den Arm um die Schultern. Die Geste besaß etwas Väterliches, was Christian vom eigenen Vater nicht gewöhnt war.

»Danke, Tomas. Du hast recht, ich habe sie schon lange nicht mehr besucht.« Dann könnte er auch einmal in Güldenstein nach dem Rechten sehen.

»Na, dann. Aber dass du mir nicht in den väterlichen Betrieb wechseln willst. Ich brauche dich hier. Wir brauchen dich.« Er klopfte Christian auf die Schulter. Der nickte leicht beklommen. Meinte er etwa mit *wir* etwa auch Claudia?

Christian hasste es, seinem Chef, der ihm vertraute und förderte, etwas vorzuspielen. Deshalb ergriff er die Flucht. »Ich muss jetzt los, die anderen warten sicher schon auf mich. Wir sehen uns dann morgen in der Werkstatt.« Er hob zum Abschied die Hand und eilte zu seinem Wagen.

Seitdem Claudia vor zwei Tagen aus Deutschland zurückgekehrt war, verspürte Christian nur noch den Wunsch, die Casa dei limoni zu verlassen. Die Spannungen zwischen ihnen waren unerträglich, und dass Tomas scheinbar einen potenziellen Schwiegersohn in ihm sah, machte es erst recht nicht besser. Er musste mit Tomas ein offenes Gespräch führen, ihm erklären, dass aus ihm und Claudia kein Paar werden konnte und er jetzt, da sie hier wohnen würde, eine neue Unterkunft brauchte.

Er überlegte, wie es sich am besten sagen ließ. »Claudia ist nicht der Typ Frau, in den ich mich verlieben kann.« Das ging gar nicht, dabei kam Claudia zu schlecht weg. Lieber: »Deine Tochter ist wirklich eine sehr attraktive Frau, aber wir sind zu unterschiedlich, als dass wir zueinander passen.« Doch wie würde Tomas darauf reagieren? Er riskierte einen Hinauswurf, einen Knick in der Karriere, denn sein Fortgehen würde sich schnell herumsprechen und Claudia über Tomas alles daransetzen, seinen

Ruf zu ruinieren. Dann bliebe ihm nichts anderes übrig, als nach Güldenstein zurückzukehren.

Grübelnd setzte er sich hinters Steuer seines Fiats und fuhr nach Siena. Dunkle Wolken zogen am Himmel auf, die zu seiner trüben Stimmung passten.

Eine halbe Stunde später parkte er vor Luigis Taverne, einem urigen Weinlokal. Das Haus, von außen unscheinbar, überraschte die Gäste innen mit seiner Geräumigkeit und dem anheimelnden Ambiente. Weinfässer zu Tischen umfunktioniert, Bänke aus Weinkisten schufen eine rustikale Atmosphäre. Wann immer Christian die Zeit fand, besuchte er die Taverne, auch weil er sich mit dem Gastwirt und seiner Familie in den Jahren angefreundet hatte. Luigis Eltern besaßen ein Weingut in der Nähe von Siena, dessen Weine er in seiner Gaststätte verkaufte. Während andere Kneipen und Pubs kurz vor Mitternacht schlossen, war Luigis Taverne noch sehr belebt. Als Christian die Eingangstür aufzog, schwappten ihm alkoholgeschwängerte Luft, der köstliche Duft frischgebackenen Weißbrotes und Gelächter entgegen. Luigi stand neben den Weinfässern und füllte die Flaschen, die er in Körben an die Tische trug. Als er aufblickte, hob Christian zum Gruß die Hand und lächelte. Hier unter Freunden fühlte er sich mehr zu Hause als anderswo.

Luigi winkte ihn zu sich. »Wie immer, Chris?«, fragte er ihn und deutete auf das Fass mit der Aufschrift Pinot Grigio.

»Ja, und wenn du noch etwas von dem Kräuterbrot hättest?«, fragte Christian und schielte auf die Körbchen, die Luigis Frau Maria mit selbst gebackenem Brot füllte. Allein beim Anblick lief ihm das Wasser im Mund zusammen. Der Freund nickte lächelnd, füllte sein Glas mit dem hellgelben Rebensaft und reichte es ihm. »Maria, pane per il nostro amico!«, rief Luigi seiner Frau zu, bevor er sich Christian wieder zuwandte. »Alles klar bei dir? Du siehst aus, als würde dich was beschäftigen.«

»Merkt man mir das so deutlich an?« Christian nippte kurz am köstlichen Wein und erzählte dem Freund von dem Gespräch mit Tomas und seinen Überlegungen, die Castanos-Villa zu verlassen.

Luigi war ein aufmerksamer Zuhörer, der auch Christians Probleme mit dem Vater kannte.

»Kannst du verstehen, dass ich dort nicht mehr bleiben kann? Tomas sieht in mir praktisch schon den Schwiegersohn. Aber Claudia und ich, das ginge niemals gut. Weil ich sie nicht liebe.«

Christian stützte sich mit dem Ellbogen auf den Tresen und stieß einen tiefen Seufzer aus »Ja, zugegeben, sie ist ungeheuer attraktiv, aber …«

»Attraktiv? Ja, aber ich kann sie nicht leiden. Sie ist wie eine Spinne, die ihre Liebhaber nach dem Sex auffrisst. Ich kann ihr nicht verzeihen, dass sie Pietro damals das Herz gebrochen hat.«

Pietro war Luigis Cousin, der sich im vergangenen Sommer auf dem Weinfest in Claudia verliebt hatte. Doch Tomas' Tochter hatte nur mit ihm gespielt. Luigi strich eine widerspenstige Strähne seines lackschwarzen Haars zurück.

»Frauen wie Claudia Castanos sind nicht für eine Beziehung geschaffen. Sie war als Mädchen schon sehr auf sich bedacht, und das hat sich bestimmt nicht geändert. Lass dich ja nicht mit ihr ein. Du bist viel zu aufrichtig und brauchst eine Frau, die dich innig liebt, und keine, die nur an Geld, Macht und Sex interessiert ist.« Luigi schenkte ihm das zweite Glas ein.

Christian spürte, wie der Alkohol und der Zuspruch des Freundes ihn allmählich entspannten. Es tat gut, sich jemandem anvertrauen zu können. »Manchmal denke ich, dass es solche Frau nicht gibt. Sobald sie den Namen von Güldenstein hören, denken sie nur noch an eines. Ich möchte um meiner selbst willen geliebt werden und nicht wegen Reichtum oder Titel.«

»Du musst doch nicht gleich jeder auf die Nase binden, aus welchem Haus du kommst.«

Luigis Worte stimmten ihn nachdenklich. Sollte er sich für einen armen Schlucker ausgeben? »Ich weiß nicht recht …« Er befürchtete, sich mit einem Wort zu verraten. »Der Schuss kann nach hinten losgehen.«

»Siehst du nicht zu schwarz?«, gab Luigi zu bedenken.

»Vielleicht. Ich brauche Ruhe, um darüber nachzudenken, auch wie es mit den Castanos' weitergehen soll. Ich weiß nur, dass ich es nicht länger mit Claudia unter einem Dach aushalten werde, ohne dass wir uns fetzen. Ich fühle mich ausgelaugt und brauche Abstand. Eine Weile aus dem Trott, nur weiß ich nicht wie und was. Nach Güldenstein will ich nicht fahren, auch wenn ich meine Geschwister gern wiedersehen würde. Du kennst ja mein Verhältnis zu Vater.« Er berichtete Luigi von Schmiedels Anruf, der ihn sehr beunruhigt hatte. Zwischendurch nippte er am Wein.

»Hm, sehr seltsam. Vielleicht solltest du doch hinfahren.«

»Auf keinen Fall!«, bügelte Christian den Freund ab.

»Okay, okay. Wenn es stimmt, was dieser Schmiedel sagt, ist das Verhalten deines Vaters wirklich recht seltsam. Ich kenne so etwas nur von meiner Nonna …« Luigi brach ab, als Maria zu ihnen trat. Christian hätte gern gewusst, was der Freund ihm erzählen wollte. Doch sein Magen begehrte auf, als ihm der Duft des frischgebackenen Brotes in die Nase stieg.

»Prego, Chris.« Sie stellte ein Körbchen mit ihrem köstlichen Brot vor ihn hin.

»Mille grazie«, sagte er und lächelte sie an.

»Wie schön, dass du heute hier bist, Chris. Was machen deine neuen Entwürfe?« Sie war eine herzensgute Frau und interessierte sich lebhaft für seine Arbeit.

»Meine Ideen fließen zäh«, gab er zähneknirschend zu.

»Du arbeitest zu hart und brauchst Urlaub. Fahr doch ein paar Tage ans Meer und spann aus!« Sie stupste ihn freundschaftlich mit der Hand an, bevor sie zu den anderen Gästen hinüberging.

»So eine Frau wie Maria, die gut aussieht, warmherzig ist und Verständnis für meine Schmuckpassion hätte, wäre genau die Richtige für mich«, sagte Christian seufzend.

»Leider schon vergeben«, antwortete sein Freund augenzwinkernd. »Wenn du nicht in deine Heimat möchtest, was hast du dann vor?«

Christian zuckte mit den Achseln. »Ein paar Tage Abwechslung, einfach etwas anderes sehen, um Abstand zu gewinnen.«

»Was hältst du von Marias Vorschlag, ans Meer zu fahren?«

Bei Wellenrauschen und Möwengeschrei würde er vielleicht wirklich den Kopf freibekommen.

Luigi runzelte die Stirn. »Wir wäre es denn mit Venedig? In der nächsten Woche beginnt dort der Karneval.«

Venedig, die Lagunenstadt, in der Nähe das Meer und dann noch Karneval, das reizte Christian schon. Das bunte Treiben würde ihm guttun. Bevor er nach Italien gekommen war, hatte er so viel geplant, welche Städte er besuchen wollte, und Venedig hatte ganz oben auf seiner Liste gestanden. Pläne, die er nie verwirklicht hatte, weil die Arbeit immer Vorrang besessen hatte. »Venedig … Karneval, hört sich gut an.« Er drehte das Weinglas zwischen den Fingern und starrte lächelnd hinein. »Ein teures Pflaster. Ich weiß nicht, ob ich mir das leisten kann.«

»Du könntest eine Weile bei Stefano wohnen. Er hat für ein halbes Jahr ein riesiges Atelier gemietet. Viel zu groß für ihn. Er würde sich sicher über Gesellschaft freuen.«

Christian hatte Luigis jüngeren Bruder vor zwei Jahren kennengelernt und fand ihn sehr sympathisch. Bis zum Sommer vergangenen Jahres hatten sie so manchen Abend zusammen in Luigis Taverne gesessen und über Gott und die Welt geredet. Stefano erfüllte das Klischee eines Künstlers, etwas chaotisch, zerstreut und immer den Kopf voller Ideen. Doch vor allem sprach er immer nur von seinen Musen. Christian schmunzelte über das vornehme Wort. Betthäschen wäre vielleicht passender gewesen. Stefano schaffte es immer, mit seinem Charme Frauen den Kopf zu verdrehen. In den letzten Wochen hatte Luigi ihm von Stefanos Atelier vorgeschwärmt, das in der Nähe des Canale Grande lag. Er besaß es zwar erst seit kurzer Zeit, hatte aber bereits eine Horde Handwerker für die Renovierung beauftragt.

»Solange Stefano mich nicht als Modell will oder ich ständig woanders übernachten muss, weil er mal wieder eine Frau mit nach Hause nimmt …«, antwortete Christian grinsend. In Siena damals war kein Abend vergangen, an dem er nicht eine hübsche Frau an seiner Seite hatte.

Sein Gegenüber lächelte. »Tja, mein kleiner Bruder ist einfach unverbesserlich. Momentan hat er keine … Muse.«

»Aber es ist eine Superidee. Danke. Ich möchte deinem Bruder nur keine Umstände bereiten. Er muss sich nicht um mich kümmern.«

»Keine Sorge. Du kennst doch Stefano, wenn er zu Hause ist, sitzt er den ganzen Tag vor der Staffelei. Alles andere interessiert ihn nicht.«

Luigi griff nach Block und Stift und kritzelte etwas. »Hier hast du seine Handynummer, einen Festnetzanschluss besitzt er nicht.« Er riss den Zettel vom Block und reichte ihn Christian.

»Danke.«

»Du, das mit deinem Vater geht mir nicht aus dem Kopf.« Luigi runzelte die Stirn und polierte ausgiebig ein Glas.

»Und?« Vorhin waren sie durch Marias Erscheinen unterbrochen worden. Er brannte darauf zu erfahren, wie der Freund zum Verhalten des Vaters stand.

»Wir hatten in der Familie mal einen ähnlichen Fall. Der Bruder meiner Nonna, alleinstehend, kinderlos, war ein Lebemann, wie er im Buche steht. Glücksspiele und zahlreiche Affären mit Frauen, bis er sich plötzlich von einem Tag auf den anderen seltsam benahm. Er fühlte sich verfolgt, bekam nächtliche Panikattacken und schlafwandelte sogar. Bei ihm wurde eine Geisteskrankheit festgestellt, die nur an männliche Nachkommen vererbt werden kann. Die plötzlichen Anzeichen bei deinem Vater, das nächtliche Durchstreifen des Schlosses erinnert mich alles irgendwie an Nonnas Bruder.«

Alles in Christian wehrte sich gegen die Vorstellung, sein Vater könnte dem Wahnsinn verfallen. Herzkrank ja, aber doch nicht das! Nachdenklich saß Christian noch eine Weile am Tresen, bis Luigi schloss. Christian verließ die Taverne mit Maria und Luigi. Als sie vor die Tür traten, empfing sie eine kräftige Windbö.

»Ich glaube, es wird wettertechnisch heftig. Willst du nicht lieber bei uns schlafen?«, fragte Maria besorgt.

Aber Christian schüttelte den Kopf. Morgen wollte er bereits seine Sachen packen. An jedem anderen Tag wäre er vielleicht bei Luigi geblieben. Doch etwas in ihm forderte die Rückkehr. Christian stellte den Kragen seiner Jacke hoch und rannte zum Wagen, denn schon fielen die ersten Tropfen. Kaum war er auf den Sitz gesunken, klatschte der Regen gegen die Windschutzscheibe. Es goss so stark, dass der Scheibenwischer seine liebe Not hatte, die Scheibe freizuhalten. Christian steuerte den Wagen langsam durch die Innenstadt und hoffte vergeblich, dass der Regen endete, ehe er die Stadt verließ. Kaum war er von der Stadtautobahn auf die Landstraße abgebogen, geriet er immer tiefer in das Unwetter. Unaufhörlich erhellten Blitze den Himmel. Er konnte auf der Landstraße wegen Aquaplaning und Schlamm nur im Schritttempo fahren. Im gleichmäßigen Rhythmus zogen die Scheibenwischer ihre Bahnen. Christians Gedanken drehten sich um Luigis Worte. Was wäre, wenn sie sich bewahrheiteten und Vater tatsächlich an einer unheilbaren Krankheit litt? Bei der Vorstellung wurde Christian ganz anders. Was, wenn sein Vater womöglich das Familienunternehmen ruinierte? Er bekam Gänsehaut. Die Windböen klatschten den Regen geradezu waagerecht gegen die Scheiben. Allmählich begann er zu bereuen, Luigis Übernachtungsangebot abgelehnt zu haben. Doch er verließ sich auf seinen Instinkt und dass er hier schon unzählige Male entlanggefahren war und jede Kurve kannte.

Die Straße führte in Serpentinen eine Anhöhe hinauf. Teile des Hangs waren vom Starkregen weg- und auf die Fahrbahn gespült worden. Die Räder seines Fiats drehten immer wieder durch. Sobald er mehr Gas gab, brach der Wagen hinten aus, dass er befürchten musste, die Böschung hinunterzurutschen. Fluchend schlug er mit der Hand aufs Lenkrad und bereute einmal mehr, nicht in Siena geblieben zu sein. Der Wagen geriet ins Schlingern und näherte sich bedrohlich dem Abhang. Im letzten Moment steuerte Christian gegen. Schweiß brach ihm aus allen Poren, aber er schaffte es, die Kontrolle zurückzugewinnen. Seine Finger umklammerten das Lenkrad, während er voll konzentriert nach vorn starrte. Gespenstisch teilten die Blitze den nachtschwarzen Himmel.

Als Kind hatte er sich vor Gewitter gefürchtet und war mit Emanuel oft zu Vater ins Arbeitszimmer geflüchtet, wo sie sich beschützt gefühlt hatten. Vater hatte über ihre Angst gelacht. Er kannte keine Furcht. Deutlich sah er das Gesicht seines Vaters vor sich, den unnachgiebigen Blick, den zynischen Zug um seinen Mund und das kantige Kinn, das von Durchsetzungskraft und Willensstärke zeugte. In den Erinnerungen verhaftet war Christian einen Moment lang unaufmerksam und schlingerte in die nächste Kurve. Er bremste, und der Wagen rutschte quer zur Seite, dass er schon befürchtete, gegen einen der Bäume zu krachen. Doch wieder gelang es ihm gerade noch rechtzeitig, das Auto abzufangen und auf die Spur auszurichten.

Er hatte die Anhöhe erreicht und atmete auf, denn nun folgte eine schnurgerade Strecke durch den Wald. Der Sturm peitschte die Bäume zu beiden Seiten. Äste brachen und krachten auf die Fahrbahn, dass er gezwungen war, Schlangenlinien zu fahren. Als er einen riesigen Ast umrundet hatte, tauchte im Scheinwerferlicht urplötzlich eine Gestalt vor ihm auf. Christian erschrak und trat mit voller Wucht auf die Bremse. Der Wagen rutschte auf der nassen Straße weiter. Er hupte und hoffte, der Mann würde erkennen, dass er keine Gewalt über den Wagen besaß, und zur Seite springen. Doch er tat es nicht! Er musste ihn doch sehen! Durch das Bremsmanöver geriet der Wagen erneut ins Schlittern, drehte sich um neunzig Grad seitwärts und rutschte mit der Fahrerseite voran auf den Entgegenkommenden zu. Noch nie hatte Christian sich so machtlos gefühlt wie in diesem Augenblick. Seine Finger umklammerten das Lenkrad. Er schickte ein Stoßgebet gen Himmel, der Wagen möge rechtzeitig zum Stehen kommen. Doch unaufhaltsam näherte er sich dem Mann, der unverwandt auf ihn zulief. Die kräftige Statur, die breiten Schultern … Der Umriss des Mannes wirkte seltsam vertraut.

»Aus dem Weg!«, brüllte Christian und hupte wie wild. Verzweifelt versuchte er den Wagen durch Gegensteuern zu drehen und zog in der Not die Handbremse. Er erreichte jedoch nur, dass er nun wieder frontal auf den Mann zu rutschte. Es roch verschmort im Wageninnern durch die angezogene Handbremse. Die Sekunden erschienen ihm wie eine Ewigkeit. Gleich würde der Körper des Mannes gegen seinen Wagen prallen. Der Entgegenkommende zeigte keine Furcht, sondern sah ihn nur starr an. »Vater?«, flüsterte er, während ein eisiger Schauder seinen Rücken hinabrann.

Er halluzinierte, das konnte nicht wahr sein! Vater war Tausende von Kilometern entfernt. Offensichtlich hatten ihn Luigis Worte innerlich mehr aufgewühlt, als er dachte, und seine überreizten Nerven gaukelten ihm ein Trugbild vor. In Christians Hirn überschlugen sich die Gedanken. *Dieser Mann ist nicht Vater!* Es gab einen Ruck. Christian kniff die Augen zu in Erwartung des Aufpralls. Aber sein Wagen war nur endlich zum Stehen gekommen. Christian hielt noch immer das Lenkrad umklammert. Er hielt die Augen geschlossen. Nichts geschah. Noch immer geschockt hob er die Lider und blickte durch die Frontscheibe. Der Regen trommelte aufs Wagendach, und die Wischer pendelten über die Scheibe. In seinem Kopf herrschte ein dumpfes Gefühl, als wäre er mit Watte ausgestopft. Benommen, wie er war, kehrte die Erinnerung nur allmählich zurück.

Plötzlich begann sein Herz zu rasen. Der Mann, der aussah wie sein Vater … Wo war er geblieben? So sehr er sich auch bemühte, er konnte ihn nicht mehr sehen. Hatte er ihn doch erfasst und es im Schock nicht registriert? Er löste die Hände vom Lenkrad, zog die Fahrertür auf und schwang die zitternden Beine nach draußen. Mit wackeligen Knien stieg er aus dem Fiat und umrundete den Wagen. Von dem Fremden war nichts zu sehen. Keine Beule am Wagen. Der Regen prasselte auf Christian herab und lief in seinen Kragen, dass er zu frösteln begann. Um sicher zu gehen, dass er sich nicht irrte, watete er die Straße entlang. Er bemerkte nicht, dass das Wasser bis zu seinen Knöcheln reichte und seine Schuhe durchnässte. Er drehte sich im Kreis, hielt vergeblich nach dem Fremden Ausschau. Der blieb verschwunden. Halt, war nicht da hinten ein Schatten zu sehen? Doch es war nur ein Busch, der im Sturm hin und her wogte. Konnte der Fremde tatsächlich seiner Einbildung entsprungen sein?

Christian stieg wieder in den Wagen ein und folgte langsam der Straße. Während der Fahrt grübelte er darüber nach, ob der Fremde tatsächlich nur seiner Einbildung entsprungen oder irgendwo zwischen den Bäumen verschwunden war. Er kam zu dem Schluss, dass seine Grübeleien über Vater ihn derart aufgewühlt hatten, dass er Gespenster sah. Er dachte an Luigis Worte über den Bruder seiner Nonna. Was, wenn Vater tatsächlich geistig verwirrt war und er das geerbt hatte? Bei dem Gedanken schauderte es ihn.

Der Zwischenfall ließ ihn nicht los, bis er vor der Casa dei limoni stand. Der Regen hatte zwar nachgelassen, aber die Auffahrt vor der Villa war überspült. In Tomas' Schlafzimmer brannte Licht. Christian nieste, bevor er ins Haus eilte, um die nasse Kleidung auszuziehen.

8.

Das Hotel war eine Wucht und entsprach den Fotos auf der Internetseite. Kassettendecken, antikes Mobiliar, Teppiche, in denen sie knöcheltief versanken, und Renaissanceornamente und Dekorationen ließen das Flair längst vergangener Zeiten aufkommen. Von ihrem Zimmer aus konnten sie den rotbraunen Markusturm erkennen, dessen Spitze Tauben umkreisten. Vater hatte Laura und ihr einmal erzählt, dass er und Mutter einst davon geträumt hatten, Hand in Hand über den Markusplatz zu rennen und die Taubenscharen aufzuscheuchen. Amelie hatte beschlossen, das zu tun, was ihren Eltern versagt geblieben war.

»Ist das nicht ein Traum? Ich kann es noch immer nicht fassen, dass wir hier sind.« Amelie öffnete lächelnd das Fenster und ließ ihren Blick über die Stadt schweifen. Ganz in der Nähe des Markusturmes erkannte sie das Dach des Dogenpalastes. Dahinter lag das Meer. »Schau, dahinten ist der Dogenpalast. Wir könnten mit einem Vaporetto dorthinfahren.« Amelie deutete zum Fenster hinaus. Als Tilda ihr nicht antwortete, drehte sie sich zur Freundin um, die seit dem Flug sehr schweigsam geworden war.

Tilda saß mit hochrotem Kopf auf dem Sofa. Ein fiebriger Glanz lag in ihren Augen, der Amelie immer größere Sorgen bereitete.

Der Hotelpage zog die Koffer ins Zimmer und stellte sie neben Tilda ab, die aus ihrem Portemonnaie Trinkgeld nahm und ihm in die Hand drückte. Kaum hatte er das Zimmer verlassen, streckte sich die Freundin zitternd auf dem Möbel aus. Sofort war Amelie an ihrer Seite und legte ihre Hand auf Tildas Stirn. »Du glühst ja. Du brauchst dringend einen Arzt.« Aber die Freundin schüttelte den Kopf. »Nein, ich habe Medikamente eingesteckt. Eine Tablette gegen das Fieber und eine gegen den Schnupfen, eine Stunde Schlaf, und ich bin wieder ganz die Alte.«

Zweifelnd blickte Amelie auf sie hinunter. »Bist du sicher? Ich denke, wir sollten lieber einen Arzt rufen.«

»Nein!«, rief Tilda aus und tastete nach ihrer Handtasche.

»Okay, aber ich bestelle dir wenigstens einen heißen Tee mit Zitrone.« Amelie nahm eine Decke aus dem Schrank und breitete sie über der Freundin aus.

Nachdem Tilda die Medikamente geschluckt und den Tee getrunken hatte, schlief sie ein. Amelie wollte die Zeit nicht im Zimmer verbringen, sondern beschloss, nach unten zu gehen und sich im Hotel umzusehen. Am Ende des Flures befand sich eine breite geschwungene Treppe mit einem aufwendig gedrechselten Geländer. Amelie fühlte sich in eine längst vergangene Zeit versetzt. Auf dem Weg nach unten blieb sie öfter stehen und betrachtete die Gemälde an der Wand. Die Kleider der darauf abgebildeten Damen ähnelten im Schnitt ihrem venezianischen Kostüm. Nur war ihres vorn kürzer, damit sie sich beim Tanzen nicht aufs Kleid trat. Eine Idee Tildas, die hoffte, von einem Mann auf dem Ball aufgefordert zu werden. Die Freundin und sie hatten deshalb gestern noch einmal geübt. Schließlich wollten sie sich nicht blamieren. Alle möglichen Tänze hatten sie probiert, weil sie nicht wussten, was auf einem Maskenball getanzt wurde. Leider konnte Tilda trotz Tanzschulunterricht nicht den Takt halten und war ihr mehrmals auf die Füße getreten. Ihre Zehen schmerzten heute noch immer leicht. Anschließend hatte Tilda auch noch einige Songs mitgesungen, und zwar so schief, dass sie sich vor Lachen gebogen hatten. Sie würde die Freundin wahnsinnig vermissen.

Amelie konnte es kaum erwarten, ihr Kostüm auszuführen. Im Hotelfoyer trank sie einen Cappuccino und blätterte in einem Prospekt, der den Maskenball beschrieb, den sie und Tilda morgen besuchen wollten. Mit ihm kehrte sie zur Freundin zurück. Die war in der Zwischenzeit aufgewacht.

»Wo warst du denn die ganze Zeit?«, krächzte Tilda vorwurfsvoll.

»Du hast tief und fest geschlafen. Ich hab mich nur unten im Hotel ein wenig umgesehen. Wie fühlst dich jetzt? Haben die Tabletten gewirkt?« So verquollen, wie Tilda aussah, befürchtete Amelie, den morgigen Maskenball absagen zu müssen, auf den sie sich so gefreut hatten.

»Geht schon.« Das Lächeln der Freundin wirkte gequält. Amelie konnte Tilda ansehen, dass es ihr schlechter ging, auch wenn sie sich die größte Mühe gab, es zu verbergen. Sie setzte sich neben die Freundin auf die Couch. »Möchtest du vielleicht etwas essen?«

Tilda zuckte mit den Achseln und griff nach einem Taschentuch.

»Ich habe keinen Hunger. Muss mich heute nur ausruhen, damit ich morgen fit bin«, antwortete sie bestimmt.

Die Zuversicht konnte Amelie nicht teilen. Wenn Tilda nicht zum Ball ging, würde sie auch darauf verzichten. »Wir sollten doch nach einem Arzt fragen, damit es dir wirklich schnell besser geht.«

Tilda wollte etwas erwidern, was in einem Hustenanfall endete. Tränen liefen ihr die Wangen hinab, bis sie röchelnd und schniefend das Taschentuch vor den Mund presste.

Amelie redete weiter auf sie ein. »Wenn du keine Vernunft annimmst, haben wir die Tickets umsonst gekauft. Lass mich bitte einen Arzt rufen!«

Endlich gab die Freundin nach und Amelie atmete auf.

Zwei Stunden später hatte der Arzt ihr Zimmer wieder verlassen. »Ihre Freundin hat nicht nur eine leichte Erkältung«, hatte er Amelie erklärt. »Sie muss sich unbedingt schonen.«

»Wird sie denn auf den Maskenball gehen können? Wir haben uns so sehr darauf gefreut.« Die ganze Zeit über hatte Tilda nur gejammert, weil sie befürchtete, ihr Vorhaben könnte scheitern.

Der Arzt, ein grau melierter Mann von Ende fünfzig schüttelte den Kopf. »Das kann ich Ihnen leider nicht versprechen. Sie sollte sich schonen. Morgen habe ich keinen Dienst. Bitte fragen Sie im Hotel nach einem Arzt nach, falls sich der Zustand Ihrer Freundin verschlechtern sollte.«

»Ja, danke.«

Schlechtgelaunt lag Tilda auf dem Sofa. Schniefend und hustend starrte sie auf den Fernseher. Rechts auf dem kleinen Beistelltisch türmten sich die Medikamente und Taschentücher.

Amelie hatte sich mit einer Portion Spaghetti, die der Zimmerservice kurz zuvor serviert hatte, am Fenster niedergelassen. So hatte sie sich den Abend in Venedig nicht vorgestellt. Aber ihre Freundin konnte schließlich nichts dafür, dass sie erkrankt war. Draußen war es dunkel geworden. Die Lichter des Hotels spiegelten sich im Kanal. Der Markusturm war angestrahlt. Aus der Ferne klang gedämpfter Gesang, dann Gelächter. Schritte unter ihr ließen Amelie hinunterblicken. Eine Gruppe Kostümierter lief am Hoteleingang vorbei. Sie sah zu Tilda hinüber, die erneut eingeschlafen war. Sollte ihre Venedigreise auf das Hotelzimmer beschränkt bleiben? Die Enttäuschung saß in Amelies Kehle wie ein Kloß. Ihr war zum Heulen zumute.

Nach einem ausgiebigen Bad begab sie sich zu Bett. Doch an Einschlafen war nicht zu denken, denn Tilda schnarchte laut. Lange Zeit warf Amelie sich von einer Seite auf die andere. Das Kissen auf die Ohren gepresst, schlief sie endlich doch irgendwann ein und träumte vom Maskenball. Sie stand inmitten eines Saales, über dessen Eingang auf einem Plakat in großen Lettern *Castello d'avorio* stand. Stimmengewirr schlug ihr entgegen. Eine Kapelle von einem knappen Dutzend Musiker in Harlekinkostümen spielte modern interpretierte Werke Mozarts. Alle Gäste trugen weiße und schwarze Schachfigurenkostüme, und jeder von ihnen eine goldene Kette mit Elfenbeinanhänger um den Hals, wie der von Oma Irmi. Auch Amelies selbstgefertigter Anhänger zierte ihr Dekolleté. Ein Mann im Kostüm mittelalterlicher Gaukler tanzte zwischen den lebendigen Schachfiguren, kam auf sie zugesprungen und zog sie mit sich auf die Tanzfläche, die ein überdimensionales Schachbrett war. Ehe sie es sich versah, schwebte sie im Arm eines sehr attraktiven Mannes mit goldener Maske über den Boden. Zu beiden Seiten des Saales standen riesige Elefanten aus Elfenbein, von Fackeln angeleuchtet warfen sie bizarre Schatten an die Wände. Die schwarzen Augen ihres Tänzers betrachteten sie voller Begehren durch die Maskenschlitze. Seine Hand ruhte auf ihrem Schulterblatt, während er sie sicher durch die Tanzenden führte. Es kribbelte überall auf ihrer Haut, ausgehend von der Stelle, an der seine Finger ruhten. Sie konnte nicht anders, als zu ihm aufzusehen. Immer schneller wirbelte er sie herum, bis sie den Boden unter den Füßen verlor. Amelie fühlte sich so leicht wie noch nie. Plötzlich hielt er inne, beugte den Kopf zu ihr herunter und presste seinen Mund auf ihren. Sie schmolz unter seinem zärtlichen Kuss dahin. Im selben Augenblick versteinerte er und jemand riss sie grob an der Schulter zurück. Sie schrie auf, als sie erkannte, dass ihr Tanzpartner zu Eis gefroren war. Sie drehte sich um und stand Claudia und ihrem Vater gegenüber, die als schwarze Schachdame und -könig verkleidet waren.

»Das ist meins!«, brüllte Claudia und riss ihr den Elfenbeinanhänger vom Hals.

»Nein!«, schrie Amelie und versuchte vergeblich, ihr das Schmuckstück zu entreißen.

Claudia warf es auf die Erde und trat mit ihrem spitzen Absatz darauf. Hilflos und mit Tränen in den Augen musste Amelie zusehen, wie ihr Schmuckstück in unzählige Teile zersprang. Claudia und ihr Vater lachten hämisch. Ihre Gesichter verzogen sich zu diabolischen Fratzen, sodass Amelie erschrocken zurückwich. Im selben Moment zersprangen die Elfenbeinelefanten im Saal, als hätte sie jemand auf Knopfdruck gesprengt. Zahlreiche Splitter flogen durch die Luft und versetzten die Gäste in Panik. Alle weißen Figuren flohen schreiend aus dem Saal. Auch sie flüchtete und sah im Vorbeirennen, wie die schwarzen Schachfigurengäste grölend Speere schwenkten. Es jagte ihr eisige Schauder den Rücken entlang. Als eine der Schachfiguren sie mit rotfunkelnden Augen verfolgte, schrie sie auf und rannte um ihr Leben.

Amelie erwachte, als sich eine heiße Hand auf ihren Arm legte. Die Schachfiguren, der Maskenball … Noch immer gefangen von dem Traum dauerte es einen Moment, bis sie die Augen aufschlug. Langsam dämmerte es ihr, dass sie nur einen Albtraum gehabt hatte. Die Nachttischlampe neben ihr brannte. Tilda stand neben ihrem Bett und sah sie mitfühlend an.

»Was ist?«, fragte Amelie verwirrt.

»Du hast im Schlaf um dich geschlagen und geschrien. Davon bin ich wach geworden.« Tilda klang heiser. Sie brauchte dringend den erholsamen Schlaf, was bei Amelie ein schlechtes Gewissen aufkommen ließ.

»Oh, tut mir leid, ich wollte dich nicht wecken. Aber ich hatte einen seltsamen Traum.«

»Das habe ich wohl gemerkt«, antwortete Tilda schmunzelnd. »Du hättest fast dein Handy durchs Zimmer geworfen.« Sie blickte auf Amelies Hand, die noch immer das Handy umklammert hielt. »Was hast du denn nun geträumt?«

Mit wenigen Sätzen berichtete Amelie der Freundin davon.

»Der Traum klingt wie ein schlechtes Omen«, sagte Tilda.

Lag da Furcht in ihren Augen? Den gleichen Ausdruck hatte sie bei Oma Irmi bemerkt, wenn sie ihre Geschichten aus Afrika erzählt hatte. War die Freundin etwa auch abergläubisch? Sie mochte es nicht glauben, denn Tilda war eine moderne junge Frau.

»Quatsch. Du bist doch nicht etwa abergläubisch?« Kichernd stupste Amelie die Freundin an, die unerwartet ernst blieb.

»Nein, natürlich nicht«, antwortete sie lächelnd. Aber Amelie kaufte ihr das nicht ab.

»Und du hast auf dem Plakat tatsächlich im Traum einen Namen gelesen? Wie war der noch gleich? *Castello d'…*? Was heißt das?« Die Freundin hasste Fremdsprachen, weil sie ihr schwerfielen.

»*Castello d'avorio.*« Sie sah die Buchstaben deutlich vor Augen, deren Bedeutung auch sie nicht kannte. »Keine Ahnung, aber ich habe ja zum Glück ein elektronisches Wörterbuch auf dem Handy.« Amelie setzte sich auf, und mit wenigen Fingerstrichen hatte sie das gewünschte Ergebnis auf dem Display.

Tilda, die sich neben sie aufs Bett gesetzt hatte, lugte über ihre Schulter. »Und? Was heißt das nun?«, bohrte sie nach.

»*Elfenbeinschloss*«, las Amelie vor und spürte, wie ein Ruck durch die Freundin ging. Tilda war seltsam schweigsam, was sie von der toughen Freundin gar nicht kannte.

»Das hat dir jetzt wohl die Sprache verschlagen, was?« Amelie wandte sich zu ihrer Freundin um, die in Gedanken ganz weit weg zu sein schien. Entweder ging es ihr schlechter, oder der Traum bewegte die Freundin ebenso wie sie selbst.

»Wie kommst du denn auf diesen … Namen?«, fragte Tilda zögerlich.

Weshalb verhielt die Freundin sich plötzlich so merkwürdig, als sie von ihrem Traum erzählte? »Keine Ahnung. Ich habe irgendwo mal gelesen, dass das Gehirn alle Begriffe im Unterbewusstsein speichert, mit denen es etwas Besonderes verbindet. Jedenfalls kann ich mich nicht erinnern, ihn schon einmal gehört zu haben.«

In Tildas Augen lag plötzlich ein wachsamer Ausdruck, wie sie ihn noch nie zuvor bei der Freundin gesehen hatte. Immer mehr beschlich Amelie das Gefühl, dass Tilda etwas vor ihr verbarg.

»Vielleicht hast du ihn in einem Märchen gehört.« Tilda lachte. Doch es klang angespannt.

»Ja, vielleicht«, antwortete Amelie nachdenklich und betrachtete forschend die Miene der Freundin. Während sie Tilda vieles von sich erzählt hatte, wurde ihr wieder einmal bewusst, wie wenig sie eigentlich von der Freundin wusste. Auch hatte sie nie ein Foto eines Familienmitgliedes gesehen. Zwar kannte sie den Vornamen ihres Vaters und wusste, dass sie ein großes altes Haus in der Nähe von Hannover besaßen. Selbst ihre Recherchen im Internet nach Tilda Gold waren ergebnislos geblieben. Aber über sie stand auch nichts im Netz, das war also nicht ungewöhnlich. Dennoch beschlich Amelie das Gefühl, dass die Freundin etwas Wichtiges vor ihr verbarg. Schämte sie sich vielleicht ihrer Familie?

»Sagt der Begriff dir denn etwas, Tilda?«

Tildas Augen weiteten sich kurz, bevor sie lächelnd den Kopf schüttelte. »Mir? Wie kommst du denn darauf? Nein, ich habe ihn auch noch nie gehört.«

Eine Spur zu hastig senkte ihr Gegenüber den Blick. Tilda log, das spürte Amelie, und es bedrückte sie. Doch aus welchem Grund?

»Na ja, hast recht. Ist bestimmt aus einem Märchen, denn es hört sich ja auch zu fantastisch an. Mein Traum war irgendwie gruselig. Diese ganzen Kostüme von Schachfiguren … Ich spiele überhaupt nicht Schach. Ach egal, ich sollte meinen Traum schnell vergessen.«

Tilda atmete aus. Sie wirkte ausgesprochen ernst. »Ja, solltest du wirklich«, stimmte sie zu.

»Du klingst so merkwürdig. Alles okay?«

Tilda stand auf und drehte sich um. »Mir geht es wirklich nicht besonders. Mich fröstelt. Ich glaube, ich gehe jetzt lieber wieder ins Bett zurück.«

»Ja, klar, mach das. Ich hoffe, ich störe dich nicht noch einmal in der Nacht.«

Zum Glück war Amelies Befürchtung unbegründet. Nachdem sie sich unter die Bettdecke gekuschelt hatte, fiel sie in einen traumlosen Schlaf.

9.

Der Zug fuhr mit einiger Verspätung in den Bahnhof Venezia Santa Lucia ein. Christian war genervt. Geschlagene acht Stunden hatte er in dem stickigen Abteil verbracht zwischen zwei Müttern mit lärmenden Kindern, weil es keine Plätze in der ersten Klasse mehr gegeben hatte. Es pochte schmerzhaft hinter seinen Schläfen, und er bereute, nicht mit dem Wagen gefahren zu sein. Christian griff nach seiner Reisetasche und verließ das Abteil. Auf dem Bahnsteig zwängte er sich durchs Gedränge. In der Bahnhofshalle angekommen hielt er Ausschau nach einem Bistro, denn er brauchte jetzt dringend einen Kaffee. Nur wenige Schritte von ihm entfernt befand sich ein Kiosk mit zwei Stehtischen. Auf dem Weg dorthin zückte er sein Handy und wählte Emanuels Nummer.

»Hi, Christian hier. Du, ich bin jetzt in Venedig angekommen. Mit ziemlicher Verspätung. Du hast ja wohl niemandem verraten, wo ich bin, oder?« Damit Claudia nicht auf die Idee kam, ihm hierher zu folgen. Auf der Fahrt hierher hatten ihn zahlreiche Nachrichten von ihr erreicht. Von *Wo bist du?* bis *Vermisse dich.* Alle hatte er unbeantwortet gelassen. Nur Emanuel hatte er eingeweiht.

»Nein, nur Eva weiß davon. Ist das okay für dich?«

Die Verlobte seines Bruders gehörte nicht zu den Geschwätzigen. Christian atmete auf. »Ja, klar. Was ist mit Vater?« Sein seltsames Verhalten beschäftigte ihn trotz allem noch immer.

»Unverändert. Aber wir haben das im Griff. Mach dir keine Sorgen, entspann dich lieber.«

Bei seinem gewissenhaften Bruder und der zukünftigen Schwägerin befand sich Vater in besten Händen. Dennoch blieb ein ungutes Gefühl in ihm zurück, das Christian sich nicht erklären konnte. »Okay, aber sollte etwas sein, melde dich.«

Nachdem Emanuel es ihm versprochen hatte, betrat Christian den Kiosk und orderte einen Espresso. Während er das heiße Getränk schlürfte, fiel sein Blick auf die Zeitungen im Ständer. Eine Schlagzeile weckte seine Aufmerksamkeit: *Tempi difficili per le fabbriche di gioeilli.* Schwere Zeiten für Schmuckmanufakturen. Er zog die Zeitung aus dem Fach und schlug sie auf. Auf den ersten Seiten wurde über den diesjährigen Karneval berichtet. Voller Ungeduld blätterte er weiter bis zum Artikel über die Schmuckbranche in Europa. Es wurde über die starken Einbußen europäischer Schmuckhersteller als Folge der asiatischen Konkurrenz auf dem Weltmarkt berichtet. Danach eine Auflistung bekannter Schmuckmanufakturen, unter denen sich auch der Name von Güldenstein befand. Das i-Tüpfelchen war ein Zitat aus einem Interview mit seinem Vater, der über den Umsatzeinbruch der Manufaktur sprach. Christian ließ die Zeitung sinken und starrte nachdenklich vor sich hin. War das seltsame Verhalten des Vaters doch auf die Probleme in der Firma zurückzuführen? Belastete ihn das so sehr, dass er keine Ruhe fand? Vater hatte Probleme nie als solche, sondern als unternehmerische Herausforderungen bezeichnet. Schmiedel hatte Schwierigkeiten abgestritten, und auch Emanuel schätzte die Situation ihm gegenüber nicht als bedenklich ein. Stand es schlimmer in Güldenstein, als die beiden zugeben wollten? Aus Rücksicht auf ihn? »Wir haben alles im Griff«, hatte sein Bruder vorhin geantwortet. Wurde von dem Artikelschreiber nur alles dramatisiert? Darauf wollte sich Christian nicht verlassen. Bevor er nach Siena zurückkehren würde, musste er nach Güldenstein.

Er kaufte die Zeitung und stopfte sie in die Reisetasche. Danach lief er zur Anlegestelle der Vaporettos. Ganz in Gedanken versunken, nahm er die Schönheit Venedigs nur am Rande wahr.

Gerade als Christian mit seiner Reisetasche das Vaporetto verließ, vibrierte sein Handy. Tomas. Er hatte also seine Nachricht gelesen, die er ihm im Zug wegen des Elfenbeinanhängers zugesandt hatte. Er konnte noch immer nicht verstehen, wie die Jury sich stattdessen für Claudias mangelhaften Armreif entschieden hatte. Immer und immer wieder hatte er das Schmuckstück eingehend betrachtet, auf dem PC so weit gezoomt, bis er jedes kleinste Detail in Augenschein nehmen konnte.

Werde es mir überlegen, schrieb Tomas zurück. Sein Chef war doch sonst nicht so verhalten, wenn es darum ging, ein Talent anzuwerben. Befürchtete er, Ärger mit seiner Tochter zu bekommen? Nur zu gut erinnerte Christian sich an die Diskussion mit seinem Mentor kurz vor seiner Abreise. Sie hatten in der Werkstatt zusammengestanden. Er hatte Tomas das Foto auf dem Handy vors Gesicht gehalten und mit dem Finger aufs Display getippt. Ein flüchtiger Blick von Tomas. Mehr nicht.

»Was hältst du davon, Elfenbeinschmuck in die Herbstkollektion aufzunehmen? Fantastische und exotische Motive. Afrika oder Indien. Etwas Ausgefallenes. Alles aus Elfenbein geschnitzt!«

»Ich glaube nicht, dass das bei unseren Kunden ankommt«, hatte Tomas seinen Vorschlag abgeschmettert. »Trends kommen und gehen. Denk an Granat«, bremste Tomas seinen Enthusiasmus aus. Aber Elfenbein war zeitlos, neutral. Wenigstens wollte Tomas darüber nachdenken.

Christian schob das Handy wieder in die Hosentasche zurück und lief die schmale Gasse nach rechts entlang. Von Ferne wehte der Wind salzige Meeresluft zu ihm und auch die Geräuschkulisse des Karnevalumzuges. Aber er hatte keine Lust, sich auf diese Ablenkung einzulassen. Alles, wonach er sich jetzt sehnte, war Ruhe.

Mit Stefanos Adresse auf dem Zettel lief Christian an den endlosen Häuserzeilen vorbei. Verdammt, wo befand sich denn nun das Atelier? Kein Schild, kein Hinweis. Nichts. Die Hausnummern in Venedig folgten einem System, das sich nur alteingesessenen Postboten erschloss. Dahinten befand sich die Ponte Minich. Stefanos Beschreibungen zufolge lag die Brücke nur wenige Schritte vom Atelier entfernt.

Vor einer doppelflügeligen, grüngestrichenen Holztür blieb er stehen, weil sie einen Spaltbreit geöffnet war und der Beschreibung Stefanos entsprach. Er lugte in den winzigen Innenhof, in dem sich Holzkisten türmten. Über eine Kiste hatte jemand mit einem Stift *Mancini* gekritzelt, Stefanos Nachnamen. Endlich! Christian zog die Tür auf, die über den Steinboden schabte, und betrat den Innenhof. Er umrundete die Kisten, hinter denen sich eine weitere Tür befand, die von der Gasse nicht einsehbar war. Ein Holzschild mit dem gepinselten, kaum lesbaren Namen *Atelier Mancini* war an die Wand neben der Tür genagelt. Stefano hatte ihm am Telefon beschrieben, wo der Schlüssel zu finden war. Er selbst befand sich noch auf einer Vernissage in Florenz. Christian hob den Arm und tastete den Sturz ab. In einem Loch im Mauerwerk wurde er fündig.

Wenig später erklomm er die knarrende Holztreppe in den zweiten Stock des Hauses, in dem sich das Atelier befand. Die Stockwerke darunter waren leer. Im Treppenhaus bröckelten Putz und Farbe von den Wänden, auch das Licht funktionierte nicht. Es roch muffig, weshalb Christian für Stefanos Atelier und Wohnung Schlimmstes befürchtete. Doch als er oben die Tür aufzog, empfing ihn ein modernes Loft, das keinen Komfort entbehrte. Der riesige Raum verband Arbeit und Wohnen, darin standen eine alte Schulbank voller Farbkleckse, ein Tisch mit drei Stühlen und eine orientalisch anmutende Kommode. Doch besonders beeindruckend war die deckenhohe Fensterfront, vor der mehrere Staffeleien und ein Diwan standen. Der Blick über Venedigs Dächer war atemberaubend. Er beneidete Stefano für diese Aussicht. Christian stellte seine Reisetasche ab und sah sich in der Wohnung um, in der es überall nach frischer Farbe roch. An einer Wand stand ein Regal, das unzählige Farbtuben, -töpfe, Pinsel verschiedenster Größen sowie Paletten beinhaltete.

Hinter dem Arbeitsraum befanden sich noch eine kleine Küche, ein geräumiges Bad, in dessen Decke zahlreiche Lämpchen einem Sternenhimmel gleich über der Wanne eingelassen waren. Vom Bad aus ging es in zwei Schlafräume. Er öffnete den mit der Aufschrift *Ospiti,* Gäste. Die Einrichtung war spartanisch aber praktisch. Ein französisches Bett mit verschnörkeltem Metallgestell dominierte den Raum, daneben stand ein rustikaler Schrank.

Es dämmerte bereits, als er in die Küche lief, um nach etwas Essbarem zu suchen. Stefano hatte eine Nachbarin mit Einkäufen beauftragt. Sicher seine derzeitige Muse. Christian zog den Kühlschrank auf, der prall gefüllt war. Selbst an frisches Weißbrot war gedacht worden, das in einem Beutel auf dem quadratischen Tisch lag. Er schnitt sich eine Scheibe ab und bediente sich am köstlichen Serranoschinken. Erst jetzt bemerkte er, dass neben dem Brotbeutel ein Zettel und Tickets für ein Galadinner mit Maskenball lagen. *Das Essen dort ist hervorragend. Im Kleiderschrank hängt ein Kostüm von mir mit passender Maske, das du haben kannst. Ciao, bis später, Stefano.*

Christian grinste. Natürlich würde er ihn nicht auf diesen Maskenball begleiten. Er hielt nichts von Maskeraden und ausgelassenen Feiern. Andererseits würde ihn dieses Fest ablenken. Einen Moment war er versucht, ein Ticket an sich zu nehmen. Er setzte sich auf den Diwan am Fenster und beobachtete den restlichen Sonnenuntergang. Das gute Essen und die anstrengende Zugfahrt forderten ihren Preis, denn er schlief gleich ein.

Das Geräusch einer knarrenden Tür weckte Christian. Draußen war es bereits hell.

»Buongiorno Christian. Du hast doch nicht etwa die ganze Nacht auf dem alten Diwan geschlafen?«, hörte er Stefano fragen. Geblendet vom Sonnenlicht hielt er die Hand über die Augen. »Buongiorno, Stefano. Doch, und es war herrlich. Ich dachte, du kommst erst heute Nachmittag.«

Der Maler stand mit seinem Koffer in der Tür. Er war einen Kopf kleiner als Christian, aber größer als sein Bruder Luigi und trug jetzt einen Bart, der ihn älter wirken ließ, als er war. Lächelnd kam er auf Christian zu. »Habe meine Bilder alle schnell und gut verkauft. Und es ist doch Karneval!« Er lächelte zufrieden.

»Gratulation.« Christian gönnte ihm den Erfolg. Er reckte seine steifen Glieder und stand vom Diwan auf. Stefano stellte seinen

Koffer ab und kam mit ausgebreiteten Armen auf ihn zu. Freundschaftlich drückte er ihn. »Saluti, amico mio. Lange nicht gesehen. Ich freue mich, dass du in mein bescheidenes Heim gekommen bist.«

»Bescheiden nennst du das? Dein neues Atelier ist klasse. Ich hätte dich schon eher besuchen sollen«, warf Christian augenzwinkernd ein. »Ich glaube, ich sollte jetzt lieber mal duschen.«

»Okay, zum Frühstück einen Espresso, Chris? Ein paar Eier?«, rief Stefano hinter ihm her.

»Nur einen doppelten Espresso.«

Während Stefano in der Küche hantierte, genoss Christian das Vergnügen des Massagestrahls unter der Dusche. Wenig später saßen die beiden am Tisch und plauderten über die Vernissage. Immer wieder schaffte Stefano es, ihn mit seinen Anekdoten von der Ausstellung zum Lachen zu bringen. »Ich werde mich jetzt ein wenig aufs Ohr hauen. Ich muss doch heute fit sein, wenn ich einer Muse begegne«, sagte er augenzwinkernd. »Du kommst doch mit auf den Ball?«

»Ach, ich weiß nicht. Ich habe keine Lust.« Irgendwie war ihm nicht nach lauter Musik, Stimmengewirr und Tanzen mit unbekannten Frauen. Er wollte lieber nachdenken.

»Hey, ich glaube, du brauchst ein wenig Abwechslung, so griesgrämig wie du bist.«

»Ich überleg's mir«, antwortete Christian ausweichend.

»Mensch, Chris, wir werden viel Spaß haben. Schöne Frauen, Musik, Wein, hervorragendes Essen … Das willst du dir bestimmt nicht entgehen lassen.« Stefano wandte sich mit einem »Bis später« um.

An der Tür drehte er sich noch einmal zu Christian um. »Ach, bevor ich es vergesse, ich habe deine Post mit hochgebracht.«

Nur langsam sickerten Stefanos Worte in Christians Bewusstsein. »Meine Post?«, fragte er verwundert.

»Ja, jedenfalls ist der Umschlag an dich adressiert. Ich dachte eigentlich, dass niemand wissen sollte, wo du bist.«

»Das dachte ich auch.« Christian stöhnte genervt.

Stefano zog einen Umschlag unter seiner Jacke hervor, die er vorhin beim Hereinkommen achtlos auf einen der Stühle geworfen hatte, und reichte diesen Christian. Es war eine gewöhnliche, braune Versandtasche, an einer Seite von einem Gegenstand ausgebeult. Gerichtet an Baron von Güldenstein. Die heimatliche Adresse war durchgestrichen und durch Stefanos ersetzt worden. Ein Irrläufer, nicht für ihn bestimmt.

»Da hat sich offenbar jemand geirrt, denn der Umschlag ist an meinen Vater gerichtet. Baron von Güldenstein. Ich nehme es mit, wenn ich nach Güldenstein fahre.« Achtlos warf er das Kuvert beiseite.

»Ich dachte, da stand *Chr. Baron von Güldenstein* drauf.« Stefano nahm das Kuvert an sich, drehte und schwenkte es hin und her. »Mit Tinte geschrieben. Die beiden letzten Buchstaben sind verblasst, aber lesbar, je nachdem wie ich es halte. Als hätte jemand versucht, sie zu entfernen. Auf jeden Fall steht da *Chr.* Schau selbst.« Er tippte mit dem Zeigefinger auf die Stelle und reichte Christian erneut den Umschlag. Nach eingehender Betrachtung musste er dem Freund recht geben. Beim genauen Hinschauen waren hinter dem C die folgenden Buchstaben seines Vornamens schwach zu erkennen.

»Jeder weiß doch, dass nur mein Vater diesen Titel trägt. Da hat sich jemand geirrt.« Ein seltsames Gefühl breitete sich in seinem Magen aus.

»Und wenn der Brief doch für dich ist? Willst du ihn nicht aufmachen?«, hakte Stefano nach.

»Schon mal was von Briefgeheimnis gehört?«, konterte Christian grinsend.

»Es ist hier angekommen. Oder ist dein Vater auch in der Stadt?«

Emanuel hatte am Telefon gesagt, dass Vater in Güldenstein war. Vielleicht war die Sendung wirklich für ihn?

»Also gut, ich schaue kurz hinein.« Er zwinkerte dem Freund zu, löste die Lasche und linste in den Umschlag. Als er stutzte, reckte auch Stefano den Hals. Christian zog eine Schachfigur heraus.

Sie war aus Elfenbein geschnitzt. Ein Gepard. Im Internet hatte er schon einmal Schachfiguren mit Motiven afrikanischer Tiere gesehen. Die Läufer besaßen oft das Aussehen einer Raubkatze, weshalb er vermutete, dass auch er einen Läufer in der Hand hielt. Doch dieser Spielstein war das Abbild eines blutrünstigen Tieres im Sprung auf seine Beute. Auf der Unterseite waren drei Kerben zu sehen, die schwarz angemalt wie Runen aussahen. Nachdenklich drehte er den Spielstein zwischen den Fingern.

»Da will dich wohl jemand zu einer Partie Schach auffordern.« Stefano grinste. »Will dich eine deiner Freundinnen schachmatt setzen?« Er feixte. Doch Christian starrte den Läufer nachdenklich an. Die Konturen des Geparden waren gut gearbeitet. Hier hatte jemand sein Handwerk verstanden.

»Seltsam … schon wieder Elfenbein.«

»Was meinst du damit?« Fragend sah Stefano ihn an.

In wenigen Sätzen berichtete Christian dem Freund von dem geschnitzten Elfenbeinanhänger. »Gut, dass ich nicht an Schicksal, Vorhersehung und den ganzen Hokuspokus glaube, sonst könnte ich noch denken, dass mich Elfenbein verfolgt«, erklärte er Stefano.

»Ich auch nicht. Aber merkwürdig finde ich es schon, dass dir jemand einen Spielstein schickt. Ich frage mich, was es damit auf sich hat.«

Wer schickte ihm eine Schachspielfigur? Keiner seiner Freunde war begeisterter Anhänger dieses Spieles. »Sicher nur ein Streich. Oder eine Aufforderung, endlich mit dir eine Partie zu spielen. Vielleicht hast du mir den Läufer untergeschoben?«, flachste Christian und lächelte.

Abwehrend hob Stefano die Arme. »No, das war ich nicht. Ehrlich.«

Luigi und er spielten leidenschaftlich gern Schach. Dennoch sprach Unschuld aus Stefanos Blick.

»Eher Luigi, um dich zum Schachspielen zu motivieren. Weißt du noch, damals in der Taverne, als ich dich um eine Partie Schach gebeten habe und du abgelehnt hast? Er wollte sich nicht damit abfinden, keinen Gegner für mich zu haben.«

Schach gehörte zu den Spielen, die Christian nicht mochte, weil sie seine Geduld strapazierten. »Der hat es längst aufgegeben, mich zu bekehren«, antwortete Christian lachend. »Das war jemand anders. Vielleicht outet sich derjenige noch.« In seinem Geist ging er alle durch, die für so etwas infrage kommen könnten, kam aber zu keinem brauchbaren Ergebnis. Auch Tomas und Claudia schieden aus.

Er steckte die Spielfigur wieder in den Umschlag zurück und bemerkte einen gefalteten Zettel, der im Innern des Kuverts haftete. »Gleich werden wir wissen, wer das geschickt hat«, erklärte er zuversichtlich, während er den Zettel auseinanderfaltete. Anstelle einer Nachricht handelte es sich um die Fotokopie einer Schachspielabbildung. Christian schaute sie sich zweimal an, denn ein Spiel mit solchen Figuren hatte er noch nie gesehen. Alle Spielfiguren waren gruselige Darstellungen von afrikanischen Tieren wie der Läufer.

»Was soll das denn?« Christian schüttelte den Kopf.

Stefano stand auf und trat hinter ihn, beugte sich über seine Schulter, um die kopierte Abbildung zu betrachten. Er tippte mit dem Finger auf das Papier.

»Die Buchstaben und Ziffern ... das sind Spielzüge. Ich kenne diese Konstellation. Ich muss mal kurz überlegen woher ...« Hinter Stefanos gerunzelter Stirn schien es fieberhaft zu arbeiten. »Ja ... die Züge ... das ist eine berühmte Schachpartie. Sie wurde die Unsterbliche genannt. Aus dem neunzehnten Jahrhundert zwischen den Gegnern Adolf Anderssen und Lionel Kieseritzky. Dabei wurden von einem Spieler der Läufer, beide Türme und die Dame geopfert, um den Gegner mattzusetzen.« Die weiteren Erklärungen Stefanos rauschten an Christian ungehört vorbei. Weder sein Vater noch er oder Emanuel spielten Schach. Was also sollte das Ganze?

»Da will uns jemand veräppeln! Keiner der Güldensteins hat je Schach gespielt. Dummer Jungenstreich!« Erstaunen und Ärger mischten sich in Christians Tonfall. Mit einer schwungvollen Bewegung schmiss er das Papier auf den Tisch.

Stefano saß schweigend da und rieb sich das Kinn.

Weshalb sagte der Freund nichts und war so ungewohnt ernst?

»Und wenn es … kein Streich ist?«, fragte Stefano nach einer Weile leise, ohne aufzublicken.

Da war es wieder dieses seltsame Gefühl, das wie Säure durch Christians Eingeweide floss. »Wie meinst du das jetzt?«

Der Freund winkte ab. »Ach, vergiss es, war nur so ein blöder Gedanke.«

»Und wenn dieser Gedanke gar nicht so blöd wäre? Ich hasse Andeutungen.«

»Okay. Egal für wen dieses Kuvert bestimmt gewesen ist, es könnte eine Botschaft sein. Der Schachspielzug, der Läufer … ein Hinweis darauf, dass man keine Chance hat zu gewinnen.«

Botschaft! Das Wort hallte in einer Endlosschleife durch Christians Kopf. »So ein Quatsch! Du hast wohl zu viele Psychothriller gelesen?« Christian lachte auf, aber sein Gegenüber stimmte nicht ein.

»Nein, im Ernst, dieses Kuvert … irgendwie habe ich dabei so ein komisches Gefühl«, sagte Stefano besorgt.

Auch Christian konnte das seltsame Kribbeln in seinem Magen nicht ignorieren, auch wenn er nicht wie sein Freund zu heiligen Stätten pilgerte und an die Heilung durch die Madonna glaubte.

»Ich ziehe mich zu einer kreativen Schaffenspause zurück.« Mit diesen Worten verschwand der Freund im Schlafzimmer. Wenig später schwebten Klänge von Entspannungsmusik durchs Atelier.

Christian beschloss, trotz des Karnevalstrubels, Venedig zu entdecken. Er musste sich ablenken.

Mit dem Handy, das als Navi fungierte, lief er zu den nächstgelegenen Sehenswürdigkeiten. Überall traf er auf Maskierte und Verkleidete, die durch die Gassen streiften. Sicher waren die meisten von ihnen Touristen. Es herrschte eine ausgelassene Heiterkeit, die auch auf ihn ansteckend wirkte. Als Jugendlicher hatte er eine Mainzer Karnevalssitzung erlebt, die jedoch mit dem Treiben hier in Venedig nicht vergleichbar war. Hier fühlte er sich in der

Kulisse mit den alten Häuserfassaden und Kanälen in eine andere Zeit versetzt.

Auf seiner Sightseeingtour ertappte er sich immer wieder dabei, dass ihn die Schachfigur mitsamt der Abbildung des seltsamen Schachspiels noch immer mehr beschäftigte, als ihm lieb war. Sollte Stefano recht haben mit der versteckten Botschaft? Sein Vater konnte in Geschäftsdingen durchaus rücksichtslos sein. Gab es vielleicht einen Geschäftspartner oder Kunden, der wütend auf ihn war und ihm Angst einjagen wollte? Oder war die Spielfigur mit der Fotokopie tatsächlich für ihn selbst bestimmt gewesen? Vielleicht doch von Claudia? Nein, sie kannte seinen Aufenthaltsort nicht. Es musste sich um einen albernen Scherz handeln, der es nicht wert war, dass er auch nur noch einen Gedanken daran verschwendete.

Auf dem Rückweg zu Stefanos Atelier knurrte sein Magen. Am Ende der Gasse lag ein Café, das einladend aussah.

Wenige Augenblicke später saß er dort am Fenster und beobachtete das Treiben draußen. Eine Gruppe Kostümierter, angeführt von einem Harlekin, lief lärmend am Café vorbei. Sie trieben ihre Scherze mit den Vorbeigehenden. Eine brünette Frau von etwa Mitte zwanzig, die gerade die Apotheke gegenüber verlassen hatte und etwas orientierungslos wirkte, wurde zu ihrem Ziel. Als sie stehen blieb, um auf ihr Handy zu sehen, wurde sie direkt vor seinem Fenster von den Kostümierten umringt. War es ihr hübsches Gesicht mit den hohen Wangenknochen und den mandelförmigen Augen oder ihr warmes Lachen, das ihn sofort anzog? Er war doch nicht nach Venedig gekommen, um sich nach einer Frau umzusehen, sondern um über seine Zukunft bei Castanos nachzudenken. Dennoch konnte er den Blick nicht von ihr lassen.

Der Harlekin kniete sich theatralisch vor sie hin und küsste ihr die Hand. Mit einer entzückend verlegenen Geste strich sie ihr Haar hinters Ohr. Sie schrie erschrocken auf, als der Harlekin aufsprang, sie in die Arme riss und mit ihr übers Pflaster tanzte. Geschmeidig passte sie sich seinem Rhythmus an. Doch seine

Bewegungen wurden immer schneller. Während einer wilden Drehung löste sich ihre Haarspange. Ihr seidiges Haar ergoss sich in einer kastanienbraunen Flut über ihre Schultern. Der Harlekin fasste ihre Hände und wirbelte sie im Kreis herum. Sie legte den Kopf in den Nacken und lachte. Es klang warm und gefiel ihm. Keine seiner Freundinnen hätte sich spontan von einem Wildfremden auf der Straße zum Tanzen animieren lassen.

Der Harlekin stoppte und zog sie an sich. »Mia Cara«, konnte Christian von seinen Lippen ablesen. Seine Absicht war offensichtlich: Er wollte mit ihr die Nacht verbringen. Seltsamerweise ärgerte ihn das Vorpreschen des Mannes. Christian war gespannt, ob sie sich auf sein Angebot einlassen würde. Bei seiner letzten Geliebten, an deren Namen er sich nicht einmal mehr erinnern konnte, hatte es nur eines Blickes und einer Geste bedurft, und sie war ihm ins Hotelzimmer gefolgt. Die Brünette schüttelte lächelnd den Kopf, worüber Christian erleichtert war. Der Harlekin verbeugte sich, bevor er mit den anderen Kostümierten weiterzog. Die Fremde sah ihnen nach. Als sie sich abwandte, sah sie ihn durch die Scheibe kurz an. Ihr Blick war offen und voller Neugier. Ihre Lippen kräuselten sich zu einem Lächeln, das Eisberge zum Schmelzen bringen könnte. Nach einem Schulterzucken drehte sie sich um und zog ihr Handy aus der Jeans. Ihre Miene gefror, und die Lippen spien einen Fluch aus. Mit einer wütenden Geste steckte sie das Handy wieder weg und stampfte leicht mit dem Fuß auf. Wie vielen Fremden diente es ihr sicher dazu, sich in der fremden Stadt zurechtzufinden. Jetzt war scheinbar der Akku leer. Christian grinste. So war es ihm auch schon oft ergangen. Sie besaß Temperament, was sie noch anziehender machte.

Nur wenige Atemzüge später betrat sie das Café und marschierte schnurstracks auf die Bedienung hinter dem Tresen zu. Ihr Italienisch war miserabel, der Akzent deutsch. Sie fragte nach irgendeinem Hotel, dessen Namen sie offensichtlich vergessen hatte. Kurz spielte Christian mit dem Gedanken, ihr zu helfen, als sie sich abmühte, ihrem Gegenüber etwas zu erklären. Doch dann entschied er, sie nur zu beobachten. Er wollte wissen, ob sie es schaffte, sich mit der schwarzhaarigen Bedienung zu verständigen. Trotz der Umstände bewahrte sie Geduld. Sie wirkte unsicher, strich immer wieder durchs Haar. Bei dieser attraktiven Frau verspürte er den Wunsch, sie näher kennenzulernen. Sicher war sie Touristin und extra zum Karneval angereist. Die Bedienung redete auf sie ein, während sie ständig nickte. »Si, si.« Als die Schwarzhaarige am Tisch nebenan servierte, folgte sie ihr und fragte nach dem Palazzo Vendramin-Calergi. Das konnte nur bedeuten, dass sie den bekannten Maskenball besuchen wollte. Danach eilte sie aus dem Café. Bevor sie aus seinem Blickfeld verschwand, sprang Christian vom Stuhl auf. Er warf ein paar Geldscheine auf den Tisch und lief ihr hinterher. Auf keinen Fall durfte er sich jetzt die Chance entgehen lassen, sie anzusprechen.

Zu dumm, dass er den Namen des Hotels nicht verstanden hatte, in dem sie nächtigte. Sie lief nach rechts in eine weitere Gasse, nahm die Rialtobrücke und bog danach nach links ab. Der Strom der Entgegenkommenden trennte sie immer wieder. Offenbar war der Karnevalsumzug beendet. Die Brünette tauchte zwischen den Kostümierten unter, sodass er sie aus seinem Blickfeld verlor. Eine Weile noch suchte er vergeblich nach ihr, bis er aufgab.

Stefano hatte ebenfalls Tickets für den Maskenball im Palazzo Vendramin besorgt. Die Aussicht, die Fremde dort vielleicht wiederzutreffen, ließ ihn den Entschluss fassen, Stefano dorthin zu begleiten. Beschwingt begab er sich auf den Rückweg zum Atelier.

10.

»Hast du vielleicht meine Netzstrümpfe gesehen?«, fragte Amelie Tilda, während sie zum vierten Mal vergeblich die Kommodenschubladen durchsuchte. Ihr Herz klopfte vor Aufregung. Alles fühlte sich so ungewohnt an, Venedig, der Ball, das Kostüm … Der seidige Stoff knisterte leise bei jeder Bewegung. Sie warf einen Blick in den Spiegel, aus dem ihr eine Fremde entgegenblickte. Ihre Großmutter hatte als junge Frau auf ihrem ersten Faschingsball ein ähnliches Kleid getragen. Amelie verzichtete auf die Perücke, weil es darunter schrecklich juckte und sie bei einer schnellen Kopfdrehung verrutschte. Tilda hatte stattdessen aus ihrem glatten Haar eine Rokokofrisur mit Korkenzieherlocken gezaubert. Jetzt sah sie aus wie Oma Irmi auf den Schwarz-Weiß-Fotos.

»Tilda?« Die Freundin hatte ihr noch immer nicht geantwortet. Amelie drehte sich zu ihr um. Die Freundin saß in Unterwäsche auf dem Bett, das Kostüm noch auf ihren Knien, und nieste mehrmals. Augen und Nase waren noch röter und verquollener als gestern. Fürsorglich ging Amelie zu ihr. »Soll ich dir beim Kleid helfen?«

Tilda antwortete nicht. Eine Gänsehaut überzog ihre Arme.

»Du fröstelst ja. Komm, ich leg dir die Stola um.« Amelie nahm das mit Silberfäden durchwirkte Tuch und streifte es der Freundin behutsam über die Schultern. Tilda zitterte und schniefte. Obwohl sie Dutzende von Tabletten geschluckt hatte, schien es ihr nicht viel besser zu gehen.

»Die Tabletten haben nicht viel gebracht«, beschwerte sie sich heiser. »Ausgerechnet wenn wir in Venedig sind, geht's mir schlecht!«, rief sie verzweifelt aus. Sie sprang auf und rannte zum Spiegel. »Ich kann mir Make-up ins Gesicht schmieren, wie ich will, und bin immer noch blass wie Quark.« Die Stimme der frustrierten Freundin überschlug sich. Sie schaute in den Spiegel neben ihnen und streckte die Zunge heraus.

»Dann sollten wir besser hierbleiben«, schlug Amelie vor.

»Auf keinen Fall!«, rief Tilda. »Ich habe mich so darauf gefreut. Ich ziehe mir jetzt das Kostüm an, und dann fahren wir zu dem Maskenball.«

»Aber du hast Fieber! Ich würde mir ewig Vorwürfe machen …«, gab Amelie zu bedenken und brach ab. Wenn ihre Freundin sich etwas in den Kopf gesetzt hatte, war sie schwer umzustimmen.

»Das geht wieder runter«, fiel Tilda ihr ins Wort. »Viel schlimmer ist, dass mich so kein Mann ansehen wird.«

»Du hast doch nicht etwa ernsthaft gehofft, jemanden auf dem Ball kennenzulernen? Was ist denn mit Bernd?«

Tilda winkte ab. »Ach, der. Der hat sich heute nicht gemeldet. Ist mit seinem Master verheiratet.«

Die Freundin stand auf und schlurfte ins Bad hinüber. Besorgt blickte Amelie ihr nach. In der Beziehung der Freundin kriselte es hin und wieder. Bernd war viel unterwegs, was der Freundin missfiel. Sie beschwerte sich oft, dass er keine Zeit für sie hatte. Seine Besuche in Pforzheim waren selten gewesen. Meistens hatten sie nur geskypt. Steckte vielleicht eine andere dahinter, so wie bei Dennis? Schnell verwarf sie den Gedanken. Nicht jeder Mann war wie ihr Ex-Freund. Seit über zwei Jahren war sie nun schon Single. Sie hatte sich ganz auf ihre Ausbildung konzentriert. Aber es war ihr auch kein Mann begegnet, der ihr auf Anhieb gefallen hätte und bei dem sie den Wunsch verspürte, ihn näher kennenzulernen. Eine kurze Affäre lehnte sie ab.

Ihre Gedanken schweiften zu dem Fremden im Café am Nachmittag ab. Seine Grübchen hatten es ihr angetan, noch mehr seine dunklen Augen, die begehrlich auf ihr geruht hatten. Er war genau der Typ Mann, der ihr gefährlich werden könnte. Dennis sah auch gut aus, aber der Fremde war eine Klasse für sich. Tilda und Laura hätten ihn sicher als Sahneschnittchen bezeichnet und mit ihm auf Teufel komm raus geflirtet. Sein gut geschnittenes Gesicht … Irgendwie erinnerte es sie an jemanden, nur konnte sie nicht sagen, an wen. Er hatte sie zu ihrer Enttäuschung nicht angesprochen, nicht einmal, als sie im Café nach dem Weg gefragt hatte. Amelie seufzte. Ein solch attraktiver Mann wie er hatte sicher an jedem Finger eine Freundin. Mit besseren Italienischkenntnissen hätte sie ihn vielleicht angesprochen. Wieder eine Begegnung für die Kategorie »verpasste Chancen«. Es war sinnlos, noch einen weiteren Gedanken an ihn zu verschwenden, sie würden sich sowieso nicht mehr wiedersehen. Amelie wurde aus ihren Gedanken gerissen, als Tilda sie rief.

11.

Eine Stunde später saßen Amelie und Tilda im Wassertaxi auf dem Weg zum Maskenball. Tilda sah in ihrem taubenblauen Biedermeierkostüm, das ihr bis zum Knöchel reichte, hinreißend aus. Ihr kupferrotes Haar hatte sie zum Dutt aufgesteckt. Amelie hatte sich für ein moosgrünes Rokokokleid entschieden. Sie hatte sich mit Tildas Hilfe in ein Mieder gezwängt, das ihr Dekolleté betonte. »Ich beneide dich um deinen Busen. Schau dir meinen an! Viel zu klein«, beschwerte sich Tilda, als sie die Schnürung festzog.

Zusammen mit der goldenen Maske kam Amelie sich geheimnisvoll und sexy vor. Sogar ein Muttermal hatte sie sich auf die Wange geklebt. Stolz trug sie am Hals eine mehrreihige Goldkette, deren Verschluss ein Elefant aus Elfenbein war. Ihr erster Entwurf für den Wettbewerb. Einziger Wermutstropfen war, dass das Gummi zur Befestigung der Maske unangenehm drückte und sie lieber darauf verzichtet hätte. Aber es gehörte nun einmal zu einem Maskenball dazu.

»Einfach traumhaft, Amelie«, schwärmte Tilda. »Du siehst aus wie Marie-Antoinette.«

»Dann kann ich ja nur hoffen, heute Abend nicht noch auf dem Schafott zu landen«, antwortete sie lachend, und auch Tilda musste grinsen.

Die Freundin trug ihre silberne Maske in der Hand, weil sie nicht genügend Luft darunter bekam, und setzte sie erst auf, als das Taxi vor dem Palazzo anlegte. Amelie hatte das Gefühl, dass heute Abend etwas Besonderes geschehen würde.

Unzählige Kerzen ließen den Ballsaal des Palazzos festlich

strahlen. Ihr Blick glitt über die Gäste. Harlekine tummelten sich zwischen Frauen in eleganten, bodenlangen Roben und Männern in Samtröcken. Jedes Kostüm war beeindruckend und aufwendig geschneidert. Weiße Perücken, gepuderte Gesichter, aber auch fantasievolle Kostüme, an denen sie sich nicht sattsehen konnte. Die Blumengebinde auf den Tischen waren ein Traum. Angeregt durch die Eindrücke entstanden in Amelies Kopf neue Ideen für Schmuckkreationen. Gleich morgen würde sie sich hinsetzen und ihre Vorstellungen zu Papier bringen.

Tildas Augenmerk hingegen lag eher auf den männlichen Gästen, mit denen sie flirtete.

In der Mitte des Saales befand sich die Tanzfläche, nur wenige Schritte entfernt die Band, die zwar Kostüme trug, aber durch ihr modernes Musikequipment im fünfhundert Jahre alten Saal etwas deplatziert wirkte. Die Musik wurde vom lauten Stimmengewirr der Gäste übertönt.

»Ist das nicht toll hier?«, flüsterte Tilda und strahlte wie ein Kind unterm Weihnachtsbaum. Eine Bedienung führte sie nach der Ticketkontrolle zu ihrem Tisch, den sie sich mit einem Schweizer Arztehepaar teilten.

»Guten Abend, dürfen wir uns Ihnen vorstellen? Dr. Pirmin Meister, und das ist meine Frau Beatrice.« Er zückte aus seiner Jackentasche eine Visitenkarte und reichte sie Amelie.

Wie sich im Gespräch herausstellte, wohnte das Ehepaar Meister im selben Hotel wie Tilda und Amelie. Während des Menüs erzählte der Arzt Anekdoten aus seinem Praxisalltag und brachte alle zum Lachen. Amelie fand beide auf Anhieb sympathisch, und auch Tilda schien von ihnen sehr angetan zu sein.

Dr. Meister tadelte Tilda für ihre Leichtsinnigkeit. »Sie gehören ins Bett, Tilda.« Er strich über seinen leicht gezwirbelten Oberlippenbart.

»Ja, wirklich, Tilda, Sie müssen Ihre Erkältung auskurieren und sich schonen, statt einen Ball zu besuchen in einem Saal, wo es von allen Seiten her zieht«, wandte auch Frau Meister fürsorglich ein.

»Das habe ich ihr auch gesagt, aber meine Freundin kann ganz schön stur sein«, bestätigte Amelie und fing einen bitterbösen Blick Tildas auf.

»Sollte es Ihnen schlechter gehen, sagen Sie es mir bitte.« Dr. Meister legte seine Hand auf Tildas. Die Freundin nickte.

Das Dessert wurde serviert. Variationen mit Schokolade. Tilda, die sonst nie widerstehen konnte, stocherte lustlos darin herum. Ihr Blick war trübe, die Wangen knallrot, woraus Amelie schloss, dass das Fieber zurückgekehrt war. Selbst eine Aufforderung lehnte die tanzbegeisterte Freundin ab. Mit fortschreitendem Abend wurde Tilda immer schweigsamer, dass Dr. Meister ihr vorschlug, sie ins Hotel zu begleiten. Wider Erwarten stimmte die Freundin zu. Es musste Tilda wirklich schlecht gehen, wenn sie so schnell mit dem Vorschlag einverstanden war.

»Ich komme mit.« Amelie sprang vom Stuhl auf.

»Das kommt gar nicht infrage. Der Ball, das ist dein Traum.«

Amelie schüttelte den Kopf. Sie konnte die Freundin doch unmöglich allein zum Hotel zurückfahren lassen. Außerdem hätte sie allein sicher weniger Spaß.

»Meine Frau bleibt hier, dann wären Sie nicht allein«, sagte Dr. Meister, dessen Gattin nickte. »Mein Mann kehrt auch zurück, wenn er Ihre Freundin versorgt hat und sie eingeschlafen ist.«

Amelie verspürte ein schlechtes Gewissen. Doch Tilda meinte: »Es soll halt für mich nicht sein. Schade, aber nicht zu ändern. Mach dir um mich keine Gedanken, sondern genieße den Abend.« In den Augen der Freundin schimmerte es feucht. Dennoch war es bewundernswert, wie tapfer Tilda ihr Los akzeptierte. Amelie wusste nicht, ob sie an ihrer Stelle nicht enttäuschter und wütender gewesen wäre.

12.

Nachdem der Arzt und Tilda zum Hotel zurückgefahren waren, unterhielt Amelie sich eine Weile mit Frau Meister über ihre Ausbildung. Ihre Gesprächspartnerin war zwar amüsant, aber Tilda fehlte ihr. Zwei Männer traten an ihren Tisch und forderten sie zum Tanz auf. Während Frau Meister dem Mann auf die Tanzfläche folgte, gab Amelie dem Auffordernden einen Korb. Ihr Blick suchte insgeheim nach dem Fremden vom Nachmittag, der ihr seit Stunden durch den Sinn ging. Es wäre schon mehr als Zufall, wenn sie ihm ausgerechnet hier wiederbegegnen würde. Ein hochgewachsener Mann im Saaleingang weckte ihre Aufmerksamkeit. Sie kniff die Augen zusammen. Trotz der weißen Gesichtsmaske erkannte sie ihn sofort. Ihr Puls schoss in die Höhe. Dieses Lächeln, diese Grübchen ... Amelie verschluckte sich an ihrem Champagner. Es war tatsächlich der Fremde aus dem Café. Sie presste die Serviette vor den Mund. Wow, der Mann sah fantastisch aus. Die kräftigen langen Beine steckten in einer cremefarbenen, seidenen Kniebundhose, die im Licht golden schimmerte. Seine breiten Schultern schienen die mit Pailletten bestickte Jacke zu sprengen, unter deren Ärmelaufschlägen die Spitzen eines weißen Hemdes hervorlugten. Er hatte sein blondes Haar mit einem Samtband zum Zopf zusammengefasst. Der Kellner tauschte die Champagnerflasche aus und nahm ihr die Sicht. Als sie danach wieder zu dem gut aussehenden Fremden hinüberblickte, war er verschwunden. Ihr Blick suchte vergeblich unter den Gästen. Alles pure Einbildung?

Frau Meister tanzte strahlend mit einem neuen Tanzpartner an ihr vorbei. Amüsiert beobachtete Amelie das Treiben der beiden, bis sie spürte, dass jemand neben ihr stand. Sie sah auf. Durch die Schlitze der weißen Maske wurde sie von braunen Augen fixiert. Sie hatte sich das vorhin also nicht eingebildet. Aus der Nähe wirkte er noch beeindruckender. Ihre Kehle war plötzlich eng. Er verbeugte sich vor ihr. »Buona sera, Signorina.«

Seine tiefe Stimme klang warm und sympathisch. Irritiert von seinem plötzlichen Erscheinen presste sie ein »Guten Abend« heraus. Als ihr bewusst war, ihn auf Deutsch begrüßt zu haben, kratzte sie ihre dürftigen Italienischkenntnisse zusammen. »Scusami. Buona sera … hick.« Jetzt hatte sie auch noch Schluckauf. Wie peinlich! Schuld war seine sinnliche Ausstrahlung, die sie völlig durcheinanderbrachte.

Sein Lächeln wurde breiter, und sie unter der Maske flammendrot.

»Ach, Sie sind Deutsche?«, fragte er in akzentfreiem Deutsch.

Amelie nickte. »Nicht zu überhören«, antwortete sie mit heiserer Stimme. Ein Deutscher! Sicher hatte er sich köstlich über ihre armseligen Italienischversuche amüsiert. Fremdsprachen lagen ihr einfach nicht. Aber auch auf Deutsch redete sie nur stockend wie ein verklemmter Teenager.

»Schön, dann können wir uns auf Deutsch unterhalten.« Er zog einen Stuhl vom Tisch und setzte sich ohne Aufforderung neben sie. Die interessierten Blicke der weiblichen Gäste schien er zu ignorieren. Sicher war er so viel weibliche Aufmerksamkeit gewöhnt. Unter seinem begehrlichen Blick wurde ihr heiß.

»Bist du zum ersten Mal hier? Ist doch okay, wenn ich dich duze?«

Amelie schätzte ihn auf Ende zwanzig, nicht älter als Anfang dreißig und damit ungefähr fünf Jahre älter als sie. Sie nickte und wippte dabei mit dem Fuß, weil ihr das Lied gefiel, das gerade gespielt wurde.

»Bist du auch ein Fan von Visage?« Ihm war offensichtlich nicht entgangen, wie sie mit der Musik mitging. Auf seine Frage hin unterhielten sie sich über die Popmusik der wilden Achtziger, und Amelie begann sich allmählich zu entspannen.

Immer wenn sein charmantes Lächeln erschien, klopfte ihr Herz schneller, und sie kam ins Stottern. Sie war doch sonst nicht auf den Mund gefallen, auch nicht bei Männern.

»Wie gefällt dir Venedig?«, wechselte er das Thema und nahm ihre Hand. Sie wollte sie fortziehen, aber er hielt sie fest. Das Kribbeln auf ihrer Haut machte sie ganz nervös, wo sein Daumen über ihren Handrücken strich. Sie zuckte mit den Achseln.

»Ist mein erstes Mal. Ich …« Als es belustigt in seinen Augen aufblitzte, stockte sie und wurde sich der Zweideutigkeit ihrer Worte bewusst. Erneut schoss ihr die Hitze ins Gesicht.

»So, so eine Jungfrau … des Karnevals. Sag bloß, du warst noch nie in den deutschen Hochburgen des Karnevals?«

Amelie schüttelte den Kopf. Eine Weile unterhielten sie sich über die Umzüge und das Treiben im Fasching. Aufgekratzt wie sie war, trank sie mit ihm ein weiteres Glas Champagner. Sie ignorierte die warnende Stimme, als ihr der Alkohol zu Kopf stieg. Sie genoss seine Gesellschaft, fühlte sich zunehmend wohler. Sein Humor und seine Schlagfertigkeit brachten sie immer wieder zum Lachen.

»Im Karneval kann ich die Probleme hinter mir lassen … das gefällt mir«, sagte er und drehte sein Glas zwischen den Fingern. Ein Schatten huschte über sein Gesicht, während er auf die perlende Flüssigkeit starrte. Sie spürte, dass ihn etwas bedrückte.

»So schlimm? Ich bin eine gute Zuhörerin.« Sie legte ihre Hand auf seinen Arm und zog sie zurück, als sie seinen düsteren Blick bemerkte. »Ich wollte … ich meine …«

»Heute Abend will ich keine Probleme wälzen, sondern die Zeit mit dir genießen. Keine Fragen nach dem, was und wer wir sind, sondern nur Dolce Vita.«

Vater, der Laden in Bremen, all das wollte auch Amelie heute ausblenden. Einmal die Probleme hinter sich lassen. »Einverstanden.«

»Schön, dass wir uns einig sind.« Er streckte den Arm aus und strich sanft mit dem Finger über ihr Kinn. Die Berührung hinterließ ein Kribbeln, das sich rasch bis zu ihrem Dekolleté ausbreitete.

»Deine Augen funkeln wie Smaragde«, sagte er und beugte sich zu ihr herüber. In ihrem Bauch schien sich im selben Augenblick ein Vogelschwarm in die Luft zu erheben.

»Du gehörst wohl zu den Süßholzrasplern und sagst das sicher zu jeder«, entgegnete sie, woraufhin sein Lächeln schlagartig erlosch.

»Nein«, sagte er bestimmt, und es klang ehrlich. »Vorhin ... im Café ... Ich wollte dich unbedingt wiedersehen. Bin dir nachgeeilt, aber du warst zu schnell im Gewirr der Feiernden verschwunden. Das mache ich nicht bei jeder.« Der Schmelz in seiner Stimme brachte sie wie eine Stimmgabel zum Vibrieren.

»Nun hast du mich ja wiedergetroffen. Zufall oder Schicksal?«

»Du glaubst an schicksalhafte Begegnungen?«, fragte er.

»Manchmal«, gab sie zu. Er nahm ihre Hand und zog sie an seine Lippen. Jeden Finger küsste er, ohne den Blick von ihr abzuwenden.

»Vielleicht hast du recht, und unsere Begegnung ist schicksalhaft«, sagte er leise. Einen Moment glaubte sie einen schmerzlichen Ausdruck in seinen Augen zu erkennen. Der Eindruck verflog so schnell, dass sie dachte, es sich eingebildet zu haben.

»Heute sind wir einfach nur du und ich, zwei Menschen, die das Schicksal zusammengeführt hat.« Der Kuss auf ihre Handfläche ließ sie erschauern. Es war sinnlicher als jede noch so intime Berührung.

In den letzten drei Jahren hatte sie geschuftet und nur an ihre Ausbildung gedacht. Selbst in der Freizeit hatte sie wegen Vater auf alles verzichtet. Seit der Trennung von Dennis hatte sie sich mit keinem Mann mehr verabredet, geschweige denn mit einem geschlafen. Sie war ausgehungert nach Aufmerksamkeit, hatte fast vergessen, wie es war, sich als Frau begehrt zu fühlen. Weshalb sollte sie nicht die nächsten Stunden mit diesem faszinierenden Mann verbringen? Er war Versuchung pur. Jeder seiner begehrlichen Blicke schmeichelte ihr, jede noch so kleine Berührung von ihm elektrisierte sie.

Amelie ignorierte die tausend Warnungen, die ihr Hirn durchströmten.

»Es gibt keine Frau in meinem Leben«, sagte er, als hätte er ihre Gedanken gelesen. »Noch nicht«, flüsterte er und schenkte ihr einen glühenden Blick.

Seine Lippen arbeiteten sich von ihrer Hand den Unterarm hinauf. Dieser Mann verstand es wie kein anderer, in ihr Sehnsüchte zu wecken.

»Du bist hinreißend und begehrenswert wie eine Kurtisane.«

Er wollte sie doch nicht ernsthaft mit einer solchen vergleichen? »Kurtisane? Siehst du das in mir? Da muss ich dich enttäuschen.« Empörung schwang in ihrer Stimme mit. Sie wollte ihre Hand wegziehen, aber er hielt sie fest.

»Das ist doch das Kleid der berühmten Madame de Pompadour?« Seine Frage irritierte sie. Als ihn nur erstaunt ansah, zückte er sein Handy. Seine Finger glitten übers Display.

»Hier.« Dann zeigte er ihr ein Gemälde der berüchtigten Kurtisane des französischen Königs. Tatsächlich, das gleiche grüne Kleid, die gleiche Frisur.

Sie atmete auf. »Reiner Zufall. Ist alles aus dem Katalog. Pompadour stand nicht dabei.« Amelie lachte, und er stimmte ein.

»Ich habe mein Kostüm auch nicht selbst geschneidert, sondern aus einem Internetshop. Casanova«, sagte er augenzwinkernd. Sie musste zugeben, dass er bei Weitem besser aussah als der berüchtigte Herzensbrecher.

»Scheinbar glaubst du, dass dir alle Frauenherzen zu Füßen liegen. Ganz schön eingebildet. Nur zu deiner Information: ich nicht«, sagte sie lachend. *Wenn er wüsste, dass das gelogen war!* Eine Weile frotzelten und lachten sie. Plötzlich war die Luft spannungsgeladen, als sein Blick auf ihrem Dekolleté verweilte. »Darf ich?« Bevor sie antworten konnte, griff er nach dem Elfenbeinverschluss ihrer Kette, der nach vorn gerutscht war.

An den Stellen, wo seine Fingerkuppen ihre Haut berührten, prickelte es. Rasant breitete sich das über ihren gesamten Körper aus. Angespannt saß sie auf ihrem Platz, während er das Schmuckstück eingehend betrachtete.

»Woher hast du das?«, fragte er. Etwas Lauerndes lag in seinem

Blick. *Bloß nicht über Schmuck oder ihren Beruf reden!* Genau wie er wollte sie nichts von sich preisgeben.

»Habe ich in irgendeinem Laden gekauft«, log sie. »Warum fragst du das?«

»Nur so … aus Interesse.« Er senkte den Blick. Etwas in seiner Stimme ließ sie aufhorchen. Sie glaubte ihm kein Wort. Sein Blick verriet, dass mehr dahintersteckte.

»Verstehst du etwa was davon?« Sie blickte ihn forschend an. Er mied ihren Blick.

»Vielleicht«, antwortete er und sprang vom Stuhl auf. »Der Abend ist noch jung. Lass uns lieber tanzen!« Ehe sie etwas erwidern konnte, lag sie in seinen Armen. Er zog sie so dicht an sich, dass sie jede Kontur seines Körpers spüren konnte. Es war aufregend und sinnlich zugleich, wie sich bei jeder Bewegung ihrer Körper aneinander rieben. Schon vollführte er mit ihr eine Drehung. Leise Walzerklänge und Songs aus Musicals erfüllten nun den Saal. Er war ein hervorragender Tänzer, der sie sicher übers Parkett führte und es ihr leicht machte, seinen Bewegungen und Schritten zu folgen. Ihre Haut brannte, wo seine Hand auf ihrem Rücken lag. Ihr Tanzpartner und die Atmosphäre ließen sie alles um sich herum vergessen. Noch nie hatte sie sich so begehrenswert wie heute.

Nicht einen Tanz ließen sie aus. Seine Hand wanderte tiefer, legte sich besitzergreifend auf ihr Gesäß. Zu tief, um noch anständig zu sein. Aber es gefiel ihr, und sie wehrte ihn nicht ab. Nach mehreren schnellen Drehungen wurde ihr schwindlig, dass sie froh war, als die Band eine langsame Melodie spielte. Sie legte die Arme um seinen Nacken, lehnte den Kopf an seine Brust und schloss die Augen. Sie fühlte sich geborgen. Wie gut er roch, und wie seidig sich sein Haar anfühlte. Wie mochte es sein, ihn zu küssen? Fast glaubte sie den Abdruck seiner Lippen auf ihren zu spüren. Die Vorstellung störte ihre Konzentration, sie verlor den Rhythmus und stolperte. Auf dem glatten Boden rutschte sie mit den Pumps weg. Sie wäre gestürzt, hätte er sie nicht aufgefangen. Verdammt, sie hätte nicht so viel Champagner trinken dürfen.

»Alles okay?«, fragte er besorgt.

»Ja, ja, ich brauche nur dringend frische Luft.« Seine Nähe, der Alkohol und ihr verräterischer Körper waren zu viel. Sie brauchte Abstand und einen kühlen Kopf.

Er nickte, legte ihr den Arm um die Schultern und zog sie in Richtung Ausgang. Im Vorbeigehen sah sie Frau Meister auf der Tanzfläche, die ihr lächelnd zuzwinkerte.

An der Garderobe holten sie ihre Jacken, bevor sie aus dem Palazzo auf eine Gasse traten. Einige der Gäste feierten draußen weiter. Bei Korkenknallen und Gelächter der angetrunkenen Gäste zog er sie fort.

»Lass uns ein Stück weiterlaufen, wo es ruhiger ist. Ich möchte mit dir allein sein«, schlug er ihr vor, und sie folgte ihm widerstandslos.

Die Luft war angenehm klar und kühl. Über ihnen wölbte sich der Sternenhimmel. Sie war in Venedig! An der Seite des attraktivsten Mannes, dem sie je begegnet war. Amelie konnte es kaum fassen. Er bog in eine Gasse ab, und nur wenig später standen sie am Canale Grande. Nur vereinzelte Spaziergänger begegneten ihnen, wo sich sonst am Tag die Touristenströme entlangdrängten. Eine Weile starrten sie schweigend aufs Wasser, auf dessen Oberfläche sich unzählige Lichter spiegelten. Amelie warf einen Seitenblick auf ihren Begleiter. Der bittere Zug um seinen Mund stimmte sie nachdenklich. Woran mochte er gerade denken?

»Ich kann noch immer nicht glauben, dass ich in Venedig bin und hier mit dir stehe.« Er wandte sich ihr zu. Seine Finger spielten mit ihren Korkenzieherlocken. Immer, wenn er ihre Haut streifte, zuckte sie leicht zusammen.

»Ist das nicht eine wundervolle Nacht, so klar und mild?«, fragte sie leise.

»Ja, ist es. Wie geschaffen für Liebende«, antwortete er leise. Amelies Herz klopfte so laut, dass sie glaubte, er müsste es hören.

»Ich kenne nicht einmal deinen Namen«, beklagte sie sich.

Seine Mundwinkel zogen sich nach unten. »Was bedeuten schon Namen? Der Augenblick des Beisammenseins zählt allein.«

Seine Antwort enttäuschte sie. Sie löste sich von ihm und beobachtete die Möwen, die sich auf dem Wasser treiben ließen. Auch wenn sie ihren Alltag hinter sich lassen wollten, missfiel ihr die vollkommene Anonymität.

Er trat hinter sie, beugte den Kopf herunter, schob ihre Locken beiseite und küsste sanft ihren Nacken. Amelie erschauerte unter der zärtlichen Berührung. Wenn sie nicht aufpasste, würde sie sich in ihn Hals über Kopf verlieben. Morgen wäre alles vorbei, und er kehrte wieder in seine ihr unbekannte Welt zurück. Sie würde ihm nachtrauern, und er sie vergessen. Ein Kloß saß in ihrem Hals.

»Ich möchte gern deinen Namen kennen«, beharrte sie.

»Können wir nicht unbeschwert den Abend genießen und einfach nur die Nähe des anderen spüren?«, flüsterte er ihr ins Ohr.

»Ja … schon. Aber wie soll ich dich denn anreden? Etwa Giacomo?« Keine Probleme zu wälzen, konnte sie akzeptieren. Doch weshalb stellte er sich so dabei an, ihr seinen Namen zu nennen?

»Warum nicht?«

»Das finde ich irgendwie albern und kitschig. Auch wenn wir nicht über Probleme reden, spielen wir doch keine Rollen. Da käme ich mir wie in einem Theaterstück vor. Ich bin Amelie.« Er zögerte und runzelte die Stirn. Sein Verhalten verunsicherte und ärgerte sie. Anscheinend suchte er doch nur ein Sexabenteuer.

»Okay, verstehe … Vielleicht bin ich nicht die Richtige, mit der du heute Abend zusammen sein willst. Ich gehe dann mal zum Saal zurück.«

Sie drehte sich um und wollte gehen. Doch er hielt sie am Arm zurück.

»Chris. Ich heiße Chris, meine Freunde nennen mich so«, sagte er leise.

Chris. Der Name gefiel ihr. Und wenn er dich anlügt? Sie ignorierte die warnende Stimme in ihrem Innern, als sie zu ihm aufsah. Sein Blick war offen, dass sie keinen Zweifel hegte.

»Gut … Chris«, antwortete sie. Sein Lächeln könnte sie glatt schmelzen lassen. Chris war wirklich ein Bild von einem Mann. Hochgewachsen, lässig, unglaublich männlich und sexy.

Er fasste sie unters Kinn und beugte sich zu ihr herab. »Amelie.« Wie sinnlich er ihren Namen aussprach. Das löste eine warme Flut prickelnder Erregung in ihr aus.

Eine Gruppe Kostümierter ging an ihnen vorüber und riefen ihnen etwas auf Italienisch zu. »Schade, ich hätte gern verstanden, was sie uns zugerufen haben«, sagte Amelie.

»Una notte piena d'amore. Eine Nacht voller Liebe«, übersetzte Chris.

Sein Gesicht näherte sich ihrem. Sie blickte zu ihm auf und war erschrocken und gleichzeitig erregt wegen des ungezügelten Feuers in seinen Augen. Amelie konnte den Moment kaum erwarten, in dem sich sein Mund auf ihren legte. Es dauerte eine gefühlte Ewigkeit, bis sich ihre Lippen trafen. Unendlich sanft, dann fordernder, bis sich seine Zunge zwischen ihre Lippen schob. Sie verlor sich in dem Kuss, der ungeahntes Verlangen in ihr nach mehr auslöste.

»Amelie«, flüsterte Chris an ihren Lippen, »die Nacht gehört uns.«

Das klang vielversprechend. Doch dann dachte sie an Tilda, die krank im Bett lag, und ihr schlechtes Gewissen regte sich. Sie konnte die Freundin unmöglich länger allein lassen. Behutsam löste sie sich aus der Umarmung.

»Das … geht leider nicht. Ich … ich muss wieder zurück. Zum Palazzo.« Sie zog ihn am Arm.

»Wartet jemand auf dich? Dein Freund?«, fragte er mit grimmiger Miene.

»Meine Freundin liegt krank im Hotel. Ich mache mir Sorgen.«

»Warum rufst du sie nicht an und fragst, wie es ihr geht?«, schlug er vor.

Tilda würde am Telefon darauf bestehen, dass sie auf dem Ball blieb. Doch sie fühlte sich ihr verpflichtet. Wenigstens wollte sie

Dr. Meister nach dem Befinden der Freundin fragen. Das erklärte sie Chris. »Bitte lass uns zum Palazzo zurückgehen.«

»Okay«, gab er nach.

Während Chris ihre Jacken an der Garderobe abgab, lief Amelie zum Tanzsaal. Bereits am Eingang traf sie auf den Arzt.

»Wie geht es Tilda?«, fragte sie.

»Besser. Sie schläft. Ich habe ihr ein paar Medikamente verabreicht, damit der Schlaf erholsamer wird.«

Amelie fiel ein Stein vom Herzen. »Ich werde am besten gleich zu ihr ins Hotel fahren.«

Dr. Meister hielt sie sanft am Arm zurück. »Das müssen Sie nicht. Es ist nur ein fieberhafter Schnupfen. Nichts Ernstes. Alles, was sie jetzt braucht, ist Ruhe zum Auskurieren. Ihre Freundin bat mich, Ihnen auszurichten, dass Sie ja den Abend genießen und kein schlechtes Gewissen haben sollen.«

Amelie war erleichtert, auch wenn sie ihre Bedenken nicht gänzlich beiseiteschieben konnte.

»Wenn meine Frau und ich nachher ins Hotel zurückkehren, sehen wir wieder nach ihr. Sicher schläft sie tief und fest. Machen Sie sich also keine Sorgen.«

Amelie nickte erleichtert.

»Ich glaube, da wartet jemand sehnsüchtig auf Sie.« Lächelnd zeigte der Arzt auf Chris, der im Hintergrund stehen geblieben war. »Lassen Sie Ihren Verehrer nicht warten. Der Abend ist noch jung.« Dr. Meister tätschelte freundschaftlich ihre Schulter, bevor er sich zu seiner Frau begab, die an der Bar stand.

»War das der Arzt, von dem du gesprochen hast?«, fragte Chris. Amelie nickte.

»Und wie geht es deiner Freundin?«

»Besser, sagt er. Sie schläft wohl.«

»Das hört sich doch gut an. Lass sie schlafen.« Zögernd nickte Amelie. Sie hatte Tilda die Reise zu verdanken und fühlte sich in der Verantwortung. Aber natürlich war es das Beste, ihre Freundin einfach schlafen zu lassen. Also schrieb sie ihr eine Nachricht, dass sie sich am nächsten Morgen sehen würden.

Sie würde den Abend mit Chris verbringen! Ihr Herz klopfte vor Freude.

Sie mischten sich wieder unter die Tänzer. Keinen Tanz ließen sie aus, bis Chris sie atemlos von der Tanzfläche zog. »Es ist gleich Mitternacht. Im Dom findet traditionell ein Konzert statt. Italienische Opern. Ich würde mich freuen, wenn du mitkommst«, flüsterte er ihr ins Ohr.

Eigentlich machte Amelie sich nichts aus klassischer Musik, aber mit Chris würde sie überall hingehen.

»Vom Markusturm aus soll man einen tollen Blick über Venedig haben.« Das hatte sie im Reiseführer gelesen. Es war auch der Traum ihrer Mutter gewesen, einmal von dort oben hinunterzuschauen.

»Okay, aber es könnte sehr voll werden. Nach dem Konzert gehen viele hinauf, um die Stadt von oben zu betrachten.«

Händchenhaltend lauschten Amelie und Chris in einer Bank des Markusdoms der Musik. Die Klänge berührten Amelie und wirkten so anregend, dass die Ideen für neue Schmuckentwürfe nur so sprudelten. Auch Chris schien ergriffen zu sein.

Nach dem Konzert wollten sie den Turm hinaufsteigen, doch der Besucherandrang war zu groß.

»Ich habe eine bessere Idee«, raunte Chris ihr zu und zog sie mit sich ein Gewirr von Gassen und Brücken entlang, in dem sie sich niemals zurechtgefunden hätte. Von irgendwoher drang lautes Gelächter, und ein Betrunkener grölte die Barkarole. Er sang so schräg, dass sie darüber laut lachen mussten.

Es lag etwas Magisches in der Luft. Überall auf Amelies Körper begann es zu prickeln, als stünde sie unter Strom. Mit jedem Blick, jeder Berührung von Chris reagierte ihre Haut sensibler. Sie wollte mit ihm allein sein, in seinen Armen liegen und das Beisammensein mit allen Sinnen genießen.

Diese Nacht war fantastisch, sie fühlte sich glücklich wie nie zuvor.

Irgendwann standen sie vor einer doppelflügeligen Tür, die er aufstieß. In erwartungsvoller Vorfreude raste ihr Herz. Sie durchquerten einen kleinen quadratischen Innenhof.

Der Vollmond schien, überzog alles mit einem silbrigen Licht. Mediterrane Pflanzen standen in Terrakottakübeln dicht an der Hauswand unter dem Traufüberstand.

»Komm«, forderte er sie auf und zog sie zu einer weiteren Tür, hinter der sich eine Treppe in die oberen Geschosse verbarg. Plötzlich hatte sie Zweifel. Das war alles nur ein Rausch. Sie war nahe daran, sich in Chris zu verlieben. Eine Nacht mit ihm wäre ein Traum. Doch würde es auch am nächsten Morgen noch so sein? Dabei hatte sie sich nach Dennis geschworen, nicht mehr leichtfertig und schnell einem Mann zu vertrauen. Was, wenn Chris in ihr nur ein flüchtiges Abenteuer sah? Es könnte ihr erneut das Herz brechen. Ihr gesunder Menschenverstand riet zu fliehen, bevor es zu spät war. Sie zögerte, ihm zu folgen.

Er drehte sich zu ihr um. »Was ist?«, fragte er und strich ihr liebevoll über die Wange.

»Das … das geht mir alles zu schnell. Wir kennen uns doch erst seit ein paar Stunden.«

»Menschen müssen sich nicht ein Leben lang kennen, um zu wissen, dass sie gleichticken.« Seine Worte beruhigten sie nicht.

»Und was ist mit deinem Freund?« Vorhin hatte er erwähnt, dass er eine Zeit lang bei einem Freund wohnte. Er winkte lachend ab.

»Der kommt vor dem Morgengrauen bestimmt nicht nach Hause. Ist sicher bei einer Freundin.«

Amelie schwieg.

Sie wusste nichts über Chris. Vielleicht hatte er schon oft eine Frau hierhin mitgenommen. Der Gedanke missfiel ihr sehr.

»Du glaubst, dass ich das schon öfter getan habe?« Er nahm ihr Gesicht in seine Hände. »Nein, habe ich nicht. Ich gebe dir darauf mein Wort. Amelie, ich möchte mit dir zusammen sein, nicht nur für eine Nacht. Vom ersten Moment an habe ich gespürt, dass da etwas Besonderes ist zwischen uns.«

Es klang so ehrlich und eindringlich und sie wollte seinen Worten glauben.

»Lass uns Venedig gemeinsam entdecken. Wir können uns die Sehenswürdigkeiten ansehen oder einfach zum Strand fahren oder sonst etwas tun, was uns Spaß macht. Alles, was zählt, ist, dass wir zusammen sind. Es wird nur das geschehen, was du möchtest. Versprochen.« Er besiegelte sein Versprechen mit einem langen Kuss. »Und jetzt komm, ich möchte dir diese Aussicht zeigen.«

Amelie nickte. Sie wollte ihm glauben. Hintereinander erklommen sie die Stufen, an deren Ende sie ein modernes Loft erwartete, das durch das Vereinen von altvenezianischer Baukunst und Moderne einen besonderen Reiz ausübte. Doch das war ihr in diesem Augenblick egal. Chris war bei ihr. Kaum war die Tür hinter ihnen zugefallen, lagen sie sich in den Armen und küssten sich voller Leidenschaft. Mit jedem Kuss schwanden die Zweifel. Sie wollte diesen Moment des unbeschreiblichen Glücks genießen. Chris schob sie irgendwann von sich und dirigierte sie zur Fensterfront.

Amelie war fasziniert von dem Ausblick. Chris stand hinter ihr, seine Hände auf ihrer Taille ruhend. Sein warmer Atem streifte ihren Nacken und ließ sie erschauern. Alles fühlte sich so vertraut an, als würden sie sich seit Ewigkeiten kennen.

»Schau, ganz Venedig liegt dir jetzt zu Füßen«, sagte er leise. Ein wirklich grandioser Ausblick. »Und ich dir auch«, flüsterte er ihr ins Ohr und bedeckte ihre Halsbeuge mit unzähligen zarten Küssen. Dann fuhren seine Hände von der Taille aufwärts über ihren Leib, umfassten ihre Brüste im Mieder, während seine Daumen unter dem Stoff nach ihren Brustwarzen suchten. Die Vorstellung, dort nackt von ihm berührt zu werden, ließ ihre Ungeduld wachsen. Wohlig seufzend lehnte sie sich an ihn und schloss die Augen, jede seiner Liebkosungen genießend. Ihr Atem ging schneller. Noch nie hatte sie einen Mann so sehr begehrt wie ihn. Heute Nacht war sie bereit, sich ihm voller Leidenschaft hinzugeben.

Sanft schob er sie von sich und löste im Rücken die Bänder ihres Mieders, bevor er ihr die Träger hinunterstreifte. Sie spiegelten sich dabei im Fensterglas. Es erregte sie zunehmend, seinen

Händen zu folgen, die über ihre bloßen Brüste fuhren. Ihre Blicke begegneten sich in der Scheibe. Sein schwelender Blick schürte die Flamme der Leidenschaft in ihrem Innern, die sie zu verbrennen drohte. Mit geschickten Händen streifte er ihr das Kleid über die Hüften, bis sie nur mit ihrem Slip bekleidet vor ihm stand.

»Du bist schön wie eine Madonna«, raunte er ihr ins Ohr und zupfte spielerisch mit den Lippen an ihrem Ohrläppchen. Kein Mann zuvor hatte sie so bezeichnet. Sie fühlte sich in diesem Augenblick schön und begehrenswert. Nicht einmal in ihren kühnsten Träumen hatte sie sich die Lust und Begierde vorstellen können, die jetzt durch ihre Adern floss und nach Befriedigung drängte. Seine Hände, seine Lippen ließen sie alles vergessen. Unglaublich sanft küsste er immer wieder ihren Hals, ihre Brüste.

Er wusste, wo er sie berühren musste, um ihre Erregung zu steigern. Doch sie wollte auch spüren, wie es sich anfühlte, wenn er die Kontrolle über seinen Körper verlor. Sie griff hinter sich und zerrte an seinem Hemd. Mit langsamen Seitwärtsbewegungen ihres Beckens versuchte sie ihm zu zeigen, was sie von ihm begehrte. Stöhnend drehte er sie zu sich um, hob sie hoch und trug sie hinüber in ein Zimmer. Dort legte er sie auf ein französisches Bett. Die seidige Bettwäsche schmeichelte ihrer Haut. Doch viel mehr sein Anblick, als er sich vor ihr auskleidete. Als er nackt vor ihr stand, konnte sie sich nicht an seinem gutgebauten Körper sattsehen. Alles an ihm erschien ihr perfekt. Es bedurfte keiner Worte, sondern in seinem Blick lag ein Versprechen, das sie einlösen wollte. Er glitt neben sie aufs Bett und schob sich über sie. Deutlich spürte sie sein Verlangen, das er mit jeder fordernden Berührung zum Ausdruck brachte. Pure Lust pochte in jeder Faser ihres Körpers. Sie erschrak kurz über die Gier, die er in ihr hervorrief. Ihre Finger schlossen sich um seinen Hinterkopf und zogen ihn zu sich herunter, bis ihre Lippen seine trafen. Danach erkundete er mit Händen, Lippen und Zunge jeden Zentimeter ihres Körpers. Amelie verging unter seiner Zärtlichkeit. Noch nie hatte sie etwas so sehr gewollt wie ihn in diesem Moment. Voller

Ungeduld entledigte sie sich ihres Slips und warf ihn achtlos fort. Sofort verstand er die Aufforderung, positionierte sich zwischen ihre Schenkel und drang behutsam in sie ein. Beide erklommen ungeahnte Höhen der Lust. Amelie hatte das Gefühl, nach oben in die Luft gewirbelt zu werden, bis sie fiel und fiel …

Immer wieder liebten sie sich in dieser Nacht, während der Mond auf ihre unbedeckten Körper schien, bis sie endlich ermattet und aneinanderschmiegt in den Schlaf sanken.

13.

Ein gleichmäßiges Brummen weckte Christian. Er blickte auf das beleuchtete Ziffernblatt seiner Armbanduhr. Sieben Uhr morgens. Draußen wurde es bereits hell. Das Brummen kam von nebenan. Sein Handy. Amelie schlief tief und fest mit einem Lächeln auf den Lippen. Christian verließ das Bett und schaute auf die schlafende Frau hinunter. Die Bettdecke war heruntergerutscht und gab ihre wohlgeformten Brüste preis. Süß und hingebungsvoll war sie gewesen und hatte in ihm ungeahnte Begierde geweckt. Er hatte nie an Liebe auf den ersten Blick geglaubt. Sexuelles Verlangen ja, und doch hatte er sich Hals über Kopf in diese leidenschaftliche Frau verliebt. Jeder ihrer Küsse hatte sich in sein Herz gebrannt. Ein Lächeln stahl sich auf seine Lippen bei der Vorstellung, sie zu wecken und erneut ausgiebig zu lieben.

Das Brummen verstummte. Von der Neugier getrieben, wer ihn um diese Uhrzeit stören könnte, schlurfte er nackt ins Atelier, wo auf dem Tisch das Handy lag. Sicher eine Nachricht von Stefano, der ihm mitteilen wollte, wann er zurückkehren würde. Gestern im Palazzo hatte der Freund eine Schwedin kennengelernt und mit ihr den Maskenball frühzeitig verlassen. Noch immer besaß Stefano eine Vorliebe für blonde Frauen. Auf Christians Handy befand sich neben mehreren Anrufen von ihm und Emanuel auch eine Sprachnachricht seines Vaters. Die Versuchung, sie zu ignorieren und das Handy wieder wegzulegen, war groß. Doch es war für den Vater, der Anrufbeantworter und Mailboxen wie die Pest hasste, ungewöhnlich, ihm eine Sprachnachricht zu hinterlassen. Er drückte den Abspielknopf und lauschte. Es rauschte, und er war schon versucht, die Sprachnachricht abzubrechen, als er das schwere Atmen des Vaters hörte. Sofort spürte Christian, dass etwas mit ihm nicht stimmte. »Fluch … hat mich nun auch erwischt … unsere Familie … in Gefahr … Lösung möglich … ruf zurück«, stammelte Vater, dann ein erstickter Laut, ein dumpfes Geräusch. Schließlich folgte ein Klicken.

»Vater …«, flüsterte er. Seine Hand mit dem Handy zitterte. Irgendetwas Schreckliches war geschehen. Und dann diese seltsamen Worte. Eine eisige Hand legte sich um Christians Herz. Mehrmals versuchte er einen Rückruf zum Vater und hatte immer nur dessen Mailbox dran. Warum zum Teufel ging er nicht ran? Mit zittrigen Fingern wählte er schließlich Emanuels Nummer. Es dauerte nicht lange, bis sein Bruder sich mit kratziger Stimme am Telefon meldete.

»Ich bin's, Chris.«

»Mensch, Chris, endlich rufst du zurück!«

»Was ist denn los? Ich hatte eine seltsame Nachricht von Vater in meiner Sprachbox, die ich mir nicht erklären kann. Was ist mit ihm?« Christian schluckte aus Furcht vor dem, was er gleich erfahren würde.

Er hörte Emanuel tief einatmen. »Vater … er ist tot.« Stille.

Tot! Das Wort hallte in einer Endlosschleife in Christian nach. »Tot? Wie … ich … warum …?« Er bekam keinen vernünftigen Satz zustande. Er sah den Vater vor sich, groß und selbstsicher mit unerbittlichem Blick. Ein Mann wie ein Baum, den nichts so leicht erschüttern konnte.

»Eva hat die halbe Nacht über ihren Entwürfen gesessen. Und als sie danach an Vaters Arbeitszimmer vorbeigegangen ist, brannte noch Licht. Sie wollte ihn überreden, endlich zu Bett zu gehen. Da hat sie ihn auf dem Boden hinter dem Schreibtisch gefunden. Sein Herz. Er hatte einen schweren Infarkt. Der Arzt hat alles getan, aber es war nichts mehr zu machen. Christian, du musst sofort nach Güldenstein kommen. Der nächste Flug von Venedig nach Hannover geht in einer guten Stunde. Eva holt dich vom Flughafen ab.«

In Christians Kopf herrschte Chaos. Vaters Tod traf ihn bis

ins Mark, auch wenn sie sich nie sonderlich gut verstanden hatten. Wie bizarr doch alles war. Während er im Glücksrausch gewesen war, hatte sein Vater mit dem Tod gerungen. Er hätte nicht nach Venedig, sondern nach Güldenstein fahren sollen. Jetzt war es zu spät. Vater war gestorben, bevor er sich hatte mit ihm versöhnen können.

Er hörte, wie Amelie sich nebenan im Bett umdrehte. Es fiel ihm außerordentlich schwer, Venedig zu verlassen, besonders jetzt, da er die Frau gefunden hatte, die es geschafft hatte, sein Herz zu berühren. Er würde ihr eine Notiz schreiben, in der er ihr seinen überstürzten Aufbruch erklärte. Auch wenn sein Herz in Venedig bei ihr bliebe, war es seine Pflicht, als neues Familienoberhaupt nach Güldenstein zurückzukehren, um das Erbe anzutreten und für Vaters Bestattung zu sorgen. Wie es seit Generationen in seiner Familie Tradition war, der Vater nicht immer gefolgt war. Er kehrte ins Gästezimmer zurück und zog sich leise an, bevor er wenig später am Laptop saß und hastig den Flug nach Hannover buchte und danach eine Notiz für Amelie schrieb.

Amelie schlief noch immer tief und fest. Er war versucht, sie zu wecken. Doch ein Kuss von ihr hätte ihn vielleicht umgestimmt und seine Pflichten vernachlässigen lassen. *Christian, vergiss nicht, wer du bist und welche Verantwortung du jetzt hast,* erinnerte ihn sein Gewissen.

Er riss den Zettel vom Block mit dem Güldenstein-Wappen und überflog noch einmal die Zeilen.

Liebste Amelie, die Nacht mit dir war unvergesslich. Ich wollte heute mit dir aufwachen und den Tag zusammen mit dir verbringen. Und den nächsten und den darauf. Doch das Schicksal hat anders entschieden. Mein Vater ist gestorben, und ich bin gezwungen, sofort nach Deutschland zurückzukehren. Ich warte sehnsüchtig auf deinen Anruf. In Liebe, Chris.

Darunter kritzelte er seine Handynummer.

Amelie war so hinreißend, so leidenschaftlich und zugleich einfühlsam gewesen. Im Geist waren die Worte bereits zurechtgelegt, die er ihr heute Morgen hatte sagen wollen. Dabei hätte er nie in

Worte fassen können, was ihm die letzte Nacht mit ihr bedeutet hatte.

Schweren Herzens legte er den Zettel auf den Tisch im Atelier. Gut, dass er seine Sachen noch nicht ausgepackt hatte. Das Kostüm sammelte er auf. Es roch nach Schweiß und Alkohol und nach Amelie. Er stopfte es in eine Plastiktüte und die in seine Reisetasche, bevor er das Fenster öffnete. Nach der Reinigung würde er das Kostüm Stefano zurücksenden. Dann trat er zu Amelie ans Bett und konnte bei ihrem Anblick nicht widerstehen, ihr zum Abschied einen Kuss auf die Stirn zu hauchen. Seufzend rekelte sie sich, dass er befürchtete, sie könnte aufwachen. Doch zu seiner Erleichterung kuschelte sie sich in die Kissen. Wenn er jetzt nicht gleich aufbrach, würde er den Flieger definitiv verpassen. Es zerriss ihn, Amelie allein zurückzulassen, wo sie sich gerade erst gefunden hatten. Wenn sie auch nur etwas für ihn empfand, würde sie ihn anrufen, tröstete er sich.

Bevor er es sich doch noch anders überlegte, stürmte er aus dem Atelier.

14.

Amelie erwachte, als sie draußen fremde Stimmen und Geräusche hörte. Der Maskenball, Chris … Sie erinnerte sich wieder. Schlaftrunken tastete ihre Hand nach ihm, aber die andere Betthälfte war leer. »Chris?« Keine Antwort. Er hatte sie doch nicht etwa allein gelassen? »Chris?« Sie lauschte, aber alles blieb still. Weshalb hatte er sie nicht geweckt? Der Gedanke, dass er einfach so gegangen war, ließ sie traurig schlucken. Es ärgerte sie, so fest geschlafen zu haben, dass ihr sein Weggehen entgangen war.

Sie sah sich im Zimmer um. Ihr Slip lag auf dem Boden, das Kostüm im Atelier, wie sie durch die geöffnete Tür erkennen konnte. Chris hatte sich in diesem Zimmer ausgezogen, direkt neben dem Bett, und die Kleidung auf den Boden gleiten lassen. Sein Kostüm fehlte jedoch. Die Enttäuschung traf sie tief. Da hatte er sich doch heimlich davongestohlen. Besaß er nicht einmal den Mut, ihr zu gestehen, dass sie nur eine Affäre war? In ihrem Magen hing ein Zementklotz. Und wenn er nur Frühstück holte?

Nachdem sie aus dem Bett gesprungen war, schlüpfte sie in ihren Slip. Anschließend lief sie ins Atelier hinüber und hob das Kostüm auf, das gleich hinter der Tür auf dem Boden lag. Das Fenster war geöffnet, und sie fröstelte. Eilig zupfte sie die Bänder zurecht, um sich anschließend fluchend ins Mieder zu zwängen. Auf dem Pflaster vor dem Haus erklangen Schritte. Chris? Sie lief ins Zimmer zurück, schob die Vorhänge beiseite. Unter ihr lag der Innenhof. Der heftige, kühle Windzug beim Öffnen des Fensters ließ die Zimmertür zuknallen. Sie schaute hinunter. Die grüne Tür zur Gasse war geöffnet. Jemand schlenderte singend am Haus vorbei. Doch von Chris keine Spur. Sie tröstete sich damit, dass er sein Versprechen einhalten und wieder zurückkommen würde. Doch die Stimme des Zweifels in ihrem Innern wuchs mit jedem Atemzug.

Als sie in ihre Schuhe schlüpfte, bemerkte sie, dass die Reisetasche, die gestern Abend noch neben der Tür gestanden hatte, fehlte. Ihre Befürchtungen schienen sich zu bewahrheiten. Chris war gegangen ohne ein Wort des Abschieds. Ohne eine Nachricht. Wie blöd sie doch gewesen war, seinen Beteuerungen zu glauben. Irgendwo vibrierte ein Handy. Sie wischte die Träne fort und entdeckte ihre Jacke, die unordentlich über der Stuhllehne hing. Sie eilte zu ihr und zog das Handy aus der Tasche. Tilda! Die hatte sie doch glatt vergessen. Ihr schlechtes Gewissen drängte für einen Augenblick ihre Enttäuschung über Chris in den Hintergrund. Es war nicht der erste Anruf der Freundin.

»Hallo Tilda«, meldete sie sich kleinlaut.

»Mensch, Lie, wo steckst du denn nur?«, rief Tilda vorwurfsvoll.

»Tut mir leid … es war sehr spät … da habe ich bei jemandem … übernachtet«, stotterte sie. Amelie fühlte sich mies und egoistisch. »Du hörst dich besser an.«

»Ja, es geht mir besser. Bist du bei diesem gut aussehenden Fremden?«

»Woher weißt du …?« Natürlich das Schweizer Ehepaar.

»Von den Meisters«, bestätigte Tilda.

»Äh … ja.«

»Und hattest du eine tolle Nacht?« Tilda klang zu ihrer Erleichterung neugierig, nicht verärgert.

»Ja, schon … aber das ist … kompliziert«, druckste Amelie herum. Erneut stiegen Tränen in ihre Augen.

»Oje. Aber wenigstens bist du wohlauf. Bist du doch, oder?«

»Ja, natürlich«, beeilte sich Amelie zu sagen.

»Du musst bitte so schnell wie möglich ins Hotel kommen«, drängte Tilda mit zitternder Stimme.

Irgendetwas war geschehen. »Was ist los?«

»Ich muss noch heute abreisen. Zu meinem Vater.«

»So schnell? Wieso?«

»Keine Ahnung. Ich habe meine Mailbox abgehört. Da war eine Sprachnachricht von ihm drauf. Ganz aufgeregt. Ich solle nach Hause kommen, es wäre dringend. Ich mache mir totale Sorgen um ihn. Du weißt ja … sein Herz.«

Tilda hatte ihr vor längerer Zeit von der Erkrankung ihres Vaters erzählt. Die Freundin schien außer sich vor Sorge zu sein.

»Ja, ja, natürlich, ich mache mich gleich auf den Weg«, antwortete Amelie, obwohl sie nicht wusste, wo sie sich genau befand.

»Danke dir. Beeil dich bitte. Mein Flug geht in knapp zwei Stunden.«

Amelie dachte an Chris. Und wenn er doch zurückkehrte und sie nicht anträfe? Ihr Gefühl sagte ihr, dass er sich sang- und klanglos aus dem Staub gemacht hatte. Andernfalls hätte er sie geweckt. Je mehr sie über sein Verhalten nachdachte, desto mysteriöser erschien ihr alles. Zu ihrer Enttäuschung gesellte sich auch Wut auf sich selbst, weil sie sich von ihm hatte einlullen lassen.

Schweren Herzens verließ Amelie nur wenig später das Atelier. Der Weg bis zum Hotel war länger als angenommen. Nach einer gefühlten Ewigkeit stand sie endlich vor dessen Eingang.

Als sie ins Zimmer trat, war Tilda gerade damit beschäftigt, ihren vollgestopften Koffer zu schließen.

»Amelie!« Die Freundin war völlig aufgelöst. »Ich habe die ganze Zeit versucht, meinen Vater zu erreichen, aber er geht einfach nicht ans Handy. Und meine Brüder und meine zukünftige Schwägerin auch nicht!«, rief Tilda verzweifelt aus. »Immer diese verfluchte Mailbox. Das macht mich noch wahnsinnig. Da ist etwas Furchtbares passiert, das spüre ich.«

Amelie ergriff die eiskalten, zittrigen Hände der Freundin. »Soll ich dich vielleicht nach Hause begleiten?« Sie bemerkte, wie der Blick der Freundin wachsamer wurde.

»Nein, nein, brauchst du nicht. Du willst meine Familie bestimmt nicht kennenlernen. Alle versnobt. Ich melde mich bei dir, sobald ich Näheres weiß. In zwei Tagen fahre ich eh nach Borkum. Danach treffen wir uns, ja?«

Amelie fühlte sich ein wenig vor den Kopf gestoßen. »Du möchtest nicht, dass ich deine Familie kennenlerne, stimmt's?«

»Sie zu kennen, könntest du bereuen. Weil mein Vater ein verbitterter Tyrann ist und meine Brüder nur an sich selbst denken. Aber man kann sich ja nicht aussuchen, in welche Familie man hineingeboren wird. Sobald ich auf eigenen Beinen stehe, sage ich der ganzen verfluchten Gold-Dynastie Lebewohl.« Schmerz flammte in Tildas Augen auf. »Du bist wie eine Schwester für mich. Ja, du bist mir näher als meine ganze Familie.«

In den drei Jahren mit der Freundin waren die Anrufe der Familie nur selten gewesen und Besuche ausgeblieben. Tilda hatte sehr unter der Lieblosigkeit gelitten, das wusste Amelie, obwohl ihre Freundin einem Gespräch immer wieder ausgewichen war. Jetzt ließ sie sich seufzend aufs Bett fallen. »Ich wollte dir den Aufenthalt hier nicht vermasseln.«

»Hast du nicht. Dafür hat schon jemand anders gesorgt.« Mühsam rang Amelie mit den Tränen.

»Was ist geschehen?« Tilda sah besorgt auf.

»Nach der Nacht … Er war heute Morgen einfach verschwunden. Ohne ein Wort.« Sie lächelte bitter.

»Ein One-Night-Stand also? Bist du sicher? Vielleicht solltest du noch einmal zum Atelier zurückkehren?«

»Was soll das bringen?«

»Stell ihn zur Rede«, forderte die Freundin.

Amelie schüttelte den Kopf. Eine Träne rollte über ihre Wange.

»Du hast dich in ihn verliebt?«, fragte Tilda sanft.

Amelie zuckte mit den Achseln und kniff die Lippen zusammen. Ihre Stimme versagte.

»So wie er dich behandelt hat, ist er es nicht wert, dass du eine Träne um ihn vergießt. Mach einen Haken dran und vergiss dieses Arschloch!«, schimpfte Tilda und zog sie in den Arm. »Bleibst du trotzdem in Venedig?«

Amelie schüttelte den Kopf. »Mach dir um mich keine Sorgen.« Sie hatte schon längst eine Entscheidung getroffen.

»Du solltest dich noch ein paar Tage ausruhen.«

»Hier erinnert mich nur alles an gestern. Der Laden in Bremen wird mich ablenken.« Jedenfalls hoffte sie das.

»Und was ist mit deinem Talent? Willst du wirklich in dem kleinen Laden versauern?«

»Ich kann meinen Vater nicht sitzenlassen. Das kann ich ihm nicht antun«, rief Amelie.

»Okay, du weißt sicher, was für dich am besten ist.« Tilda wiegte den Kopf und küsste sie dann auf die Wange. »Wenn du meine Hilfe brauchst, melde dich. Versprochen?«

In den letzten drei Jahren war Tilda immer für sie da gewesen.

»Versprochen. Sag mir Bescheid, was mit deinem Vater ist, ja? Ich bin für dich da.«

»Ich weiß«, sagte Tilda.

Nachdem die Tür hinter der Freundin zugefallen war, sank Amelie in den Sessel am Fenster und ließ ihren Tränen freien Lauf. Ihr Traum entwickelte sich mehr und mehr zu einem Desaster.

15.

Arrival stand in großen Lettern über der Glasfalttür. Ankunft. Immer hatte Christian auf Güldenstein ankommen wollen. Als Erbe des traditionellen Unternehmens und als Sohn. Beides hatte Vater erfolgreich verhindert. Jetzt war er hier und er fühlte sich fremd. Von Weitem erkannte er Emanuels Verlobte Eva, die am Ausgang des Flughafens hinter der Glasfront stand und ihm zuwinkte. Mit der Reisetasche lief er auf sie zu.

Die Verlobte seines Bruders drückte ihn fest an sich, nachdem er aus der Tür getreten war. Ihre blonde Lockenpracht duftete angenehm nach Kirsche, was ihn schmerzhaft an Amelie erinnerte. Eva trug einen eleganten, schwarzen Overall. Selbst ihre Fingernägel waren schwarz lackiert. Über einen Meter achtzig, schlank, fast dürr, mit ewig langen Beinen, so würde er sie beschreiben. Sie war ein ganz anderer Typ als Amelie mit ihren sehr weiblichen Kurven. Aber er mochte Evas unbeschwerte Art, auch wenn es ihn manchmal nervte, dass sie sich alles schönredete. »Alles wird gut«, lautete ihr Lebensmotto. Nichts war gut geworden, auch wenn er die Geschicke des Unternehmens von nun an allein leiten würde. Beide Eltern hatte er verloren, die Bürde der Verantwortung lastete bereits jetzt auf seine Schultern, und zu seiner jüngeren Schwester hatte er nach einem fürchterlichen Streit kaum noch Kontakt.

»Ich wünschte, wir hätten uns unter glücklicheren Umständen wiedergesehen«, sagte Eva leise und hakte sich bei ihm unter.

»Emanuel sagte mir, dass du Vater gefunden hast.«

Eva nickte. »Ja, ein grauenvoller Anblick, wie er so mit verdrehten Augen und offenem Mund röchelnd auf dem Boden gelegen hat. Der Notarzt hat noch alles versucht, aber sein Herz wollte nicht mehr schlagen. Und dann haben wir diese lächerliche Schachfigur in seiner Hand gefunden.« Sie seufzte.

Christian blieb wie angewurzelt stehen. Sofort dachte er an das Kuvert mit dem Foto der Schachpartie, und es überlief ihn eiskalt.

»Sagtest du eben, er hätte eine Schachfigur in der Hand gehalten?«

Seine Begleiterin nickte. »Ja, eine Gazelle oder so. Emanuel meinte, es wäre ein Bauer. Du weißt ja, ich habe absolut keine Ahnung von Schach. Wir vermuten, dass er sich, als er vom Stuhl gekippt ist, am Tisch festhalten wollte und dabei die Figur gegriffen hat.«

Wenn sein Vater wirklich Halt gesucht hatte, dann hätte er bestimmt nicht nach einer Schachfigur gegriffen. »Ist denn der Tisch umgekippt?«

»Nö. Aber Tage vorher. Carl war in den letzten Tagen immer lange wach und sehr unruhig. Emanuel meinte, er wäre aufgeregt wegen der neuen Kollektion. Stress, Herzkrankheit … das ist gefährlich. Sicher hatte er schon vorher gesundheitliche Probleme, aber er hat kein Sterbenswörtchen zu uns gesagt. Vielleicht …« Sie brach ab und seufzte. Eva war eine gewisse Hilflosigkeit anzumerken. »Wir hätten darauf bestehen sollen, dass er zum Arzt geht.«

Christian nahm seine Begleiterin in den Arm. »Mach dir keine Vorwürfe. Wir alle wissen, wie stur Vater sein konnte und wie sehr er seine Erkrankung ignoriert hat.«

Sie erreichten den Parkplatz, und Christian quetschte sich im Beatle auf den Beifahrersitz. Eva umrundete den Wagen und schwankte plötzlich vor der Motorhaube. Sie stützte sich ab und kniff die Augen zusammen. Sofort sprang Christian hinaus und hielt sie aufrecht. Die Verlobte seines Bruders war plötzlich aschfahl. Unter ihrem linken Lid zuckte es.

»Alles in Ordnung?«, fragte er.

»Ja, ja, sicher. Die Renovierung der Porzellanmanufaktur und jetzt Carls Tod, das war alles ein bisschen viel für mich.«

»Ich glaube, es ist besser, wenn ich fahre«, schlug er vor. Eva nickte und reichte ihm widerspruchslos die Autoschlüssel.

Die Fahrt zum Palais verlief schweigend. Eva saß noch immer sehr blass auf dem Beifahrersitz. Die Augen hielt sie geschlossenen.

An der nächsten Kreuzung fuhr Christian auf die Autobahn. Nur noch wenige Ausfahrten trennten ihn vom heimatlichen Palais. Erinnerungen stiegen in ihm auf, die Ausflüge in der Kindheit mit den Eltern ans benachbarte Steinhuder Meer. Er konnte sich noch gut an die leckeren Fischbrötchen in Mardorf erinnern, die er und Emanuel zum Abschluss heißhungrig verspeist hatten. Matilda, das Nesthäkchen, hatte sich immer danach übergeben.

»Wie war es in Venedig?«, holte Eva ihn aus den Grübeleien. »Hast du jemanden Interessantes kennengelernt?« Sie schaute ihn fragend an.

Und ob. Er vermisste Amelie. Hoffentlich rief sie bald an. Er blieb Eva eine Antwort schuldig, starrte stattdessen nach vorn.

»Wie heißt denn die Glückliche?«

Er hätte sich denken können, dass die scharfsinnige Eva aus seinem Schweigen Schlüsse zog. »Amelie«, antwortete er wahrheitsgemäß.

»Schöner Name.« Eva grinste ihn an. »Es scheint, als hättest du dich rettungslos verknallt.«

Merkte ihm man das so sehr an? Er war froh, als er in die breite Kiesauffahrt zum Güldenstein-Palais einbog. Vor dem schwarzen, schmiedeeisernen Tor mit den goldenen Kugeln auf den Spitzen hielt er an, während Eva es per Fernbedienung öffnete.

Das letzte Mal war er vor drei Jahren hier gewesen. Auf den ersten Blick schien sich nichts verändert zu haben, bis auf die unzähligen, geschnittenen Buchsbäume in Form von Fischen und Eichhörnchen. Doch von diesem Moment an veränderte sich sein Leben. Im Gegensatz zu Siena herrschte hier noch der Frost auf Güldenstein. Es würde noch Monate dauern, bis die Zitrusbäume blühten.

Je mehr sie sich dem Palais näherten, desto stärker wurde der Druck in seinem Magen. Wenn sein Bruder sich an die Tradition gehalten hatte, war Vater in der angrenzenden Kapelle aufgebahrt.

Nach einer sanften Kurve offenbarte sich ihnen der Anblick

des prachtvollen Weserrenaissance-Schlosses, das sich im Wassergraben davor widerspiegelte. Im Sommer ein Paradies für Enten und Schwäne, die von den Gartenbesuchern nur zu gern gefüttert wurden. Auf einer der Wiesen reckte eine Herde Alpakas neugierig die Köpfe. Nach einer Andenreise war Vater Feuer und Flamme für diese genügsamen Tiere gewesen, dass er sie unbedingt besitzen musste. Die dunklen Tierfelle zeichneten sich deutlich vor den hellen Bruchsteinmauern des Palais ab. Hinter dem Schloss lag der beliebte Barockgarten mit seinem Labyrinth und der Fontäne, der an die königlichen Gärten Herrenhausens erinnerte. Skulpturen und Pavillons reihten sich aneinander. Die Einfahrt zum Schloss führte über eine steinerne Brücke. Er parkte den Beatle direkt vor dem braunen Eingangstor des Palais. Kaum hatte er den Motor ausgestellt, trat sein Bruder im schwarzen Anzug aus der Tür und kam auf sie zu. Das blonde Haar, das ihm bis auf die Schultern fiel, hatte er zurückgekämmt, und sein Bart war abrasiert, was sicherlich Evas Einfluss zu verdanken war. Vater hatte sein Aussehen und Kleidungsstil immer kritisiert. Emanuel hatte sich nichts daraus gemacht. Viele, die sie kannten, waren der Ansicht, dass Emanuel und er sich sehr ähnelten. Vielleicht äußerlich, aber im Gegensatz zu ihm selbst fehlte Emanuel der Ehrgeiz. Oft hatte Christian den Bruder insgeheim für die Leichtigkeit bewundert, mit der er durchs Leben schritt.

Zuerst zog Emanuel die Beifahrertür auf und begrüßte Eva mit einem innigen Kuss. »Ich habe dich wahnsinnig vermisst«, sagte er leise zu ihr, aber laut genug, dass Christian es verstand. Voller Sehnsucht dachte Christian erneut an Amelie. Wie gern hätte er sie jetzt an seiner Seite gehabt. In den letzten Stunden seiner Reise hatte er immer vergeblich wegen einer Nachricht von ihr aufs Handy geschielt. Er gönnte seinem Bruder das Glück von Herzen, auch wenn er in diesem Moment ein wenig neidisch auf ihn war.

Lachend befreite Eva sich aus der Umarmung. »Ich war doch nur mal eine Stunde weg.«

Anschließend umarmten sich die Brüder zur Begrüßung. »Danke, dass du meiner Bitte gefolgt bist«, sagte Emanuel.

»Es ist doch meine Pflicht«, antwortete Christian bestimmt. »Ist Tilda schon da?«

»Nein, ehrlich gesagt dachte ich, dass ihr gemeinsam kommt.« Christian sah seinen Bruder fragend an.

»Wieso gemeinsam?«, fragte er verwundert.

»Weil Matilda auch in Venedig gewesen ist«, erklärte ihm sein Bruder.

Woher sollte er das wissen? Seine Schwester grollte ihm schließlich noch immer. Seitdem er Güldenstein fluchtartig verlassen hatte, war das Verhältnis zwischen ihnen getrübt.

»Niemand hat mir was gesagt.«

»Du fragst ja auch nie nach ihr«, gab Emanuel zurück.

Touché. Die Antwort seines Bruders versetzte ihm einen Stich. Seine Schwester hatte ihm schon oft vorgeworfen, dass er sich nie um familiäre Belange kümmere, vor allem nicht um sie. Ihre Vorwürfe hatten ihn damals schwer getroffen. Tilda war eine sehr eigenwillige Persönlichkeit, die keinen Rat annahm. Wenn er nur an diesen kiffenden Hallodri dachte, der seine damals sechzehnjährige Schwester hatte verführen wollen. Wütend war er auf Tilda gewesen, die sich für achtzehn ausgegeben hatte. Aber noch wütender auf den Kerl. Er hatte ihn am Kragen gepackt und aus dem Schloss hinauskatapultiert.

»Ich bringe dich zu Vater«, schlug Emanuel vor, nachdem Christian nichts erwidert hatte. Christian nickte. Er war froh, dass er im Flugzeug die leichte Kleidung gegen schwarze Hose und Hemd getauscht hatte.

»Willst du vielleicht noch ein Sakko?«, fragte Eva.

»Ich hatte keine Zeit nach Siena zu fahren, sondern bin gleich hierhergekommen.« Er hasste es, sich zu rechtfertigen. Im Geist hörte er den Verstorbenen sagen: »Kein Güldenstein tritt ohne Anzug an die Totenbahre eines Familienmitglieds.« Wie oft hatte Vater ihm und Emanuel das eingebläut.

Sie durchschritten die Halle und bogen dann nach rechts ab. Mit jedem Schritt wurde Christian flauer im Magen. Er hatte Vater seit fast drei Jahren nicht mehr gesehen. Jetzt würde er ihm gegenüberstehen. Doch er war tot. Unfassbar. Christian kam es vor, als würde er Vaters feste Schritte und seine Bassstimme durch die Räume hallen hören.

Anstelle tiefen Schmerzes fühlte er in seinem Innern Leere. Auf dem Weg zur Kapelle strömten die Erinnerungen auf ihn ein aus der Zeit, als Mutter noch gelebt hatte. Auch sie war in der Kapelle aufgebahrt gewesen. Seine erste Begegnung mit dem Tod eines Menschen. Mit zehn hatte er nicht begreifen können, dass sie nie wieder aufstehen und ihm in ihrer unnachahmlichen Art über den Kopf streichen würde. Nie wieder. Die Endgültigkeit der Worte war ihm erst viel später bewusst geworden. Emanuel und Eva gingen schweigend neben ihm her. Sein Bruder sah schlecht aus, mit dunklen Ringen unter den Augen. In seinen Augen lag Schmerz, auch wenn er einen gefassten Eindruck vermittelte. Der stillere und in sich gekehrte Emanuel hatte immer bewundernd zu Vater aufgesehen, anstatt wie Christian ständig gegen alles und jeden zu rebellieren. Auch Eva wirkte bedrückt. Vater hatte viel von ihr gehalten. Ihretwegen hatte er Emanuel das Sophienschloss und die Porzellanmanufaktur überlassen.

Als sie endlich die Kapelle erreichten, konnte er durch die geöffnete Tür den Ebenholzsarg erkennen, der vor dem Altar aufgebockt stand. Vater hatte ihn schon vor einigen Jahren gekauft und auf dem Dachboden bis zu diesem Tag X aufbewahrt.

Hintereinander traten sie an den Sarg heran, Christian als Familienoberhaupt war der Erste. Kerzen flackerten durch ihre Bewegungen. Ein blank poliertes Messingschild mit der Gravur *Carl IV. von Güldenstein* war auf dem Sargdeckel festgeschraubt, der daneben auf dem Boden lag. Christian beugte sich zum Vater hinunter, dessen Kopf auf einem weißen Spitzenkissen ruhte. Seine Züge waren entspannt, als hätte er im Tod mit sich und der Welt Frieden gefunden. Etwas, das ihm im Leben versagt geblieben war. Er trug einen Nadelstreifenanzug, darunter ein weißes Hemd mit Krawatte. Die rote Nelke im Knopfloch, auf der Vater immer bestanden hatte, wirkte irgendwie lächerlich, als einzig Lebendiges. Vaters Hände lagen gefaltet auf dem Leib. Sein Haar war noch eine Spur grauer, als Christian es in Erinnerung hatte. Christian fühlte in diesem Moment keinen Schmerz, keine Trauer, sondern nur eine unglaubliche Leere in sich. Mit Mutters Tod waren seine Gefühle für Vater erloschen. Er hatte ihm nie verziehen. Mutter war an seiner Härte zerbrochen.

Alle Fragen, die auf Christians Seele lasteten, würden für immer unbeantwortet bleiben. Emanuel sprach leise ein Gebet, während Eva auf dem Altar drei weitere weiße Kerzen anzündete und in einen der Kandelaber steckte. Alles erschien ihm so unwirklich. Sein Hiersein, sein toter Vater, einfach alles.

»Wir wollten jetzt im Salon etwas essen.« Evas Hand legte sich zart auf seinen Unterarm.

»Geht schon mal vor. Ich möchte noch einen Augenblick hier allein sein.«

Eva und Emanuel nickten verständnisvoll. »Wir warten im Salon auf dich. Tilda wird sicher auch bald eintreffen«, teilte Eva ihm mit, bevor sie zusammen mit Emanuel die Kapelle verließ.

Christian schloss kurz die Augen. Nachdem die Schritte der beiden verklungen waren, herrschte Stille. Doch in seinem Kopf ertönten die Stimmen der Vergangenheit. Er erinnerte sich an den letzten Streit mit dem Vater. Nicht zum Juniorchef wollte er ihn ernennen, sondern er sollte in der Werkstatt als Praktikant arbeiten. Er, einer der aufstrebenden Designer in Westeuropa, ein Preisträger. Vater duldete keine Konkurrenz neben sich, auch wenn es der eigene Sohn war. Ein Wort hatte das andere gegeben, bis sie sich nur noch angebrüllt hatten. Dominant, egozentrisch, unbeherrscht und kontrollierend, mit diesen Eigenschaften hätte er seinen Vater umschrieben. Umso mehr hatte ihn dessen Sprachnachricht erschüttert, aus der Hilflosigkeit, gar Verzweiflung geklungen hatte.

Er hatte von einem Fluch gestammelt. Wie konnte ein Fluch einen gestandenen Mann und Unternehmer wie Carl von Güldenstein in Panik versetzen? Das hörte sich unglaublich an. Er hätte jeden für verrückt erklärt, der behauptet hätte, seinen Vater könnte so etwas ängstigen, hätte er nicht selbst die Furcht in dessen Stimme vernommen. Das war echt und hatte ihn tief erschüttert. Hatte er den nahenden Tod gespürt? Er konnte sich keinen Reim auf diese Andeutungen machen. In letzter Zeit waren seltsame Dinge geschehen. Er dachte an den Anruf Schmiedels und an das Kuvert, das Stefano ihm in Venedig überreicht hatte. Wer mochte ihm den Läufer und das Foto zugesandt haben – und aus welchem Grund? Unzählige Fragen gingen Christian durch den Sinn, auf die er keine Antworten fand.

»Vater, was wolltest du mir sagen? Was für ein Fluch?«, sprach er zum Toten, als könne er ihm eine Antwort geben. Herrgott, weshalb hatte er nicht mehr gesagt? Christian stützte sich mit den Händen auf dem Rand des Sargs ab und starrte auf den Leichnam. Hatte Vater das vielleicht in einem Anflug von Verwirrung gestammelt? Einem inneren Wunsch nachgebend verspürte Christian das traditionelle Versprechen zu geben, wie es schon Generationen von Güldensteins vor ihm getan hatten. Immer, wenn ein Vater an seinen Sohn die Geschicke des Familienunternehmens übertragen hatte. Christian richtete sich kerzengerade auf und legte seine rechte Hand auf die Brust, in der sein Herz schlug.

»Vielleicht kannst du mich hören, auch wenn du nicht mehr unter den Lebenden weilst. Ich möchte einen Schwur leisten. Ich weiß, du hast nicht viel von meinen Fähigkeiten gehalten. Aber ich verspreche dir, Vater, dass ich gemäß der Tradition das Familienunternehmen gewissenhaft leiten und es in die Hände meines Erben legen werde. Ich werde die Familie und das Unternehmen gegen alle Feinde verteidigen. Ich, Carl Christian, schwöre auf Gold, Porzellan, Kristall und Elfenbein, die vier Wurzeln derer von Güldenstein.« Seine Worte hallten durch die Kapelle. Jetzt fühlte er sich befreiter.

Im Geist hörte er Vaters spöttisches Lachen. Es war Zeit, sich ganz und für immer aus dem Schatten des übermächtigen Vaters zu lösen. Vater war tot, seine Macht erloschen. Jetzt war er das Oberhaupt der hannoverschen Schmuckdynastie.

Christian beschloss, seinem Bruder und Eva in den Salon zu folgen, als plötzlich etwas seine Aufmerksamkeit weckte. Er hielt inne und blickte in den Sarg. Aus der Anzugtasche des toten Vaters lugte eine Ecke Papier heraus. Er streckte die Hand danach aus und zog es ihm aus der Tasche. Christian kam sich dabei wie ein Dieb vor, während er das Papier auseinanderfaltete. Er erstarrte, denn in seinen Händen hielt er die gleiche Fotokopie mit der Schachspielaufstellung aus dem Kuvert in Venedig. Hatte Vater auch eine erhalten, oder war er sogar der Absender gewesen? Das alles wurde immer mysteriöser. Mit weit ausholenden Schritten verließ Christian die Kapelle. Er musste wissen, was es damit auf sich hatte. Vielleicht wussten Emanuel und Eva mehr.

16.

Es war schwierig gewesen, aber sie hatte tatsächlich das Atelier wiedergefunden. Tildas Worte waren Amelie nicht mehr aus dem Sinn gegangen. Sie wollte nichts unversucht lassen, um zu erfahren, weshalb Chris sich davongestohlen hatte und ob er zurückgekehrt war. Tief in ihr keimte die Hoffnung, ihn wiederzusehen. Unschlüssig stand sie nun vor der grünen Tür in den Innenhof. Was machte sie nur hier? Es war eine Schnapsidee. Chris war bestimmt nicht mehr da. Ihr Herz hämmerte in der Brust. Wie würde er reagieren, wenn sie plötzlich vor ihm stand?

Im selben Augenblick wurde die Tür von drinnen aufgerissen. Amelie schrie auf. Ein Mädchen im Teenageralter erschien auf der Schwelle, mit schreckgeweiteten Augen. Sie hielt eine schwarze Katze auf dem Arm. Fast schien es, als wolle sie sofort die Flucht ergreifen. Doch Amelie musste das Mädchen nach Chris fragen. Also verstellte sie ihr den Weg, als sie sich an ihr vorbeidrängen wollte.

»Buongiorno«, stieß Amelie hervor. Das Mädchen erwiderte scheulächelnd ihren Gruß und presste das schwarze Fellbündel fest an sich, als befürchte sie, Amelie wolle ihr die Katze entreißen. Die riesigen, schwarzen Mädchenaugen starrten sie lauernd an. Amelie trat einen Schritt auf sie zu. Sofort wich das Mädchen zurück.

»Il mio gatto.« Schützend drehte sie sich weg und streichelte über das Köpfchen des Tieres.

»Gatto?«, fragte Amelie, bis sie begriff, dass das Mädchen die Katze meinte. Amelie schüttelte den Kopf.

»No, … Ich will dir deine Katze nicht wegnehmen«, erklärte sie auf Deutsch und erntete einen verständnislosen Blick.

Verdammt, wenn sie doch nur ein bisschen mehr italienisch sprechen könnte! Seufzend kramte Amelie das Wörterbuch aus ihrer Handtasche und blätterte darin.

»Ich will die Katze nicht. Ich suche Chris. Chris? Capisci? Ich suche Chris.«

Das Mädchen blickte sie hilflos an. Entweder war ihre Aussprache so miserabel oder sie kannte ihn wirklich nicht. Amelie drehte das Wörterbuch so, damit das Mädchen hineinsehen konnte, und tippte mit dem Finger auf die einzelnen Wörter.

»Ah, si, si«, erwiderte das Mädchen und grinste breit.

»Chris? Kennst du ihn?« Das Lächeln des Mädchens erlosch und sie schüttelte den Kopf.

»Kennen?«, wiederholte Amelie.

Das Mädchen schüttelte den Kopf und wirkte aufgebracht dabei. Sie kannte ihn anscheinend wirklich nicht.

Amelie versuchte, ihn so gut wie möglich zu beschreiben, und erntete erneut nur ein Kopfschütteln.

»Wer wohnt denn hier?«, bohrte sie weiter und tippte auf die entsprechenden Wörter. Dieses Mal zuckte das Mädchen mit den Schultern.

»Nessuno.«

Das konnte doch nicht sein! »Niemand? Aber ich war doch gestern im Haus. Das muss jemandem gehören. Einem Künstler.« Sie zeigte hinauf zu den Fenstern.

»Und Mancini?« Irgendwo hatte der Name gestanden.

»Nessuno«, wiederholte das Mädchen. Dann hörte Amelie Worte wie »la casa« und »venduta« heraus, woraus sie ihre Schlüsse zog.

»Das Haus wurde verkauft? An wen?« Amelie blätterte wieder im Wörterbuch und tippte auf die einzelnen Vokabeln.

Wieder zuckte das Mädchen nur mit den Schultern, bis es sie aufforderte, ihr zum Haus der Eltern zu folgen.

Zu Amelies Erleichterung sprach deren Mutter ein wenig Deutsch.

»Kunstler? No, Signorina. Das Haus wurde an eine reiche Mann aus Siena verkauft. Seine Name nicht kennen.«

Die Miene der schlanken Frau mit den grau melierten Haaren verriet, dass sie es aufrecht bedauerte, ihr nicht weiterhelfen zu können.

Amelie erzählte ihr, dass sie gestern dort gewesen war, und beschrieb Chris auch ihr.

»Chris? Kenne wir nicht. Aber hier komme viele Touriste nach Venezia zum Carnevale. In jedem Casa Gäste. Komme und gehe. « Sie sah Amelie mitleidig an.

Amelie wurde rot und bedankte sich bei der Frau, die zu ahnen schien, warum sie fragte. Schwer enttäuscht kehrte Amelie zum Hotel zurück. Chris hatte sie offenbar die ganze Zeit über angelogen. Und sie war so blöd gewesen, ihm zu glauben. Vermutlich stimmte nicht einmal sein Name. Amelie rannte die Gasse entlang zur Haltestelle der Vaporettos. Nach Dennis hatte sie offenbar nichts dazugelernt.

Im Hotel angekommen packte sie schweren Herzens ihren Koffer. Hier in Venedig hielt sie nichts mehr. Anschließend fuhr sie mit einem Taxi zum Bahnhof, wo sie sich ein Bahnticket kaufte.

Am nächsten Morgen gegen acht lief der Zug im Bremer Hauptbahnhof ein. Amelie fühlte sich wie gerädert, die ganze Nacht über hatte sie vor lauter Grübeln kein Auge zugetan.

Die vertraute Umgebung tat gut, auch wenn der Neorenaissancestil des Bahnhofsgebäudes wehmütige Erinnerungen an Venedig in ihr weckte. Sie musste Chris ein für alle Mal vergessen. Der Rollkoffer klackerte über den vollen Bahnsteig, als sie auf die Treppe zulief, vorbei an einer Schar lachender Kinder, die Selfies von sich schossen.

Sie hatte weder Vater noch Laura über ihre Rückkehr benachrichtigt. Eisige Luft schlug ihr entgegen, als sie das Bahnhofsgebäude verließ. Sie schlug den Weg in Richtung Innenstadt ein. Die lange Zugfahrt hatte sie ganz steif werden lassen, weshalb sie dankbar für jede Bewegung war.

An einer Kreuzung schaltete die Ampel auf Rot. Während Amelie wartete, beobachtete sie ein Liebespärchen auf der anderen Straßenseite, das nicht voneinander lassen wollte. Traurig dachte sie an ihre Nacht mit Chris zurück. Mit einem Mann wie ihm, der sie ohne ein Wort des Abschieds verlassen hatte, wäre sie nie so glücklich geworden. Leider spendete ihr diese Einsicht auch keinen Trost. Als das Pärchen sich trennte, erkannte sie in dem Mann ihren Ex-Freund Dennis. *Offensichtlich ist er glücklicher als ich*, dachte sie bitter.

Zu ihrer Erleichterung sprang die Ampel auf Grün um. Amelie wandte ihr Gesicht zur Seite und eilte an den beiden vorbei. Gerade als sie an dem Bäcker vorbeigekommen war, wo sie immer ihr Brot holten, hörte sie, wie jemand ihren Namen rief. »Amelie!« Sie drehte sich um und stand unvermittelt ihrer Schwester Laura gegenüber.

»Mensch, Lie, was machst du denn schon hier? Ich dachte, du schaukelst noch auf den Gondeln in Venedig!« Laura fiel ihr lachend um den Hals. Es tat so gut, die Schwester zu spüren, dass Amelie Tränen in die Augen traten, die sie hastig wegblinzelte. »Laura, Liebes.« Amelie drückte die Schwester an sich.

»Wieso hast du nichts gesagt? Ich hätte dich doch abgeholt. Erzähl, was ist passiert?« Die Schwester sah sie vorwurfsvoll an.

»Tilda musste dringend nach Hause zurückreisen. Allein wollte ich nicht in Venedig bleiben. Also bin ich nach Hause gekommen. Was machst du denn hier?« Laura winkte mit einer Brötchentüte und hakte sich bei ihr unter. »Ich habe heute einen Tag Urlaub genommen. Ich wollte Papa nicht allein lassen.« Bei dem letzten Satz fiel Amelie ein, dass heute der Hochzeitstag ihrer Eltern war. Das hatte sie doch glatt vergessen. Noch nie war ihr das passiert. Wie peinlich. Jetzt war sie froh, nach Hause zurückgekehrt zu sein. Jedes Jahr besuchte Vater an diesem Tag mit einem Strauß roter Rosen Mutters Grab, und seine Töchter begleiteten ihn stets dabei.

Gemeinsam liefen Laura und sie die Straße entlang, an deren Ende sich die elterliche Wohnung befand. Ihre Schwester trug einen sehr eleganten Wollmantel, der vorn mit einer goldenen Schnalle verschlossen war und ihre schlanke Figur betonte. Wie Amelie hatte auch Laura von Mutter das kastanienbraune Haar geerbt, das sie hochgesteckt trug. Ein ungewohnter Anblick, der ihre Schwester älter erscheinen ließ, als sie war. Dabei hatte Laura es immer geliebt, ihre Haare offen zu tragen. Ob ein Mann dahintersteckte? Während sie noch vor drei Jahren auffällig geschminkt gewesen war, trug sie jetzt ein dezentes Make-up. Die zurückliegenden Jahre hatten Laura verändert und zu einer Frau heranreifen lassen, auf die Amelie stolz war.

»Papa wird sich riesig freuen. Endlich sind wir wieder zusammen. So wie früher.« Die Jüngere drückte sie noch einmal an sich, als sie vor dem elterlichen Fachwerkhaus standen, das sich nahtlos in eine Häuserzeile von Bremens Altstadt einfügte.

Ihr Vater saß in der Werkstatt und schmiedete gerade einen Ring, als Amelie und Laura auf ihn zutraten. Sein Haar war seit ihrem letzten Besuch vor fünf Monaten noch lichter geworden, die Wangen eingefallen. Als der Dielenboden unter ihren Füßen knarrte, blickte er auf. Seine Miene wechselte von Erstaunen zu Wiedersehensfreude. Mit einem Strahlen im Gesicht sprang er vom Stuhl auf und breitete die Arme aus.

»Amelie? Ich glaube es nicht. Komm her, mein Kind, lass dich von deinem Vater drücken.«

»Papa.« Bewegt vor Wiedersehensfreude flog Amelie in seine Arme und gab ihm einen Kuss auf die Wange. Erst jetzt war ihr klar, wie sehr sie nicht nur Laura, sondern auch ihn vermisst hatte.

»Hat Venedig dir nicht gefallen oder hast du dich mit Tilda zerstritten, dass du schon hier bist?«, fragte er und klang halb besorgt und gleichzeitig ein wenig erleichtert.

Amelie schüttelte den Kopf. »Weder noch. Tilda musste dringend nach Hause. Ihr Vater hatte angerufen. Keine Ahnung weshalb. Tilda wusste ja selbst nicht, warum er so gedrängt hat. Mir war dann die Lust vergangen, allein in Venedig zu bleiben. Da habe ich mich in den Zug gesetzt und bin nach Hause gekommen.« Nach Hause. Momentan fühlte es sich nicht so an. Eher glich sie einem Stück Treibholz auf dem Wasser. Sie spürte Lauras prüfenden Blick auf sich und wappnete sich auf eine Bemerkung von ihr. Doch ihre Schwester schwieg.

Anschließend begaben sich die drei in die Küche. Auch hier hatte sich nichts verändert. Die dunklen Möbel hatte Mutter einst ausgesucht. Auch die Eckbank mit den Stühlen, die dringend einen neuen Anstrich gebraucht hätten. Als Amelies Magen knurrte, deckte Laura schnell den Tisch mit den frischen Brötchen, Butter und Marmelade. Amelie plauderte über Venedig und Tildas Krankheit. Ihr Vater, der scheinbar ihre Enttäuschung über die abgebrochene Reise spürte, legte seine Hand auf ihre.

»Aber den Maskenball habt ihr doch besucht, oder?« Lauras Frage ließ die Erinnerung an die gemeinsame Nacht mit Chris wieder schmerzhaft lebendig werden.

»Ja, ja, natürlich. War sehr nett. Ein Schweizer Ehepaar saß an unserem Tisch. Stellt euch vor, die haben im gleichen Hotel wie wir gewohnt.« Amelie erzählte von den Kostümen und dem guten Essen und hielt damit ihre Schwester von peinlichen Fragen ab. Laura, die von Dennis' Seitensprung erfahren hatte, würde sich um sie sorgen. Das wollte Amelie nicht. Ihr Liebeskummer würde schon mit der Zeit vergehen. Während Amelie und ihre Schwester sich über die Bauten und Kanäle der Lagunenstadt unterhielten, hörte Vater nur mit halbem Ohr zu, denn er stellte immer wieder Fragen zu Themen, die sie eben besprochen hatten.

»Du bist so abwesend, Papa. Was ist los?«

»Ich möchte dir endlich zeigen, wie ich den Laden umgebaut habe.«

Nach dieser Erklärung Vaters war Amelie klar, dass er nur darauf brannte, ihr das zu zeigen.

»Papa hat die ganzen letzten Wochen wie ein Wahnsinniger geschuftet«, erklärte Laura lächelnd. »Damit du dich wohlfühlst.«

»Allein?« Amelie sorgte sich um die angeschlagene Gesundheit des Vaters.

»Dennis hat ihm geholfen.«

»Ah ja«, antwortete Amelie wenig begeistert und dachte an die Szene vorhin auf der Straße.

»Es macht dir doch nichts aus, oder?« Vater und Schwester sahen sie forschend an. Und ob es ihr etwas ausmachte. Nicht weil sie die Trennung von ihm nie verkraftet hatte, sondern weil Dennis sie an Chris' Verhalten erinnerte.

»Nein, natürlich nicht«, log sie und rang sich ein Lächeln ab.

Voller Begeisterung führte Vater sie in den Schmuckladen im Souterrain. Der unerwartete Anblick der freundlichen Gestaltung in Pastelltönen und der modernen Ausstellungsvitrinen verschlug Amelie die Sprache. Das hatte sie nun wirklich nicht erwartet. Aber sie freute sich sehr.

»Du hast dich tatsächlich von den Schlamm- und Ockertönen trennen können?«, scherzte sie.

Ihr Vater lächelte verlegen und schaute zu Laura.

»Hat mich schon eine Menge an Überredung gekostet. Aber als er dann den Buchladen gesehen hat, den wir ebenfalls erst kürzlich saniert haben, war er begeistert«, verriet Laura. Amelie schenkte ihrer Schwester ein dankbares Lächeln, denn so hell und freundlich, wie der Laden jetzt aussah, würde ihr die Arbeit hier leichterfallen.

»Ich glaube, ich habe noch ein paar gute Dekoideen«, verkündete sie lächelnd.

»Drüben im Buchladen könnte ich auch Flyer auslegen«, schlug Laura vor, und schon diskutierte Amelie mit ihrer Schwester über weitere Werbemaßnahmen, während der Vater ihnen schweigend, aber mit einem zufriedenen Gesichtsausdruck zuhörte.

»Alles im Leben hat seinen Sinn«, hatte Oma Irmi immer zu ihnen gesagt. »Manchmal erkennt man erst sehr spät, weshalb sich Dinge so entwickelt haben, wie sie sind. Aber alles geschieht immer zum Besten.« Die Worte zusammen mit dem wunderbaren Wandel des Ladens und der Unterstützung Lauras ließen Amelie zuversichtlicher in die Zukunft blicken.

17.

»Fluch? Du glaubst doch nicht wirklich daran?«, fragte Christian Eva aufgebracht. Jede andere Erklärung für Vaters Verhalten hätte er akzeptiert. Flüche existierten in der Fantasie, nicht in der Realität. Eher hatte sich jemand mit seinem Vater einen makabren Scherz erlaubt. Um ihm Angst einzujagen, ihn in die Enge zu treiben.

»Aber dein Vater hat immer wieder von nichts anderem geredet. Ein Fluch läge auf der Familie, dem schon einige Familienmitglieder zum Opfer gefallen sind. Und er hat sich davor gefürchtet«, beharrte sie auf ihrem Standpunkt.

Christian sah sie zweifelnd an.

»Ich glaube auch nicht daran«, meinte Emanuel. »Gut, Vater war in letzter Zeit wirklich nicht mehr derselbe. Seine Unruhe …«

»Weil er sich immer von diesen Schachfiguren verfolgt gefühlt hat«, fiel Eva ihm ins Wort und zog eine Zigarettenschachtel aus der Handtasche.

Christian lachte freudlos auf. »So ein Blödsinn. Doch nicht Vater!« Evas Behauptungen wurden immer ungeheuerlicher. »Das hört sich fast so an, als wäre unser Vater dem Wahnsinn verfallen! Das war er gewiss nicht. Und Schach gespielt hat er auch nie!« Christian konnte sich nicht daran erinnern, dass sein Vater sich jemals auf eine Partie eingelassen hatte, geschweige denn Spielbrett und -figuren besaß. War sein Vater vielleicht doch durchgedreht?

Emanuel nickte. »Für solch ein Spiel fehlte ihm die Geduld.«

»Ich bilde mir das nicht ein.« Evas Hände zitterten, als sie vergeblich versuchte, ihre Zigarette anzuzünden. Schließlich fiel ihr das Feuerzeug aus der Hand. Wortlos hob Christian es auf und gab ihr Feuer. Eine leichte Röte überzog ihr Gesicht.

»Danke.« Sie sog an ihrer Zigarette. »Ich habe mich gewundert, weshalb plötzlich neben seinem Sekretär im Arbeitszimmer dieses Schachspiel stand. Diese seltsamen Figuren … Abends warfen die wirklich unheimliche Schatten an die Wand.« Sie blies den Rauch aus. Ihre Hände zitterten noch immer. Anscheinend ging Vaters Tod Eva sehr nahe.

»Ein Schachspiel?« Christians Blick flog zwischen seinem Bruder und dessen Verlobten hin und her. Emanuel zuckte mit den Achseln.

Eva nickte. »Ja, ein Schachspiel. Es war ganz plötzlich da. Vielleicht kam es in dem Paket, das vor ein paar Wochen ankam. Ohne Absender. Carl hat es an sich genommen. Ich habe nie gesehen, was sich darin befand. In den letzten Wochen trudelte mehrmals Post ein ohne einen Absender. Wie die beiden Kuverts.«

»Zwei Umschläge?«, hakte Christian nach.

»Ja, einer für dich und einer an deinen Vater gerichtet. Deinen habe ich dir nachgeschickt.«

»Weißt du, was in Vaters drin war?« Christian brannte darauf, mehr zu erfahren. Eva blies den Rauch aus, bevor sie antwortete. »Er hat es mir nie gezeigt, redete nur immer von irgendeinem Zug. Ich dachte, es wäre sein Bahnticket nach Offenburg zu der Edelsteinmesse und habe nicht weiter nachgefragt.«

Die seltsam angespannte Atmosphäre im Raum kratzte auf Christians Haut wie Glaswolle.

»Vielleicht war es das hier?« Er zog den gefalteten Zettel des toten Vaters aus seiner Hosentasche und hielt ihn den anderen hin. »Ich habe nämlich das Gleiche bekommen.« Seinen Zettel zog er aus der Brieftasche und hielt ihn daneben.

Emanuel und Eva rissen beide die Augen auf. »Schon wieder Schach?«, entfuhr es seinem Bruder. »Aber …« Emanuel tippte mit dem Finger auf das Papier.

»Das sind doch die Figuren von Carls Schachbrett«, vollendete Eva den Satz ihres Verlobten.

»Seid ihr sicher? Vielleicht gibt es zwei davon, denn hierbei handelt es sich um eine berühmte Schachpartie. Vater hat nie Schach gespielt, geschweige denn sich für Spielzüge interessiert.« Christian berichtete den beiden alles, was Stefano ihm gesagt und er weiter im Internet recherchiert hatte. »Ich glaube vielmehr, dass das eine Botschaft ist. Vielleicht sogar eine Warnung. Ich vermute mal, dass der Absender der Fotokopien auch das Schachspiel geschickt hat«, sprach Christian seine Vermutung aus. »Ich habe auch eine Figur mitgeschickt bekommen, einen Läufer. Ein Gepard.«

Er fingerte in seiner Hosentasche und zog den Umschlag mit der Schachfigur heraus, die er den anderen zeigte. Das alles schien Teil eines perfiden Plans zu sein.

»Seltsam, mir ist vorher nicht aufgefallen, dass bei Carls Schachspiel Figuren fehlten. Doch …« Eva stockte. »Irgendetwas ist anders an deiner Figur.«

Eva sah ratlos auf das Schachbrett. »Carl hatte einen Bauern in der Hand, als ich ihn gefunden habe, eine Gazelle. Ich habe sie in die Figurenkiste gelegt.«

»Ist das die ursprüngliche Figurenkiste?« Christian hoffte, dass die Schachtel vielleicht mehr Information über die Herkunft geben könnte.

Doch Eva schüttelte den Kopf. »Nein, ich habe welche in seinem Sekretär gefunden. Auf denen stand nichts drauf.«

»Okay.« Christian griff nach dem Pendant seines Läufers auf dem Spielbrett. »Meiner ist kleiner.« Von der Schnitzerei waren die beiden gleich, nur die Figuren von Vaters Schachspiel eine Nuance größer.

Eine steile Falte bildete sich auf Evas Stirn. Sie öffnete die Figurenkiste und holte die Gazelle heraus. »Diese Gazelle hier ist auch ein bisschen kleiner«, sagte sie leise.

»Vater könnte die fehlenden Figuren durch Nachbildungen ersetzt haben, damit es nicht auffällt«, warf Emanuel ein.

»Vielleicht mit Figuren von der Person, die mir den Läufer gesandt hat«, sinnierte Christian weiter. Zufall? Oder kannte sein Vater den Schnitzer? Er zählte die Figuren durch. Die kleine

Gazelle war wie sein Läufer überzählig. Immer mehr Fragen drängten sich auf.

»Das ist wirklich alles sehr seltsam. Und weshalb hast du einen Läufer und dein Vater einen Bauern bekommen?« In Evas Augen blitzte es furchtsam auf.

»Weil Christian Vaters Nachfolge antreten wird.« Emanuels Erläuterung klang plausibel.

»Jemand hat versucht, Vater Angst einzuflößen.« Christian rollte die Zettel wieder ein und steckte sie zurück in die Tasche.

»Du meinst, dass das irgendwie mit dem Fluch zusammenhängen kann?« Aufgeregt drückte Eva ihre Zigarette im Aschenbecher aus.

»Schach ist ein strategisches Spiel mit dem Ziel, den Gegner Zug um Zug auszuschalten, eben schachmatt zu setzen.« Christian sah die beiden eindringlich an. Ein erfolgreicher Unternehmer wie sein Vater besaß viele Neider, und die Konkurrenz war hart. Hatte Vater einen Gegner, der ihn zerstören wollte? Er dachte an den Zeitungsartikel über die Probleme der Firma Güldenstein und hielt es für möglich.

»Du denkst sicher an einen Konkurrenten, der Vater oder vielmehr den Manufakturen schaden will?«, warf sein Bruder ein.

»Zumindest eine Möglichkeit«, gab Christian zu.

Eva schüttelte den Kopf. »Gut, das mag vielleicht auf die männlichen Güldensteins zutreffen. Aber wie erklärt ihr euch die ungeklärten Todesfälle eurer Mutter, eurer Großmutter, Tante Ella und weiterer Angehöriger, die alle nichts direkt mit dem Geschäft zu tun hatten?«, gab sie zu bedenken.

Die Schuld an Mutters Tod lag bei Vater. Sie war an seiner Härte und Lieblosigkeit zerbrochen und hatte sich das Leben genommen. Großmutter war mit der Kutsche tödlich verunglückt, Tante Ella, geistig verwirrt, war einer nicht klar diagnostizierten Krankheit zum Opfer gefallen.

Christian winkte unwirsch ab. »Unfälle, Krankheiten, Schicksalsschläge, wie sie in jeder Familie vorkommen. Das kann sich auch mal häufen. Es hat doch nichts mit einem Fluch zu tun!«

»Was redet ihr denn da von einem Fluch?«

Christian blickte auf. Auf der Schwelle stand Tilda.

»Du hier, Christian? Ist was passiert? Wo ist Vater?« Ihr Blick glitt durch den Raum. Auf ihre Frage folgte betretenes Schweigen.

»Irgendwas ist los. Warum antwortet ihr mir nicht?« Ihre rot geschminkten Lippen bebten.

»Setz dich bitte erst mal.« Christian deutete auf einen Stuhl.

»Nicht bevor ich nicht weiß, was hier los ist. Ich ... ich habe eine komische Nachricht von Vater erhalten. Was ist mit ihm?« Sie zückte ihr Handy aus der Manteltasche und hielt es hoch.

Christians Kehle war wie zugeschnürt. Noch nie war ihm etwas so schwergefallen wie Tilda von Vaters Tod zu berichten. »Setz dich endlich, Tilda«, sagte er streng und erwartete ihren Protest. Doch zu seiner Überraschung folgte sie seiner Aufforderung widerspruchslos. Seit dem Streit damals hatte Tilda ständig gegen ihn aufbegehrt, sein Handeln kritisiert. Würde sie ihn als Familienoberhaupt annehmen?

»Ich höre«, forderte sie und blickte in die Runde.

»Vater ... er ist gestern Nacht gestorben.« Christian wusste selbst nicht, wie er es schaffte, dabei ruhig zu klingen. Tilda wich das Blut aus dem Gesicht. Gleichgültig, wie sie zum Vater stand, sein Tod ging ihr nahe, denn in ihren Augen schimmerte es feucht. »Aber ... das ... das kann nicht sein«, stammelte sie.

»Doch, es ist wahr«, antwortete Emanuel, legte ihr zum Trost den Arm um die Schultern. Doch sie stieß ihn von sich und sprang vom Stuhl auf.

»Matilda, setz dich bitte wieder und hör mir zu«, schaltete sich Christian ein.

Sie hasste es, Matilda gerufen zu werden. Doch dieses Mal beschwerte sie sich nicht. »Erst will ich zu ihm.« Ihre Stimme zitterte. Tränen rollten ihre Wangen hinab. Sie ignorierte das Taschentuch, das Eva ihr reichte.

»Er ist in der kleinen Kapelle aufgebahrt«, erklärte Emanuel. Ehe noch jemand etwas sagen konnte, rannte Tilda aus dem Salon.

Eva wollte ihr nacheilen, doch Emanuel legte ihr die Hand auf den Arm.

»Lass sie. Sie will jetzt sicher allein sein.« Einen Moment lang sah Eva Emanuel zweifelnd an, dann setzte sie sich wieder hin.

Tilda kehrte nach kurzer Zeit wortlos zurück und setzte sich an den in der Zwischenzeit gedeckten Tisch. Noch nie hatte Christian seine Schwester so aufgelöst erlebt wie heute. Sie war noch ein Kleinkind gewesen, als Mutter von ihnen gegangen war. Während des Essens herrschte gedrückte Stimmung. Alle schwiegen. Tilda saß mit verquollenen Augen Christian gegenüber und stocherte nur im Essen herum.

»Warum spricht denn keiner mit mir?«, rief Tilda aufgebracht und warf ihre Gabel auf den Teller, dass es klirrte. Dafür erntete sie einen strafenden Blick Emanuels. Auch Eva verzog das Gesicht und zuckte leicht zusammen, denn das elfenbeinfarbene Porzellan mit den handgemalten Frühjahrsblühern war ihr und Emanuels kostbares erstes Gemeinschaftsprojekt.

»Vater ist tot! Und ihr sitzt hier am Tisch, als würde euch das alles nichts angehen!«, rief Tilda und brach in Tränen aus.

»Wir können deine Trauer verstehen …«, versuchte Christian sie zu beruhigen.

»Nichts könnt ihr verstehen, gar nichts. Egal wie ich zu ihm stand, er war mein Vater. Warum haben wir nur andauernd gestritten?« Sie barg schluchzend ihr Gesicht in den Händen. Emanuel und Eva schauten betroffen drein. Noch nie hatte Christian sich hilfloser gefühlt als in diesem Moment. Wie konnte er seine Schwester trösten, wenn er selbst diesen unbändigen Schmerz in sich verspürte über den Verlust des Vaters? Nie hätte er geglaubt, dass ihn dessen Tod derart tief treffen würde. Eva stand auf und lief zu seiner Schwester, um sie in den Arm zu nehmen. Tilda weinte an ihrer Brust. Christian schob seinen Teller beiseite. Er hatte sowieso keinen Appetit verspürt. Vater hätte nicht gewollt, dass sie Tränen um ihn vergossen. »Die Güldensteins heulen und jammern nie, sie ertragen alles mit der nötigen Würde und

Gefasstheit.« Das hatte er zu ihm und Emanuel gesagt, als sie weinend an Mutters Grab gestanden hatten.

Nach einer Weile hatte Tilda sich wieder gefasst. »Woran ist Vater gestorben?«, fragte sie schniefend.

»Er hatte einen Herzanfall«, antwortete Eva sanft. »Alles ging so schnell … Der Notarzt konnte ihn nicht mehr retten.«

Vater war tot. Christian konnte es noch immer nicht fassen. Es war, als müsste er jeden Augenblick den Salon betreten.

»Aber man stirbt doch nicht einfach so!«, rief Tilda. »Habt ihr denn vorher nichts gemerkt?«

»Er hatte panische Angst davor, dass ihn ein Fluch ereilen könnte«, antwortete Eva leise und vermied es, die beiden Brüder anzusehen.

»Was denn für ein Fluch? Vor so was soll mein Vater sich gefürchtet haben?«

Auch seine Schwester schien daran zu zweifeln. Wenn sie wie jetzt die Stirn runzelte und die Augen zusammenkniff, war sie Vater sehr ähnlich. Auch die ungeduldige, aufbrausende Art schien sie von ihm geerbt zu haben.

Aller Augen richteten sich auf Christian, von dem sie eine Antwort erwarteten. Er musste sich erst noch daran gewöhnen, ab sofort die Verantwortung für die Familie zu tragen. Knapp umriss er, was geschehen war, und ließ kein Detail aus. Hin und wieder ergänzten Emanuel und Eva seine Ausführungen. Seine Schwester klebte an seinen Lippen, unterbrach ihn kein einziges Mal, während sie in ihren Händen die Serviette knetete.

»Ist ja mal wieder typisch für meine Brüder, den Fluch einfach so abzutun. Vielleicht hatte Vater eine Geisteskrankheit oder so. Das kommt in vielen Familien vor.«

»Und wenn es doch einen Fluch gibt?«, gab Eva zu bedenken. Emanuels Verlobte schien wirklich an solch einen Hokuspokus zu glauben.

»Das ist doch lächerlich. Es gibt keine Flüche«, entgegnete Christian bestimmt.

»Christian hat recht«, pflichtete ihm Emanuel bei. »Ich habe in

Vaters Sekretär einen ganzen Schwung unterschiedlicher Medikamente gefunden, Beruhigungs- und auch Aufputschmittel. Wir wissen doch alle, welche Wirkung sie auf Menschen bei falschem Konsum besitzen. Vater hat oft welche genommen, besonders wenn irgendwelche wichtigen Termine bevorstanden.«

Tilda wirkte nachdenklich.

»Und wenn doch was an der Sache mit dem Fluch dran ist? Willst du das wirklich einfach so abtun?«, fragte Eva beharrlich.

Christian stöhnte bei ihren Worten innerlich auf. Sicher hatte sie in einem der Tagebücher der geistig verwirrten Ella gelesen, die in der Schlossbibliothek standen. Hoffentlich steckte sie Tilda nicht mit solch einem Quatsch an. Er erinnerte sich an die Geschichte seiner Großtante, die angeblich tot umgefallen war bei ihrem ersten Zoobesuch. Bevor er darauf antworten konnte, wandte sich Emanuel an seine Freundin.

»Eva, es gibt keine Flüche. Basta. Das hat jemand erfunden. Es gibt für alles eine klare Begründung. Bestimmt hatte Großtante Ella einen Schlaganfall oder so. Es war ja auch ziemlich heiß an diesem Julitag, und sie hatte schon immer eine schwächliche Konstitution.«

Christian konnte Emanuels Erklärung nur beipflichten.

»Ob Fluch oder nicht, es erklärt nicht, was es mit diesem Schachspiel auf sich hat, und Carls Furcht auch nicht«, warf Eva ein. Tilda riss die Augen weit auf.

Das entging Christian nicht. Das Beste wäre, die Hirngespinste auszuräumen, bevor sie sich in den Köpfen der beiden Frauen festsetzten.

»Also gut. Wir sollten uns das Schachspiel von Vater genauer anschauen. Dann werdet ihr sehen, dass das einfach nur ein Spiel ist und nichts Ungewöhnliches dahintersteckt«, schlug Christian vor und erhob sich von seinem Platz. Die anderen folgten seinem Beispiel. Gemeinsam gingen sie zu Vaters Arbeitszimmer hinüber.

18.

Für Christian war es ein seltsames Gefühl, nach Jahren Vaters Arbeitszimmer wieder zu betreten. Eine Gänsehaut kroch seinen Rücken hinauf. Dort drüben hatte Vater immer hinter dem Sekretär gethront und ihnen als Kinder mit eisiger Miene eine Strafpredigt erteilt, wenn sie zum Beispiel nach der Schule Fußball gespielt und deshalb das Mittagessen verpasst hatten. Er hatte diesen Sport gehasst. Jede Bitte, jedes Flehen von ihnen zum Abwenden einer Strafe war an seiner Unerbittlichkeit abgeprallt. Anschließend hatte er sie in den Schlosskeller gesperrt. Dunkel, kalt und feucht war es dort gewesen. Christian konnte sich noch gut an den modrigen Geruch erinnern. Sie hatten sich gefürchtet. Emanuel hatte jedes Mal wie ein Schlosshund geheult, während Christian mit den Fäusten gegen die schwere Holztür getrommelt hatte. Was hatte er Vater dafür verflucht. Die Vergangenheit war wieder so präsent, dass erneut Wut in ihm aufwallte. Es war Mutters Freitod, der den Vater derart verbittert hatte, dass er keinen Funken Liebe mehr für seine Kinder empfand.

Im Arbeitszimmer hatte auch das letzte Gespräch zwischen ihnen stattgefunden. Eine Produktlinie war gefloppt. Jeden von Christians Vorschlägen hatte Vater abgelehnt und ihm obendrein stets das Gefühl vermittelt, nicht kreativ und erfolgsorientiert genug zu sein, um in seine Fußstapfen zu treten. Das war in einen heftigen Streit eskaliert, nach dem er schließlich Hals über Kopf Güldenstein verlassen hatte.

Die klobigen Möbel und die Regale waren bis oben hin mit Aktenordnern gefüllt und wirkten heute noch erdrückender, als er sie in Erinnerung hatte. Links vom Sekretär zog das Schachbrett im Schein eines Deckenspots die Blicke auf sich. Ein exotischer Fremdkörper inmitten gediegenem, altdeutschen Eichenmobiliar. Vater hatte extra den Strahler in die Deckentäfelung einbauen und das Tischchen dafür anfertigen lassen. Die weißen Figuren waren aus Elfenbein und die schwarzen aus Ebenholz geschnitzt, Abbildungen verschiedener afrikanischer Steppentiere. Gazellen ersetzten die in einem üblichen Spiel vorhandenen Bauern, Giraffen die Türme, Zebras die Springer und Geparden die Läufer. Genau wie der Läufer, den ihm ein anonymer Absender geschickt hatte. Die Gesichter der Tiere mit den weit aufgerissenen Mäulern besaßen fast etwas Bedrohliches, wie Bestien aus einem Horrorfilm. In jedem Gothic-Laden hätten sie ihre Liebhaber gefunden. Nur die schwarze Dame war eine Eingeborene mit nackten Brüsten und mit goldenem Federschmuck um den Hals, der König ein schwarzer Stammesfürst in Leopardenfell. Es entging Christian nicht, dass die beiden hellen Gegenparts fehlten. Die Schachfigur, die in seinem Kuvert gelegen hatte, war ein wenig kleiner als die Figuren auf diesem Brett. Man musste schon genau hinsehen und zwei Spielfiguren nebeneinanderhalten, um den Unterschied zu erkennen. Sie gehörte demnach zu einem anderen Spiel. Genau wie der Bauer, den sein Vater bekommen hatte. Das war alles wirklich mysteriös.

Tilda trat neben ihn. »Da fehlen doch Steine.« Sie deutete auf die Felder, auf denen König und Dame üblicherweise positioniert waren.

»Genau.« Emanuel bückte sich und sah unter dem Tisch nach, ob sie vielleicht heruntergefallen waren.

»Nein, die fehlen schon die ganze Zeit. Aber ich hatte recht, mir wäre aufgefallen, wenn einer der Läufer auch gefehlt hätte«, sagte Eva.

»Vielleicht waren sie kaputt, und Vater hat sie entfernt«, bemerkte Tilda.

»Nehmt es mir nicht übel, aber ich finde diese Figuren allesamt hässlich. Diese Fratzen erinnern mich an Gargoyles, die von Kathedralenmauern herabglotzen.« Eva schnitt eine Grimasse und drängte sich an Emanuel. Die Arme vor der Brust verschränkt, starrte sie auf die Figuren.

»Es gibt viele Erklärungsmöglichkeiten. Vielleicht war das Schachspiel von Anfang an unvollständig. Oder zwei Figuren sind auf dem Transportweg verloren- oder kaputtgegangen.« Christian streckte den Arm aus und nahm eine Gazelle in die Hand. Die Figur war unerwartet schwer. Mit den Fingern fuhr er über die glatt polierten Oberflächen. Jede Figur war ein Unikat durch den ihr eigenen Ausdruck. Diese Perfektion in der Schnitzerei, jede Falte, die Mimik … das erinnerte ihn an etwas. Grübelnd betrachtete er die Figur von allen Seiten. So etwas Ähnliches hatte er doch neulich schon mal gesehen. Er zog sein Handy aus der Tasche und suchte nach Tomas' Fotos. Ja, klar, der Elfenbeinanhänger. Die Schnitzstile ähnelten sich sehr. Das stimmte ihn nachdenklich. Konnte das ein und dieselbe Person angefertigt haben? Er drehte die Figur so, dass er die eingravierten Ziffern auf dem Sockel lesen konnte: *1884*. Vermutlich eine Jahreszahl. Damit schied die Möglichkeit eines einzigen Schnitzers aus. Ein Schachspiel aus dem neunzehnten Jahrhundert mit diesen ausgefallenen Figuren war sicher ein Vermögen wert. Sein Vater hatte schon immer einen Hang für Ausgefallenes besessen und gesammelt. Taschenuhren aus dem vorhergehenden Jahrhundert, hauchdünne Alabasterlampen mit maurischen Ornamenten, selbst aztekische Schrumpfköpfe. Weshalb dann nicht auch ein Schachspiel?

»Wenn diese Ziffern einer Jahreszahl entsprechen, wäre das Schachspiel sehr alt«, erklärte er den anderen und zeigte auf die Gravur. »Es gliche einem Sechser im Lotto, wenn ein Spiel dieses Alters noch vollständig wäre.«

»Schau mal, hier auf der Figur … auf der Unterseite sind Zeichen.« Tilda drehte das Zebra um. Unter dem Fuß ihrer Figur war ebenfalls eine Gravur sichtbar, durch Schwarzfärbung hervorgehoben.

Christian reckte den Kopf. »Sieht aus wie eine Leiter«, sagte er leise. »Könnte der Stempel des Schnitzers sein, mit dem er sich darauf verewigt hat.«

»Dann müssen es aber verschiedene gewesen sein.« Emanuel hielt in den Kreis zwei weitere Spielfiguren, auf deren Unterseiten verschiedene Zeichen zu erkennen waren, ein Vogel mit nach hinten gebogenem Hals und ein verschnörkeltes Symbol, das Christian eher an orientalische Ornamente erinnerte.

»Und was bedeuten die?« Tildas Wangen glühten vor Aufregung.

Christian zuckte mit den Schultern. »Vielleicht irgendeine Kennzeichnung für den Spieleinsatz.«

»Schachfiguren kennt doch jeder. Man erkennt doch auch sofort, welche Funktion sie im Spiel besitzen.« Tilda schüttelte den Kopf.

»Stimmt«, gab Christian zu.

»Was ist denn mit den kleineren Schachfiguren? Haben die denn auch Zeichen unten?«, meldete sich Tilda noch einmal zu Wort.

Christian zuckte mit den Achseln. »Lässt sich leicht feststellen.« Er nahm die überzählige Gazelle vom Schachbrett und drehte sie um. Auch sie besaß ein Zeichen, das nicht so verschnörkelt war und nicht zu den anderen zu passen schien. Dann griff er nach dem Läufer, den er bekommen hatte und der jetzt neben dem Schachbrett auf dem Tisch stand. Auch sein Zeichen sah anders aus und teilweise verblasst.

»Das müssen zwei verschiedene Schnitzer gewesen sein. Seht doch. Die kleineren Figuren sehen aus, als wären sie eine Kopie.«

»Dann aber eine schlechte, denn die Gravur der Zeichen ist nicht so tief und exakt wie bei den größeren Figuren, weshalb die Farbe schlechter haftet.« Emanuel tippte mit dem Finger auf die Unterseite der Schachspielfiguren.

»Aber was bedeuten denn diese Zeichen nun?« Ungeduld schwang in Tildas Stimme.

»Diese Zeichen … ich habe so was schon mal gesehen.« Evas Lippen zitterten, als sie auf die Figuren in Emanuels Hand deutete.

»Und was bedeuten sie, Eva?«, hakte Emanuel nach. Eva schüttelte den Kopf. »Ich weiß es nicht mehr. Ich habe ein Buch über

Symbolik gelesen von einem bekannten englischen Wissenschaftler. Das liegt zu lange zurück, dass ich mich nicht mehr genau daran erinnern kann. Aber … aber …«

Ein seltsames Gefühl beschlich Christian bei Evas Anblick. Sie war ungewöhnlich blass, und ihre Hände zitterten. Ihr Blick wirkte abwesend. Wie vorhin, als ihr das Feuerzeug entglitten war. »Aber was? Du hast doch was im Hinterkopf.«

»Ihr könnt mich für verrückt halten, mich auslachen, es ist mir egal. Aber dieses Spiel ist von einer bedrückenden, unheimlichen Aura umgeben, die mir Angst macht.«

Offenbar meinte die Verlobte seines Bruders das ernst. Ihre Worte klangen unheilvoll in Christian nach. Auch in Tildas Augen lag eine Mischung aus Zweifel und Furcht.

»Was redest du da, Eva?«, rief Emanuel aus.

»Du solltest dir mit deinem Schatz nicht so viele Gruselkrimis ansehen«, scherzte Christian. Dennoch fühlte er sich unerklärlicherweise irgendwie unwohl. Sicher lag es nur an der seltsamen Atmosphäre, die jetzt herrschte.

»Eva hat recht, irgendetwas stimmt hier nicht. Dieses Spiel ist recht seltsam. Vielleicht war es wie diese Briefe eine Warnung an Vater, und er hat deshalb Angst bekommen. Was ist, wenn noch etwas in diesem Paket gewesen ist? Oder das Schachspiel hat Vater an etwas erinnert, das er lieber für immer vergessen hätte? Das könnte ihn so in Panik versetzt haben, dass er einen Anfall bekommen hat.«

Tildas Einwurf brachte Christian erneut ins Grübeln.

»Vielleicht hast du recht. Lasst uns die Figuren alle genauer in Augenschein nehmen, und wir sollten nach irgendwelchen Hinweisen suchen. Telefonate, E-Mails, Nachrichten, was weiß ich«, schlug Christian vor und erntete Zustimmung von allen. Wenn sein Vater tatsächlich von Angstzuständen geplagt worden war, musste es dafür einen triftigen Grund gegeben haben. Was steckte dahinter? Eine alte Schuld, wie Tilda annahm? Gleichgültig welche Ursache, er würde dem auf den Grund gehen.

Emanuel wandte sich einem der Regale zu, während Tilda

in den Schubfächern des Sekretärs stöberte. Christian stellte die Figur wieder zurück aufs Spielfeld, bevor auch er sich umsah. Was hatte Vater nur mit seinen Worten gemeint? Weshalb hatte er geglaubt, dass die Familie in Gefahr schwebte? Immer wieder neue Fragen, aber keine Antworten! War Vater erpresst worden?

Christian begab sich auf die Suche nach den beiden verschollenen Spielfiguren und begann in der Biedermeiervitrine. Aus dem Augenwinkel bemerkte er Eva, die noch immer mit seltsam starrem Blick vor dem Schachspiel stand. Ihre Hand zitterte, als sie eine der schwarzen Figuren vom Brett nahm. Kaum lag sie in ihrer Hand, wich ihr schlagartig das Blut aus dem Gesicht. Ihre Finger krallten sich um die Figur und hoben sie hoch. Dabei zitterte sie so stark, dass Christian schon befürchtete, sie könnte die kostbare Schnitzerei fallenlassen. Keiner seiner Geschwister schien Evas Wandlung zu bemerken, die nun fest die Lippen zusammenkniff. Dann ging alles sehr schnell. Evas Finger, die den Spielstein hielten, drohten, sich zu öffnen. Langsam knickte sie in den Knien ein und schwankte. Emanuel, der mit dem Rücken zu ihr stand, schien nicht zu bemerken, was hinter ihm vorging. Als Evas Augen sich verdrehten, sprang Christian vor und schrie gleichzeitig nach seinem Bruder. »Emanuel!« Blitzschnell wirbelte sein Bruder herum und fing seine Verlobte rechtzeitig auf, während es Christian gelang, die Spielfigur zu retten, bevor sie auf dem Boden zerbarst.

»Eva, mein Schatz.« Sanft tätschelte Emanuel ihre Wange. Christian stellte die Spielfigur wieder aufs Schachbrett zurück. Emanuel kniete auf dem Boden, Evas Kopf in seinen Schoß gebettet. Sie war kreidebleich, und ihre Lider flatterten. Es dauerte eine Weile, bis sie die Augen wieder aufschlug. »Die Trommeln … die Schatten … und dieser Schmerz …«, stammelte sie. Geräuschvoll sog sie den Atem ein.

»Eva, du hast uns einen gehörigen Schrecken eingejagt.« Emanuel strich ihr liebevoll eine Strähne aus der Stirn.

»Wieso? Was ist denn … los?« Ihr Blick glitt umher.

»Du warst ohnmächtig.« Tilda kniete sich neben die beiden und nahm Evas Hand.

»Ohnmächtig? Ja … ja, da waren diese lauten Trommeln … Es dröhnte in meinen Ohren und war nicht mehr zum Aushalten.« Schon wieder sah sie ganz abwesend aus. »Oh Gott, sie kommen näher!«, rief sie aufgeregt und versuchte, sich aufzurichten.

»Ganz ruhig, Liebste. Hier sind keine Trommeln«, redete Emanuel beruhigend auf sie ein.

»Aber … da – die Schatten an den Felsen!« Sie streckte den Arm aus. »Siehst du sie denn nicht?«

Christian und Emanuel tauschten verständnislose Blicke. Die Szene wirkte auf Christian gespenstisch. Irgendetwas stimmte nicht mit Eva. Hilflos sah er seinen Bruder an, der schwieg.

»Ich hole ihr mal ein Glas Wasser«, bot Tilda sich an und verließ das Arbeitszimmer.

»Dieser Schmerz … dieser Schmerz …« wiederholte Eva die ganze Zeit, bis Tilda mit einem Glas zurückkehrte. Erst als sie ein paar Schlucke getrunken hatte, wirkte sie klarer im Kopf. Sie richtete sich auf.

»Eva, du machst uns Angst. Was war denn los mit dir? Wieso bist du plötzlich ohnmächtig geworden? Und was du da von den Trommeln und Schatten geredet hast, war richtig unheimlich.« Tilda nahm ihr das Glas wieder ab.

Emanuels Verlobte schüttelte den Kopf. »Ich weiß nicht … nur, dass ich gerannt bin … In meinem Kopf summt ein ganzer Bienenschwarm.« Sie hielt die Hände an die Schläfen und verzog das Gesicht.

»Trommeln? Schatten? Kannst du dich erinnern?«

Eva schüttelte den Kopf, dann sanken ihre Lider wieder herab.

»In meinem Kopf dreht sich alles …«, flüsterte sie.

»Eva?« Emanuel tätschelte sanft ihre Wange. »Eva …«

»Ich habe Kopfschmerzen …«, kam es zurück. Sie schmiegte sich an ihn. »Setz mich doch bitte in den Sessel.«

Mit besorgter Miene blickte Emanuel auf sie hinab. »Nein, ich bringe dich jetzt lieber hinauf. Dort kannst du dich eine Weile ausruhen.« Sie nickte. Tilda trat auf Evas andere Seite und stützte sie, als sie sich erhob.

»Ich hätte es besser wissen müssen. Du musst dir mehr Ruhe gönnen.«

»Hast du das öfter?«, fragte nun auch Christian beunruhigt.

»Schon«, gab Eva zu.

»Das war in letzter Zeit alles ein wenig zu viel, die Renovierung von Schloss Sophiengarten, das Aufräumen in der Manufaktur … Dr. Mahler meinte, sie wäre erschöpft und müsse dringend ein paar Tage abschalten. Aber sie lässt sich nicht ausbremsen«, erklärte Emanuel.

»Ich helfe dir«, bot Tilda Emanuel an. Gemeinsam führten sie die schwankende Eva aus dem Arbeitszimmer.

Christian sah den dreien nach, bevor er sich hinter Vaters Schreibtisch setzte und Schublade für Schublade durchsuchte. Das unterste Fach war verschlossen. Er durchsuchte die kleinen Schubladen nach dem Schlüssel. Als er ihn nicht fand, nahm er Brieföffner und Schere heraus und machte sich am Schloss zu schaffen. Gleich beim zweiten Versuch sprang es auf, sodass er die Schublade aufziehen konnte. Vielleicht barg sie die fehlenden Schachfiguren?

Doch alles, was er fand, war die aktuelle Auflistung der gesamten Frühjahrskollektion, die Vater in wenigen Tagen mittels einer Werbekampagne der Öffentlichkeit vorstellen wollte. Christian ging die gesamte Liste durch und war enttäuscht, denn sie enthielt nur ein einziges neues Design, ein Set bestehend aus Kette, Ohrringen und Haarreif, alle mit Diamanten besetzt.

Seufzend lehnte er sich in Vaters Sessel zurück. Seine Erfahrung sagte ihm, dass diese Frühjahrskollektion nicht der Reißer sein würde. Die Zeiten und auch die Kundenansprüche hatten sich geändert. Offenbar war dieses Kriterium an Vater vorbeigegangen. Sobald sich die Gelegenheit ergab, musste er mit Schmiedel und den Produktionsleitern reden. Bevor er die Unternehmensleitung übernahm, musste er sich einen genauen Überblick über die Unternehmensbilanzen verschaffen. Nach dem Zeitungsartikel neulich und dieser wenig innovativen Kollektion schwante ihm nichts Gutes. Stand es vielleicht doch um das Unternehmen schlechter, als Vater allen hatte weismachen wollen? Christian nahm die Liste an sich und schloss die Lade, bevor er den Raum verließ.

Auf dem Weg zu seinem Apartment schaute er wieder aufs Handy. Keine Nachricht. Kein Anruf. Nichts. Christian hatte fest geglaubt, dass Amelie seine Empfindungen teilte und eine Beziehung zu ihm vertiefen wollte. Scheinbar war ihre Leidenschaft nur vorgetäuscht gewesen. Er kniff die Lippen zusammen. Die Enttäuschung darüber, sich in ihr geirrt zu haben, war bitter und schmerzte. Das Beste war, sie zu vergessen. Kurz war er versucht, nach Venedig zurückzukehren, um nach ihr zu suchen. Doch außer ihrem Vornamen und dass sie den gleichen Musikgeschmack teilten, wusste er praktisch nichts über sie. Wütend ballte er die Hände. Jetzt musste er sich auf seine Aufgaben konzentrieren. Es würde ihm gelingen, sie zu vergessen.

19.

Es war eine Sisyphos-Arbeit, die winzigen Edelsteine mit der Pinzette in die Fassungen zu setzen. Aber sie lenkte Amelie eine Weile von ihren wehmütigen Gedanken ab. Neben ihr auf dem Werktisch lagen bereits mehrere fertiggestellte Schmuckstücke. Seit sie wieder in Bremen war, hatte sie sich in die Arbeit gestürzt, um Chris zu vergessen. Noch immer quälten sie Fragen und Zweifel. Waren alle seine Worte nur gelogen gewesen? Seine Zärtlichkeit und Leidenschaft geheuchelt? »Ja, so ist es«, sagte sie laut zu sich selbst und fühlte sich keinen Deut besser. Wenn nur nicht diese verfluchte Sehnsucht nach ihm wäre, die sie jeden Abend befiel, wenn sie allein in ihrem Bett lag. Sie konnte nur hoffen, dass mit der Zeit die Erinnerung an ihn verblassen und alles nicht mehr so schmerzen würde.

Einziger Trost: Ihr Aufenthalt in Venedig hatte ihre Kreativität beflügelt. Der Karneval mit der Üppigkeit der venezianischen Pracht spiegelte sich in ihren farbenprächtigen und glitzernden Designs wieder. Broschen und Kettenanhänger, die an Karnevalsmasken erinnerten, besetzt mit unterschiedlichen Edelsteinen avancierten zum Verkaufsschlager. Glänzendpolierte Goldringe in Form von Rokoko-Hochfrisuren, verschnörkelte Ketten und Armbänder im Louis-Quatorze-Stil gehörten zu ihrer neuesten Kollektion. Sie passten wunderbar zu modernen Outfits.

Die Tür zur Werkstatt öffnete sich, und Laura steckte den Kopf herein.

»Lie, hier sind noch ein paar neue Bestellungen.« Laura winkte lächelnd mit einem Stapel Zettel, bevor sie diese vor Amelie auf die Werkbank legte. Amelie blätterte flüchtig darin und seufzte.

Alles Terminaufträge. »Wie soll ich das nur schaffen? Wenn Papa mir nicht hilft, können wir die Aufträge nicht erfüllen.« Aber einer musste im Laden die Kunden bedienen. Nach Feierabend half Laura ihnen bei der Büroarbeit, aber von Goldschmiedekunst verstand sie nichts.

»Ich versteh dich ja, Lie. Vater sucht schon nach einem Goldschmied. Er hat im Internet bereits mehrere Inserate aufgegeben. Leider hat sich bislang noch niemand gemeldet.« Es fehlte wirklich ein zweiter Goldschmied, der sie bei der Herstellung unterstützte.

»Und wie will er das bezahlen? Außerdem wachsen gute Goldschmiede nicht wie Früchte an den Bäumen. Egal, bis dahin müssen wir alles irgendwie schaffen.« Und wenn sie Nachtschichten einlegen musste.

Vater zahlte noch immer Schulden ab aus der Zeit, als der Laden geschlossen war. Er hatte sich Mutters wegen nie von ihm trennen können, auch wenn die laufenden Kosten ihn auffraßen. Auch wenn die Einnahmen sich dank Amelie in den letzten Tagen verdoppelt hatten, reichten sie bei Weitem nicht aus, um alle Kredite auszulösen, geschweige denn einen weiteren qualifizierten Goldschmied oder -schmiedin einzustellen.

Laura wiegte den Kopf. »Schau mal in den Spiegel. Wie dünn du geworden bist. Hast du heute überhaupt schon was gegessen?« Die Besorgnis der Schwester war rührend.

»Nein, glaube nicht.« Zur Bestätigung knurrte Amelies Magen.

»Ich habe noch Hähnchenschenkel, die hole ich dir gleich«, schlug Laura eifrig vor.

»Das wäre klasse.« Amelie lächelte ihre Schwester dankbar an. Bei dem Gedanken lief ihr das Wasser im Mund zusammen.

Wenige Minuten später stand ein Teller mit dem Geflügel und einem köstlich riechenden Dip vor Amelies Nase.

Laura blieb vor der Werkbank stehen.

Fragend sah Amelie zu ihr auf. »Hast du noch was auf dem Herzen?« Seit ihrer Rückkehr war nie Zeit da gewesen, sich in Ruhe mit ihrer Schwester unterhalten zu können.

»Eher du, große Schwester.«

»Blödsinn, wie kommst du denn darauf?«, wehrte Amelie lachend ab und wischte sich den Mund mit der Serviette ab.

»Mach mir nichts vor. Obwohl Vater dir vollkommen freie Hand lässt und die Leute uns die Tür wegen deines Schmuckes einrennen, scheinst du nicht glücklich zu sein.«

»Glück, was ist das schon? Ich bin zufrieden, das reicht mir.« Amelie schob den Teller mit den abgenagten Geflügelknochen beiseite und widmete sich wieder ihrer Arbeit.

»Zufrieden? Was ist mit dir los, Lie?«

Behutsam fügte Amelie einen Edelstein nach dem anderen in die dafür vorgesehene Fassung ein. Sie wollte Zeit gewinnen, weil sie nicht wusste, was sie der Schwester antworten sollte. Wenn sie ihr von Venedig und ihrer Naivität erzählte, würde sie womöglich nur herbe Kritik ernten, die sie jetzt nicht gebrauchen konnte. Gefühle würden sie überrollen. Sie wollte nicht mehr leiden, sondern vergessen.

Doch Laura ließ nicht locker. »Ist es der Laden? Weil er nicht so ist, wie du es dir immer erträumt hast? Oder ist dir das alles mit uns zu eng? Ich kann schon eher zu Silke ziehen …« Laura stützte sich auf die Werkbank und sah ihr in die Augen.

»Nein, Quatsch, es ist alles in Ordnung.« Amelie hatte sich geschworen, mit niemandem über die unselige Episode ihres Lebens in Venedig zu reden.

»Alles in Ordnung? Ja, wirklich? Für wie blöd hältst du mich denn? Du schuftest bis zum Umfallen, isst kaum was und heulst dich jeden Abend in den Schlaf! Wenn es nicht der Laden ist, dann vielleicht wegen Dennis?«

Dennis? An den hatte sie keinen einzigen Gedanken mehr verschwendet. »Nein, natürlich nicht. Der ist mir doch egal …«

»Wer dann? Hast du jemanden in Pforzheim kennengelernt?«, fiel ihr die Schwester ins Wort.

Jetzt wurde es gefährlich. Sie wusste, dass Laura nicht lockerlassen würde, genauso wenig wie Tilda es nie gekonnt hatte. »Nein, hab ich nicht. Kannst du mich bitte arbeiten lassen? Sonst schaffe ich die Aufträge nicht.«

»Ich glaub dir kein Wort. Hmmm. In … Venedig vielleicht?«

Amelie spürte, wie ihr die Hitze ins Gesicht schoss, und ärgerte sich darüber, sich damit verraten zu haben.

»Wusste ich es doch!« Mit einem triumphierenden Lächeln zeigte Laura auf sie. »Du hast dich in Venedig verliebt? Offensichtlich unglücklich.«

Jetzt konnte sie ihre Schwester nicht mehr mit Ausreden abspeisen. Amelie rollte mit den Augen und stöhnte. »Ja, ich habe jemanden kennengelernt. Zufrieden?«

»Erst wenn du mir die ganze Geschichte erzählst, weshalb du seinetwegen leidest.« Laura zog sich einen der Hocker an die Werkbank und ließ sich darauf nieder.

Amelie erzählte ihr alles so knapp wie möglich und vermied, seinen Namen auszusprechen, sonst wäre sie in Tränen ausgebrochen.

Eine Weile herrschte Stille, und Laura starrte vor sich hin.

»Vermutlich liegst du richtig, und du bist für ihn wirklich nur ein One-Night-Stand gewesen. Bist du sicher, dass er dir nicht doch irgendwo eine Nachricht hinterlassen hat?«

»Ganz sicher. Und als ich am nächsten Tag noch einmal zum Atelier gegangen bin und mich bei einer Nachbarin erkundigt habe, wusste die nichts über ihn oder seinen Freund. Vielleicht waren sie nur in das Atelier eingedrungen? Hat man ja schon öfter mal in der Zeitung gelesen, dass sich Fremde in einer verwaisten Wohnung einquartieren und den Eigentümern nach ihrer Rückkehr ein böses Erwachen bescheren. Und ich war mir so sicher, dass er es ernst mit mir gemeint hat.«

»Es tut mir so leid für dich. Ich falle ja auch ständig auf die falschen Männer rein. Hake es ab. Es lohnt sich nicht, dem hinterherzutrauern. Du bist jetzt eine gefragte Goldschmiedin in Bremen. Vielleicht bald in ganz Deutschland. Dann werden sich die Männer um dich reißen.«

Tatsächlich vermochten Lauras Worte Amelie ein wenig zu trösten. Ihre Schwester hatte recht, sie musste sich jetzt auf ihre Entwürfe konzentrieren.

»Hast du noch was von Tilda gehört? Ich würde sie so gern kennenlernen.«

»Sie hat mir gesimst, dass ihr Vater vor ein paar Tagen gestorben ist.« Amelie vermisste die Freundin und war traurig, dass ihr Kontakt seit Venedig nur auf Nachrichten beschränkt geblieben war. Wenn sie angerufen hatte, war immer nur die Mailbox dran gewesen.

»Wirst du zur Beerdigung fahren?«

Amelie schüttelte den Kopf. »Nein, ich kenne nicht mal die genaue Adresse.«

Nachdem Laura die Werkstatt verlassen hatte, blieb Amelie nachdenklich zurück. Sie hatte Tilda mitgeteilt, dass sie gern zur Beerdigung kommen würde, wenn sie ihr die Adresse mitteilte. *Die Beerdigung erfolgt auf Wunsch meines Vaters nur im engsten Familienkreis*, hatte Tilda ihr geantwortet. Sie hatte Amelie abgewimmelt.

Einerseits war Tilda ihr vertraut wie eine Schwester. Sie wusste, wie sie ihren Kaffee trank und dass sie nachts manchmal schnarchte. Andererseits wusste sie nur wenig über ihr Leben.

Ich komme dich bald besuchen, und dann erzähle ich dir alles. Alles, was du wissen willst, hatte die Freundin ihr gesimst.

Sie konnte und wollte Tilda vertrauen.

20.

Unaufhörlich rannen die Regentropfen die Fensterscheibe hinab. Das miese Wetter passte zu Christians Stimmung. Sein Blick schweifte über den Schlosspark mit seinen Barockrabatten und der Hainbuchenhecke hin zur Mauer, wo der steinerne Engel thronte. Dort lag die Familiengruft, in der Vater vorgestern bestattet worden war. Eine Beerdigung im kleinen Kreis, wie er es sich gewünscht hatte. Die unzähligen Beileidsbekundungen, die noch immer eintrudelten, sammelte Schmiedel in Körben. Irgendwann würde Christian sie lesen und beantworten. Nur Tomas hatte er auf seinen Kondolenzbrief hin eine Nachricht gesandt und seinen Job gekündigt. Er würde nicht mehr nach Siena zurückkehren. Ein Gedanke, an den er sich gewöhnen musste. Er liebte das milde Klima Italiens, besonders im Winter. Hier fühlte sich alles fremd und unwirklich an. In jedem Winkel, jeder Ecke schien sein Vater noch immer gegenwärtig zu sein. Manchmal bildete er sich ein, seine Bassstimme zu hören.

Sein Tod hatte Christian und die Geschwister vor schier unlösbare Probleme gestellt. Noch nie hatte er eine solche Hilflosigkeit verspürt wie jetzt. Schon lange hatte er vermutet, dass die Firma finanzielle Probleme haben könnte, doch was er heute Vormittag bei der Testamentseröffnung erfahren hatte, überstieg das Ausmaß seiner Vorstellungskraft. Das Güldenstein-Unternehmen war insolvent, der private Haushalt bankrott. Nicht einmal Schmiedel hatte den Umfang des Übels geahnt, wie er Christian versicherte. Allen hatte Vater verschwiegen, wie schlecht es um die Firma bestellt war.

Wut wallte in Christian auf. Die Kollektionen hatten sich in den vergangenen drei Jahren kaum verkauft, und die Sanierung des Stammschlosses ein Vermögen verschlungen. Hinzu kam, dass sein Vater privat horrende Summen für seine Kuriositätensammlung ausgegeben hatte. Unbekannte Skizzen berühmter Meister, Statuen, Kriegstrophäen und vieles mehr. Es würde ein Leben lang dauern, um die Schulden zu tilgen, wenn nicht ein Wunder geschah. Doch Christian glaubte nicht daran.

Emanuel und Tilda waren aus allen Wolken gefallen, als ihnen die Hiobsbotschaft überbracht worden war. Im Gegensatz zu ihm waren sie davon überzeugt, dass die Firma gerettet werden könnte. Weil sie sich noch nie mit Bilanzen und Marktstrategien hatten auseinandersetzen müssen wie er. Es gab keinen Ausweg aus dem Dilemma. Wie sollte er ihnen erklären, dass ihm nichts anderes übrig blieb, als einen Großteil des Familienbesitzes verkaufen zu müssen? Es schmerzte ihn, denn Emanuel und Eva renovierten mit viel Liebe und Energie Schloss Sophiengarten und träumten sogar von der Neueröffnung der Porzellanmanufaktur. Es brach ihm das Herz, auch Tildas Hoffnungen auf die Glasmanufaktur im maroden Schloss Herminenburg zerstören zu müssen. Seine Geschwister würden ihn dafür hassen, auch wenn er nicht die Schuld an der Misere trug. Auf die Schnelle Investoren zu finden, um den Untergang zu verhindern, war nahezu aussichtslos. Wenn er die beiden kleineren Schlösser und Vaters Sammlung verkaufte, könnte er vielleicht eine Weile das Palais halten, bis sie alle einen Job und einen Ort zum Leben gefunden hätten. Es hatte noch nie an Interessenten für die Schlösser gemangelt. Alle hatte Vater abgewiesen. Im Falle einer Versteigerung wären sie wie Aasgeier zur Stelle. Ihn zerriss die Vorstellung, dass das Herzstück der Familie, ein über Generationen gepflegtes, traditionelles Zuhause, in deren Hände fallen würde.

Seit der Testamentseröffnung hatte er kaum geschlafen, sondern nur gegrübelt. Eine Alternative zum Verkauf gab es nicht. Vielleicht hätte der Bankrott abgewendet werden können, wenn Vater vor einem Jahr ein Wort über die wirtschaftliche Schieflage hätte verlauten lassen. Doch stur wie er gewesen war, hatte er keine Hilfe annehmen wollen.

»Warum, Vater? Warum hast du nichts gesagt?«, brüllte Christian und schlug mit der Faust aufs Fensterbrett. Die Güldenstein-Dynastie stand vor dem Aus. Alles, was sich Generationen vor ihnen hart erarbeitet hatten, war verloren. Eine Weile stand er da und versank in düsteren Grübeleien. Er hatte bei Vaters Tod keine Träne vergossen, und auch jetzt konnte er es nicht. Tief in seinem Inneren fühlte er sich leer und ausgebrannt.

Der Sturm peitschte den Regen gegen das Fenster. Christian quälte sich mit Vorwürfen, fragte sich, was gewesen wäre, wenn er nicht nach Siena gegangen wäre. Verzweifelt lehnte er die Stirn gegen das kühle Glas.

Nach einer Weile hatte er sich wieder gefasst. Es nützte nichts, den Kopf in den Sand zu stecken, das Leben ging weiter. Er kehrte an den Schreibtisch zurück und blätterte noch einmal die Akten durch, die Schmiedel ihm zur Durchsicht zur Verfügung gestellt hatte. Entscheidungen mussten getroffen werden. Als Erstes würde er die Kunstsammlung abstoßen. Hinter jedes zu verkaufende Stück setzte er einen Haken.

Im hinteren Teil des Ordners befanden sich die Quittungen der von Vater einst erworbenen Kunstgegenstände. Christian blätterte sie zweimal durch. Seltsam, ein Beleg über das Schachspiel war nicht dabei. War es ein Geschenk oder eine Leihgabe? Doch von wem? Der Wind draußen war zum Sturm geworden, der das wintertrockene Laub gegen die Scheiben wirbelte. Der Regen hatte zwar nachgelassen, doch am Himmel braute sich ein Gewitter zusammen. Die ersten Blitze zuckten. Christian betrachtete das Schachspiel neben sich, dann griff er nach einer Figur. Was mochte es wert sein? War es vielleicht die Rettung? Eine Expertise wäre jetzt sehr hilfreich gewesen. Dazu musste er jedoch wissen, wer es geschnitzt hatte. Während er die Elfenbeinfigur auf der Suche nach einem Stempel oder Ähnlichem in der Hand drehte, hörte er ein Flüstern. Er drehte sich zur Tür um und lauschte. Das Flüstern schwoll an. Es klang aufgeregt, bedrohlich, auch wenn er kein Wort davon verstehen konnte. Hastig stellte er die Spielfigur aufs Schachbrett zurück und zog die Tür des Arbeitszimmers auf, um auf dem Flur nachzusehen. Das Geflüster verstummte abrupt, und auf dem Korridor war weit und breit niemand zu sehen. »Hallo?« Keine Antwort. Er musste sich das eingebildet haben.

Als er zum Schreibtisch zurückkehrte, stellte er die Zebra-Spielfigur, die er zuvor in der Hand gehalten hatte wieder auf. Kaum saß er hinter dem Schreibtisch, vernahm er erneut Geflüster. Er erinnerte sich noch gut daran, dass Tilda sich früher öfter mit einer Freundin kichernd und flüsternd in den Nischen versteckt hatte, um ihn zu ärgern.

»Tilda, du kannst rauskommen! Du bist für solche Spiele zu alt!«, rief Christian. Stille. Er drehte sich um und stieß mit dem Ellbogen dabei gegen Schachfiguren, die klackernd aufs Schachbrett kippten. Abrupt verstummte das Geflüster. Ließ der Wirrwarr in seinem Kopf ihn womöglich halluzinieren? Er dachte an Mutter, die kurz vor ihrem Selbstmord seltsames Zeug geredet und Ereignisse auf beängstigende Weise ständig mit Toten verbunden hatte. Wie hatte er sich als Kind dabei gefürchtet. »Sie ist nicht mehr ganz richtig im Kopf«, hatten die Leute hinter vorgehaltener Hand getuschelt. Er hatte eine Unterhaltung zwischen Vater und Dr. Mahler belauscht. Während Vater von Epilepsie geredet hatte, die in Mutters Familie vorgekommen war, hielt Dr. Mahler an seiner Diagnose Depression fest. Sollte sich Vaters Vermutung auf eine solche Erkrankung bestätigen? Er wusste, dass Halluzinationen Begleiterscheinungen dieser Krankheit sein konnten. Nicht auszudenken, falls er auch davon betroffen war. Beklommen fragte er sich, ob er krank war oder nur nervlich überreizt. In den letzten Tagen war zu viel auf ihn eingestürmt, und die Sehnsucht nach Amelie brachte ihn noch um.

Christian war übel, seine Kehle wie zugeschnürt. Er wagte nicht, an die Zukunft denken. Aber hatte nicht Eva erwähnt, dass Vater auch Stimmen gehört hätte?

Er eilte aus dem Zimmer zu Emanuels und Evas Apartment im Obergeschoss des Palais. Energisch pochte er an die Tür. Es dauerte nicht lange, und die Verlobte seines Bruders öffnete ihm, die Hände voller Farbspritzer.

»Eva, ich muss etwas wissen«, platzte er sofort hinaus.

Ihre Brauen schossen nach oben. »Hallo, Chris. Ja klar, was denn?«, fragte sie.

»Du sagtest, Vater hätte Stimmen gehört.«

Eva runzelte die Stirn und schien nachzudenken. »Ja, stimmt.«

»Aber was hat er genau damit gemeint?«, drängte er.

»Die Vergangenheit ließe ihn nicht los, und er höre die Toten flüstern, weil die Schuld nicht gesühnt worden sei. Es muss irgendetwas mit dem Fluch zu tun haben.« Schon wieder der Fluch. Sie konnte doch nicht damit alles begründen.

»So was gibt es doch nicht, Eva.«

»Na, dann lies doch mal die Geschichten deiner Vorfahren.« Eva schien überzeugt von dem Fluch zu sein. »Dein Vater hat die Familienchroniken gewälzt und ist auf die tragische Geschichte eines eurer Vorfahren gestoßen, dessen große Liebe in Venedig tragisch ums Leben gekommen ist. Er war regelrecht besessen von diesen Zeilen«, fuhr sie fort. »Wieso fragst du das jetzt?«

Venedig. Eva hatte es geschafft, dass er tatsächlich wieder ins Grübeln verfiel.

»Spürst du es nicht?«, fragte sie leise, als er schwieg.

»Was denn?«, fragte er genervt. Er hatte noch nie etwas für Esoterik übriggehabt, im Gegensatz zu Eva.

»Etwas Dunkles lastet auf den Güldensteins. Als ich die Schachfigur in der Hand hielt, konnte ich es deutlich fühlen. Wie an dem Tag, als Carl zusammenbrach. Sicher hältst mich genauso wie Emanuel für durchgeknallt. Doch da ist etwas, das ich nicht beschreiben kann.«

»Du glaubst wirklich an den Fluch, dass er das Schicksal beeinflussen kann. Mensch, Eva, das geschieht doch nur in unserer Einbildung.«

Zweifel lagen in Evas Blick. »Sicher? Carl hat mir erzählt, dass deine Mutter die Stimmen nicht mehr ausgehalten und daher Selbstmord begangen hat. Ich habe in den Familienchroniken nachgelesen. Vielleicht solltest du das auch mal tun und denkst dann anders darüber.«

Eva schien tatsächlich an diesen ganzen esoterischen Hokuspokus zu glauben.

»Okay, ich sehe schon, da gehen unsere Meinungen weit auseinander.« Christian verabschiedete sich von ihr, aber ihre Worte gingen ihm nicht mehr aus dem Sinn.

Als Christian vor der Tür in die Schlossbibliothek stand, ahnte er, dass ihn nur sein Unterbewusstsein dorthingelenkt haben konnte. Unschlüssig stand er vor dem Regal mit der Sammlung der Familienchroniken und zog den letzten Band heraus. Bereits auf der ersten Seite stieß er auf die Geschichte seines Großonkels Ferdinand, der damals genauso wie er im Karneval in Venedig seine große Liebe gefunden hatte. Das konnte nur die Geschichte sein, von der Eva vorhin gesprochen hatte. Gebannt las Christian die wenigen Zeilen. Erschrocken stellte er fest, wie viele Parallelen es zu ihm gab. Auch die beiden Liebenden hatten sich aus den Augen verloren und erst Jahre später wieder in Venedig getroffen. Doch ihre Liebe fand ein tragisches Ende. Die Angebetete seines Großonkels stürzte aus einer Gondel und ertrank. Ferdinand hatte es damals auf den Fluch geschoben, der auf der Familie von Güldenstein lastete. Leider war nicht beschrieben, um welchen Fluch es sich handelte. Da musste er sicher weiter in den Chroniken suchen. Seufzend stellte Christian das Chronikbuch wieder zurück. Sein Verstand wehrte sich, an so etwas zu glauben. Dennoch blieb ein beunruhigendes Gefühl zurück.

Nein, es gab keine Flüche. Basta. Außerdem würde er seine Liebe nicht wiedertreffen.

Ein lautes Klopfen an die Bibliothekstür ließ ihn kurz zusammenzucken. »Herr Baron?« Es war Schmiedel.

»Ja?«, rief Christian, genervt von der Störung.

»Signore Castanos ist soeben eingetroffen und wünscht Sie zu sprechen«, fuhr der Sekretär fort.

Sicher war er hier, um ihm persönlich zu kondolieren. »Bitten führen Sie ihn ins Arbeitszimmer, Schmiedel, ich komme gleich.«

Christian starrte noch eine Weile nachdenklich auf die ledergebundenen Bände der Familienchronik, bevor er die Bibliothek verließ und sich zum Arbeitszimmer begab.

21.

»Lie, bitte denk dran, dass heute die Leute von der Presse kommen!«, rief Laura durch die geöffnete Küchentür. Amelie, die noch am Frühstückstisch saß, stöhnte innerlich auf und verschluckte sich fast an ihrem Kaffee. Das Interview war ein Zeitfresser, den sie heute gar nicht gebrauchen konnte, denn die Schmuckaufträge türmten sich auf ihrem Tisch.

»Kannst du den Termin nicht noch einmal verschieben? Bitte, heute ist es wirklich zeitlich sehr eng. Bis morgen muss ich noch drei Ringe schmieden, und ich wollte eigentlich nicht schon wieder eine Nachtschicht einlegen.«

Ihre Schwester schüttelte den Kopf. »Nein, ich habe ihn schon zweimal verschoben.«

»Und Vater? Kann er das nicht übernehmen?«

»*Du* bist doch die Designerin, über die sie berichten wollen. Dieser Artikel in der wichtigsten Bremer Zeitung ist eine große Chance für dich.«

Laura hatte recht. Amelies Name würde bekannter werden, und wenn sie Glück hatte, das Interesse etablierter Schmuckhersteller wecken.

»Okay, ich mach's«, gab Amelie nach.

Wenn sie sich doch nur nicht so zerschlagen fühlen würde. Nacken und Schultern schmerzten höllisch von der ständig gebeugten Haltung an der Werkbank. Seit Tagen fertigte sie am Fließband Broschen, Ringe und Ketten an. Hinzu kam, dass sie in der vergangenen Nacht wegen Chris kaum ein Auge zugetan hatte. Wann würde sie nur endlich über ihn hinweg sein?

Sie griff sich ein Croissant begab sich in die Werkstatt. Konzentrierte arbeitete sie die Auftragsliste ab.

Fast hätte Amelie den Interviewtermin verschwitzt. Aber auf ihre Schwester war Verlass. Pünktlich zur verabredeten Uhrzeit erschien sie in Begleitung einer Journalistin und eines Fotografen in der Werkstatt. Nach kurzer Begrüßung erklärte Amelie die einzelnen Werkzeuge und deren Einsatz. Danach prasselten die Fragen auf sie ein, dass ihr der Kopf schwirrte. Zum Abschluss führte sie die beiden Presseleute zur Glasvitrine mit dem Elfenbeinanhänger und ihrer neuesten Kollektion, die sie Venezia getauft hatte. Beim Anblick der Schmuckstücke stiegen in ihr wieder die Erinnerungen an die Lagunenstadt auf, die sie krampfhaft unterdrückte. Laura schien zu spüren, was in ihr vorging, und sah sie mitfühlend an. Die Journalistin schwärmte in den höchsten Tönen von ihren Schmuckstücken und gab selbst eines in Auftrag.

Amelie war froh, als das Interview beendet war, denn sie hatte Kopfschmerzen. Nach einer kurzen Verabschiedung begleitete Laura die Presseleute hinaus.

»Die beiden waren von deinen Arbeiten sehr begeistert. Ich bin so stolz auf meine große Schwester.« Laura umarmte sie und strahlte sie dann an. Vor Müdigkeit schwieg Amelie. »Die Reportage erscheint schon in der morgigen Ausgabe.«

Amelie rollte die Augen und stöhnte. »Hoffentlich gibt es danach keinen großen Ansturm.« Einerseits freute sie sich über die Publicity, andererseits waren zusätzliche Aufträge nicht zu bewältigen.

»Ich muss dann los. Du weißt doch, Papa und ich besuchen einen Goldschmied, der dich eventuell unterstützen könnte.«

Jetzt war Amelie hellwach. »Wen?«

»Ich weiß es nicht. Bis später also.« Es kam Amelie komisch vor, dass Laura ihrem Blick auswich. Bevor sie noch etwas erwidern konnte, eilte ihre Schwester aus dem Laden. Nachdenklich sah Amelie ihr hinterher. Sie hatte das Gefühl, dass Laura den Goldschmied kannte. Hoffentlich nicht Dennis!

Erleichtert schloss Amelie hinter ihr die Ladentür ab. Die Stille tat ihr gut. Draußen war es bereits dämmrig und goss in Strömen. Sie lief in die Küche und kochte sich Kaffee, denn es würde bestimmt wieder eine lange Nacht werden. Als sie in die Werkstatt zurückkehrte, klatschten bei jeder Böe dicke Regentropfen gegen die Scheiben. Sie dachte an die laue Nacht in Venedig.

Ob Chris sich noch in Italien aufhielt? Chris! Zum Teufel mit ihm und der Nacht! Nichts wünschte sie sich sehnlicher, als ihre Gefühle per Schalter ausstellen zu können. Seufzend löschte sie das Licht der Schaufensterfront und lief zur Werkstatt. An der Glasvitrine verhielt sie den Schritt. Amelie nahm den Elfenbeinanhänger heraus und trug ihn in die Werkstatt. Es war ein vertrautes Gefühl, ihn in der Hand zu halten. Das motivierte. Sie legte ihn vorsichtig in einem Velourstuch auf die Werkbank, bevor sie einen der Rohlinge nahm, um ihn zum Ring zu formen. Zwischendurch schlürfte sie am Kaffee, der sie belebte. Nach einer Weile erhellte ein Blitz die Werkstatt. Kurz darauf folgte ein dumpfer Knall, und das Licht erlosch. »Mist! Jetzt nicht auch noch ein Kurzschluss!« Amelie lief mit ihrem Handy zum Sicherungskasten. Sie drückte die Sicherungen, aber es blieb weiter dunkel. Mit Kerzen und Zündhölzern bewaffnet kehrte sie zurück. Bei der schlechten Beleuchtung kam sie nur langsam voran. Immer wieder gähnte sie. In einer Verschnaufpause hielt sie den Elfenbeinanhänger gegen das Licht. Sein Schatten an der Wand erschreckte sie so sehr, dass sie ihn fast fallen gelassen hätte. Es war nicht nur die Jagdszene zu erkennen, sondern auch das Gesicht eines Mannes. Ihr Herz pochte bis in den Hals. Nichtsahnend hatte sie ein Schmuckstück erschaffen, dass ein Geheimnis in sich barg. Schmuckstücke, die zwei Motive beinhalteten. Sie holte aus der Lade einen Millimeterblock und zeichnete ihre Ideen darauf. Der Gedanke gefiel ihr mit jeder Zeichnung immer besser. Illusions sollte die neue Kollektion heißen. Kaum hatte sie den Block zugeklappt, fielen ihr die Augen zu. Ihr Kopf sank auf die Werkbank, und sie schlief ein.

Wilde Trommelklänge drangen an ihr Ohr. Es roch nach Feuer. Amelie wollte fortlaufen, aber ihre Beine bewegten sich nicht von der Stelle. Aus dem Nichts tauchte vor ihr ein Eingeborener auf mit Krallenschmuck um seinen Hals. In der einen Hand hielt er einen Hahn an den Füßen, in der anderen ein Messer. Ihr wurde übel bei der Vorstellung, ihre Befürchtungen könnten sich bewahrheiten. Mit einem kräftigen Schnitt trennte der Eingeborene den Kopf des Hahnes ab. Blut spritzte ihr entgegen. Sie schrie auf, und das Trommeln wurde lauter.

Amelie schreckte aus dem Schlaf auf. Es dauerte einen Moment, bis ihr klar war, nur geträumt zu haben. Der Geruch von Feuer kam von der Kerze vor ihr auf der Werkbank. Ein Blick auf die Uhr zeigte ihr, dass sie nur eine halbe Stunde eingeschlafen gewesen war. Es trommelte wieder. Sie zuckte zusammen, ihr Herz hämmerte in der Brust. Das war kein Trommeln, sondern jemand klopfte hinter ihr an die Ladentür. Amelie zwang sich, tief ein- und auszuatmen. Als Kind hatte sie manchmal solche Albträume von Oma Irmis afrikanischen Geschichten bekommen. Langsam drehte sie sich um. Das Klopfen hatte aufgehört, niemand stand vor der Tür. Nur ein blauer Zettel klebte außen am Glas. Das Licht ging wieder an.

Amelie lief zur Tür, schloss sie auf, um die Notiz von der Scheibe zu ziehen. Kalte Regentropfen klatschten ihr ins Gesicht. Als sie ihre Finger nach dem Zettel ausstreckte, riss eine Böe ihn ab. Er wirbelte durch die Luft und wehte über den Bürgersteig. Amelie eilte ihm im Regen hinterher. Jetzt lag er ihr zu Füßen an der Kante des Bürgersteigs. Schnell bückte sie sich und griff danach, als eine weitere Böe ihn in den Gulli daneben wehte. Jetzt würde sie nie erfahren, wer eine Botschaft hinterlassen hatte. Fluchend wandte sie sich um und lief zum Laden zurück. Gerade als sie die Ladentür aufstieß, legte sich eine Hand auf ihre Schulter. Amelie erschrak und schrie laut.

22.

Der schwere Duft exklusiven Aftershaves schwebte durch den Korridor, der Christian nur allzu vertraut war. Einerseits freute er sich, Tomas wiederzusehen, andererseits verspürte er ein nicht erklärbares, ungutes Gefühl. Vor der Tür blieb er kurz stehen, um sich zu sammeln. Als er das Arbeitszimmer betrat, stand Tomas am Fenster und schaute hinaus.

»Buongiorno, Tomas«, begrüßte er seinen ehemaligen Chef.

Langsam drehte Castanos sich mit ernster Miene zu ihm um und breitete väterlich die Arme aus, als stünde seine Tochter vor ihm. »Christian, mein Freund, das tut mir alles sehr, sehr leid, wirklich.« Tomas sprach sehr gut Deutsch, doch nur, wenn sie allein miteinander waren. Er hatte ein paar Jahre in München gearbeitet, bevor er in Siena die Goldschmiede gegründet hatte. Mehr noch als Luigi war er stolz darauf, Italiener zu sein.

Sie umarmten sich. »Mein Beileid zum Tod deines Vaters. Ich habe Carl wirklich sehr geschätzt. Er war ein loyaler Geschäftspartner und harter Konkurrent.« Beide Männer waren sich in puncto Geschäftsverhalten sehr ähnlich, nämlich zäh und unerbittlich. Profit stand an erster Stelle. Umso mehr schätzte Christian es, dass Tomas ihn trotz seiner sehr begrenzten Zeit besuchte.

»Danke, Tomas, dass du persönlich gekommen bist.«

»Das ist doch selbstverständlich, mein Lieber. Freunde sollten immer füreinander da sein. Und du bist mehr als ein Freund, eher wie ein Sohn für mich.« Tomas klopfte Christians Arm.

Das Wort Sohn ließ Christian vorsichtig werden. »Bitte setz dich doch, Tomas.« Vor einem Bücherregal standen ein runder

Tisch und zwei cognacfarbene Ledersessel. Mit einer Geste bedeutete Christian Tomas, dort Platz zu nehmen.

»Etwas zu trinken, Tomas?«

»Ja, gern. Einen Martini, falls du hast.«

Christian nickte. Tomas knöpfte sein anthrazitfarbenes Sakko auf, bevor er sich setzte. Der kleine Mann verschwand in dem wuchtigen Sessel. Doch so selbstbewusst, wie er war, schien es ihn nicht zu stören.

Mit zwei Gläsern und einer Flasche Martini bianco aus dem Barschrank kehrte Christian zu ihm zurück und setzte sich in den Sessel gegenüber. Etwas in Tomas' Miene vermittelte ihm das Gefühl, dass er nicht nur gekommen war, um ihm sein Beileid auszusprechen, sondern etwas anderes im Sinn hatte.

»Salute.« Christian hob sein Glas und prostete ihm zu. Nach einem knappen Nicken nippte Tomas am Martini.

»Claudia vermisst dich sehr«, sagte sein Exchef und sah Christian forschend an.

Etwas Lauerndes lag in seinem Blick. Christian dachte an das letzte Gespräch zwischen ihnen im Garten, in dem Tomas angedeutet hatte, sich eine Beziehung zwischen ihm und Claudia zu wünschen. Claudia und ihn vermissen? Tomas' verwöhnte Tochter? Sie hatte sich doch immer schnell mit einem anderen trösten können. Es beunruhigte ihn, dass Tomas es gesagt hatte. »Ich dachte, sie hätte jetzt alle Hände voll zu tun.«

»Sie vertritt mich jetzt in Siena. Ich habe übrigens für Mailand einen jungen fähigen Designer aus Rom eingestellt. Aber erzähl mir, wie es dir in dieser bescheidenen Lage geht. Ich habe gehört, dass es Interessenten für Güldenstein gäbe. Ist es wirklich so schlecht um euer Unternehmen bestellt?«

Es hatte sich längst wie ein Lauffeuer in der ganzen Schmuckbranche herumgesprochen, dass die Güldenstein'schen Manufakturen nicht nur finanzielle Probleme hatten, sondern bankrott waren. Es war sinnlos, Tomas anzulügen, er hätte es sofort durchschaut.

»Vater hat sich bei den letzten Kollektionen verkalkuliert. Und die Renovierungen der Schlösser fressen Unsummen«, gab

Christian zu. Er nippte an seinem Martini, der irgendwie bitter schmeckte.

»Ja, Tradition und Geld sind eine Bürde«, sagte Tomas und unterstrich seine Bemerkung mit einer ausholenden Geste. »Hast du schon einmal über einen Investor nachgedacht?«

Christian lachte bei Tomas' Frage freudlos auf. »Nicht nur einmal, glaub mir. Leider ist keiner darauf erpicht, in ein marodes Unternehmen und drei baufällige Schlösser sein Geld reinzustecken.«

Tomas drehte schweigend sein Glas in der Hand und starrte hinein. »Was hast du nun vor?«

»So viel wie möglich verkaufen. Was anderes bleibt mir nicht übrig. Aber ob ich es halten kann … vielleicht eine Zeit lang. Ein paar Monate vielleicht. Ich weiß es nicht.« Niemand ahnte, wie schwer es ihm fiel, das zuzugeben. Tomas stellte sein Glas so schwungvoll auf den Tisch, dass der Martini über den Rand schwappte.

»Was? Das alles hier? Hast du dir das auch gut überlegt? Du kannst doch nicht alles so einfach verkaufen! Die Familientradition. Und was ist mit deinen Geschwistern?«

Die Vorwürfe trafen Christian tief und ließen ihn aufgebracht aufspringen. »Verdammt! Was bleibt mir denn anderes übrig?«, rief er verzweifelt. »Meinst du, ich habe nicht alle Eventualitäten gecheckt? Wenn ich verkaufe, kann ich vielleicht einen Teil der Goldschmiede retten. Meine Geschwister werden das verstehen.«

Nein, sie würden ihm das nie verzeihen. Christian lief im Zimmer auf und ab, zerrissen von Selbstvorwürfen.

Tomas schwieg. Er saß zurückgelehnt, die Beine lässig übereinandergeschlagen und schien nachzudenken. Die gespannte Atmosphäre im Raum war unerträglich.

»Ich … ich könnte dein Investor sein, wenn …«, brach Tomas nach einer Weile das Schweigen. Christian stoppte und sah zu seinem Exchef. Hatte er eben dessen Vorschlag richtig verstanden?

»Wie …? Du würdest hier investieren? Scherzt du?«

»Du hast mich schon richtig verstanden. Ich könnte dein Investor sein, nicht nur für die Goldschmiede. Natürlich müssten wir über die Modalitäten und ein paar Bedingungen reden.«

Christian konnte noch immer kaum fassen, was Tomas ihm vorgeschlagen hatte. Sie wären gerettet, das Traditionsunternehmen würde weiter bestehen. Er wagte kaum daran zu glauben. Tomas kannte er jedoch nur als knallharten Geschäftsmann, der niemals investierte, wenn er sich keine Vorteile oder Profit davon versprechen würde. Und er hatte gerade von Bedingungen gesprochen.

»Zu welchen Bedingungen? Ich kenne dich gut genug, um zu wissen, dass du so etwas nur unter bestimmten Voraussetzungen machst.« Tomas schwenkte den Martini im Glas und lächelte selbstgefällig.

»Einen solchen Gefallen würde ich natürlich einem Familienmitglied erweisen oder …« Tomas brach ab und trank das Glas mit einem Zug leer.

Christian erschrak. Gehörte Tomas etwa der Mafia an?

»Oder?«, fragte Christian mit belegter Stimme.

»Oder jemanden, den ich bald dazuzählen kann.«

Langsam dämmerte Christian, was sein Gegenüber plante.

»Du … du willst, dass ich Claudia zur Frau nehme?«, fragte er und ging ein paar Schritte rückwärts. Das konnte Tomas doch nicht von ihm verlangen. »Aber ich liebe sie nicht.«

»Dir steht das Wasser bis zum Hals. Entweder eine Hochzeit mit Claudia, oder ihr Güldensteins werdet alles verlieren. Claudia ist ganz vernarrt in dich. Ihr passt wunderbar zusammen, wenn ich dir das als erfahrener Mann sagen darf. Genauso wie unsere Unternehmen. Selbstverständlich bleibt die Entscheidung über das Schicksal der Güldensteins allein dir überlassen.«

Entscheidung, Schicksal der Güldensteins … Die Worte hallten in seinem Kopf nach. Claudia heiraten. Alles in ihm sträubte sich dagegen. Er sah Amelies Gesicht vor sich. Für sie empfand er tiefe Gefühle. *Aber sie hat sich nie bei dir gemeldet und wird es auch nicht! Vergiss sie endlich!* Die innere Stimme war eindringlich. Tomas sah ihn erwartungsvoll an. Er hatte Christians Verzweiflung gespürt und die ausweglose Lage erkannt.

»Ich werde es dir nur dieses eine Mal anbieten. Meine Claudia wäre endlich in deiner Obhut. Als meinem zukünftigen Schwiegersohn lasse ich dir selbstverständlich bei der Güldenstein-Firma freie Hand. Du wirst sie genauso leiten, als gehöre sie dir allein. Zusätzlich finanziere ich die Renovierungen der Schlösser. Deine Geschwister können selbstverständlich hierbleiben. Wir werden Castanos und Güldenstein zum größten Schmuckimperium machen!« Auch wenn Tomas' Worte noch so vielversprechend klangen und Christian die Sorgen auf einen Schlag los wäre, wehrte er sich tief in seinem Innern dagegen. Er konnte nur eine Frau heiraten, die er auch liebte. Könnte er jemals etwas für Claudia empfinden? Er bezweifelte es. »Habe ich Bedenkzeit? Schließlich ist es eine Entscheidung fürs Leben.« Der dumpfe Druck in seinem Magen wuchs.

»Ich verstehe dich nicht. Jetzt hast du eine Chance und ergreifst sie nicht?«, stieß Tomas hervor.

»Kannst du mich bitte kurz allein lassen und im Salon warten? Ich muss nachdenken. Danach teile ich dir meine Entscheidung mit«, schlug Christian vor.

Tomas nickte, und Christian rief Schmiedel, der den Gast in den Salon führte.

Aufgewühlt lief Christian wie ein Tiger hin und her. Noch nie war ihm eine Entscheidung so schwergefallen wie diese. War es das wert, sich selbst zu opfern? Er dachte an Tilda und Emanuel, an deren Enttäuschung, wenn er ihnen ihr Zuhause nahm, an Eva, die gerade die Porzellanmanufaktur ausbaute und sich als Malerin auf Sophiengarten selbstständig machen wollte.

Wie hätte Vater an seiner Stelle entschieden? Immer für die Firma. Doch die Vorstellung, sein Leben mit Claudia teilen zu müssen, war schrecklich. »Ein Güldenstein verzichtet zum Wohl der Familie«, waren Vaters Worte immer gewesen. Auch Christian durfte seine eigenen Wünsche nicht über die der anderen stellen.

Langsam lief er zur Tür und holte Tomas, um ihm seine Entscheidung mitzuteilen.

23.

Amelies Schrei hallte durch die leere Straße. Jeder Muskel ihres Körpers war bis zum Äußersten angespannt, und das Herz hämmerte in ihrer Brust. Im Geist zählte sie von drei ab rückwärts. Dann wirbelte sie herum und erstarrte in der Bewegung. »Tilda! Großer Gott, mir ist fast das Herz stehengeblieben. Du hier?«

»Tut mir leid, Lie, ich wollte dich nicht erschrecken«, antwortete die Freundin und lächelte reumütig. Ihr rotes Haar war unter der Kapuze ihrer Regenjacke verborgen. Nur eine feuchte Strähne klebte an ihrer Stirn.

»Okay, schon gut. Ich freue mich, dass du da bist. Aber wieso hast du mir nicht geschrieben, dass du kommst?« Das Herzklopfen Amelies ließ allmählich nach, und ihre Furcht wich der Wiedersehensfreude.

»Das ist eine längere Geschichte.« Tilda blickte nach oben.

Der Regen prasselte auf sie herunter. Amelie fing an zu frösteln. »Komm, lass uns schnell hineingehen. Ich ziehe mich um. Bei einem Kaffee können wir in Ruhe reden.«

Tilda nickte und folgte ihr ins Haus. Rasch schloss Amelie hinter der Freundin die Ladentür ab.

Der heiße Kaffee belebte Amelie. Sie fröstelte noch immer, trotz der trockenen Sachen. In dem weiten roten Sweatshirt und der Jeans fühlte sie sich ein wenig unwohl, denn Tilda trug einen eleganten schwarzen Hosenanzug, der ihr ausgezeichnet stand, aber ihre Porzellanhaut blass wirken ließ. Besorgt schaute Amelie die Freundin an, die ungewohnt still und in sich gekehrt wirkte. Ihre Finger umklammerten die Tasse wie einen Rettungsring. Dunkle Ringen lagen unter ihren Augen. Die Lider waren rot und geschwollen, als hätte sie lange geweint. Amelie bedrängte sie nicht mit Fragen, sondern gab ihr Zeit, bis sie bereit war, von sich aus zu reden.

»Ich musste einfach fort, weil ich zu Hause diese bedrückende Stimmung nicht mehr ausgehalten habe. Auf dem Weg nach Borkum dachte ich, ich könnte einen kleinen Zwischenstopp einlegen.« Plötzlich schimmerte es feucht in Tildas Augen. Schwungvoll stellte sie die Tasse auf den Tisch, dass der Kaffee über den Rand schwappte und sich über den Tisch ergoss. »Ich musste einfach mit dir reden, Lie. Mit jemandem, der mich versteht. Du glaubst gar nicht, wie sehr mir das gefehlt hat. Die täglichen Gespräche über Gott und die Welt und unsere Probleme. Auf Güldenstein habe ich niemanden. Es kümmert keinen, wie es mir nach Vaters Tod geht. Ihm war ich egal, und meinen Brüdern erst recht!«, rief sie verzweifelt aus.

Noch nie zuvor hatte Amelie solche Qual und Angst in ihrem Blick gesehen. Aber sie kannte auch Tildas Temperamentsausbrüche. »Deine Geschwister müssen genauso wie du den Tod eures Vaters verarbeiten. So was braucht Zeit. Gib sie ihnen.«

»Das verstehe ich ja. Aber sie schweigen und schweigen, ich traue mich nicht mal, Vaters Namen zu erwähnen. Alle tun so, als hätte es ihn nie gegeben. Das ist nicht zum Aushalten! Und dann Eva … Die Verlobte meines Bruders macht mir richtig Angst mit ihren apokalyptischen Weisheiten. Ich müsse mich vor dem Fluch in Acht nehmen, meinen Brüdern oder auch mir würde etwas geschehen. Die ganze Familie werde von einem Fluch ausgerottet werden.« Sie stöhnte.

»Wie wär's, wenn du ein paar Tage hierbleibst? Dann können wir in Ruhe über alles reden.« Als sie spürte, wie Tilda sich versteifte, war ihr bewusst, dass sie bei ihr gar kein Gepäck gesehen hatte.

»Geht leider nicht. Ich habe schon das Ticket und muss die letzte Fähre nach Borkum erwischen. Und mein Gepäck ist auch schon auf der Insel.«

Amelie verdrängte ihre Enttäuschung. Sie hätte gern ein paar Tage mit der Freundin verbracht. »Schade«, gestand sie.

»Und wenn du mich nach Borkum begleitest? Wir könnten am Strand spazieren gehen und im Garten meiner Tante reden. Wie früher«, schlug Tilda vor.

»Wie stellst du dir das vor? Selbst wenn ich wollte, ich kann meinen Vater jetzt nicht mit der ganzen Arbeit sitzen lassen. Jetzt, da alles gut läuft und die Aufträge sich stapeln.« Sie legte ihre Hand auf Tildas, die enttäuscht dreinschaute. Eine Weile schwiegen sie.

»Ich kriege den Anruf meines Vaters in Venedig nicht aus dem Kopf«, brach Tilda nach einer Weile das Schweigen.

»Du weißt ja von meinen Problemen mit ihm, seiner despotischen Art und Gefühlskälte. Deshalb fand ich seinen Anruf so merkwürdig, eben ganz anders als sonst. Als hätte er Todesangst. Das hat mir wiederum Angst bereitet.« Eine Träne rollte über Tildas Wange, die Amelie bewusst machte, dass die Freundin ihren Vater trotz allem geliebt hatte. »Sein Tod … ich kann es noch immer nicht fassen. Er könnte noch leben. Aber dieser Fluch …«

»Wie meinst du das jetzt?«

»Was weiß ich! Vielleicht ist wirklich ein Fluch schuld an seinem Tod.« Tilda schlug die Hände vors Gesicht. »Wir sind alle verflucht, mein Vater, meine Brüder … und ich.« Amelie wusste nicht, was sie darauf erwidern sollte.

Flüche gab es nicht, davon war sie felsenfest überzeugt. »Das ist Blödsinn. Dein Vater erlag einem Herzanfall. Er hat doch schon lange Beschwerden gehabt«, widersprach Amelie.

Tilda sah auf. »Eva hat mir Briefe und Tagebucheinträge von einigen Ahnen gezeigt. Überall scheint Angst durch. Sie handeln von Schatten, die ihnen nach dem Leben trachteten. Ich habe das erst für Humbug gehalten, aber da ist dieses verflixte Schachspiel. Es vergiftet die Stimmung, auch wenn meine Brüder nicht darüber reden wollen.« Die Freundin zitterte.

»Ein Schachspiel? Was hat das denn mit allem zu tun?«

»Nachdem Vater es ausgepackt hatte, war er plötzlich wie verwandelt. Launisch, und er sah Dinge, die es nicht gab, redete mit jemandem, der bereits vor langer Zeit gestorben ist. Nachts, wenn er nicht schlafen konnte, ist er durchs Haus getigert, fühlte sich von Schatten verfolgt. Er behauptete, die Spielfiguren seien vom Teufel geschnitzt worden. Die ganze Familie müsse für eine Schuld büßen, hat er beteuert. Ich habe keine Ahnung, was er damit meinte. Meine Geschwister ebenso wenig. Ich glaube, der Schlüssel liegt in diesen Zeichen«, sprudelte es aus Tilda heraus.

Sie erzählte Amelie auch von den Kopien des Spielstandes eines anonymen Absenders. Aufmerksam und ungläubig lauschte sie der Freundin. Das alles hörte sich wirklich sehr seltsam an. Aber bestimmt gab es für alles eine plausible Erklärung. »Vielleicht haben Dame und König schon früher gefehlt.«

Tilda zuckte mit den Achseln. »Auf deinem Anhänger sind auch Zeichen gewesen, und du hast doch die Zeichnungen, die der Eingeborene damals deiner Oma geschenkt hat, oder? Wir müssen sie vergleichen.«

Das alles klang in Amelies Ohren zu fantastisch. »Ich weiß nicht …« Amelie glaubte nicht, dass sie ihr damit helfen konnte.

»Hast du dich nie gefragt, was sie bedeuten könnten?«

»Das war für mich nicht wichtig.«

Doch dann erinnerte sie sich an eine Szene, als sie heimlich Großmutter Irmi beobachtet hatte, wie sie fast ehrfurchtsvoll mit dem Finger über die Kerben gestrichen hatte. Amelie hatte es zunächst für eine Geste wehmütiger Erinnerung an Großvater gehalten, aber jetzt begann sie daran zu zweifeln. Hatte Oma Irmi vielleicht mehr über die Herkunft des Elfenbeinanhängers gewusst, als sie erzählt hatte? Immer hatte sie von einem Zauber gesprochen und Orakeln, dessen Bedeutung Amelie als Kind nicht verstanden hatte.

»Wie sehen denn die Zeichen auf den Figuren aus? Du erinnerst dich noch an die auf meinem Elfenbeinanhänger?« Oma Irmi hatte ihr von Schriftzeichen erzählt, die nur wenige kannten. Irgendwo stand etwas darüber in einem Brief der Großmutter.

Tilda furchte die Stirn. »Ja, natürlich. Jede Schachfigur besitzt ein anderes Zeichen, und sie könnten dem auf deinem Anhänger ähneln. Aber du weißt es sicher besser. Du weißt von deiner Oma so viel über Beschwörungen und Riten der afrikanischen Einwohner. Deshalb würde ich mich freuen, wenn du mich nach meiner Rückkehr aus Borkum nach Hause begleiten könntest. Ich spüre, dass du uns helfen kannst. Bitte, lass uns nicht im Stich.«

»Du glaubst also doch an einen Fluch? Voodoo oder so?«, fragte Amelie seufzend. »So was existiert doch nur in den Köpfen der Menschen. Ich jedenfalls glaube nicht daran. Und du solltest es auch nicht.«

»Deine Großmutter hat auch an Flüche geglaubt. Ihre Geschichten von den Eingeborenen und den Geisterbeschwörungen … der ganze Voodookram. Was ist, wenn doch was dran ist? Kannst du dir nicht ein paar Tage freinehmen? Lass uns nach der Wahrheit suchen. Bitte, Lie.«

Amelie stöhnte innerlich auf. Diese Eva hatte ihrer Freundin scheinbar wirklich den Floh ins Ohr gesetzt, dass ein Fluch für den Tod ihres Vaters verantwortlich war.

»Wie sollte ich euch helfen können? Ich kann dir die Zeichen von meinem Anhänger auf einem Foto zeigen.«

»Aber du hast doch noch die Eintragungen deiner Großmutter. Ich glaube, dass wir gemeinsam mehr herausfinden können.«

Amelie dachte an Oma Irmis Schauergeschichten über Medizinmänner, die böse Geister ausgetrieben und Auflösungszauber praktiziert hatten, was ihr jedes Mal eine Gänsehaut beschert hatte. Sollte wirklich etwas dran sein? Sie schüttelte den Kopf. Sie durfte sich nicht beirren lassen. Flüche besaßen keine Macht. Die Freundin hingegen schien sich in diese Fluchgeschichte zu verstricken. Tildas Hände waren eiskalt und zitterten.

»Ich muss die Wahrheit wissen, Lie, sonst kann ich mein Erbe nicht annehmen. Und du weißt doch, wie sehr mein Herz an Herminenburg hängt.«

Herminenburg? Amelie wurde hellhörig. Sie hatte diesen Namen schon mal gehört, und sofort entstand ein Bild von wuchtigen Mauern mit Wehrtürmen und Schießscharten vor ihr. Herminenburg, Herminenburg, sinnierte sie. Gab es da nicht ein Schloss in der Nähe von Hameln, das so hieß?

»Herminenburg … du meinst doch nicht etwa das Schloss?« Ein Grinsen stahl sich auf Amelies Lippen, das erstarb, als sie in Tildas ernste Miene blickte.

»Vielleicht … ja, schon«, antwortete die Freundin ausweichend und senkte den Blick.

Amelie lachte auf. »Das gehört doch, wenn ich mich richtig erinnere, den von Güldensteins …« Sie verstummte. Natürlich: Gold, Güldenstein. Deshalb hatte sie nichts im Internet über die Freundin und deren Familie gefunden. Ihr wurde flau im Magen.

Tilda rutschte auf dem Stuhl hin und her.

»Das ist jetzt nicht wahr, oder?«, fragte Amelie mit belegter Stimme.

»Ich … ich wollte es dir schon lange sagen, aber es war nie der passende Zeitpunkt …«

»Du bist wirklich eine … von denen?«, fragte Amelie heiser und schluckte. Die Freundin eine Adlige? Tilda nickte und machte ein Gesicht, als würde sie sich dessen schämen. Amelie war elend zumute.

All die Jahre über hatte die Freundin sie im Glauben gelassen, aus einer ganz normalen, wenn auch gut situierten Familie zu stammen, und nun offenbarte sie ihr das? Sie war von Tilda maßlos enttäuscht, die ihr die Wahrheit die ganze Zeit verschwiegen hatte.

»Ja, bin ich. Es tut mir auch wahnsinnig leid, dass ich dich und die anderen angelogen habe. Aber ich wollte in der Schule nicht bevorzugt werden, nur weil ich eine Güldenstein bin. Außerdem hätte mein Vater mich noch mehr kontrolliert. Das wollte ich nicht. Verstehst du das?« Die Freundin sah sie flehend an.

»Ehrlich gesagt Nein. Ich dachte, wir wären Freundinnen und offen miteinander. Es gab zig Gelegenheiten, an denen du mir das hättest sagen können! Wir haben ein Zimmer miteinander geteilt, ich habe dir all meine Geheimnisse anvertraut, und du lügst mich die ganze Zeit an? Ich bin sehr enttäuscht von dir, Tilda.« Amelie war den Tränen nahe. Wie konnte sie sich nur in Tilda täuschen! Wie blöd sie gewesen war. Bei der Einladung nach Venedig hätte sie eigentlich hellhörig werden müssen. Ihr Vater hätte ihr nie so etwas schenken können. Aber sie hatte Tilda vertraut.

»Es tut mir wirklich alles sehr leid. Lass es dir doch erklären. Niemand in der Schule wusste, wer mein Vater ist, das musst du mir glauben. Die Sekretärin von Lehmann hat mir dabei geholfen, meine wahre Identität geheimzuhalten. Du ahnst nicht, wie schlecht ich mich gefühlt habe, dir die Wahrheit zu verschweigen. Aber ich dachte, du würdest dich von mir distanzieren, sobald du die Wahrheit erfährst. Ich wusste ja, wie du über Claudia denkst.«

»Das denkst du von mir? Dass ich dich verachtet hätte wie Claudia, die ihre Herkunft schamlos ausgenutzt hat? Oder hast du geglaubt, ich würde unsere Freundschaft ausnutzen? Dann hast du mich nie wirklich gekannt.« Nur mit Mühe kämpfte Amelie gegen die aufsteigenden Tränen.

»Kannst du mir noch einmal verzeihen? Bitte, Lie.«

Tilda griff nach ihrer Hand, aber Amelie zog sie zurück, zu tief saß die Enttäuschung.

»Ich muss darüber nachdenken, Tilda. Aber nicht jetzt.« Die Uhr im Flur schlug. »Wenn du deinen Zug kriegen willst, solltest du los. Dir bleibt nur noch eine halbe Stunde bis zur Abfahrt«, sagte Amelie bitter. In ihrem Kopf herrschte ein heilloses Durcheinander. Tilda war eine Güldenstein. Sie konnte es noch immer nicht fassen.

»Ja, ja, natürlich«, antwortete Tilda und stand auf. Tränen rollten ihre Wangen hinab. Mit hängenden Schultern lief sie zur Tür. »Ciao, Amelie. Ich hoffe sehr, dass du mir vielleicht eines Tages verzeihen kannst.«

Es zerriss Amelie fast das Herz, die Freundin so deprimiert zu sehen. Tilda war ihr wie eine Schwester ans Herz gewachsen. Trotz des Reichtums hatte sie es nicht leicht im Leben gehabt und dazu noch erst vor Kurzem ihren Vater verloren. Sie dachte an den Wettbewerb und die drei zurückliegenden Jahre. Sie hatten miteinander gelacht, ihre Sorgen geteilt. Gleichgültig welches Problem sie gehabt hatte, Tilda hatte stets zu ihr gehalten und an ihr Talent geglaubt. Amelies Lippen formten stumm ihren Namen.

Sie konnte die Freundin jetzt nicht so gehen lassen. Amelie sprang vom Stuhl auf und eilte ihr nach. »Tilda!« An der Haustür holte sie sie ein.

»Tilda, bitte warte.« Langsam drehte sich die Freundin zu ihr um. Ihr tränenüberströmtes Gesicht glänzte im Schein der Flurbeleuchtung. Jetzt vermochte auch Amelie die Tränen nicht mehr zurückzuhalten. Heulend sanken sie sich in die Arme.

»Es tut mir leid, dass ich so hart gewesen bin. Aber ich bin so enttäuscht und wütend«, entschuldigte sich Amelie, nachdem sie sich voneinander gelöst hatten.

»Mir tut es auch leid. Ich wollte das alles nicht. Du bist meine beste Freundin.« Tilda wischte sich mit der Hand die Tränen aus dem Gesicht.

Da standen sie nun beide im Flur, schniefend und mit verquollenen Augen. Amelie grinste. »Wir sehen sicher schrecklich aus.«

»Und ob«, antwortete Tilda lachend. »Egal. Hauptsache, wir sind noch Freundinnen. Sind wir doch noch, oder?«

»Ja, das sind wir«, antwortete Amelie. Und werden wir immer sein, fügte sie im Geist hinzu. »Ich möchte aber, dass wir uns gegenseitig versprechen, nur noch offen zueinander zu sein und nie mehr die Wahrheit zu verschweigen. Ich will nicht, dass noch einmal Lügen zwischen uns stehen.«

»Ja, Lie, abgemacht. Ich verspreche dir hoch und heilig, dir immer die Wahrheit zu sagen.« Tilda hob feierlich ihre Hand und legte sie auf ihre Brust, in der ihr Herz schlug. Dann umarmten sie sich erneut.

»Es ist schon spät. Ich fahre dich schnell zum Bahnhof«, bot Amelie ihr schniefend an.

»Danke. Wirst du mich nach Güldenstein begleiten?« Der hoffnungsvolle Blick der Freundin berührte Amelie.

»Ich weiß zwar noch nicht wann, aber ich lasse dich nicht im Stich.«

24.

Tomas schritt durchs Arbeitszimmer, lehnte sich an Vaters Schreibtisch und verschränkte die Arme vor der Brust.

»Und? Hast du dich entschieden?«, fragte er Christian. Ein misstrauisches Glitzern lag in den schwarzen Augen seines Gegenübers. Christians Kehle war trocken und rau. Auch wenn sein Verstand erfasst hatte, dass ihm nichts anderes übrig blieb, als Tomas' Angebot anzunehmen, wehrte sich sein Innerstes dagegen. Er hasste es, seine Unabhängigkeit zu verlieren. Die angespannte Atmosphäre drückte ihm die Kehle zu.

»Ich nehme dein Angebot an«, presste er hervor und wäre fast an den Worten erstickt. Genauso musste sich damals Judas gefühlt haben. Zurück blieb das Gefühl, sich verkauft und verraten zu haben. Mühsam unterdrückte er das Würgen, das ihn überkam.

Tomas strahlte, zog ihn an sich und klopfte ihm väterlich auf den Rücken.

»Glaube mir, dein Vater wäre stolz auf dich, dass du das Traditionsunternehmen Güldenstein erhältst. Ich werde veranlassen, dass dir für den Anfang eine Summe … sagen wir mal zehn Millionen Euro überwiesen wird, dass die Insolvenz abgewendet werden kann.«

Die genannte Summe war mehr, als Christian erwartet hatte. Mit diesem Betrag konnte er Vaters Darlehen zurückzahlen und zusätzlich in den Aufbau der Goldschmiede investieren. Dennoch verspürte er keine Erleichterung. Er dachte an seine Geschwister, die nichts von diesem Übereinkommen ahnten.

»Okay. Danke. Das ist wirklich großzügig. Aber ich hätte da

auch noch eine Bedingung«, erklärte Christian. Tomas' Augen verengten sich.

»Welche?«

»Kein Wort zu niemandem über den Deal, vor allem nicht zu meinen Geschwistern.« Wenn Emanuel und Tilda davon Wind bekämen, wären sie außer sich und könnten womöglich diese Vereinbarung torpedieren.

»Einverstanden«, antwortete Tomas. Per Handschlag besiegelten sie ihren Deal.

»Weiß Claudia eigentlich davon?«, hakte Christian nach.

»Ja. Keine Sorge, sie wird schweigen.«

Im Flur draußen hörte Christian Schritte, dann huschte ein schmaler Schatten vorbei. Er kniff die Lippen zusammen. Hoffentlich hatte Tilda nicht gelauscht.

»Ich plane im nächsten Monat eine Präsentation der neuen Kollektionen. Hier im Palais Güldenstein. Eine wunderbare Gelegenheit, unsere Märkte zu verbinden. Ich lasse dir eine Liste der Personen zukommen, die eingeladen werden sollen, die du selbstverständlich ergänzen kannst. Claudia wird die Planung der Festivität übernehmen. Sie wird in Kürze zu dir reisen und ...«

Christian hörte nicht mehr zu. Sein Kopf fühlte sich an, als wäre er mit Watte ausgepolstert. Es schien, als hätte sein Exchef alles lange geplant wie ein Geschäft. Seine Ehe ein Handel? Christian rieselte es eiskalt den Rücken hinunter. Er dachte an seine Eltern, deren Ehe auch nur eine profitable Geschäftsbeziehung gewesen war. Es gab viele Adlige, die Vernunftehen führten. Er sah Amelie vor sich, was ihn an seiner Entscheidung zweifeln ließ. Schluss damit. Claudia war attraktiv und es gewöhnt, sich in gehobenen Kreisen zu bewegen. Sie würde das Aushängeschild der Güldensteins werden.

»Ich werde einen Verlobungsring für Claudia entwerfen«, hörte Christian sich sagen. Bald würde Claudia seine Frau sein. Er musste die Konsequenzen seiner Entscheidung tragen. Für Güldenstein. Wie in Trance nahm er Tomas' Hand zum Abschied. Die Würfel waren gefallen.

Grübelnd schaute Christian aus dem Fenster hinunter in den Schlosshof, wo Tomas gerade mit seinem knallroten Lamborghini davonfuhr. Während er sein Glas Whisky hinunterstürzte, nahm er eine Bewegung neben sich wahr und fuhr herum. Eva stand in der Tür und musterte ihn. »Hast du einen Moment?«

»Ja«, antwortete er genervt, weil er jetzt lieber allein sein wollte. Doch sie störte ihn sicher nicht ohne einen triftigen Grund. In diesem Moment fragte er sich, ob sie das vorhin auf dem Flur gewesen sein könnte und wie viel sie von seinem Gespräch mit Tomas mitbekommen hatte.

»Tilda ist vorhin überstürzt abgereist. In einem Taxi mit zwei Koffern. Niemand weiß, wohin.«

Das nicht auch noch! Es gab noch vieles zu klären.

»Fuck!« Er war wütend auf Tilda, die schon immer ihren eigenen Kopf gehabt hatte und sich ständig über alles hinwegsetzte.

»Ist denn irgendwas vorgefallen?«, wandte er sich an Eva.

»Nein, ich glaube eher, dass ihr die Stimmung im Palais zusetzt und sie ihr entflohen ist. Sie hatte gestern Andeutungen gemacht.«

Stimmung! Flucht! Klar, immer wenn Tilda etwas nicht passte, rannte sie davon. Wie damals, als er ihr gesagt hatte, dass er nach Siena gehen würde, weil er bei Vater keine Zukunftsperspektive besaß. Lieber hatte sie sich Vaters Willen gebeugt und war nach Pforzheim gegangen, als sich seine Erklärungen zu den Gründen anzuhören. Aus Trotz. Kaum hatte er sie um ein Gespräch gebeten, lief sie wieder fort.

Dass sie ohne ein Wort des Abschieds verschwunden war, verletzte ihn nicht nur, sondern zeugte von mangelndem Respekt. Es war an der Zeit, dass seine Schwester sich einer Herausforderung stellte. Schloss Herminenburg und die Glasmanufaktur wären genau das Richtige für sie.

»Wenn sie wüsste, was du für die Familie getan hast …«

»Dann hast du also gelauscht.«

»Dieser Castano hat keine ehrlichen Augen«, sagte Eva leise.

Christian holte tief Luft und starrte Eva streng an. »Ich bitte dich um Stillschweigen! Kein Wort zu Emanuel oder Tilda.«

Eva nickte. »Ich sage nichts. Versprochen.«

»Danke.«

Christian stützte seufzend den Kopf in die Hände.

»Machst du dir Vorwürfe, weil du Castanos' Angebot angenommen hast? Ein Investor ist die einzige Rettung«, sagte Eva nach einer Weile.

»Wirklich? Wenn es nur das wäre ...«, stieß er hervor.

»Wie meinst du das?« Besorgt sah sie ihn an. Offenbar hatte sie das Gespräch nicht ganz belauscht und wusste nichts von der Verpflichtung mit Claudia.

»Schon gut.« Er goss sich einen zweiten Whisky ein, den er in einem Zug leerte.

»Du konntest nicht anders handeln, sonst wäre alles verloren gewesen. Jede Generation der Güldensteins hat Opfer erbringen müssen. Und der Fluch ...«

Er hob abwehrend die Hände. »Bitte, Eva, verschone mich mit diesem Quatsch. Das hat nichts mit der ganzen finanziellen Misere zu tun.«

Ihre Miene drückte Skepsis aus. »Wie du meinst. Aber eines Tages wirst auch du begreifen, welche Macht er auf die Güldensteins besitzt.«

Er war nicht in der Stimmung, um mit ihr über Flüche zu diskutieren. Schweigend stellte er das leere Glas ab und sah auf. In seinem Kopf dröhnte es. »Kannst du mich jetzt bitte alleinlassen?«

Sie nickte und wandte sich um. An der Tür blieb sie jedoch noch einmal stehen. »Hast du eine Nachricht von der Frau aus Venedig erhalten?«

Er verfluchte diese Frage, die ihn wieder an Amelie erinnerte. »Nein, sie hat nichts von sich hören lassen«, antwortete er bitter.

»Schade. Vielleicht meldet sie sich doch noch.« Die Verlobte seines Bruders verstand es vortrefflich, Salz in seine Wunden zu streuen.

»Nein! Wird sie nicht«, rief er, wütend auf Amelie, die ihn offenbar vergessen hatte, doch am meisten auf sich selbst, weil er fest an sie geglaubt hatte. »Wenn ihr irgendetwas an mir liegen würde, hätte sie es längst getan. Und jetzt will ich nicht mehr darüber reden. Ich habe damit längst abgeschlossen«, log er. »Und jetzt lass mich bitte endlich allein.«

Wortlos drehte Eva sich um und verließ das Zimmer.

Die Rettung Güldensteins. Fast hätte er aufgelacht. Er zahlte einen hohen Preis dafür. Wie hatte Vater es nur so weit kommen lassen können?

Nachdenklich starrte Christian zum Schachspiel hinüber. Welche Bedeutung es für Vater besessen haben mochte? Und was hatte es mit dem angeblichen Fluch zu tun, von dem er kurz vor seinem Tod geredet hatte? Immer mehr verstärkte sich das Gefühl, dass sein Leben ihm entglitt: die Firma, die Familie, besonders Tilda, und seine Zukunft.

»Verdammt, Vater!«, brüllte er und schlug mit der Faust auf die Schreibtischplatte. »Warum hast du es so weit kommen lassen?«

Seit seiner Rückkehr nach Güldenstein stürmten die Fragen auf ihn ein, ohne dass er darauf eine Antwort fand. Noch nie hatte ihn etwas derart aus der Fassung gebracht. Einen Moment lang schloss er die Augen und versuchte, sich zu entspannen. Da hörte er das Flüstern wieder. Verhalten, kaum hörbar. Mit der Zeit wurde es eindringlicher und schien von allen Seiten zu kommen, dass er sich die Ohren zuhielt.

»Fluch … der Fluch … du kannst ihm … nicht entkommen …«, spulten sich die Worte in einer Endlosschleife ab. Es schwoll so an, dass er glaubte, sein Kopf würde platzen. Mit einer ausholenden Armbewegung fegte er die Spielfiguren vom Schachbrett, dass sie durch die Luft flogen und auf den Dielenboden polterten, bevor sie klackernd in alle Richtungen davonrollten. Im gleichen Augenblick verstummte auch das Geflüster. Dann herrschte Stille, die Christian aufatmen ließ.

Nach einer Weile erhob er sich vom Stuhl, um die Figuren wieder einzusammeln. Da bemerkte er, dass bei einem der Läufer der Sockel abgefallen war. Überhaupt war diese Figur zum Teil hohl. Er überprüfte die anderen, aber keine von ihnen besaß einen abschraubbaren Sockel. Als er das Schraubgewinde wieder festdrehen wollte, fand er im Innern einen Schlüssel. Sanft klopfte er mit der Figur auf seine Handfläche, bis er herausfiel.

Die Schlüsselreite besaß das gleiche geschmiedete Ornament wie das aller Schlüssel von Vaters Sekretär. Christian probierte aus, in welches Loch der Schlüssel gehörte. Doch er war für die Schubladen viel zu klein. Es musste demnach noch ein Fach im Sekretär existieren, das mit ihm aufgeschlossen wurde. Er durchsuchte alle Schubladen, konnte aber nichts finden, bis ihm auffiel, dass eine Lade nicht so tief war wie die anderen. Von außen fiel es nicht auf, weil alle die gleichen Ausmaße besaßen. Ihr Boden war mit einem grünen Pad ausgelegt, das er anhob. Tatsächlich befand sich darunter ein zweiter Boden, der mit dem Schlüssel aufgeschlossen werden konnte. Vorsichtig öffnete Christian das Geheimfach und zog ein Büchlein heraus, dessen harter Deckel mit Seidenstoff überzogen war. Einen Augenblick lang zögerte Christian, es aufzuschlagen, bis er den Mut fasste. *Der Fluch* stand in einer steilen Handschrift in Sütterlinschrift auf der ersten Seite. Christian hielt den Atem an und blätterte darin. Es war sehr anstrengend, die Schrift zu lesen, ungewohnt, und die verschnörkelten Buchstaben und antiquierten Redewendungen machten es nicht gerade leichter.

Meine Geschichte AD 1921 lautete die Überschrift, unterzeichnet mit *Ferdinand von Güldenstein*. Das, was Christian las, raubte ihm die Fassung. Zeile für Zeile sog er ein. Jetzt las er die Geschichte, von der Eva gesprochen hatte, aus seiner Sicht. Ferdinand war der erstgeborene Sohn seines Urgroßvaters, der mit Ende zwanzig nach einer Afrikareise als verschollen galt und damit nicht das Erbe angetreten hatte. Christian erinnerte sich, dass die Familienchronik ihn zwar erwähnte, aber nur spärlich über ihn berichtete. Sicher weil dessen jüngerer Bruder Carl Ferdinand das Familienoberhaupt geworden war.

Normalerweise hätte Christian das Geschriebene als unterhaltsame Geschichten der Vergangenheit bezeichnet und das Büchlein wieder zugeklappt, wenn er nicht verblüffende Parallelen zu seinem Leben darin gefunden hätte. Ferdinand lernte damals beim Karneval in Venedig seine große Liebe Berte kennen. Durch unglückliche Umstände getrennt, verloren sie sich aus den Augen. Auf der Suche nach ihr begegnete er einer Roma, die ihn vor dem Fluch warnte, der auf seiner Familie laste und das Glück aller Güldenstein-Erben zerstöre. Ferdinand glaubte nicht daran und verspottete die Wahrsagerin. Nach Jahren traf er Berte wieder, und sie beschlossen zu heiraten. Doch seine Eltern waren gegen die Verbindung. Ihnen erschien das einstige Stubenmädchen nicht standesgemäß für den Erben des Hauses Güldenstein. Sie hatten eine andere für ihn zur Frau ausgewählt. Doch das einstige Liebespaar konnte nicht voneinander lassen. Heimliche Treffen und Lügen bestimmten fortan ihren Alltag, bis sie beschlossen, Deutschland zu verlassen.

Das Liebespaar verabredete sich in Venedig zum gemeinsamen Aufbruch. Doch Berte wartete vergeblich auf ihn. Der Tod von Ferdinands Vater und Arbeiteraufstände in den Manufakturen verhinderten Ferdinands Abreise. Am verabredeten Tag ertrank Berte in Venedig. Als Ferdinand davon erfuhr, war er verzweifelt. Von dieser Zeit an hörte er Stimmen und war von allen für verrückt gehalten worden.

Ferdinands Beschreibungen der Stimmen und seiner Albträume glichen denen Christians.

Wenig später beschloss Ferdinand, nach Afrika auszuwandern.

Danach endeten die Eintragungen. Zwei Seiten waren herausgerissen worden. Was mochte auf ihnen gestanden haben? Wer hatte sie entfernt, und vor allem warum?

Betroffen ließ Christian das Büchlein sinken. Tausend Fragen gingen ihm durch den Kopf. Weshalb hatte Vater ausgerechnet dieses Büchlein aufbewahrt, noch dazu in einem Geheimfach? Woher hatte er es? Weshalb stand diese Geschichte nicht in den Familienchroniken? Wer hatte den Fluch ausgesprochen und warum? Konnte ein Fluch wirklich Macht über Leben besitzen? Konnte er gebrochen werden? Und wie? Entsprangen die Ereignisse dem Zufall, oder gab es doch eine Bestimmung?

Aufgewühlt von Ferdinands Aufzeichnungen geriet Christian ins Grübeln, ob Eva nicht doch recht haben könnte.

Dennoch unterschied sich sein Leben von dem Ferdinands. Es gab keine Arbeiteraufstände, keine Weltwirtschaftskrise, und er würde Amelie nie wiedersehen.

Es gab keine Flüche!

Nachdem er alle Schachfiguren wieder auf dem Brett positioniert hatte, verließ er das Zimmer. Vater war tot. An Herzversagen gestorben. Kein Fluch war daran schuld, und die Vergangenheit besaß keinen Einfluss auf das Leben. Dennoch war er fest entschlossen herauszufinden, wer ihnen die Fotokopien mit den Schachstellungen zugesandt hatte. Er musste der Wahrheit auf den Grund gehen.

25.

»Schau mal dein Foto. Ist das nicht toll?« Laura hielt die Zeitung hoch, auf deren Titelseite ein Foto von Amelie prangte, die zwei ihrer Schmuckstücke auf der Hand in die Kamera hielt.

Toll? Ganz und gar nicht. Amelie mochte sich auf Fotos nicht. Auch dieses war für ihren Geschmack wenig präsentabel. Ungeschminkt mit dunklen Augenringen und die Haare zu einem Dutt hochgesteckt. Streng sah sie aus, wie eine altjüngferliche Lehrerin.

»*Die in Bremen bekannte Schmuckdesignerin Amelie Stolze besticht durch ihre außergewöhnlichen Schmuckkreationen*«, las Laura laut den Artikel der Bremer Tageszeitung vor. »*Sie hat ihr Können bereits durch einen zweiten Platz im Pforzheimer Goldschmiedewettbewerb bewiesen. Besonders hervorzuheben ist hier ihre neueste Kreation mit dem klangvollen Namen Venezia.*« Laura schlug die Zeitung zu. »Die werden sich um dich und deine Entwürfe reißen, Lie. Du musst doch vor Stolz platzen.«

Natürlich freute Amelie sich sehr darüber. Dennoch fand sie den Artikel ein wenig zu euphorisch geschrieben.

»Die werden nicht gleich alle Schlange stehen wegen meiner Kreationen. Es gibt genügend hervorragende Designer wie Flavio di Clementi oder …« Sie machte eine unbestimmte Handbewegung. Der eben genannte Designer war ihr Vorbild. Ein junger, aufstrebender Goldschmied, der erst kürzlich in Mailand seine neuesten Schmuckstücke auf einer Messe ausgestellt und für Furore gesorgt hatte. Er war für seine verspielten Linien und Ornamente bekannt.

»Oder wie Ellen Schneider oder Ben Burney. Über den habe ich erst neulich einen Bericht gelesen«, fügte Laura hinzu. »Ich habe immer gewusst, welches Talent in dir schlummert, meine Große. Du wirst noch ganz berühmt.« Laura umarmte sie.

»Jetzt übertreib mal nicht, Laura«, bremste Amelie den Enthusiasmus ihrer Schwester.

Laute Stimmen draußen auf der Straße weckten ihre Aufmerksamkeit. Laura lief zum Fenster, bevor sie herumwirbelte.

»Du glaubst es nicht, Lie. Draußen vor der Tür stehen ein Dutzend Kunden. Das muss der Artikel bewirkt haben!«, rief sie freudig aus.

Jetzt trat auch Amelie zum Fenster. Der Anblick ließ sie innerlich aufstöhnen. Sie kam schon jetzt nicht mit den vielen Aufträgen hinterher. Wie sollte sie da noch neue annehmen? Am liebsten hätte sie heute einen Tag freigenommen, auch wenn ihr das Interesse schmeichelte.

Der gesamte Tag verlief chaotisch, die Kunden gaben sich die Klinke in die Hand. Amelie war froh, dass sie die Zeit in der Werkstatt verbringen konnte, während ihr Vater den Ansturm hinter der Ladentheke abfing. Wenigstens konnte er jedem erzählen, wie stolz er auf sie war.

Kurz nachdem sie selbst im Buchladen fertig war, trat Laura ein. »Und wie war's?«, fragte sie lächelnd.

»Anstrengend«, gab Amelie zu und gähnte. »Aber wir haben so viele Aufträge wie die ganzen Tage zuvor zusammen. Dieser Zeitungsartikel war Gold wert.«

»Er ist unsere Rettung. Entschuldigt, ich gehe schon mal nach oben und mache uns was zu essen«, warf Vater ein und schloss die Ladentür zu.

Amelie rieb sich den verspannten Nacken. Ihr war momentan alles egal. Sie fühlte sich ausgelaugt und verspürte nur noch den Wunsch, eine Kleinigkeit zu essen, um dann todmüde ins Bett zu fallen.

»Ich habe hier einen Brief für dich. Lag da vorn auf dem Tresen.« Laura wedelte mit einem Kuvert vor Amelies Nase.

»Von wem?« Amelie griff danach.

»Keine Ahnung. Hast du etwa einen Verehrer, von dem ich nichts weiß?«, fragte Laura augenzwinkernd.

»Quatsch.« Das Kuvert trug die steile Handschrift eines Mannes. Ein Absender war jedoch nicht vermerkt.

Es duftete angenehm nach einem exklusiven Aftershave und erinnerte sie an … Chris. Sofort beschleunigte sich ihr Herzschlag. Konnte es eine Nachricht von ihm sein? Nein, er kannte ja weder ihren Nachnamen noch wusste er, wo sie wohnte. Manchmal war sie verzweifelt, weil die Sehnsucht nach ihm noch immer stark war. Wann würde das aufhören? Ihre Hände zitterten, als sie die Karte behutsam aus dem Umschlag zog. *Verehrte Amelie Stolze, ich würde mich freuen, wenn Sie meiner morgigen Einladung zu einem Gespräch am Mittag ins Restaurant Fisherman's Seafood folgen würden, bei dem ich Ihnen ein Angebot für die Entwürfe unterbreiten möchte. Ihre Venezia-Kollektion wäre eine hervorragende Ergänzung für das Schmuckangebot unseres Hauses. Ich freue mich auf unsere Begegnung. Migliori saluti, Ihr Flavio di Clementi.*

Sie musste den Namen zweimal lesen, bevor sie begriff, wer ihr die Einladung gesandt hatte. Unfassbar! Di Clementi war an ihrem Schmuck interessiert.

Amelie stieß einen spitzen Schrei aus. Wieder und wieder las sie die Nachricht durch, unter der eine Mobiltelefonnummer angegeben war mit der Bitte, eine Zeit für das Treffen auszumachen. Ihr Herz klopfte bis zum Hals.

»Hier, lies.«

Sie reichte Laura die Einladungskarte, die sie überflog und ihr dann jubelnd um den Hals fiel. »Meine Schwester wird berühmt!«, rief ihre Schwester lachend.

»Wer hat das hier abgegeben?«, wandte sich Amelie an ihren Vater, als sie wenig später gemeinsam zu Abend aßen.

»Ein schwarzhaariger Mann, vielleicht Ende zwanzig, in einem sehr eleganten, maßgeschneiderten Anzug und einem gezwirbelten Oberlippenbärtchen«, antwortete der Vater.

Der Beschreibung nach könnte es tatsächlich Clementi gewesen sein.

»Ist irgendwas?«, fragte Laura besorgt.

Amelie grübelte über die Einladung nach. Erst heute war der Artikel in der Presse erschienen, und sofort hatte sich Clementi bei ihr gemeldet. Zweifel stiegen in Amelie auf. Was, wenn das ein Fake wäre? Ein böser Scherz von jemandem, der wusste, dass sie den Designer verehrte. Sie starrte vor sich auf den Tisch. Es war ein seltsames Gefühl, das sie beschlich.

»Gewitterwolken am Horizont? Ich seh dir an, dass irgendetwas mit dir ist, Lie.« Ihr Vater sah sie forschend an.

»Findet ihr das nicht alles sehr … überraschend?«

»Wie meinst du das?«, hakte Laura nach.

»Na ja, in der Schmuckbranche ist allgemein bekannt, dass Clementi ständig durch ganz Europa reist. Aber es wäre doch wirklich Zufall, wenn er ausgerechnet heute in Bremen ist. Dann liest er auch noch zufällig, weil er ja nichts anderes zu tun hat, das Bremer Lokalblatt, sprich den Artikel über mich? Das sind mir ein paar Zufälle zu viel, oder?«

Steckte etwa Tilda dahinter, die das schlechte Gewissen drückte?

»Vielleicht kein Zufall, aber Bestimmung?«, warf ihr Vater ein. »Der Kerl, der mir das übergeben hat, machte einen ganz soliden Eindruck.«

»Du bist sicher wieder viel zu misstrauisch, Schwesterherz.«

»Ich weiß nicht … mir kommt das alles seltsam vor. Ich glaube, ich gehe lieber nicht hin. Dann erspare ich mir eine Blamage.«

»Das kommt gar nicht infrage. Mein Bauchgefühl sagt mir, dass es kein Fake ist.« Eine Weile redete ihre Schwester auf sie ein. Ihre Entschlossenheit überzeugte Amelie schließlich, trotz allem das Restaurant aufzusuchen, um zu erfahren, ob Clementi ihr wirklich ein Angebot unterbreiten wollte.

»Okay, ich gehe hin. Dann weiß ich wenigstens, ob es eine Ente ist oder nicht, und du bist nicht die Einzige, die sich dann blamiert«, schlug Laura lächelnd vor.

26.

Ein Pling verkündete den Eingang einer Nachricht auf seinem Handy. Christian las sie und lächelte zufrieden. Tilda würde am Empfang auf Güldenstein teilnehmen. Dann konnte er endlich mit ihr unter vier Augen reden.

Er war froh, Emanuels Rat gefolgt zu sein, die Schwester anzurufen, auch wenn es ihn Überwindung gekostet hatte. Tilda, zunächst reserviert, war zugänglicher geworden, als er ihr mitgeteilt hatte, ihr schon bald die Verantwortung für Schloss Herminenburg und die Glasmanufaktur zu übertragen.

Sie hatten sich immer verstanden, bis er damals nach Siena gegangen war. Heute bedauerte er, sich nicht vorher der Schwester anvertraut zu haben.

Vater war tot, und es war ihm wichtig, die Familie zusammenzuhalten. Außerdem vermisste er den temperamentvollen Rotschopf, wie er sie immer liebevoll genannt hatte. Was würde seine Schwester zu der bevorstehenden Verlobung oder vielmehr zu seiner Wahl sagen? Tilda musste Claudia kennen, schließlich hatten sie in Pforzheim zusammen studiert. Das machte es nicht gerade leichter, denn seine Schwester und er waren sich beim Einschätzen von Menschen früher immer einig gewesen.

Ein letztes Mal prüfte er den Schliff der Diamanten an Claudias Verlobungsring, den er gefertigt hatte. Vier Halbkaräter, in einer Raute angeordnet, glitzerten um die Wette. Claudia legte Wert auf Juwelen. Je protziger desto besser. Er konnte sich nur schwer an den Gedanken gewöhnen, sie bald seine Frau zu nennen.

»Menschen können sich ändern, auch ihre Gefühle füreinander. Ich habe deine Mutter auch nicht aus Liebe geheiratet. Aber im

Lauf der Ehe habe ich sie kennen und lieben gelernt«, klangen ihm noch Vaters Worte im Ohr. Vielleicht hatte er recht, und Christian würde eines Tages auch Claudia lieben können. Er rief sich ihr schmales sonnengebräuntes Gesicht ins Gedächtnis zurück. Der Ausdruck ihrer grünen Augen war selbstbewusst, lauernd und signalisierte Gefahr.

Deshalb hatte er einen anderen Ring für sie kreieren wollen. Ein Schmunzeln stahl sich auf seine Lippen. Ein Spinnenring, der gut zu ihr gepasst hätte.

Amelie hingegen hatte ihn zu Elfen inspiriert, was er in der neuen Kollektion in fantasievollen, filigranen Ornamenten, die an zarte Blüten erinnerten, umgesetzt hatte. Immer wieder Amelie. Er musste sie sich ein für alle Mal aus dem Kopf schlagen.

Nachdem er den Goldring zum Abschluss poliert hatte, steckte er ihn ins Schmuckkästchen. Anschließend verließ er die Werkstatt, die im Ostflügel des Güldenstein-Palais lag, und überquerte den Schlosshof bis zum Westflügel. Von Tomas wusste er, dass Claudia heute auf Güldenstein eintraf. Die Vorstellung, dass sie mit Sack und Pack im Schloss einziehen würde und er jeden Tag ihre Launen ertragen musste, missfiel ihm immer mehr. Doch er hatte sein Wort gegeben. Ein Güldenstein hielt, was er versprach. Seine eigenen Wünsche für das Wohl der Familie zurückzustellen, fiel ihm schwer.

In der Eingangshalle mit den prachtvollen Barockgemälden einheimischer Meister traf er auf Schmiedel, der mit einer Ledermappe unter dem Arm auf ihn zukam.

»Ah, Herr Baron, ich brauche noch ein paar Unterschriften.« Er winkte Christian näher.

»Lassen Sie das doch mit dem ›Herrn Baron‹«, korrigierte er den Sekretär. Er hatte sich noch nie was aus dieser Anrede gemacht. »Im Gegensatz zu meinem Vater bedeuten mir Titel nichts. Ich bin Herr von Güldenstein.«

»Wie Sie wünschen, Herr … von Güldenstein«, antwortete Schmiedel. »Die Order für den Empfang, den Herr Castanos geplant hat. Bitte hier unterschreiben.« Schmiedel tippte mit dem

Finger auf die gekennzeichnete Seite. Christian zückte aus der Brusttasche einen Stift und unterschrieb seufzend das Angebot eines exklusiven Caterers für Champagner und ein Fünf-Gänge-Menü für hundert geladene Gäste. Für Christian hätte es weniger exklusiv ausfallen können, aber Tomas hatte darauf bestanden. Die Ziffern der exorbitanten Summe verschwammen vor seinen Augen. Sicher steckte Claudia dahinter, die extravagante Einladungen liebte.

»Vielen Dank, Herr Bar …« Ein strenger Blick Christians ließ Schmiedel verstummen. »Herr von Güldenstein«, setzte er hastig hinterher. »Ach, bevor ich es vergesse, es ist noch ein Päckchen für Sie angekommen.« Der Sekretär reichte ihm ein zigarettenschachtelgroßes Päckchen. Sofort fiel Christian auf, dass kein Absender draufstand. Da war es wieder, dieses seltsame Gefühl, wie in Venedig. Er schüttelte vorsichtig das Päckchen. Was, wenn sich darin eine der vermissten Schachfiguren befand?

»Ist etwas nicht in Ordnung?«, fragte Schmiedel und schaute auf das Päckchen und dann wieder zu ihm.

»Kam das mit der Post?« Christians Frage beantwortete Schmiedel mit Kopfschütteln. »Nein, ein Kurier hat es eben abgegeben. Sehen Sie, da draußen geht er gerade zum

Wagen.« Der Sekretär deutete zum Fenster hinaus, wo ein untersetzter dunkelhäutiger Mann den Schlosshof überquerte. »Bringen Sie das bitte ins Arbeitszimmer.« Christian drückte Schmiedel das Päckchen in die Hand, wirbelte herum und stürmte hinaus. Er musste wissen, wer das gesandt hatte.

»Halt, einen Moment bitte!«, rief er dem Kurier nach, der auf seinen dunkelblauen Ford zueilte. Der Mann warf einen Blick über die Schulter zurück. Seine Augen weiteten sich, bevor er auf den Wagen zu rannte.

Einen Fluch unterdrückend folgte Christian ihm. »Hey, Sie, so warten Sie doch! Ich möchte Sie etwas fragen!« Aber der Mann sprang in den Wagen, startete ihn und fuhr mit quietschenden Reifen davon.

Zornig stieß Christian einen Fluch aus. Weshalb war er vor

ihm geflohen? Was hatte er zu verbergen? Sicher hing es mit dem Päckchen zusammen. Gerade in dem Augenblick, als er umkehren wollte, fuhr ein Taxi auf den Hof. Claudia! Er stöhnte innerlich auf. Ein weiteres Taxi folgte, jedoch ohne Fahrgast. Claudia winkte ihm strahlend zu. Christian rang sich ein Lächeln ab, als er sich dem Taxi näherte. Die Tür flog auf, und Claudia sprang heraus.

»Amore mio, ich habe dich so vermisst«, begrüßte sie ihn strahlend, bevor sie die Arme um seinen Nacken schlang und ihm mit einem verlangenden Kuss den Mund verschloss. Christian war so überrascht, dass er es geschehen ließ. Claudia zog einen Schmollmund. »Ein wenig mehr Wiedersehensfreude hätte ich schon erwartet, Amore«, schnurrte sie. Er ignorierte ihren Vorwurf.

»Lass uns hineingehen, ich bin in Eile«, log er und hoffte, sie möglichst schnell abzuwimmeln. Er lief auf den Eingang zu, und sie begleitete ihn.

»Hast du eigentlich Papas Auftrag für den Empfang unterschrieben?«, fragte sie, und er nickte.

»Die Hummermousse ist ein Gedicht. Du wirst sehen. Übrigens habe ich meinen Vater gebeten, unsere Verlobung an diesem Event anzukündigen.« Sie hakte sich bei ihm unter und schritt mit ihm zum Eingang, während die beiden Taxifahrer sich mit ihrem Dutzend Gepäckstücken abplagten.

Es ärgerte Christian, dass Claudia ihn nicht vorher gefragt hatte.

»Schön, dass ich das auch schon erfahre. Du kannst nicht einfach über meinen Kopf hinweg entscheiden«, antwortete er und blieb stehen. Wütend wandte er sich zu ihr um und fasste ihre Schultern. Ihr Gesicht war starr wie das einer Statue, nur ihr Blick war frostig.

»Eine Heirat zwischen uns ist Teil der Vereinbarung.« Dass sie ihn an diese unselige Vereinbarung erinnerte, machte ihn nur noch wütender.

»Was mich zu keiner Meinung und Entscheidung berechtigt?«, konterte er.

»Christian, was glaubst du, wer euch gerettet hat? Wenn ich meinem Vater nicht gesagt hätte, dass wir ein Paar sind, hätte er bestimmt nicht in diese maroden Gemäuer und das Unternehmen investiert. Du solltest mir lieber dankbar dafür sein.«

»Es berechtigt dich dennoch nicht, über meinen Kopf hinweg zu entscheiden.«

Sie strich zärtlich über seine Wange und sah verlangend zu ihm auf. Dann stellte sie sich auf die Zehenspitzen und küsste ihn. Dabei fuhr ihre Zunge über seine Lippen. Er spürte, wie sein Körper auf die Berührung ungewollt reagierte, und schob sie brüsk von sich.

»Von unserer Ehe erwarte ich, den Wunsch des anderen zu respektieren und offen über alles zu reden.«

»Ja, natürlich, Amore. Ich dachte, es wäre auch in deinem Sinn.« Sie kniff die Augen leicht zusammen und kräuselte die Mundwinkel. »Deine spröde Art ist wahnsinnig sexy. Wir passen wirklich gut zusammen.«

»Unsere Ehe ist eine Vereinbarung, nicht mehr und nicht weniger.«

Claudias Lächeln wurde unsicher, aber sie sagte leichthin: »Ich würde gern wissen, ob deine Geschwister das auch so sehen wie du.«

Zorn wallte in Christian auf. Am liebsten hätte er sie dafür geschüttelt.

»Wage es ja nicht, Emanuel und Tilda davon zu erzählen.«

»Du drohst mir? Jetzt reicht's aber. Ohne mich wäre der Name Güldenstein nur noch Asche.«

Sie riss sich los und stöckelte erhobenen Hauptes auf ihren High Heels über den Kies zur Schlosshalle. Wütend ballte Christian die Faust. Am liebsten würde er die Vereinbarung brechen, bestünde nicht die Verpflichtung seiner Familie gegenüber. Das Gefühl, dass ihm alles entglitt, wuchs mit jedem Atemzug. Hoffentlich mischte Claudia sich nicht auch noch in Unternehmensentscheidungen ein.

Während Claudia mit Margot, der Haushälterin diskutierte,

lief Christian wütend zum Arbeitszimmer. Er musste jetzt allein sein, bis seine Wut verraucht war.

Schmiedel hatte das Päckchen auf den Schreibtisch gelegt. Christian hatte es durch den Disput mit Claudia fast vergessen. Behutsam entfernte er das Packpapier. Ein bunter Pappkarton kam zum Vorschein. Vorsichtig hob er den Deckel an und nahm ein Lederbeutelchen heraus.

Seine Finger ertasteten darin einen runden Gegenstand, nicht größer als eine Medaille, aber leichter. Er zog das Band auf und griff hinein. Im gleichen Augenblick war das Geflüster zurück. Er rannte zur Tür, um sich zu vergewissern, dass niemand davorstand. Der Flur war leer und still. Diese Halluzinationen …

»Du hast zu viel Stress, Christian, gönne dir ein paar Tage Ruhe«, hatte Dr. Mahler ihm gestern geraten. Leicht gesagt. Schließlich war er für ein Unternehmen verantwortlich, das in der Krise steckte. Er musste alles daransetzen, um es herauszuholen und die Unabhängigkeit wieder zu erlangen. Schweiß perlte von seiner Stirn.

Er kehrte an den Schreibtisch zurück und nahm den Inhalt aus dem Beutel. Es handelte sich um eine aus Elfenbein geschnitzte Sonnenscheibe in Relieftechnik. Wie auch die Schachfiguren trug sie auf der Rückseite ein seltsames Symbol. Bögen und Zacken waren in gleicher Manier herausgearbeitet worden wie an den Sockeln der Spielfiguren. Christian war sich ziemlich sicher, dass nur ein und derselbe Schnitzer beides gefertigt haben konnte. Mit dem Daumen rieb er über die Rückseite der Sonne, stellte sie hochkant und versetzte ihr einen Stoß, dass sie sich um die eigene Achse drehte.

Plötzlich sah er Bilder vor sich. Trommelnde Hände. Er hörte den gleichmäßigen, aber stetig schneller werdenden Rhythmus. Als die Sonnenscheibe ins Trudeln geriet, verschwamm das Bild vor seinen Augen. Die Trommelklänge hallten schmerzhaft in seinem Kopf nach. Er streckte den Zeigefinger aus und stoppte das Drehen. Das Trommeln brach ab. Er fühlte sich wie benommen und schüttelte den Kopf. Die Bilder waren so eindringlich gewesen, als hätte er neben dem Trommler gesessen. Krampfhaft suchte er nach einer plausiblen Erklärung. Seinem Gefühl nach bestand eine Verbindung zwischen dem Schnitzer und Vater, deren Schlüssel in den Symbolen lag. Enthielten die Symbole vielleicht eine verschlüsselte Botschaft an Vater? Auf jeden Fall schien sie nichts Gutes zu beinhalten, sondern mehr eine Warnung zu sein. Von jemandem, der sich ungerecht behandelt gefühlt hatte? Oder einem Neider?

Er musste die Hintergründe herausfinden. Dazu galt es zunächst, den Schnitzer ausfindig zu machen. Das Flüstern, die Bilder ... so langsam war er sich nicht mehr sicher, dass das alles nur Visionen seiner überreizten Nerven sein sollten. Doch wie auch immer, er musste Schritt für Schritt vorgehen.

Irgendwo hatte er gelesen, dass es mithilfe von DNA-Analysen möglich wäre, die Herkunft von Elfenbein zu bestimmen. Eine Methode, die bei der Suche nach Wilderern half. Sein alter Freund Dirk, der an derselben Universität wie er studiert hatte, arbeitete in einem Labor, das auch kriminaltechnologische Untersuchungen durchführte. Vielleicht könnte er ihm weiterhelfen und die DNA des Elfenbeins bestimmen. Nachdem er im Internet Dirks Kontaktdaten gefunden hatte, griff Christian nach dem Telefon. Es dauerte nicht lange, bis Dirk sich am anderen Ende der Leitung meldete. Er hatte Glück, denn Dirk arbeitete noch immer in Hannover. Nach einer kurzen, aber freudigen Begrüßung schilderte Christian ihm in wenigen Sätzen von den Elfenbeinstücken und seinem Verdacht.

»Kein Problem. Wir können das Herkunftsland bestimmen. Ich brauche nur ein sandkorngroßes Stück von den Figuren zur Untersuchung. Bring es mir doch ins Labor«, erklärte er Christian. »In zwei, drei Tagen hast du das Ergebnis. Was die Symbole betrifft, kann ich dir leider nicht weiterhelfen. Aber ich kenne eine Koryphäe für Zeichen und Symbolik. Er ist Engländer. Sein Name lautet Lane, Dr. John Lane. Er arbeitet an einem Institut in Oxford. Im Internet findest du eine Menge über ihn. Viel Erfolg. Wenn du vorbeikommst, trinken wir endlich mal wieder ein Bier zusammen, okay?«

Nach dem Gespräch starrte Christian eine Weile nachdenklich auf das Telefon in seiner Hand. Immer mehr verstärkte sich das Gefühl in ihm, dass die Wahrheit in der Vergangenheit lag.

Er war gespannt, was Dirks Analyse ergeben würde. Doch dafür musste er dem Elfenbein mit einer Feile zu Leibe rücken.

27.

Amelie konnte es noch immer nicht glauben. Mit Flavio di Clementis Angebot erfüllte sich für sie ein lang gehegter Traum. Vor Freude zitterten ihre Hände. Um es vor ihrem Gesprächspartner zu verbergen, ruhten sie gefaltet auf dem Schoß. Sein Blick wirkte offen und zerstreute die gestrigen Zweifel, die in ihr aufgekommen waren. Ein befreundeter Bremer Juwelier hatte di Clementi angerufen, und so war er auf sie aufmerksam geworden, was er ihr glaubhaft versichert hatte.

»Ich bin wirklich sehr angetan von Ihrer Arbeit, Frau Stolze. Es war eine lohnende Entscheidung für mich, nach Bremen zu reisen«, sagte er in perfektem Deutsch. »Ihr Elfenbeinanhänger ist kein Gesellenstück, sondern eher ein Meisterwerk«, fuhr er mit samtweicher Stimme fort. Es war Balsam für ihr angeschlagenes Selbstbewusstsein. Sein Lob ließ sie erröten.

»Danke, Ihre Worte ehren mich sehr, Signore di Clementi.«

»Keinen Dank an mich. Sie besitzen ein Talent, das nur wenigen in die Wiege gelegt wurde. Deshalb freut es mich, es entdeckt zu haben. Wenn der Verkauf der Venezia-Reihe genauso erfolgreich verläuft wie in Bremen, steht einer weiteren Zusammenarbeit zwischen uns nichts mehr im Weg. Sie erhalten in Kürze Angebot und Vertrag für Ihre Kollektion Venezia.« Bei der Summe, die er ihr im Anschluss nannte, bekam sie weiche Knie. Das hätte sie in ihren kühnsten Träumen nie zu hoffen gewagt.

»Ich freue mich auf unsere Zusammenarbeit. Aber ich hätte noch eine Bitte.«

Amelie horchte auf. Sie fürchtete, irgendetwas könnte ihren Traum im letzten Moment platzen lassen. »Ja?«, fragte sie heiser.

»Bitte begleiten Sie mich am kommenden Wochenende auf einen Schmuck-Event in Hannover. *Den* Schmuck-Event, das Ereignis des Jahres! Alle wichtigen Juweliere und Designer treffen sich dort zum Austausch. Es wäre außerdem eine großartige Gelegenheit, Sie und Ihre außergewöhnlichen Schmuckstücke zu präsentieren. Zahlreiche Pressevertreter werden da sein und berichten. Vielleicht könnten Sie auch Ihren Elfenbeinanhänger mitbringen?«

Ihr Magen rebellierte vor Freude. »Ja, ja, natürlich, gern«, pflichtete sie ihm bei. Den Gedanken daran, dass ihr Vater davon nicht gerade würde begeistert sein, weil er am Samstag allein im Laden stand, schob sie in diesem Moment beiseite.

»Ich würde Sie frühmorgens abholen und mit Ihnen gemeinsam dorthinfahren«, schlug er vor. »Sagen wir gegen acht?« Amelie nickte. »Abgemacht.«

»Fein, wir sehen uns dann am Samstag. Ich schicke Ihnen noch ein paar Infos per SMS.«

Beschwingt verließ sie wenig später das Restaurant. Draußen entfuhr ihr ein Jubelschrei, dass sich die Passanten kopfschüttelnd nach ihr umdrehten. Aber es war ihr egal. Sie bekam gerade die Chance ihres Lebens!

Zurück im Laden kam gleich der Dämpfer. »Wo sitzt dieser Clementi noch? In Mailand? Willst du etwa dorthin gehen?« Es war offensichtlich, dass Vater ihre Entscheidung nicht guthieß.

»Papa, Amelie weiß schon, was sie macht. Es ist für ihre Karriere wirklich wichtig«, mischte Laura sich ein, bevor Amelie antworten konnte. Ihre Schwester hatte extra die Mittagspause verlegt, weil sie wissen wollte, wie das Gespräch ausgegangen war.

»Ob ich nach Mailand gehe, weiß ich noch nicht, Papa. Vielleicht kommt meine Kollektion auch nicht an. Wer weiß. Schau mal, der Laden läuft gerade so gut, und das nicht nur meinetwegen. Deine letzten Trauringentwürfe haben absolut den Nerv getroffen.« Nach langer Zeit hatte ihr Vater wieder begonnen, selbst zu entwerfen. Er war wieder mit Liebe und Leidenschaft dabei. Das freute sie besonders.

»Ach, du übertreibst. Die Leute kommen doch nur wegen deiner neuen Kollektion«, sagte er und winkte ab. Aber er lächelte, was schon lange nicht mehr passiert war. Es tat so gut zu sehen, dass die Arbeit seinem Leben wieder einen Sinn gab. Er würde zukünftig auch ohne sie klarkommen, davon war sie überzeugt.

»Ich werde Flavio zu diesem Event begleiten«, sagte sie bestimmt.

Doch ihr Vater sah sie misstrauisch an. »Vielleicht ist er mehr an dir als an deinen Entwürfen interessiert.«

Seine Worte brachten Amelie zum Lachen. »Papa, Flavio ist bestimmt nicht an mir interessiert«, erwiderte sie grinsend. Laura schien sie gleich verstanden zu haben und grinste nun auch.

»Dann hat er keine Augen im Kopf!« Vater klang verärgert.

»Papa, alle Welt weiß, dass Flavio di Clementi schwul ist.«

Amelies Antwort verschlug ihm kurz die Sprache. »Ach so«, sagte er nach einer Weile verlegen.

Sie fasste über den Tisch nach seiner Hand. »Bitte, Papa, das ist *die* Chance für mich. Alle wichtigen Leute der Branche sind zu Gast auf diesem Event.«

Hinter der gerunzelten Stirn schien er zu überlegen. »In Gottes Namen fahr«, gab er lächelnd nach. Sie sprang auf und drückte dem Vater einen Kuss auf die Wange. »Danke, Papa.«

Am Samstagmorgen pünktlich um acht Uhr fuhr Flavio di Clementi mit seinem Ferrari vor. Per SMS hatte er Amelie gebeten, sich für eine Übernachtung vorzubereiten und Abendgarderobe einzupacken. Erst gestern war sie mit Laura deshalb in die Stadt gegangen und hatte für einen dunkelblauen Hosenanzug mit einer lachsfarbenen Seidenbluse ein Vermögen ausgegeben. Laura hatte sie vergeblich zu einem Cocktailkleid überreden wollen.

Mit der Reisetasche und dem abgeschlossenen Schmuckköfferchen lief sie die Treppe hinunter, an deren Fuß Laura stand und zum Fenster hinausspähte.

»Der sieht fantastisch aus! Warum sind alle attraktiven Männer immer liiert oder schwul?«, fragte sie seufzend. Ein untrügliches Zeichen für Amelie, dass es also wieder zwischen Laura und ihrem

Freund Markus kriselte. Sie hätte gern mit der Schwester noch ein paar Worte gewechselt, aber ihr blieb keine Zeit. Vielleicht war Chris auch gebunden und deshalb so sang- und klanglos verschwunden? Venedig war vorbei, und die Nacht mit ihm längst Vergangenheit.

»Wir reden, wenn ich zurück bin, Liebes, ja? Mach's gut.« Tröstend umarmte Amelie die Schwester zum Abschied, bevor sie durch die Haustür schlüpfte. In der Hand hielt sie einen Umschlag mit dem Vertrag, den sie unterschrieben hatte.

»Ah, wie ich sehe, haben Sie den Vertrag mitgebracht«, sagte di Clementi strahlend und nahm ihr den Umschlag ab. »Sie bekommen selbstverständlich bis Montag ein unterschriebenes Exemplar für Ihre Akten zurück.« Amelie nickte. Sie vertraute Flavio. Er verstaute den Vertrag in seiner Aktenmappe und ihr Gepäck im Kofferraum.

Fast die ganze Fahrt lang telefonierte Flavio di Clementi geschäftlich, sodass Amelie keine Gelegenheit blieb, ihn nach dem genauen Ziel zu fragen. Sie war noch nie in Hannover und Umgebung gewesen, hatte aber in einem Bildband Vaters das Rathaus und die Herrenhäuser Gärten bewundert.

Clementi unterbrach seine Telefonate nur um Luft zu holen oder über die volle Autobahn zu schimpfen. Doch Amelie fand es nervig, in keine Unterhaltung gezogen zu werden, weil sie aufgeregt war. Sie rutschte auf dem Beifahrersitz hin und her und schaute aus dem Fenster. Die Fahrt kam ihr endlos vor. Bei Hannover verließ er endlich die Autobahn und bog in eine Landstraße ein.

»Wo genau findet denn der Event statt … Signore di Clementi?«, fragte sie, nachdem er ein Telefonat beendet hatte.

»Von jetzt an Flavio. Schließlich sind wir nun Geschäftspartner.«

»Okay, Flavio.« Es fühlte sich ungewohnt an. Wenn ihr jemand früher erzählt hätte, dass sie irgendwann Flavio di Clementi duzen würde, hätte sie ihm nicht geglaubt.

»An einen der schönsten Orte Norddeutschlands«, antwortete er augenzwinkernd.

»Aha, und wo ist der?«

»Das Palais Güldenstein«, erklärte er.

Amelie zuckte zusammen. Ausgerechnet Tildas Zuhause. Zufall oder hatte die Freundin vielleicht doch jemanden auf sie aufmerksam gemacht? Das traute sie ihr zu. Güldenstein! In dem Hannover-Bildband war auch ein Foto vom Schloss gewesen. Eine prachtvolle Weserresidenz im Renaissancestil und mit bewegter Historie.

»Dann kennst du sicher auch Tilda von Güldenstein? Wir haben zusammen die Goldschmiedeschule in Pforzheim besucht.« Dass sie miteinander befreundet waren, verschwieg sie jedoch. Gestern war Tilda noch auf Borkum gewesen, als sie miteinander telefoniert hatten. Sie hätte sicher erwähnt, wenn sie geplant hätte, nach Güldenstein zu fahren.

»Nein. Ich kenne nur flüchtig ihren ältesten Bruder. Einen ebenfalls sehr begabten Designer.« Das Aufblitzen in di Clementis Augen verriet, dass er ihn nicht nur als Designer bewunderte.

Seine Antwort überraschte und enttäuschte sie jedoch zugleich. Ihre Hoffnung auf ein Wiedersehen mit der Freundin hatte sich damit zerschlagen. Tilda bei sich zu wissen, hätte sich besser angefühlt. Graue Wolken zogen am Himmel entlang und ließen die Platanen mit ihren gescheckten Stämmen, die die Schlosszufahrt säumten, wie die Kulisse eines Fantasyfilms anmuten. Amelies Aufregung wuchs mit jedem Meter, den sie sich dem Ziel näherten. Nach einer Kurve sah sie auf einer Wiese eine Herde Alpakas grasen, was sie überraschte, weil sie eher Pferde erwartet hätte.

»Gleich hinter der nächsten Biegung liegt das Palais. Der Anblick hier erinnert mich jedes Mal an Hitchcocks Film *Rebecca*. Die gewundene Auffahrt, die Zinnen auf den Mauern und das ehrwürdige Gebäude … Kennen Sie ihn?«, fragte Flavio und deutete nach vorn. Jetzt fieberte sie erst recht darauf, das Schloss endlich zu sehen.

»Du meinst den Film? Klar, kenne ich ihn. Ich liebe diese geheimnisvollen Geschichten, die sich um alte Bauwerke ranken«, erwiderte sie lächelnd. Sie dachte an die Geschichte mit dem

Fluch, die Tilda ihr erzählt hatte. Alte Mauern beschworen Spukgeschichten regelrecht herauf.

Wie Flavio versprochen hatte, tauchte hinter der nächsten Biegung ein gewaltiger Rundturm auf. Im gleichen Moment blitzte die Sonne hervor. Der gelbe Weserstandstein des Gemäuers leuchtete im einfallenden Licht fast golden. Amelie bestaunte den Prachtbau. Zwei weitere, kleinere Türme folgten. Die filmreife Schlosskulisse spiegelte sich im Wassergraben davor, auf dem Schwanenpärchen ihre Runden zogen. Langsam steuerte Flavio die steinerne Brücke an, die übers Wasser führte. Amelie kam aus dem Staunen nicht mehr heraus, besonders, als sie auf den Haupttrakt zufuhren. Edel sah das Schloss aus, auch wenn an einigen Stellen des Daches die Witterung genagt hatte. Nachdem sie die Brücke passiert hatten, erreichten sie durch ein Tor den Innenhof, in dem bereits einige Limousinen parkten. Zu beiden Seiten des Eingangs wehten Fahnen mit dem Wappen der Güldensteins und der Aufschrift *Celebrate Jewels*. Auf Zeichen eines Mannes in dunklem Anzug parkte Flavio links vom Eingang.

Kaum hatte Flavio den Motor abgestellt, wurde die Beifahrertür von einem weiteren dunkelgekleideten Mann geöffnet. »Willkommen im Palais Güldenstein«, begrüßte er sie mit ernster Miene und reichte ihr die Hand beim Aussteigen.

»Danke«, antwortete Amelie schüchtern und nahm seine Hand. Dennis hatte ihr nie die Tür aufgehalten.

Als Kind hatte sie Schlösser besichtigt, aber keines war so imposant wie dieses. Während Hitchcocks Manderley eher gruselig war, faszinierte sie das Palais Güldenstein durch seine hellen Fassaden. Ein Dutzend Lorbeerhochstämme zu beiden Seiten des Eingangs wirkten wie grüne Wächter.

»Sie haben eine Einladung?«, wandte sich der erste der beiden Anzugträger an sie. Hilfesuchend blickte Amelie zu Flavio hinüber.

»Naturalmente. Signorina Stolze gehört zu mir. Hier meine Einladung.« Flavio zog aus seiner Jackentasche eine Karte und reichte sie ihm. Nach eingehendem Studieren nickte der Mann, bevor er ihnen bedeutete, zum Eingang zu gehen. Amelie wollte nicht ohne ihr Schmuckköfferchen gehen.

»Wir kümmern uns um Ihr Gepäck«, sagte der Mann, als Amelie zögerte und zum Kofferraum blickte.

»Aber meine Kollektion …«, raunte sie Flavio zu.

»Un momento per favore. Wir haben noch Schmuck mitgebracht, der verwahrt werden muss.« Flavio ging zum Kofferraum und angelte Amelies Schmuckköfferchen heraus. Der Mann im Anzug schnippte mit den Fingern, und sofort erschien ein anderer, der den Schmuck entgegennahm. »Ich werde gleich veranlassen, dass er in die Schauvitrine kommt.«

»Der Baron haftet für Verluste«, erklärte Flavio Amelie. Dennoch war ihr mulmig. Sie trennte sich nur ungern von ihrem Schmuck.

Ihr Herz klopfte bis zum Hals, als sie die Stufen zum Eingang hinaufstiegen. In der Schlosshalle wurden sie von einer Blondine in einem figurbetonten, schwarzen Kleid empfangen. Um den Hals trug sie eine kostbare Perlenkette. Die Brillanten am Verschluss glitzerten um die Wette. Sie führte Flavio und Amelie zu einem Saal, aus dem ihnen lautes Stimmengewirr entgegenschwappte. »Der Goldsaal«, erklärte sie und zog sich zurück.

Die Gäste trugen elegante Businesskleidung, dass Amelie in ihrem mintgrünen Outfit aus Hose und Bluse herausstach, was ihr ein wenig peinlich war. Doch ihr Anzug steckte im Gepäck.

»Komm, Amelie, ich möchte dich gern einigen Leuten vorstellen«, sagte Flavio und griff sanft ihren Ellbogen. Seine Worte leiteten einen Händeschüttel-Marathon ein. Die Namen vermochte Amelie sich kaum zu merken. Einige der Gäste kannte sie aus Presse oder Fernsehen. Die Eindrücke waren erschlagend, der Saal mit den Skulpturen und den vergoldeten Spiegeln ebenso. »Amelie Stolze ist eine begnadete Goldschmiedin. Sie können nachher ihre Kollektion bewundern, die Einzug in den Castanos-Konzern hält«, erklärte Flavio gerade einer Gruppe Gäste, die ihr wohlwollend zunickten.

Castanos? In Amelies Kopf schrillten Alarmglocken.

»Was hast du denn mit Castanos zu tun, Flavio?«, fragte sie erstaunt.

»Wusstest du denn nicht, dass meine Firma zum Castanos-Konzern gehört?« Die Worte drangen nur tröpfchenweise in ihr Bewusstsein. Sie hätte sich genauer über Flavios Firma informieren sollen. Zu spät.

»Nein«, gab sie zu.

»Keine Sorge, du hast nur mit mir Kontakt.« Am liebsten hätte sie auf dem Absatz kehrtgemacht, aber sie konnte nicht. Es war ihre eigene Schuld, dass sie nun den Vertrag unterschrieben hatte. Dass sie ausgerechnet an Castanos' Firma geraten war! Tilda an ihrer Stelle hätte sicher den Vertrag gelöst. Aber sie brauchte das Geld ja auch nicht so dringend wie sie.

»Übrigens, das alles hier gehört zu seinem Konzern.« Mit einer ausholenden Armbewegung bekräftigte er seine Aussage.

»Wie? Das Palais gehört Castanos?«, rief sie ungläubig aus und kämpfte gegen die Übelkeit in sich.

»So gut wie. Seine Tochter ist mit dem Baron liiert. Schade. Er ist genau mein Typ.«

Claudia Castanos hatte ihr nicht nur den Sieg beim Wettbewerb gestohlen, sondern wurde auch noch adlig? Der Kerl, der mit ihr zusammen war, musste entweder mit Blindheit geschlagen sein oder genauso durchtrieben und arrogant wie sie. Und sie selbst hatte sich in diese Mafia-Gang auch noch durch eine Unterschrift hineinmanövriert. Wut wallte in Amelie auf. Dann würde sie sicher auch früher oder später auf diesem Event den Castanos' begegnen. Ihre Hochstimmung verflog.

Flavio dirigierte sie weiter. Amelie lief neben ihm her wie eine Puppe. Immer wieder suchte ihr Blick nach Claudia oder ihrem Vater.

»Darf ich dich einen Augenblick allein lassen? Dort drüben ist mein Edelsteinlieferant.« Flavio deutete mit dem Kinn auf die gegenüberliegende Seite, wo drei Männer mit einem Glas Sekt in der Hand in ein Gespräch vertieft waren.

»Ja, natürlich«, antwortete sie und nahm ebenfalls ein Glas, das ihr von einem Tablett gereicht wurde. Dieser Schreck war ihr in die Glieder gefahren.

Während Flavio sich zu den Männern begab, schlenderte Amelie durch den Saal. Um sich abzulenken, betrachtete sie die Ahnenbilder der von Güldensteins, unter denen jeweils auf einer Holztafel Name und Lebensdaten eingetragen waren.

Einige besaßen das gleiche flammendrote Haar wie Tilda.

Dann stand sie vor dem Gemälde Carls I. Baron von Güldenstein in weißem Hemd und Reithose *Gründer der Güldenstein-Dynastie* stand auf dem blank polierten Messingschild daneben. Ein Schauder lief Amelie den Rücken hinunter beim Anblick des Mannes mit den harten Zügen und dem zynischen Lächeln, der auf jeden Betrachter herabsah. Wie er die Reitgerte hielt, wirkte, als würde er gleich dem Gemälde entsteigen, um sie zu züchtigen. So hatte Amelie sich immer einen Großgrundbesitzer vorgestellt, der auf seiner Plantage Sklaven schuften ließ. Das Porträt daneben zeigte seine Gemahlin. Eine verhärmte Frau mit traurigem Blick.

Plötzlich hatte Amelie das Gefühl, beobachtet zu werden, und drehte sich um. Flavio war noch immer ins Gespräch vertieft. Sie lief ein paar Schritte weiter und stellte ihr leeres Glas auf einem der Partytische ab. Die Tür dahinter stand offen. Ungewollt wurde sie Zeugin einer Auseinandersetzung. Die eine Stimme gehörte unverkennbar Claudia Castanos, und die männliche ihrem Vater. Durch den Türspalt konnte Amelie ihre bloße Schulter erkennen. Tomas Castanos hingegen stand hinter der Tür. Zu Amelies Bedauern stritten sie auf Italienisch. Claudia tobte und stöhnte theatralisch. Dabei hatte Amelie in Pforzheim das Gefühl gehabt, dass Vater und Tochter sich überaus gut verstanden, Claudia ihn sogar vergötterte. Doch jetzt vibrierte ihre Stimme vor Zorn. Amelie hatte schon früher Claudias emotionale Ausbrüche erlebt, aber so wie heute noch nie. Sie fragte sich, was die ehemalige Mitschülerin derart aufgebracht haben konnte. Immer wieder fielen die Wörter Maledizione, avorio und der Name Christian. Sie würde Flavio danach fragen. Beim Namen Christian stiegen die Erinnerungen in ihr wieder auf. Das Klackern hoher Absätze ertönte, bevor die

Tür weit aufgerissen wurde und eine wutschäumende Claudia auf der Schwelle erschien. Ihr Gesicht war bleich und starr wie das einer Statue. Als sich ihre Blicke begegneten, blieb Claudia stehen.

»Was machst du denn hier?«, blaffte sie Amelie an.

»Ich wurde eingeladen.« Amelie unterdrückte eine patzige Bemerkung.

»Eingeladen? Du besitzt die Unverfrorenheit, nach der Szene in Pforzheim hier aufzutauchen? Verschwinde aus meinem Schloss! Sofort!«

»Noch gehört es nicht dir, Claudia«, hörte Amelie Flavio hinter sich sagen und war über seine Rückkehr erleichtert. Dennoch hätte sie ihm diesen drohenden Unterton gar nicht zugetraut.

Schnaubend rauschte Claudia an ihnen vorbei. Amelie schüttelte verständnislos den Kopf.

»Bist du mit Claudia Castanos aneinandergeraten?« Flavio runzelte die Stirn.

»Nein, ich nicht, aber sie und ihr Vater.« Mit dem Daumen zeigte sie auf die geöffnete Tür.

»Claudia kann ganz schön austeilen. Nimm dich vor ihr in Acht«, fuhr Flavio fort, und Amelie nickte, während sie ihm insgeheim beipflichtete.

»Eben … der Streit zwischen den Castanos' … da wurden immer die Worte Maledizione und avorio erwähnt. Auch fiel dauernd der Name Christian. Kannst du mir bitte erklären, was das bedeutet? Ich spreche nämlich bis auf buongiorno und grazie kein Italienisch«, gestand sie Flavio.

»Seltsam«, Flavios Stirn furchte sich. »Maledizione heißt Fluch und avorio Elfenbein. Aber was soll das bedeuten? Christian – damit könnte der Baron gemeint sein, der mit Claudia liiert ist.«

»Ja, wirklich seltsam. Danke.«

Amelie dachte an ihr Gespräch mit Tilda über die Abbildungen der Schachstellungen sowie das Schachspiel mit skurrilen Spielfiguren aus Elfenbein. Was wussten die Castanos' darüber? Wenn sie doch nur mehr verstanden hätte.

»In einer halben Stunde beginnt die Präsentation der Schmuckstücke. Vorher möchte ich dich aber noch dem Gastgeber vorstellen. Er ist übrigens auch Designer.«

Sie verspürte keine Lust darauf, den Mann kennenzulernen, der sich auf Claudia eingelassen hatte. Aber sie wollte Flavio nicht enttäuschen und folgte ihm.

Fluch, Elfenbein … die Worte gingen Amelie die ganze Zeit durch den Kopf, während sie Flavio durch das Palais folgte. Sie bogen in einen endlosen Korridor ab, gingen an unzähligen Türen vorbei und wechselten den Flügel, bis sie nach einer gefühlten Ewigkeit vor einer dicken, hölzernen Kassettentür standen. Sie hätte sich sicher verlaufen. Flavio pochte an die Tür.

28.

Die Story um Ferdinand ließ Christian keine Ruhe. Bis zur Empfangseröffnung verblieb noch über eine Stunde. Zeit genug, um schnell einen Blick in die historischen Dokumente zu werfen. Sein traditionsbewusster Vater hatte alles akribisch gesammelt und geordnet. Schnell würde er das Gesuchte finden, um sich ihm später zu widmen. Eine ganze Regalreihe war gefüllt mit Stammbüchern der letzten Generationen, einschließlich derer, die einst Deutschland verlassen hatten. »Das sind wir unseren Vorfahren schuldig«, waren stets Vaters Worte gewesen. Tatsächlich boten die Bücher, nach Generationen geordnet, einen Überblick über die Schicksale der Familienmitglieder. Vorsichtig zog er die Familienstammbücher der Generation seines Vaters und Großvaters aus dem Regal. Wie alle anderen waren sie in Leder gebunden und mit edlem Goldaufdruck versehen: *Die Chronik der Familie von Güldenstein*. Auf der ersten Seite befand sich immer der Stammbaum, auf den folgenden Seiten Geburts- und Taufurkunden, und zum Abschluss die Sterbeurkunden. Als er das Ältere aufschlug, flatterten zwei lose Seiten heraus und schwebten zu Boden. Er bückte sich danach und erstarrte, denn es handelte sich um die beiden herausgerissenen Seiten aus Ferdinands Aufzeichnungen. Doch wider Erwarten enthielten sie keine Sütterlinschrift, sondern eine nur allzu vertraute Handschrift. Das war doch nicht möglich! Die Zeilen verschwammen vor seinen Augen. Die steilen Bögen und die antiquierten Buchstabenenden zeichneten sie als Vaters Handschrift aus. Die unruhige Linienführung deutete daraufhin, dass seine Hand gezittert hatte.

Des Teufels Schachspiel, stand als Überschrift.

Dann folgten die Sätze: *Die Schuld der Güldensteins ist groß. Blut gegen Blut für die Rache, Leben gegen Leben für die Sühne.* Danach folgte eine Namensliste, die mit dem Begründer der Dynastie Carls I. begann und mit den letzten Nachkommen, Christian und seinen Geschwistern, endete.

Was war damit gemeint? Welche Schuld sollte seine Familie auf sich geladen haben? Weshalb hatte Vater nie ein Sterbenswörtchen davon erwähnt? Warum steckten die herausgerissenen Seiten im Stammbuch? Es war zum Verrücktwerden. Vielleicht fand er Aufschluss in Ferdinands oder der Chronik seiner Generation. Er zog die Bücher heraus und blätterte sie durch, als sein Handy vibrierte. Er schaute aufs Display. Claudia rief an. Sicher erwartete sie ihn bereits im Empfangssaal. Er verspürte keine Lust, sie vorher zu sehen, und bis zur Eröffnung dauerte es fast noch eine Stunde. Entschlossen drückte er ihren Anruf weg.

Im Stammbaum von Ferdinands Generation gab es keine Eintragung über ihn. Auch die Suche in der Chronik blieb erfolglos. Als wenn sein Vorfahre nie existiert hätte. Nachdenklich schlug Christian das Buch zu. Hatte er sich vielleicht in der Jahreszahl geirrt? Sollte sich Ferdinands Existenz als Familienmärchen entpuppen? Als Christian das Buch zurück ins Regal stellen wollte, bemerkte er eine Lücke zwischen den Seiten. Auch hier hatte jemand einige sauber herausgetrennt, sodass es auf den ersten Blick nicht auffiel. Ferdinands Name schien aus den Annalen getilgt worden zu sein.

Nachdenklich begab er sich zum Empfangssaal im anderen Flügel des Palais. Immer wieder hallten die Wörter Schuld, Sühne, Blut und Leben in seinem Kopf. Anstatt in den historischen Dokumenten Antworten zu finden, hatten sich neue Fragen aufgetan. In der kleinen Halle zwischen den Flügeln kam ihm Emanuel in einem dunklen Nadelstreifenanzug entgegen. Sein dunkelblondes Haar, das ihm bis auf die Schultern reichte, hatte er zu einem Zopf zusammengenommen. Mit seinem Dreitagebart ähnelte er Vater sehr stark. Nur die hohe Sensibilität schien er von Mutter geerbt zu haben. Er hielt einen Briefumschlag hoch. Christian blieb vor seinem Bruder stehen und starrte fragend darauf.

»Ich denke, darauf hast du gewartet. Kam eben erst per Kurier an. Soll ich es ins Arbeitszimmer legen?«, fragte sein Bruder.

»Nein, da muss ich sofort reinschauen.« Christian nahm seinem Bruder das Kuvert aus der Hand und riss es auf. Die Sendung kam von Dirk. Vor lauter Anspannung kribbelte es in seinem Magen.

»Die DNA-Ergebnisse des Elfenbeins?«, fragte Emanuel.

»Ja.« Hastig überflog Christian die wenigen Zeilen, bevor er die Hand mit dem Papier senkte.

»Und?«, bohrte Emanuel weiter.

»Wie ich vermutet habe, entspringen die Schachfiguren und auch die Elfenbeinsonne ein und demselben Stoßzahn. Laut Dirk aus Ostafrika.«

»Ostafrika?« Emanuel schien ebenso erstaunt zu sein wie er. Niemand der Güldensteins war weiter als bis Zentralafrika gekommen.

»Ja. Wenn ich nur wüsste, was das für Zeichen sind …« Den letzten Satz hatte er mehr zu sich selbst gesagt.

»Eva könnte John, den Studienfreund ihres Bruders, anrufen. Er arbeitet an der Uni in Oxford als Sprachwissenschaftler. Vielleicht weiß er, was sie bedeuten«, schlug Emanuel vor.

John? Ob das derselbe Mann war, von dem Dirk geredet hatte? Die Welt war manchmal klein. »Okay, eine gute Idee. Apropos Eva, wo ist sie überhaupt?«

Auf Christians Frage hin fiel ein Schatten über Emanuels Gesicht.

»Ihr geht es nicht besonders, sie lässt sich entschuldigen.«

Christian nickte. »Kein Problem. Hauptsache, sie erholt sich schnell wieder. Du solltest sie nicht immer so viele Stunden in der Porzellanmanufaktur schuften lassen.«

Evas Zusammenbruch neulich hatte auch Christian sehr besorgt.

»Ich weiß, aber sie ist in ihrer Euphorie nicht zu bremsen«, antwortete Emanuel hilflos, weshalb Christian ihm auf die Schulter klopfte. »Sicher passt du auf, dass sie sich nicht übernimmt.«

»Wir haben nur noch eine halbe Stunde bis zum Empfang. Wir sollten langsam hinübergehen, Chris.«

»Du hast recht, aber ich muss noch mal kurz ins Arbeitszimmer, um meine Rede zu holen und das hier abzulegen.«

Gemeinsam brachen sie auf.

»Falls du es noch nicht mitbekommen hast, unsere Schwester ist vorhin eingetroffen. Sie ist ziemlich sauer, weil du sie zurückbeordert hast«, erklärte Emanuel ihm auf dem Weg zum Arbeitszimmer.

»Sie wusste von dem Termin und ist trotzdem abgereist. Wenigstens ist sie meiner Aufforderung gefolgt.«

Er hatte schon befürchtet, dass sie sich aus Trotz dagegen entschied. Die geplante Unterredung musste bis nach dem Event warten.

»Du kennst doch unsere Schwester. Es wird Zeit, dass ihr euch Zeit nehmt, miteinander zu reden«, warf Emanuel ein.

»Trotzdem muss sie endlich lernen, sich als zukünftige Herrin von Herminenburg ihrer Verantwortung bewusst zu sein. Die Präsentation einer neuen Kollektion hat seit Generationen immer zu dieser Zeit stattgefunden. Und ich gedenke nicht, das zu ändern.«

»Sie muss sich erst noch mit der Rolle und den Aufgaben als Besitzerin von Herminenburg anfreunden. Sei nicht zu streng mit ihr. Nicht wie Vater.«

Dass Emanuel ihn mit Vater verglich, traf ihn. Es brachte ihn ins Grübeln. Er sollte sich Tilda gegenüber verständnisvoller zeigen. Aber ihre Abwehrhaltung und ihre scharfe Zunge provozierten ihn jedes Mal zu Worten, die er später bereute. Wenn er eines ganz bestimmt nicht sein wollte, dann wie Vater. Dennoch musste seine Schwester akzeptieren, dass auch sie der Familie gegenüber gewisse Verpflichtungen hatte.

Im Arbeitszimmer prallten sie auf Tilda. Ihre Miene wurde hart, als ihre Blicke sich trafen.

»Hallo, Schwesterherz.« Emanuel zog sie liebevoll in den Arm, während Christian Abstand wahrte. Deutlich spürte er die Distanz zwischen ihnen. Es verletzte ihn. Früher wäre sie ihm freudig in die Arme geflogen. Jetzt stand sie da und blitzte ihn aus ihren blauen Augen wütend an.

»Hallo, Tilda. Schön, dass du meiner Bitte gefolgt bist«, sagte er heiser.

»Bitte? Das war ja wohl mehr ein Befehl! Ich wollte ein paar Tage ausspannen!«, rief sie vorwurfsvoll. Christian schluckte eine Bemerkung hinunter, und sie hob die Hände. »Ja, ja, ich weiß … die Tradition. Ehrlich gesagt, pfeife ich drauf. Ich bin nur gekommen, weil Emanuel und Eva mich dazu überredet haben.«

»Wir sollten lieber in den Saal gehen, statt zu streiten«, griff Emanuel ein und stellte sich zwischen seine Geschwister. Christian schluckte eine Erwiderung hinunter und nickte dann. Auch Tilda blieb wider Erwarten ruhig. Gemeinsam verließen sie das Arbeitszimmer. Doch Tilda blieb stehen.

»Geht schon mal vor, ich komme gleich nach. Ich möchte mich noch schnell umziehen«, sagte sie und deutete auf die grüne Reisetasche in ihrer Hand.

Zweifelnd musterte Christian sie. Viel zu hastig senkte sie den Blick. Sie log, fuhr es ihm durch den Kopf. Er wollte sie gerade nach dem Grund fragen, als Emanuel ihn mit sich zog. »Komm, es wird höchste Zeit. Bis gleich, Tilda.«

Ehe Christian protestieren konnte, schritten er und Emanuel schweigend zum Saal.

29.

Als niemand die Tür öffnete, drückte Flavio die Klinke herunter und stieß die Tür auf. Amelie schaute über seine Schulter hinweg ins Zimmer. Ein Blitz zuckte durch den Raum, eine Frau schrie erschrocken auf und wirbelte herum. Amelie erkannte sie sofort an ihrem kupferroten Haar.

»Tilda!« Freudig drängte sie sich am verblüfften Flavio vorbei, um die Freundin zu begrüßen.

»Mensch, Amelie! Das gibt's doch nicht!« Nur wenige Lidschläge später umarmte sie die strahlende Tilda.

»Was machst du hier, Lie?«

»Das Gleiche könnte ich dich auch fragen. Ich dachte, du genießt die Meerluft auf Borkum.«

»Das dachte ich auch, bis mein Bruder meine Anwesenheit auf dem Schmuck-Event verlangt hat. Er hängt genauso an den Traditionen wie Vater. Ich musste Hals über Kopf herreisen. Und was machst du hier?«

»Ich bin auch wegen des Events hier auf Einladung von …« Amelie wandte sich um. »Flavio di Clementi. Er hat meine neueste Kollektion unter Vertrag genommen«, erklärte sie Tilda stolz. Flavio nickte.

»Oh, wie wunderbar.« Amelie entging nicht, dass die Freundin mit Flavio zu flirten versuchte. »Hallo, guten Tag. Amelie hat mich ja schon vorgestellt.«

Flavio und Tilda reichten sich die Hände. »Tilda von Güldenstein. Es freut mich, dass Sie die Kollektion meiner Freundin aufgenommen haben. Sie ist ein außergewöhnliches Talent.«

»Davon konnte ich mich bereits überzeugen. Aus diesem

Grund wollte ich Amelie auch Ihrem Bruder vorstellen. Jetzt da wir ja alle in einer Firma arbeiten.«

Tilda hob die Brauen und wirkte irritiert. Auch Amelie fragte sich, was er damit meinte.

»Der ist bereits zum Saal gegangen. Ich glaube, wir sollten uns sputen, damit wir die Begrüßungsansprache nicht verpassen«, schlug Tilda vor.

»Du lernst immer die attraktivsten Männer kennen. Ist er noch solo?«, raunte sie Amelie beim Hinausgehen zu.

»Vergiss ihn. Er steht aufs andere Geschlecht«, flüsterte Amelie grinsend.

Tilda rollte die Augen. »Was für eine Verschwendung«, antwortete sie seufzend und warf einen Blick über die Schulter zurück, scheinbar um sich zu vergewissern, dass di Clementi sie nicht belauscht hatte. Doch der war stehen geblieben und telefonierte.

Auf dem Weg zum Saal tippte Tilda nebenbei auf ihrem Handy herum.

»Du hast eben da drinnen fotografiert, bevor Flavio und ich hereingeplatzt sind, stimmt's?«, flüsterte Amelie.

»Ja, die Zeichen von den Spielfiguren. Ich schick sie dir gerade. Dann kannst du selbst beurteilen, wie ähnlich sie denen auf deinem Anhänger sind.«

Amelie nickte. Ein Pling verkündete den Eingang einer Nachricht auf ihrem Handy.

»Was meinte Clementi eigentlich damit, sie würden alle in der gleichen Firma arbeiten?«, fragte Tilda leise.

»Ich dachte, du wüsstest das.«

»Mein Bruder weiht mich in seine Geschäfte nicht ein. Wo ist der Sitz von Flavios Firma?«

»In Mailand, so viel ich weiß. Seine Firma ist ein Tochterunternehmen von Castanos.«

Tilda blieb wie angewurzelt stehen. »Habe ich mich verhört, oder nanntest du wirklich eben den Namen Castanos?«

»Ja, Castanos«, bestätigte Amelie und wagte nicht, die Freundin anzusehen. Amelie wollte weiterlaufen, aber Tilda hielt sie fest.

»Nee, das glaube ich jetzt nicht. Du arbeitest für diesen Schwindler?«, zischte die Freundin verärgert.

Amelie wollte unbedingt vermeiden, dass schon wieder irgendetwas zwischen ihnen stand. »Ich habe erst nach Vertragsunterschrift davon erfahren«, antwortete sie ehrlich. »Und Flavio meinte, dass nur er und ich uns geschäftlich unterhalten. Hätte ich die Chance ausschlagen sollen?«

»Nein, natürlich nicht«, antwortete Tilda nach einigem Zögern. »Ich traue Castanos nicht über den Weg. Nach allem, was meine Brüder berichtet haben, ist er gerissen und intrigant. Sei bitte vorsichtig, Lie.«

»Das bin ich.«

Tilda hakte sich bei ihr unter. »Ich bin so froh, dass du hier bist, Lie.«

»Mir geht es genauso. Ein wenig fühle ich mich hier wie Cinderella im Märchenschloss.« Amelie kicherte, und Tilda stimmte ein.

»Dann fehlt dir nur der Prinz dazu«, antwortete Tilda augenzwinkernd. »Leider muss ich dich enttäuschen, den gibt es auf Güldenstein nicht.« Lachend gingen sie weiter.

Der Saal mit der stuckverzierten Decke erinnerte Amelie an den Maskenball im venezianischen Palazzo. In der Mitte des Saales waren zwei Glasvitrinen aufgebaut, die mit Schmuck bestückt waren. Von Weitem konnte Amelie in der rechten Stücke ihrer Venezia-Kollektion und auch den Elfenbeinanhänger erkennen.

»Ich bin so froh, dass deine Stücke auf unserer Schmuckpräsentation ausgestellt werden«, flüsterte Tilda.

Amelie ging näher heran, um zu fotografieren. Das Foto wollte sie ihrer Schwester schicken. Sie nahm ihr Handy aus der Handtasche und gab gerade die PIN ein, als sie von jemandem angerempelt wurde. Ihr Handy fiel auf den Boden.

»Oh, perdonami, Signorina.« Eine fleischige Männerhand hob es auf und reichte es ihr. Vor ihr stand Tomas Castanos. Sie musste wieder an Flavios Worte denken, und ein seltsames Gefühl beschlich sie. Existierte vielleicht doch eine engere Geschäftsbeziehung zwischen Castanos und den Güldensteins, von der

Tilda nichts ahnte? Die Freundin hatte ihr oft genug erzählt, dass das Verhältnis zu ihrem ältesten Bruder frostig war. Während sie durch den Saal schritten, hatte Amelie wieder das Gefühl, beobachtet zu werden. Sie sah sich um, konnte aber nichts entdecken.

Applaus brandete auf, als Tomas Castanos auf die Vitrinen zuschritt, gefolgt von weiteren erfolgreichen Schmuckherstellern in Europa, zu denen sich auch Flavio gesellte. Tilda ratterte deren Namen herunter und zeigte auf sie. Die ausgestellten Schmuckstücke unter Glas, die aufgereihten Männer und Frauen vor den Vitrinen erinnerten Amelie wieder an ihre Enttäuschung in Pforzheim. Welche Fügung des Schicksals, dass sie über Umwege nun doch eine Zeit lang mit Castanos zusammenarbeiten würde.

»Dieser Scheinheilige.« Tilda deutete auf den Italiener. »Ich werde nie vergessen, was in Pforzheim abgelaufen ist. Nimm dich vor ihm in Acht. Aber die anderen da vorn sind alle hervorragend. Und mein Bruder ist der Beste von ihnen.« Obwohl die Freundin sich nicht mit ihm verstand, schwang Stolz in ihrer Stimme mit.

Erneut brandete Beifall auf. Amelie stöhnte innerlich auf, als Claudia Castanos in einem schulterfreien, knallroten Minikleid den Saal betrat, in dem sie ausgesprochen sexy wirkte. Die Absätze ihrer High Heels klackerten auf dem Parkett. Sofort wurde sie von einer Horde Fotografen umringt, mit denen sie kokettierte. Durch den Pulk der Presseleute und das Blitzlichtgewitter um Claudia schenkte keiner dem hochgewachsenen Mann an ihrer Seite Aufmerksamkeit, der nahezu völlig von erhobenen Kameras verdeckt wurde. Amelie jedoch brannte darauf zu sehen, wer sich auf eine Frau wie Claudia eingelassen hatte. Die ehemalige Mitschülerin umgab sich gern mit angesehenen erfolgreichen Männern. Ihr letzter Lover war ein römischer Bankier gewesen, wie sie in der Zeitung gelesen hatte. Hinter Claudia folgte ein Mann, der Tilda bis auf die Haarfarbe sehr ähnelte.

»Da ist Emanuel, mein Bruder«, informierte Tilda lächelnd.

»Der Baron? Und wer ist das dann neben Claudia?«, fragte Amelie. Als ihre Freundin nicht antwortete, drehte sie sich zu ihr um und sah, dass deren Lächeln gefror. »Tilda?«, bohrte sie nach.

»Na, der Zukünftige von Signorina Castanos«, antwortete eine Frau mittleren Alters mit toupiertem Haar neben ihr, als die Freundin weiterhin schwieg. »Bestimmt wird heute noch die Verlobung der beiden verkündet.«

Entsetzen spiegelte sich in Tildas Miene wieder. Sie legte die Hände an ihre geröteten Wangen.

»Nein, bitte nicht. Nur das nicht«, wiederholte sie mehrmals.

»Was ist denn los, Tilda?« Die Freundin war so bleich, dass Amelie sich um sie sorgte.

»Ich befürchte … die Gerüchte entsprechen der Wahrheit … Der Mann … bei Claudia … das ist Christian, mein anderer Bruder. Er will sie doch nicht wirklich …? Ich fasse es nicht! Wie konnte er sich nur auf diese Intrigantin einlassen?«

Die Frau neben Tilda schnaubte empört und schüttelte den Kopf.

Amelie musste sich auf die Zehenspitzen stellen, um einen Blick auf Tildas Bruder zu erhaschen, der immer noch von zahlreichen Reportern mit Kameras umringt war. Allmählich ebbte der Applaus ab, und die Pressefotografen nahmen die ihnen zugewiesenen Plätze ein. Claudia strahlte an der Seite des dunkelhaarigen Mannes. Amelie erstarrte, und ihre Knie zitterten. Die dunklen Haare, die markanten, sinnlichen Züge … Sie hätte ihn unter Tausenden wiedererkannt. Chris! Ihre Lippen formten tonlos seinen Namen. Eine Sturmflut der Erinnerung brach über sie herein. Sie sah alles wieder vor sich, den Palazzo, das Atelier, durchlebte im Geist die Glückseligkeit, die ihr seine Lippen geschenkt hatten, und hörte die gemurmelten Kosewörter. Fast glaubte sie, auf ihrem Körper noch den Abdruck seines Mundes zu spüren. *Das ist nicht wahr.*

Er konnte unmöglich Claudias Bräutigam sein. Nicht er. Sie schloss einen flüchtigen Moment lang die Augen. Ihr Herz raste, als er sich mit seiner tiefen, warmen Stimme an die Zuhörer wandte. Kein Tag, keine Nacht waren vergangen, da sie nicht an ihn gedacht hatte. Wie oft hatte sie sich ein Wiedersehen mit ihm ausgemalt. Jetzt stand er nur wenige Schritte von ihr entfernt.

Zum Greifen nah und gleichzeitig unerreichbarer denn je. Jetzt wusste sie, weshalb er sich nach der Nacht davongestohlen hatte. Hatte Tilda von ihrer gemeinsamen Nacht gewusst? Nein, dann hätte die Freundin sie mitleidig angesehen.

Was hatte sie denn geglaubt? Dass ein Mann wie Chris, der Erbe einer Golddynastie, eine unscheinbare Schmuckdesignerin zur Frau nehmen würde, wenn er jemanden wie Claudia haben konnte? Dass ausgerechnet Claudia Castanos seine Auserwählte war, schürte die Flammen der Eifersucht in ihr umso mehr.

Kein Wort seiner Ansprache drang zu ihr, weil sie zu aufgewühlt war. Mechanisch klatschte sie mit, wenn die anderen um sie herum Beifall spendeten. *Ich muss hier raus,* schoss es ihr durch den Kopf.

Im gleichen Moment hörte sie, wie jemand ihren Namen nannte. Flavio bat sie zu sich nach vorn bat.

Sie sah Tomas Castanos lächelnd vor sich stehen, und alles in ihr sträubte sich, Flavios Bitte nachzukommen. Hätte Tilda sie nicht geschubst, wäre sie vermutlich aus dem Saal gestürmt. Langsam schritt Amelie unter lautem Beifall nach vorn. Sie wünschte sich, der Augenblick ihrer Vorstellung möge so schnell vergehen wie möglich. Sie wusste selbst nicht, wie sie es schaffte, nach vorn zu gehen. Unter anderen Umständen hätte sie den Applaus genossen. Castanos ergriff ihren Ellbogen und dirigierte sie neben sich.

»Liebe Gäste, begrüßen Sie mit uns ganz herzlich Amelie Stolze, eine der talentiertesten Designerneuentdeckungen und ab sofort unter Vertrag bei meinem Tochterunternehmen di Clementi Art & Design. Überzeugen Sie sich selbst von Frau Stolzes außergewöhnlicher Kollektion Venezia!«, rief Castanos und deutete mit dem Arm auf die Glasvitrine, in der ihre Schmuckstücke ausgestellt waren. Anschließend reichte Castanos ihr die Hand. »Willkommen in unserer Familie, Signorina Stolze«, begrüßte er sie mit einem laschen Händedruck, den sie unangenehm fand.

»Es ist mir eine große Ehre, für Sie zu arbeiten, Signore Castanos«, erwiderte sie strahlend.

Amelie spürte Christians Blick auf sich ruhen und wandte sich zu ihm um. Ein Ausdruck von Erstaunen und Wiedersehensfreude flackerte in seinen Augen auf. Doch nur einen winzigen Augenblick, bevor er wieder kühl und distanziert wirkte. Unzählige Fragen strömten durch ihr Hirn, die alle mit den Worten, »was wäre gewesen, wenn« begannen. Das Herz pochte ihr bis zum Hals. Claudia, die neben ihm stand, umfasste besitzergreifend seinen Arm und lächelte sie herablassend an. Die Erkenntnis, dass sie noch immer tiefe Gefühle für ihn hegte, traf Amelie wie ein Schlag. Was mochte in diesem Augenblick in ihm vorgehen?

Flavio legte ihr den Arm um die Schultern, was ihr Halt verlieh, als ihre Beine nachzugeben drohten. Auf einen Wink von Castanos eilten die Pressefotografen auf sie zu. Geblendet von den Blitzlichtern hielt Amelie die Hand vor Augen. Sie wollte nur noch davonrennen. Doch Flavio hielt sie fest, als würde er das spüren.

Er lobte ihre Venezia-Kollektion als eine der außergewöhnlichsten in der Schmuckszene. Mit letzter Kraft rang sie sich ein Lächeln ab. Sie wusste nicht, woher sie die Kraft nahm, ununterbrochen zu strahlen. In ihrem Innern verglich sie sich mit einer Marionette, die funktionierte, sobald jemand an den Fäden zog.

»Frau Stolze gewann den zweiten Preis im Pforzheimer Goldschmiedewettbewerb mit ihrem außergewöhnlichen Elfenbeinanhänger.«

Ein Raunen ging durch die Gäste, die sich nun näher an die Vitrine drängten.

Chris winkte Castanos zu sich und sprach leise zu ihm. Castanos' Lippen kräuselten sich. »Auch wenn du bald mein Schwiegersohn bist, mein Lieber, dieses Talent gönne ich dir nicht.«

Amelie sah, wie Chris die Lippen zusammenkniff.

Allgemeines Gelächter folgte, während sich in Amelies Kopf alles zu drehen begann. Sie schluckte gegen den Kloß, der ihre Kehle verschloss. Sie könnte es niemals ertragen, unter diesen Umständen mit Chris zusammenzuarbeiten. Flavio stützte sie am Arm. »Du bist weiß wie eine Wand«, stellte er besorgt fest.

»Die Aufregung und … Freude. Ich … ich muss an die frische … Luft«, log sie.

»Ja, natürlich, ich begleite dich hinaus«, bot er ihr an.

Amelie schüttelte den Kopf. »Nein, nicht nötig, ich weiß, wo es hinausgeht.«

»Aber bleib nicht zu lange. Sicher wollen dich viele kennenlernen und beglückwünschen.« Sie nickte, obwohl sie sich nicht sicher war, dass sie das durchstehen würde.

Mit einer knappen Verbeugung bedankte sie sich bei den Gästen für ihren Beifall und eilte aus dem Saal. Deutlich spürte sie Chris' Blick im Rücken. Nur fort von hier, bevor ihr die Tränen der Wut und Enttäuschung über die Wangen rollten.

Im Korridor eilte sie an unzähligen Türen vorbei. Als sie feste Schritte hinter sich hörte, ahnte sie, wer ihr gefolgt war. Sie wollte jetzt mit niemandem reden. Erst recht nicht mit ihm. Amelie rannte und bog in einen anderen Korridor ab. Die Schritte kamen näher. Sie zog die erstbeste Tür auf und schlüpfte hinein. Dann lauschte sie an der Tür. Als die Schritte verklangen, atmete sie erleichtert auf. Ihr Herz pochte schwer und schnell gegen die Rippen. Sie lehnte sich mit dem Rücken an die Tür. Die unzähligen Bücher in den deckenhohen Regalen verrieten, dass sie in der Schlossbibliothek gelandet war. In dem mannshohen Kamin auf der anderen Seite des Raumes flackerte Feuer. Das Züngeln der Flammen lenkte sie ab. Sie genoss den Moment der Stille, der nur durch das Knistern des Feuers unterbrochen wurde.

Sie fühlte sich elend. Chris war hier. Doch er war mit Claudia zusammen, bald sogar ihr Ehemann, wie Castanos gesagt hatte. Das Ganze war ein einziger Albtraum. Tränen rannen ihre Wangen hinab. Sie atmete tief durch und wischte dann vor der Scheibe einer Vitrine die Tränenspuren fort. Chris war es nicht wert, dass sie um ihn weinte. Viel zu schnell hatte er sich mit einer anderen getröstet. Noch dazu mit Claudia. Einen herberen Schlag hätte er ihr nicht versetzen können.

Plötzlich hörte sie eine Tür knarren und schrak zusammen.

30.

Der Schock saß Christian noch immer in den Gliedern, als er den Geheimgang zur Bibliothek nutzte, in die Amelie sich kurz zuvor geflüchtet hatte. Er hatte diese Abkürzung gewählt, weil er fürchtete, sie könnte erneut davonlaufen, wenn sie auf dem Gang seine Schritte hörte. Ihr wieder gegenüberzustehen, nachdem er die Hoffnung darauf aufgegeben hatte, brachte seine Welt ins Wanken. Die Frage nach dem Warum kreiste in einer Endlosschleife in seinem Kopf herum. Sein Herz pochte schwer in der Brust. Eine Mischung aus freudiger Erwartung und Verärgerung durchströmte ihn, als er die schmale Tür aufriss, die sich zwischen den Bücherregalen verbarg und von der Bibliothek aus kaum zu erkennen war. Im selben Augenblick wirbelte Amelie herum und sah ihn aus schreckgeweiteten Augen an. Zwischen ihren sanft geschwungenen Brauen zeichnete sich eine Falte ab.

Erschrocken bemerkte er ihr Zittern, und in ihrem Blick lag wütende Entschlossenheit. Eine gefühlte Ewigkeit lang starrten sie sich schweigend an. Kein Ton kam über seine Lippen. Die Worte, die er sich für ein Wiedersehen zurechtgelegt hatte, waren ihm entfallen.

Wie in Venedig war er von ihrer Ausstrahlung gefangen, dass er den Blick von ihr nicht abwenden konnte. Enttäuschung und Sehnsucht schnürten ihm die Atemwege zu.

Ob sie ahnte, wie hinreißend sie in diesem Augenblick aussah? Als er auf sie zutrat, wich sie zurück. Die Reaktion traf ihn härter als gedacht.

»Was … was willst du?«, stieß sie heiser hervor.

»Mit dir reden«, entfuhr es ihm. Ahnte sie, wie sehr er ihretwegen gelitten hatte?

»Ich aber nicht mit dir. Geh jetzt«, forderte sie.

»Muss ich dich daran erinnern, dass du dich in meinem Palais befindest? Es ist doch wohl eher mein Recht, dich wegzuschicken!«

Sie zuckte zusammen, als hätte er sie geschlagen.

»Stimmt. Ich glaube, es ist besser, wenn ich jetzt gehe.« Sie sah in diesem Moment so verletzlich aus, dass es ihn tief berührte. Mit gesenktem Kopf wandte sie sich um und ging zur Tür.

»Warum erst jetzt? Warum bist du erst jetzt gekommen?«, rief er aus. Sie verhielt ihren Schritt und wandte sich noch einmal zu ihm um. Fragend sah sie ihn an.

»Ich … ich verstehe nicht …«, antwortete sie mit bebender Stimme. »Weil Flavio mich gebeten hat, ihn hierherzubegleiten … Aber das weißt du doch längst.«

»Ja, aber war das wirklich der einzige Grund?«, fragte er leise und spürte die harten Schläge seines Herzens.

»Weshalb sollte ich denn sonst nach Güldenstein kommen?«, rief sie empört.

»Meinetwegen?«, hörte er sich sagen, überwältigt von den eigenen Gefühlen. Erstaunen spiegelte sich in ihren Augen wieder. Für einen Lidschlag lang glaubte er in ihrem Blick die gleichen Gefühle zu lesen, die auch er für sie empfand.

»Ganz bestimmt nicht! Weshalb sollte ich deinetwegen hierhergekommen sein, wo du in Venedig einfach abgehauen bist? Ohne ein Wort der Erklärung. Du hast mich wirklich enttäuscht, Chris. Und wie sollte ich bitteschön wissen, dass du hier bist, wo ja nicht mal deinen vollständigen Namen kannte?«, rief sie wütend.

Es verletzte ihn, dass sie annahm, er hätte sich heimlich davongestohlen. Hatte sie denn seine Notiz nicht gelesen?

»Das stimmt doch gar nicht!«, wies er ihren Vorwurf zurück. »Ich habe dir damals eine Nachricht hinterlassen. Auf dem Tisch im Atelier. Mit Namen, Adresse und meiner Handynummer. Und ich habe dich gebeten, mich anzurufen. Und du hast nicht … Ich bin so enttäuscht!«

Sie schüttelte den Kopf. »Wieso hast du mich eigentlich nicht geweckt und mir alles erklärt? Du hättest von vornherein sagen können, dass du nur ein Abenteuer gesucht hast. Stattdessen hast du mir vorgegaukelt, dich in mich verliebt zu haben! Und ich dumme Gans habe dir auch noch vertraut!«

Vielleicht hätte er sie wirklich wecken sollen. Wie oft hatte er sich das selbst vorgeworfen.

»Amelie, als mich die Nachricht vom Tod meines Vaters ereilt hat, musste ich umgehend zurückkehren!« Er erinnerte sich noch sehr genau daran, wie schwer ihm die Trennung von ihr gefallen war und er befürchtet hatte, sie könnte ihn erfolgreich dazu überreden, bei ihr zu bleiben. Deshalb hatte er die Nachricht geschrieben. Sie musste sie gefunden haben.

Amelie senkte den Blick, woraus er schloss, dass sie log. Das schmerzte mehr als alles andere.

»Ich habe den Zettel im Atelier auf den Tisch gelegt!«, schrie er wütend und ging auf sie zu. Dieses Mal wich sie nicht zurück.

»Da war nichts«, antwortete sie frostig. Er forschte in ihrer Miene nach einem Hinweis, ob sie die Wahrheit sprach. Konnte es wirklich sein, dass sie den Zettel nicht gefunden hatte? Er konnte und mochte es nicht glauben.

Jetzt, wie sie so vor ihm stand mit wütend funkelnden Augen und halbgeöffneten Lippen, spülte eine Welle Sehnsucht über ihn hinweg. Er entsann sich keiner Frau, die er so anziehend gefunden und so innig begehrt hatte wie sie. Auch sie hatte ihm gezeigt, dass sie ihn leidenschaftlich begehrt hatte durch ihre fordernden Küsse.

Jetzt waren Amelies Wangen gerötet, und ihre Augen sprühten Zornesfunken. Hinter ihrer ruhigen Fassade loderte tief in ihrem Innern das Feuer der Leidenschaft, gegen das eine Claudia Castanos verblasste.

Amelie wollte an ihm vorbei und zur Tür. Er konnte sie jetzt nicht gehen lassen. Rasch packte er sie an den Schultern. Erst wollte er Antworten auf seine Fragen haben, die ihm auf der Seele brannten.

»Lass mich los!«, forderte sie und versuchte vergeblich, sich loszureißen. Sanft aber bestimmt hielt er sie fest.

»Amelie, ich frage dich ein letztes Mal, ob du den Zettel damals gelesen hast. Bitte sage mir die Wahrheit und weiche nicht wieder aus«, sprach er ruhig, aber eindringlich. Sein Herz trommelte in der Brust. Er musste endlich Gewissheit haben.

»Ich kenne diese Notiz nicht! Habe sie nie gelesen!« Ihre Stimme vibrierte vor Empörung. »Und jetzt lass mich endlich los!«, brüllte sie ihn an und stemmte die Hände gegen seine Brust. Es war eh alles zu spät. Das Schicksal hatte anders entschieden. Sie hatten sich aus den Augen verloren, und nun war er mit Claudia zusammen.

»Eines muss ich noch von dir wissen. Hat dir unsere Nacht je etwas bedeutet?«

Sie rollte mit den Augen und seufzte. »Ist das noch wichtig, Chris?« Traurigkeit schwang in ihrer Stimme mit.

»Ja«, flüsterte er und neigte den Kopf. Es war ihm wichtig, und doch wusste er, dass es ihn, egal was sie ihm antwortete, quälen würde.

Er sah ihr ins Gesicht, betrachtete ihren halbgeöffneten Mund, der ihn zum Kuss einlud. Die Gefühle drohten ihn zu überrollen, und er wünschte sich nichts sehnlicher, als sie zu küssen. Einzig seine Vernunft hielt ihn zurück, seine Lippen auf ihre zu pressen.

»Nein, ist es nicht«, widersprach sie ihm. »Du bist jetzt mit Claudia zusammen. Nur das zählt.«

Aber das Schicksal zwang ihn doch dazu. Sicher hätte sie es nicht verstanden, wenn er ihr erklärt hätte, wie viel ihm Tradition und Familienehre der Güldensteins bedeuteten.

»Amelie, bitte lass dir alles erklären …«

»Das hat doch keinen Sinn mehr«, fiel sie ihm ins Wort. »Wir hatten eine wunderbare Nacht zusammen. Bitte, Chris, zerstöre die Erinnerung daran nicht und lass genauso wie ich die Vergangenheit ruhen.«

Nur langsam dämmerte ihm der Sinn ihrer Worte. Sie bedeuteten einen Abschied für immer. In ihren Augen schimmerte es feucht. Das sollte es wirklich gewesen sein? Eine gemeinsame, berauschende Nacht in Venedig, und nicht mehr? Es zerriss ihm das Herz, dass es keine Zukunft für sie gab.

»Wir werden vielleicht wegen der Zusammenarbeit mit Castanos öfter aufeinandertreffen«, gab er zu bedenken.

»Mit jeder Begegnung wird es uns leichter fallen, zwanglos miteinander umzugehen, Chris. Irgendwann werden wir Venedig vergessen.«

Das klang so verdammt vernünftig! Aber machte sie sich da nicht etwas vor? Christian bezweifelte, dass er das je vergessen könnte.

»Mach's gut, Chris«, sagte sie leise. Eine Träne stahl sich aus ihrem Auge und rollte die Wange hinab. Er hob die Hand, um sie fortzuwischen, aber sie zuckte zurück. Schweren Herzens ließ er sie gehen.

Er dachte an Ferdinands Leben und dass sie das Gleiche erlebten. Zum ersten Mal geriet er ins Grübeln, ob der Fluch auch ihn ereilt haben könnte, weil ihm das genommen wurde, was er liebte.

31.

Amelie war versucht, das Palais sofort zu verlassen. Erst war sie von Tilda enttäuscht worden, dann auch noch von Christian. Über Letzteres musste sie erst noch hinwegkommen. Aber sie konnte und wollte ihre Karriere seinetwegen nicht aufs Spiel setzen. Andere Frauen, die Ähnliches durchgemacht hatten, überwanden schließlich auch ihren Liebeskummer. Dann würde sie es auch schaffen. Irgendwann würde die Erinnerung an die Nacht in Venedig mit Christian verblassen. Mit dem Vorsatz, sich nur ihrer Karriere zu widmen, kehrte sie zum Saal zurück. Auf halbem Weg traf sie auf eine besorgte Tilda.

»Amelie, geht es dir wieder besser? Flavio hat mir gesagt, dass du dich nicht wohlgefühlt und deshalb hinausgegangen bist.« Die Freundin fasste sie am Arm.

»Ja, es geht mir besser«, log sie.

Aber der zweifelnde Blick der Freundin verriet, dass sie ihr nichts vormachen konnte.

»Das kauf ich dir nicht ab, Lie. Du bist noch immer leichenblass. Was bewegt dich denn so sehr? Eine Fata Morgana vielleicht?«

»So was Ähnliches«, entfuhr es Amelie ungewollt.

»Dann haben wir ja was gemeinsam. Als Castanos vorhin von Christian als seinem zukünftigen Schwiegersohn sprach, war mir regelrecht übel. Die Vorstellung, dass Claudia ein Familienmitglied wird, ist ein Albtraum. Und was ist es bei dir?«

Amelie wich Tildas forschendem Blick aus, der Freundin entging einfach nichts.

»Es scheint mit dir noch schlimmer zu stehen als mit mir«, sagte Tilda leise.

»Wie man es nimmt«, druckste Amelie herum. »Ich … ich habe den Mann aus Venedig wiedergetroffen. Du weißt schon, meinen One-Night-Stand.« Nun war es heraus.

»Echt? Hier auf Güldenstein? Wer ist es?«, fragte die Freundin aufgeregt.

Einen Moment zögerte Amelie, ihr davon zu erzählen. Wie würde die Freundin es aufnehmen, wenn sie ihr gestand, dass es sich um ihren Bruder handelte? Doch Tilda musste die Wahrheit durch sie erfahren, das war sie ihrer Freundschaft schuldig.

Sie drehte sich zu ihr um und sah sie ernst an. »Wir haben uns versprochen, immer die Wahrheit zu sagen, egal, ob sie uns gefällt oder nicht.«

Die Freundin nickte. »Ja, natürlich. Du machst es aber spannend.«

»Der Mann, mit dem ich damals die Nacht in Venedig verbracht habe, als du krank im Hotel lagst, ist … ist Christian, dein Bruder.« Jetzt war es heraus. Amelie fühlte sich befreiter.

Tilda war so geschockt, dass sie nach Luft schnappte. Amelie hörte das Klackern von Absätzen sich nähern. Über Tildas Schulter hinweg sah sie Claudia den Korridor entlangschreiten. Tilda war so gefangen, dass sie deren Anwesenheit nicht zu bemerken schien, sonst hätte sie sich umgedreht. Claudia bedachte die Freundinnen mit geringschätzigem Blick.

»Ich glaub's jetzt nicht. Du und Christian?«, platzte Tilda heraus, bevor Claudia hinter der Toilettentür verschwunden war. Deutlich hatte Amelie das kurze Innehalten in der Bewegung der ehemaligen Mitschülerin bemerkt und ärgerte sich, dass sie ausgerechnet jetzt hier erschienen war. Zu spät. Die Tür klappte zu. Die Castanos-Tochter war im Toilettenraum verschwunden.

Amelie stöhnte laut und schüttelte den Kopf. Bei jeder anderen hätte sie vermutlich Eifersucht geweckt. Aber Claudia besaß ein solches Ego, dass sie in ihr bestimmt keine Konkurrentin sah. Ehe sie Tilda auf Claudias Auftauchen aufmerksam machen konnte, trat Flavio zu ihnen. Er sprühte vor guter Laune.

»Wie fühlst du dich jetzt? Geht es besser?«, fragte er mitfühlend.

»Ja, besser.« Schon wieder log sie, doch Flavio glaubte ihr.

»Freut mich. Wir sind ja nicht nur zum Vergnügen hier.« Nach diesen Worten drängte er sich zwischen sie und Tilda und hakte beide unter. »Im Saal warten einige Gäste auf unsere neue Designerin. Amelies Kollektion scheint ein Renner zu werden. Zwei Kaufhausketten haben bereits ihr Interesse bekundet«, berichtete er den Freundinnen.

»Wusste ich es doch«, sagte Tilda lächelnd.

Amelie hätte sich wie auf Wolken fühlen müssen. Stattdessen rang sie sich ein Lächeln ab, denn ihre Gedanken kreisten noch immer um ihr deprimierendes Gespräch mit Christian.

Während sie dem Korridor folgten, fragte sie sich zum wiederholten Male, weshalb sie seine angebliche Nachricht nicht gefunden hatte. Wenn ein Zettel auf dem Tisch im Atelier gelegen hätte, wäre er doch zu sehen gewesen. Es sei denn ... Sie dachte daran, dass sie damals eines der Fenster geöffnet hatte und durch die Zugluft die Tür zugeknallt war. Hatte womöglich der Durchzug auch den Zettel heruntergeweht? Tat sie Christian vielleicht unrecht? Sie hätte jetzt gern ihre Gedanken mit Tilda geteilt, aber da betraten sie den Saal.

»Ich möchte noch schnell eine Bekannte begrüßen. Wir sehen uns später«, sagte Tilda und winkte einer jungen Frau zu, die nur wenige Schritte von ihnen entfernt stand.

Kaum war Tilda in der Menge der Gäste verschwunden, schob Flavio Amelie erneut auf eine Gruppe Gäste zu. Wieder hieß es Händeschütteln und Small Talk. Amelie fühlte sich erschöpft, die Begegnung mit Christian hatte an ihren Nerven gezerrt. Hinter der Vitrine, in der ihre Schmuckstücke ausgestellt waren, standen Tomas und Claudia Castanos, vertieft in ein Gespräch mit zwei Frauen mittleren Alters. Doch ihre Aufmerksamkeit wurde durch ein Paar abgelenkt, das ihre Maskenbroschen bewunderte.

Flavio, der offenbar sofort ein lukratives Geschäft witterte, wandte sich den beiden zu. »Ist es nicht schwer, sich für eines dieser Stücke zu entscheiden? Ich könnte es nicht«, zog er das Pärchen ins Gespräch, die nur überschwängliches Lob für Amelie besaßen. Eine Weile plauderten sie mit den beiden sympathischen Frauen, sodass Amelie tatsächlich eine Zeit lang Christian und ihren Kummer vergaß. Tomas Castanos und seine Tochter gesellten sich auch zu ihnen.

»Welches der Schmuckstücke würden Sie favorisieren, Signore Castanos?«, wandte Flavio sich an ihn. Bislang hatte Castanos Amelie noch nicht begrüßt, obwohl sie für seinen Konzern arbeitete. Die Kälte, die er und Claudia ausstrahlten, bescherten ihr eine Gänsehaut. Er nickte ihr nur huldvoll zu, als wäre er der König und sie sein Untertan. Claudia nahm von ihr keine Notiz. Castanos deutete wortlos mit dem Finger auf zwei Schmuckstücke, Miniaturdarstellungen venezianischer Gaukler, deren Augen Brillanten waren. »Die haben was. Könnte ich mir gut auf der Messe in Milano vorstellen«, sagte er und nickte anerkennend. Amelies Hoffnungen wuchsen, dennoch war sie sich nicht sicher, ob es wünschenswert wäre, mit Castanos enger zusammenzuarbeiten. Es war dann auch nicht auszuschließen, dass sie Christian begegnete. Und Claudia. Keine rosigen Aussichten.

»Gute Wahl, aber nicht die beste, Tomas«, hörte sie plötzlich Christians Stimme hinter sich, die sie erschauern ließ. Sie wagte nicht, sich umzudrehen. Seine Körperwärme umhüllte sie und beschwor erneut Erinnerungen herauf, die sie eigentlich zu vergessen suchte. Sie wollte von ihm abrücken, doch leider gestatten es ihr die anderen nicht.

»Ich würde mich jederzeit für den Elfenbeinanhänger dort entscheiden. Zeitlos und perfekt gearbeitet.« Christian tippte mit dem Finger gegen das Glas.

Amelie registrierte, wie sich Tomas Castanos' Augen schlagartig verengten und auch Claudia sie feindselig ansah. Doch dann lächelte Castanos sein gönnerhaftes Lächeln wie in Pforzheim. Als sich ihre Blicke trafen, begann sie zu frösteln. Sie war sich sicher, dass er sich an den Eklat bei der Preisverleihung erinnerte. Als er den Mund öffnete, befürchtete Amelie, er könnte eine Anspielung äußern.

»Mein Anhänger ist eh unverkäuflich«, warf Amelie ein und erntete erneut einen giftigen Blick Claudias.

»Aber sicher würde Frau Stolze auf Wunsch spezieller Kunden solch eine kostbare Rarität nochmals schnitzen. Natürlich nur aus Altbeständen des weißen Goldes«, milderte Flavio ab, als einige Gäste enttäuschte Mienen zogen. Zum Glück schwiegen die Castanos', und auch Christian sagte kein Wort. Aber Amelie spürte, dass Claudias Vater ihr nicht wohlgesonnen war.

Sie war froh, als Flavio sie weiter herumführte und sie den anderen entfliehen konnte.

»Morgen öffnen sich die Pforten des Palais fürs Publikum aus der Umgebung«, teilte Flavio ihr mit und zerschlug damit ihre Hoffnung, noch am selben Abend nach Bremen zurückkehren zu können. Eine Nacht unter demselben Dach mit Christian beunruhigte sie.

Die Stunden bis zum Dinner verflogen rasch. Amelie fand sich an der Tafel zwischen Tilda und Flavio wieder. Doch zu allem Unglück saßen Christian und Claudia ihr genau gegenüber. Christian spielte die Rolle des perfekten Gastgebers, galant, aber kühl distanziert. Er schien sie zu ignorieren, was Amelie einesteils ganz recht war, weil es ihr erleichterte, den Abend in seiner Nähe zu ertragen, andererseits schmerzte es sie. Zu ihrem Ärger ertappte sie sich oft dabei, dass sie flüchtig zu ihm hinübersah.

Eva und Emanuel saßen gleich neben dem Pärchen und waren als Gesprächspartner sehr unterhaltsam. Amelie mochte die beiden auf Anhieb.

Dennoch versetzte es ihr jedes Mal einen Stich, wenn sie Claudia über die geplante Verlobungsfeier plaudern hörte, die bereits in drei Wochen stattfinden sollte. Während die Castanos-Tochter dank ihres reichlichen Champagnerkonsums immer mehr aufdrehte, wurde Christian immer stiller. Fast tat er Amelie leid.

Wenn Claudia zu sehr von ihren Shoppingtouren und Erfolgen prahlte, war Eva die Einzige, die mit einer ironischen Bemerkung dagegenhielt. Das machte sie Amelie nur noch sympathischer.

Manchmal spürte Amelie, wie Claudias Blicke sie wütend streiften, aber sie ließ sie in Ruhe.

Tilda stieß sie zu später Stunde unter dem Tisch an. »Das ist ja kaum zum Aushalten«, raunte sie ihr zu und deutete mit einem flüchtigen Blick zu ihrem Bruder und Claudia hin. »Ich muss dringend mit meinem Bruder reden. Der kann doch nicht blind in sein Unglück rennen.«

Die Stimmung an der Tafel der Gäste war bis kurz vor Mitternacht locker und ausgelassen, kippte aber schlagartig um, als einer der Gäste, ein älterer Mann von schätzungsweise achtzig Jahren, über Christians Vater sprach. Sofort erkannte sie, wie sich die Kiefermuskeln ihres Gegenübers anspannten. Der alte Mann erzählte eine Anekdote aus der Kindheit von Christians Vater, die alle zum Lächeln brachte.

»Mein lieber Carl Christian, wir alle waren furchtbar schockiert, als wir vom Tod deines Vaters erfahren haben. Es kam so überraschend. Und dann diese Gerüchte …«, entfuhr es dem redefreudigen Alten. Christians Hände ballten sich zu Fäusten. Tilda, Emanuel und Eva blickten den Alten voller Anspannung an. Plötzlich war es im Salon still. Alle Blicke richteten sich auf Christian.

»Mein lieber Herr Kestner, glauben Sie nicht alles, was die Leute sich so erzählen. Ich versichere Ihnen, dass nichts, aber auch gar nichts an diesen Gerüchten dran ist«, sagte Christian bestimmt.

»Welche Gerüchte denn?«, fragte Claudia in die Runde. Christian warf Claudia einen warnenden Blick zu, den sie jedoch nicht zu bemerken schien.

»Dass ein Fluch auf den von Güldensteins lastet, dem Carl zum Opfer gefallen ist. Liebe nie einen Güldenstein«, erklärte der alte Kestner den Anwesenden. Christian wich die Farbe aus dem Gesicht. Die Stille war bedrückend. Tilda saß steif neben Amelie und sah ängstlich zu ihrem ältesten Bruder, der mit verschlossener Miene vor sich hinstarrte.

»Es gibt keinen Fluch!« Christian schlug mit der Handfläche auf den Tisch, geradeso, dass es noch als beherrscht durchgehen konnte. »Jeder vernünftige Mensch weiß, dass das nur ein Märchen ist. Ich möchte nichts mehr davon hören.«

Der alte Kestner wollte offenbar etwas erwidern, überlegte es sich jedoch anders und schwieg. Tildas Hände zitterten, und auch Emanuel war blass geworden. Es war offensichtlich, wie nahe das den Güldensteins ging. Der Fluch schwebte wie ein schwarzer Schleier über den alten Mauern.

Von da an herrschte eher eine gedrückte Stimmung an der Tafel. Es dauerte nicht lange, bis sich die ersten Gäste von ihren Plätzen erhoben und verabschiedeten. Auch Amelie war todmüde und sehnte sich nach Schlaf.

»Du schläfst natürlich neben mir«, raunte Tilda ihr zu. Wenig später brachte die Freundin sie hinauf in den ersten Stock, wo sich die Privatwohnungen der von Güldensteins befanden.

32.

»Wie konntest du nur zulassen, dass Flavio diese arrogante Amelie unter Vertrag nimmt, Papa?«, fuhr Claudia ihren Vater an, während sie aufgebracht durchs Zimmer tigerte. Das Klackern ihrer Absätze auf dem Parkett nervte Christian. Er hatte ohnehin schon Kopfschmerzen. Eigentlich hatte er sich schon zu Bett begeben wollen, doch dann hatte Tomas ihn um eine Unterredung gebeten. Längst bereute Christian, der Bitte nachgegeben zu haben. Der Vorfall mit dem alten Kestner beim Dinner hatte seine Stimmung getrübt. Zu allem Übel hatte Claudia ihren Vater begleitet. Es ging um Amelie. Claudia war auf jeden und alles neidisch, was ihr die Show stahl.

»Weil sie Talent hat und ich Flavios Urteilsvermögen vertraue«, gab Tomas zu. »Ihr Schmuck hat schon das gewisse Extra, und die Kunden lieben ihn.«

Claudia schnaubte wütend. »Talent hin oder her! Sie ist überheblich und schnippisch«, giftete sie. Nur mit Mühe hielt Christian sich zurück, Claudia vor ihrem Vater in die Schranken zu weisen. Am liebsten hätte er ihr entgegengeschleudert, dass sie Amelie nie würde das Wasser reichen können, weder als Frau noch als Goldschmiedin. Doch er wusste, dass das nur einen Streit provoziert hätte, der ihn sein Erbe und das seiner Geschwister hätte kosten können. So schluckte er die Worte hinunter und hoffte, dass Tomas seine Tochter zurückpfiff. Doch der ließ alles durchgehen, weil er sie vergötterte.

»Der Vertrag ist bereits unterzeichnet. Zu spät, mia cara«, antwortete Tomas bestimmt.

»Aber Papa, ich kann sie nicht ausstehen. Und wie sie Chris angestarrt hat. Widerlich!«, tobte Claudia weiter.

»Viele Frauen starren gut aussehende Männer an. Sie ist doch keine Konkurrenz für dich.«

Claudia drehte sich zu Christian um. »Kennt ihr euch eigentlich von früher?« Sie beugte sich über den Schreibtisch und stützte sich auf. Ihr lauernder Blick glich dem einer Spinne, bevor sie ihre Beute verspeiste. Während seiner Zeit in Siena hatte er Claudia und ihre erfolgreichen Intrigen kennengelernt. Er wünschte keiner Frau, sie zur Gegnerin zu haben, auch Amelie nicht.

»Nein«, log er und senkte den Blick. Er hasste es, zu lügen. Allerdings, ganz so falsch war seine Antwort nicht. Denn er wusste nichts von Amelie.

»Das will ich für dich hoffen«, stieß Claudia hervor.

Bei Claudias Drohung wallte Wut in Christian auf. Aber er hatte es gelernt, sie zu verbergen.

»Ich glaube, Christian ist sich der Konsequenzen durchaus bewusst, falls er dich betrügen würde«, mischte Tomas sich ein.

Claudia lächelte ihren Vater an.

Am liebsten wäre Christian aufgesprungen und hätte beide aus dem Palais geworfen. Aber es war bereits Geld in die Güldenstein-Firma geflossen, und damit hatte Tomas ihn in der Hand. Wie er diese Abhängigkeit hasste! Es fiel ihm schwer, sich zurückzuhalten. Er würde Claudia heiraten, aber er wusste, dass er sie niemals würde lieben können.

»Es geht hier nicht um deine Gefühle, mia cara«, wandte Tomas sich an seine Tochter. »Amelie ist eine sehr gute Goldschmiedin und Designerin, die Castanos erfolgreicher machen wird. Es geht hier einzig ums Geschäft!« Für Tomas zählten nur Erfolg und Profit.

Claudias Miene war jetzt wutverzerrt. Scheinbar hatte sie sich eine andere Antwort ihres Vaters erhofft. Sie stürmte aus dem Arbeitszimmer, und die Tür fiel krachend hinter ihr ins Schloss.

»Meine Tochter wird schon wieder zur Vernunft kommen. Aber ich gebe dir einen guten Rat, Christian. Temperamentvolle Frauen wie Claudia solltest du niemals provozieren, sondern immer bei

Laune halten. Happy wife, happy life«, sagte Tomas augenzwinkernd, bevor auch er das Arbeitszimmer verließ.

Erschöpft stieg Christian wenig später die Treppe in den ersten Stock hinauf, in dem sein Apartment lag. Er lockerte die Krawatte, öffnete den obersten Hemdknopf und rieb sich den verspannten Nacken. Er wollte jetzt nur noch schlafen. Als er jedoch das erste Stockwerk erreichte, öffnete sich Tildas Wohnungstür.

»Ich muss mit dir reden«, sagte seine Schwester mit gedämpfter Stimme.

»Nicht jetzt, Tilda. Ich bin hundemüde«, wehrte er genervt ab. Nicht noch ein Disput. Mit großen Schritten floh er auf seine Wohnungstür zu und stöhnte innerlich auf, als Tilda ihm dennoch folgte. Er hätte wissen müssen, wie hartnäckig sie sein konnte. Kaum hatte er aufgeschlossen und die Tür aufgestoßen, schlüpfte seine Schwester an ihm vorbei in die Wohnung. Wütend schloss er die Tür.

»Es war ein harter Tag, und Mitternacht ist längst vorüber. Ich hab jetzt keine Lust auf Diskussionen. Lass uns das auf Morgen vertagen.«

»Nein, jetzt, Christian«, beharrte sie. Er rollte die Augen und seufzte.

»Was willst du, Tilda?«

»Wieso hast du nicht einen Ton gesagt? Du willst Claudia doch nicht wirklich heiraten?«, polterte seine Schwester los.

»Was geht dich das an? Ich mische mich auch nicht in dein Leben ein.«

»Ich will aber auch nicht heiraten. Und egal, was zwischen uns ist, ich lasse dich nicht ins Unglück rennen!«

In diesem Moment war ihm klar, dass Tilda um sein Glück aufrichtig besorgt war, was ihn mit einem warmen Gefühl erfüllte.

»Meine Freundinnen haben dich doch sonst nicht interessiert«, sagte er ruhig.

»Weil du keine von denen heiraten wolltest. Amelie und ich kennen Claudia aus Pforzheim. Glaub mir, ich weiß, wie sie tickt. Ihr seid noch nicht einmal verlobt, aber sie und ihr Vater spielen sich auf, als würde ihnen hier bereits alles gehören.«

Gehört es ja auch, wäre Christian beinahe herausgerutscht. »Das ist doch Unsinn«, wehrte er ab, obwohl auch er das Gefühl teilte. »Claudia ist überaus attraktiv, elegant, talentiert, in jeder Hinsicht eine blendende Partie«, konterte er. Jeder würde ihn um Claudia beneiden. Jeder, der sie nicht kannte, fügte er in Gedanken hinzu.

»Aber du liebst sie nicht!« Damit traf Tilda ins Schwarze. Jetzt glitt das Gespräch auf gefährliches Terrain. »Du hast eine Frau verdient, die dich von Herzen liebt«, fuhr Tilda fort.

»Liebe vergeht.« Er winkte ab. Tilda sollte ihn endlich in Ruhe lassen. »Bitte, Tilda, was soll denn die Diskussion? Claudia wird meine Frau, und basta.«

Seine Schwester atmete tief ein. »Ich weiß das … von dir und Amelie … in Venedig. Weil wir zusammen dort gewesen sind«, sagte Tilda leise. Christian erstarrte. Amelies Namen versetzte ihm jedes Mal einen Stich. Tilda und Amelie? Dann hatte Amelie sich also um seine Schwester gekümmert. Tilda war ihre kranke Freundin gewesen. Hätte er das doch nur eher gewusst, vielleicht wäre alles anders gekommen. Doch jetzt war es zu spät.

»Na und? Es war nur eine gemeinsame Nacht. Ohne jegliche Verpflichtung«, stieß er bitter hervor.

»Mensch, Chris. Wem willst du denn etwas vormachen? Mir oder dir? Vorhin beim Dinner … eure Blicke … Das sieht doch ein Blinder, dass da zwischen euch mehr ist. Claudia hat es sicher auch bemerkt.«

Er antwortete nicht.

»Du kannst doch nicht eine Frau heiraten, die du nicht liebst, und dafür die gehen lassen, für die du etwas empfindest! Nenn mir einen Grund, Chris!«

Er erinnerte sich daran, wie Tilda ihm einst das Herz ausgeschüttet und seinen Rat gesucht hatte. Zum ersten Mal nach langer Zeit spürte er wieder die Nähe zu ihr, die er schmerzlich vermisst hatte. Früher hatten sie sich immer alles anvertraut. Doch die Auseinandersetzungen mit Vater hatten die gesamte Familie belastet. Wenn die Schwester den Vater verteidigt hatte, war er außer sich gewesen, und so war zwischen ihnen eine Distanz entstanden.

»Amelie und ich … es ist zu spät. Sie will nichts mehr von mir wissen. Es ist eh besser so.« Unwillkürlich musste er an Ferdinand denken.

Tildas Blick ruhte auf ihm. »Ist es etwa wegen des Fluches?«, fragte sie leise.

Etwas hielt ihn zurück, ihr alles zu erklären. »Quatsch! Du reimst dir da was zusammen …«

»Vorhin beim Dinner, als Herr Kestner davon geredet hat, warst du plötzlich ganz blass und starr … Und ich dachte immer, du glaubst nicht an so was.«

»Tue ich auch nicht, aber …« Jetzt hatte er sich auch noch verraten.

»Aber?«, hakte Tilda nach.

Nach einem kurzen Moment des Zögerns erzählte er ihr von Ferdinands Schicksal. Während er erzählte, spürte er, wie gut es ihm tat, sich ihr mitzuteilen. Weil sie ihn verstand. Tilda setzte sich neben ihn auf die Sessellehne und lauschte, ohne ihn auch nur ein einziges Mal zu unterbrechen.

»Die Parallelen, das ist wirklich verblüffend. Und jetzt glaubst du, dass du wie Ferdinand deine Liebe verlieren könntest?«

Christian stützte den Kopf in die Hände. »Ich weiß es nicht, Tilda, wirklich, ich weiß es nicht. Ich habe Flüche immer für Humbug gehalten, aber nachdem ich Ferdinands Aufzeichnungen gelesen habe und diese merkwürdigen Dinge geschehen sind, bin ich ins Grübeln gekommen.«

Sie legte ihm die Hand auf die Schulter. »Vater, Mutter, beide haben daran geglaubt. Jetzt du … Wir müssen endlich herausfinden, was es mit dem Fluch auf sich hat oder ob etwas anderes dahintersteckt«, gab sie zu bedenken.

Tilda hatte recht. Auch er verspürte ein ungutes Gefühl. Was, wenn jemand den Fluch benutzte, um ihm und seiner Familie Furcht einzuflößen? Jemand, der ihnen schaden wollte. Sein Bauchgefühl sagte ihm, dass es zwischen dem Fluch und den

Briefsendungen ein Zusammenhang gab, und die Zeichen auf den Schachfiguren den ersten Schritt zur Lösung darstellten. Vater hatte davon gesprochen, dass die Familie in Gefahr schwebte, und auch, dass es eine Lösung gab. Doch welche?

»Vielleicht verbirgt sich in den Zeichen der Schlüssel für alles«, sprach er seine Gedanken laut aus. Dann berichtete er ihr von der DNA-Untersuchung des Elfenbeins.

»Amelies Elfenbeinanhänger hatte auch solche Zeichen drauf. Ich habe ihr heute zum Vergleich Fotos von denen der Spielfiguren geschickt. Ich weiß, dass ihre Großmutter Zeichnungen von Eingeborenen besessen hat, auf denen auch Zeichen enthalten waren. Vielleicht kommen wir damit weiter? Amelie hat versprochen, uns zu helfen.«

»Es wäre interessant zu erfahren, woher das Elfenbein ihres Anhängers stammt. Aber ich glaube nicht, dass sie das noch für mich in Erfahrung bringen würde«, gab er zu bedenken.

»Das lass mal meine Sorge sein. Ich werde mit ihr reden. Du solltest unbedingt diesen John anrufen, den Eva erwähnt hat, und einen Termin mit ihm vereinbaren.«

»Das wäre sicher sinnvoll.«

Tilda rieb sich die Augen und gähnte hinter vorgehaltener Hand. »Chris? Es war gut, dass wir miteinander geredet haben«, sagte sie nach einer Weile.

»Das finde ich auch.« Zum ersten Mal nach Jahren umarmten sie sich wieder.

33.

Amelie mochte das Zimmer mit den Laura-Ashley-Tapeten und Gardinen, das Tilda für sie ausgesucht hatte. Das französische Bett war sehr bequem, auch wenn manchmal die Federn beim Umdrehen quietschten. Als sie sich in die Kissen gekuschelt hatte, war es bereits nach Mitternacht. Draußen auf dem Flur hörte sie jemanden tuscheln.

Traurig dachte sie an Chris, dessen Wohnung sich auf der anderen Seite des Flures befand. In Venedig war sie glückselig in seinen Armen eingeschlafen. Jetzt hatte Claudia ihren Platz eingenommen. Es würde keine gemeinsame Zukunft geben. Es lohnte nicht, ihm nachzutrauern.

Seufzend zog sie ihr Handy aus der Tasche, um Laura eine Nachricht zu schreiben. Auf dem Display wurden noch Tildas Nachricht mit den Fotos angezeigt. Sie öffnete die Bilddateien. Der Anblick der Schachfiguren mit den weit aufgerissenen Mäulern und Augen ließ sie frösteln. Tilda hatte nicht übertrieben. Amelie zuckte zusammen, als es plötzlich über ihr knackte. Hörte sie draußen nicht schleppende Schritte? Natürlich war da nichts. Das Knacken kam vom Gebälk, und jemand huschte über den Flur. Es gab für alles eine plausible Begründung. Grinsend schüttelte sie über sich selbst den Kopf.

Sie blätterte die Fotos weiter durch. Die folgenden Fotos zeigten die gravierten Zeichen auf der Unterseite der Spielfigur. Amelie scrollte alle durch. Die Art, wie die Zeichen in die Schachfiguren graviert worden waren, ähnelte sehr den einstigen auf ihrem Elfenbeinanhänger. Das letzte Foto war besonders interessant, denn das Zeichen mit den ineinander verschlungenen Linien war auch auf ihrem Elfenbeinanhänger zu sehen gewesen, bevor sie es weggefeilt hatte. Die Linienführung, der Schnörkel rechts unten, das stimmte exakt überein, als wäre der Schnitzer von beidem ein und dieselbe Person gewesen. Gab es eine Verbindung zwischen ihrer Familie und Güldensteins, oder war es reiner Zufall? Einen Moment lang war sie versucht, zu Tilda hinüberzulaufen. Doch die schlief sicherlich bereits tief und fest. Gleich morgen würde sie das der Freundin zeigen.

Obwohl Amelie todmüde war, dauerte es lange, bis sie endlich einschlief.

Als sie wieder aufwachte, war es noch stockdunkel. Sie hangelte auf dem Nachttisch nach ihrem Handy, fand es aber nicht. Plötzlich hatte sie das Gefühl, dass sie nicht allein war. Ein Luftzug streifte ihr Gesicht und das leise Rascheln von Stoff war zu hören. Stocksteif blieb Amelie liegen. Ihr Herz raste. Sie glaubte eine Silhouette zu erkennen, die sich langsam und lautlos durchs Zimmer bewegte, von der sie jedoch nicht sagen konnte, ob es sich um einen Mann oder eine Frau handelte. Noch einmal streifte sie ein Luftzug, dann war der Spuk vorbei. Sie wartete noch eine Weile, bis ihre zittrige Hand nach dem Einschaltknopf der Nachttischlampe tastete. Nur einen Lidschlag später flammte das Licht auf. Niemand war im Zimmer, aber die Zimmertür stand offen, die sie vor dem Zubettgehen geschlossen hatte. Jemand war in ihrem Zimmer gewesen. Ein eisiger Schauer lief ihr Rückgrat hinab. Ihr Handy lag auf dem Boden. War Tilda bei ihr gewesen? In Pforzheim hatte die Freundin öfter unter Schlafproblemen gelitten. Im Flur hörte sie leise Schritte. Durch die geöffnete Tür konnte sie jedoch nur das Treppengeländer erkennen.

Sie griff nach ihrem Handy, schwang die Beine aus dem Bett und lief nur im Pyjama bekleidet leise in den Flur. Wieder waren gedämpfte Schritte zu hören, unten im Erdgeschoss. Sie leuchtete mit dem Handy die Treppe hinunter. Doch der Lichtstrahl war zu schwach, als dass er bis nach unten reichte. Sie trat eine Stufe tiefer und beugte sich weit nach vorn. Etwas berührte sie unerwartet an den Schultern. Sie geriet ins Schwanken und schrie zu Tode erschrocken auf. Halt suchend, ruderte sie mit den Armen in der Luft. Dabei entglitt ihr das Handy und polterte die Stufen hinunter. Sie kippte nach vorn. Gleich würde sie die Treppe hinunterstürzen. Doch im letzten Moment griff Amelie nach dem Geländer und fing sich ab. Ihr Herzschlag glich einem wahren Trommelfeuer. Keuchend sank sie auf die Stufe und wischte sich den Schweiß von der Stirn. Sie umklammerte das Treppengeländer, als befürchtete sie, noch einen Stoß zu erhalten. Licht flammte im Korridor auf, leise Stimmen ertönten. Über ihr tauchten Tildas uns Evas Gesichter auf. Der Schock saß Amelie noch in allen Gliedern, dass sie zitterte.

»Lie! Um Gottes Willen! Bist du gestürzt? Hast du dich verletzt?«, rief Tilda und kam zu ihr. Amelie war froh, sie zu sehen.

»Nichts passiert.«

Jetzt war auch Eva an ihrer Seite.

»Alles in Ordnung?«, vernahm sie Christians Stimme über ihrem Kopf.

»Ja, ja. Mein Handy.« Ihr Blick suchte nach dem vermissten Mobiltelefon, das nur wenige Stufen tiefer lag.

Christian stieg die Stufen hinab und brachte es hier.

»Kannst du aufstehen?«, fragte Eva.

»Kein Problem.« Doch als Amelie sich hochziehen wollte, schrie sie vor Schmerz auf. Irgendwas hatte sie ich in dem Arm gezerrt, mit dem sie sich abgefangen hatte.

Als sie endlich stand, zitterten ihre Beine. Die beiden sichtlich besorgten Frauen führten sie in Christians Wohnung.

34.

»Und du bist sicher, dass jemand hinter dir gestanden hat?«, fragte Tilda zum wiederholten Mal.

»Ja, ich habe mich weit vorgebeugt, und dann spürte ich eine Berührung an den Schultern«, bestätigte Amelie und versuchte, ihre Nervosität zu verbergen. Es war ein seltsames Gefühl, in Christians Wohnung zu sitzen, nur einen Schritt von ihm entfernt. Peinlich, unangenehm, weil sie keinen Bademantel über ihrem seidenen Pyjama trug und weil er sie abweisend musterte. Völlig verkrampft, mit verschränkten Armen saß sie auf dem Sofa und versuchte, seine Gegenwart zu ignorieren.

»Hast du denn jemanden gesehen?«, fragte Eva.

Amelie schüttelte den Kopf. »Nein, es ging alles so schnell, und im Halbdunkel …«

»Es war im Haus totenstill, alle haben geschlafen«, warf Tilda ein, die gerade mit einem Glas Wasser in der Hand das Wohnzimmer betrat.

»Einer scheinbar nicht«, antwortete Christian mit finsterer Miene. Amelie hatte das Gefühl, dass er wütend auf sie war. Tilda reichte ihr das Glas Wasser und dazu eine Schmerztablette. Auch Eva kehrte zurück ins Wohnzimmer und legte ihr einen Bademantel über die Schultern, der wunderbar nach Christian roch.

»Vielleicht spukt es ja«, sagte Emanuel grinsend, der sich auch eingefunden hatte.

Sollte sie sich das wirklich nur eingebildet haben? »Bitte glaubt mir, jemand ist hinter mir gewesen«, versicherte Amelie.

»Bestimmt Claudia«, kam es prompt von Tilda.

»Ohne einen Beweis solltest du niemanden verdächtigen«, mahnte Christian seine Schwester, die eine Grimasse schnitt.

»Aber Claudia konnte sie noch nie ausstehen. Da liegt es doch auf der Hand«, beharrte Tilda.

»Claudia und ihr Vater nächtigen im anderen Schlossflügel und scheiden aus«, fiel Christian ihr ins Wort.

»Ihre High Heels wären sicher auf dem Dielenboden zu hören gewesen«, warf Emanuel augenzwinkernd ein. »Wieso bist du überhaupt aufgestanden und in den Flur gegangen?«

»Mich hat irgendwas geweckt. Als ich Licht eingeschaltet habe, stand meine Zimmertür weit offen und mein Handy lag auf dem Boden. Ich nehme an, dass ich von dem Geräusch aufgewacht bin, als es heruntergefallen ist«, fasste sie zusammen.

»Du meinst, jemand ist in deinem Zimmer gewesen und hat dein Handy hinuntergeworfen?«, fragte die noch immer sichtlich besorgte Tilda.

»Ja, ich dachte zuerst, du wärst es«, wandte Amelie sich an Tilda. »Das Display hat geleuchtet. Jemand hat es auf den Boden geworfen.«

»Du selbst könntest es vom Nachttisch gestoßen haben«, mutmaßte Christian.

Er glaubt mir nicht, schoss es Amelie durch den Sinn, als sie ihn ansah.

»Vielleicht, aber *ich* habe nicht die Zimmertür geöffnet. Ich schlafwandle nämlich nicht.« *Wie du wissen dürftest, Christian* fügte sie im Geist hinzu, sprach es aber nicht aus.

Ein Weilchen herrschte Schweigen.

»Irgendetwas war trotzdem komisch«, sagte Amelie leise und sah vor Augen das Handy auf dem Boden liegen. Es hatte gut zwei Meter vom Bett entfernt gelegen. Hätte sie das Handy wirklich so weit stoßen können?

Sie spürte, wie alle den Atem anhielten.

»Vielleicht wurde es nicht heruntergestoßen, sondern mein nächtlicher Besucher hat es fallengelassen, als er bemerkt hat, dass ich aufwache.«

Alle Augenpaare richteten sich auf sie. Sie begegnete Christians Blick, in dem sich noch immer Zweifel spiegelten. Gleichgültig, was sie sagte, er glaubte ihr nicht. Wie bei der Sache mit dem Zettel und seiner Nachricht darauf.

»Ich weiß nicht … es ist nur so ein Bauchgefühl«, fuhr sie fort, »die Fotos, die Tilda mir geschickt hat … Ach, nein, vergesst es. Das Handy ist PIN-geschützt. Jemand müsste den Sperrcode knacken.« Und doch war da tief in ihr ein Gefühl, dass es um diese Fotos ging. Bloß weshalb waren sie interessant, wo sich doch das Schachspiel hier im Haus befand? Sie fing Christians Blick auf, der ihr signalisierte, dass er nicht nur an ihren Worten zweifelte, sondern sich auch darüber amüsierte. Amelie war wütend auf ihn und hätte ihn zur Rede gestellt, wären die anderen nicht anwesend gewesen.

»Ach, ja, meine Fotos. Und hast du eine Ähnlichkeit zwischen ihnen und deinem Anhänger festgestellt?« Sie war dankbar, dass Tilda sie mit dieser Frage ablenkte. Die Freundin erklärte den anderen, weshalb sie Amelie die Fotos gesandt hatte.

»Ich habe mir alles genau betrachtet. Ich bin zwar kein Spezialist, aber ich würde sagen, dass mein Anhänger von der gleichen Person geschnitzt wurde, die die Figuren gefertigt hat.« Amelie zeigte das Foto der ineinander verschlungenen Linien, die auch auf ihrem Anhänger gewesen war, herum. Erstaunen zeichnete sich in den Gesichtern der anderen ab. Emanuel pfiff leise durch die Zähne. »Das wäre wirklich eine Neuigkeit.«

»Amelie, könnten wir von deinem Elfenbeinanhänger eine Probe fürs Labor bekommen? Es wäre interessant zu wissen, ob das Elfenbein aus derselben Gegend oder vom selben Tier stammt.«

Sie las aus Christians Blick, dass er mit einer Ablehnung rechnete. Weshalb vertraute er ihr nicht?

In der Tat zögerte sie mit der Antwort, denn sie fürchtete um den Anhänger, der so filigran gearbeitet war, dass er dabei zerbrechen könnte.

»Ein wenig Staub würde genügen. Ich könnte es mit dem Präzisionsgerät durchführen«, fügte Christian hinzu, der scheinbar ihre Bedenken erraten hatte.

»Der Anhänger bedeutet mir viel … aber ich denke, du schaffst das«, stimmte sie nach einer Weile zu und zauberte wider Erwarten ein Lächeln auf Christians Gesicht, bei dem sie ungewollt wieder Herzklopfen bekam.

»Was die Zeichen betrifft, bin ich mir sicher, dass ein Freund uns mehr darüber erzählen könnte. John ist Wissenschaftler«, wandte Eva sich an Amelie. »Chris, ich könnte sicher noch für diese Woche einen Termin mit ihm vereinbaren.« Eva blickte zu Christian.

»Okay. Du kannst in meinen Terminkalender schauen«, antwortete er.

»Amelie sollte mit dir fahren. Schließlich ist sie quasi auch betroffen«, schlug Tilda vor. Amelie erstarrte und sah zu Christian hinüber, der wenig begeistert schien. Mit ihm zusammen nach London? Wie sollte sie das aushalten? Andererseits hatte sie schon immer mehr über den Elfenbeinanhänger wissen wollen. Ihr Verstand drängte sie, die Chance wahrzunehmen.

»Ich habe Kopien von Aufzeichnungen meiner Großmutter, die vielleicht hilfreich sein könnten«, hörte sie sich sagen und bereute im gleichen Moment ihre Worte, als sich Christians Mundwinkel nach unten zogen. Welcher Teufel hatte sie nur geritten?

»Superidee!«, pflichtete ihr Tilda bei.

»London ist nicht gerade um die Ecke. Sicher hat Amelie keine Zeit, jetzt, da Flavio ihre neue Kollektion in einer Kampagne vorstellt«, wandte Christian ein.

Er will nicht, dass ich ihn begleite.

»Christian hat recht. Sicher möchte er auch lieber Claudia mitnehmen. Außerdem kann ich mir ein Hotel nicht leisten.« Amelie schaute in die Runde.

»Die Kosten für Ticket und Hotel übernimmt Christian sicher gern.« Tilda zwinkerte ihr grinsend zu. Das Gesicht ihres älteren Bruders lief vor Ärger rot an.

»Claudia wollte eh diese Woche nach Siena zurück«, mischte sich Eva auch noch ein. Amelie stöhnte innerlich auf. Ihr Blick flog zwischen Tilda und Eva hin und her. Steckten die beiden etwa unter einer Decke?

»Von mir aus. Aber nur einen Tag, mehr lässt mein Kalender nicht zu«, gab Christian nach. Jetzt erschien es auch Amelie sinnlos, sich gegen den Vorschlag zu wehren. *Sieh es wie eine Lektion des Christian-Entwöhnungsprogramms.* Irgendwie würde sie diesen einen Tag auch überstehen.

»Na, dann steht dem doch nichts mehr im Weg.« Tilda wirkte erleichtert.

»Ich buche die Tickets«, bot sich Eva an.

Die Reise mit Christian unternahm Amelie nur für Tilda, um ihr zu beweisen, dass kein Fluch dahintersteckte. Die andere Stimme in ihrem Innern ignorierte sie. Ihr Vater war sicher nicht begeistert, wenn sie schon wieder fort war. Außerdem musste sie mit Flavio reden.

Sie wünschten sich alle eine gute Nacht. Christian schien erleichtert zu sein, als alle seine Wohnung verließen.

35.

Eva hatte bereits für den kommenden Dienstag ein Treffen für sie und Christian in London arrangiert. Amelie beschloss, bis zum Abflug im Palais Güldenstein zu bleiben. Sie sandte Laura und Vater eine Nachricht, in der sie ihnen mitteilte, wie erfolgreich die Präsentation für sie verlaufen war und dass sie erst am Mittwoch nach Bremen zurückkehren würde.

Beide beglückwünschten sie. *Auch wenn's mit schwerfällt, ich muss dich loslassen. Vergiss mich nicht, meine Große*, lautete Vaters Antwort, die Amelie tief berührte. Es war für ihn ein gewaltiger Schritt.

»Mach's gut, Lie! Ich hoffe, Evas Freund kann weiterhelfen.« Tilda und Amelie fielen sich mit Tränen in den Augen in die Arme. Dieses Mal würde es bis zu einem erneuten Wiedersehen länger dauern. Tilda fuhr nach Borkum zurück, und Amelie hatte Flavio zugesagt, ihn für ein Vierteljahr nach Mailand zu begleiten. Der Abschied von Tilda fiel Amelie sehr schwer.

»Wann wirst du wieder nach Güldenstein zurückkehren?«, fragte Amelie die Freundin und wischte sich eine Träne aus dem Gesicht.

»Ich … ich weiß es nicht. Vielleicht gar nicht. Eher frieren Nord- und Ostsee ein, bevor ich mit Claudia unter einem Dach leben kann. Amelie, bitte hör mir zu. Du und Christian, ihr passt so perfekt zusammen.«

Sanft aber bestimmt schob Amelie die Freundin von sich. »Zu spät, Tilda. Dein Bruder hat sich für Claudia entschieden«, antwortete sie. Noch immer fiel es ihr schwer, über Christian zu reden. Nur wenn sie ihn nicht mehr sehen würde, könnte sie genügend Abstand gewinnen und ihn vielleicht vergessen. Auch wenn es sie schmerzte, durfte sie nicht undankbar sein. Nicht alle Wünsche im Leben wurden erfüllt. Vor ihr lag eine Karriere als Goldschmiedin und Designerin.

Amelie stieg in Emanuels Wagen ein.

Wie sehr sie die quirlige und temperamentvolle Freundin vermissen würde. Tränen liefen über Tildas Wangen, als der Wagen den Schlosshof verließ. Amelie winkte der Freundin so lange zu, bis sie aus ihrem Blickfeld verschwand. Traurig schaute sie zum Fenster hinaus. Christian saß neben seinem Bruder und tippte auf seinem Laptop herum.

Amelie begrüßte das Schweigen der Brüder und genoss die Aussicht. Sie war noch nie in dieser Gegend gewesen, die geprägt war von ausgedehnten Feldern und Wiesen, gesäumt von kleinen Wäldern. Das Palais Güldenstein lag darin eingebettet wie ein Diamant auf grünem Samt.

»Wir sind gleich da!«, verkündete Emanuel. Amelie sah auf und begegnete Christians Blick im Rückspiegel. Für einen flüchtigen Moment glaubte sie einen schmerzlichen Ausdruck darin zu erkennen. Doch schnell verflog ihr Eindruck, und der gewohnt kühle, distanzierte Blick kehrte zurück. Sie bereute bereits, dass sie sich dazu hatte überreden lassen, ihn nach London zu begleiten. Hinzu kam, dass sie sich in Tildas eleganter Kleidung unwohl fühlte. Ihr war keine Zeit mehr für eine Rückfahrt nach Bremen geblieben, und sie war nicht auf einen längeren Aufenthalt eingestellt gewesen. Zwar trug sie eine Jeans, die besaß aber ein auffallendes Muster, und die seidige Bluse in leuchtendem Pink war ihr einen Tick zu grell und betonte zu sehr ihren Busen. Das konnte ja heiter werden.

Das Treffen mit dem Wissenschaftler war für den frühen Nachmittag vereinbart, und gegen Abend wollten Christian und sie wieder zurück in Hannover sein.

Nach einem reibungslosen Ablauf am Abfertigungsschalter des Flughafens saßen sie in der First Class auf dem Flug nach London. Amelie genoss den Service der aufmerksamen Flugbegleiterinnen, während Christian neben ihr wie ein Weltmeister in die Tasten schlug. Jedes Mal, wenn sie sich zufällig berührten, zuckte sie zusammen, denn er bedachte sie mit einem abweisenden Blick.

»Eine Probe deines Elfenbeinanhängers habe ich gestern Morgen ins Labor schicken lassen«, sagte er nach einer Weile und klappte seinen Laptop zu. »Leider ist eine Spitze dabei abgebrochen.«

Ihr Anhänger kaputt? Das Herzblutstück? Ihr blieb das Herz stehen. Fassungslos wandte sie sich zu ihm um. »Nein!«, entfuhr es ihr.

»Keine Sorge, er ist noch heil, nur um ein, zwei Gramm leichter.« Christian grinste breit. »Ich habe nur gescherzt.«

Sie stieß ihn mit dem Ellbogen in die Seite. »Wie kannst du mir einen solchen Schreck einjagen? Mach das nicht noch mal.« Eine Weile frotzelten sie, und Amelie vergaß die Spannungen zwischen ihnen. Allmählich begann sie, sich zu entspannen.

Nach der Landung in Heathrow ging es mit dem Taxi weiter nach Kensington. Amelie, die noch nie zuvor in London gewesen war, bestaunte die gepflegten Häuser und Parkanlagen. Sie bedauerte, dass sie keine Zeit hatten, die Stadt zu erkunden. Vielleicht, wenn sich ihre Kollektion gut verkaufte, könnte sie hierher zurückkehren und das nachholen.

Vor einem weißen Haus mit schwarzgestrichenem schmiedeeisernen Zaun hielt das Taxi an.

»Hier ist es«, sagte Christian und deutete auf den Eingang.

Kaum hatte er den Klopfer an der Tür betätigt, erklangen Schritte. Die Tür wurde geöffnet, und vor ihnen stand ein hochgewachsener, athletisch gebauter Mann mit Brille und modischem Kurzhaarschnitt. Mit seiner zurückhaltenden Art erinnerte er sie an den Schauspieler Hugh Grant aus dem Film *Notting Hill*. So attraktiv hatte Amelie sich einen Wissenschaftler nicht vorgestellt.

»Hallo, Sie müssen Baron von Güldenstein sein?«, wandte Dr. Lane sich an Christian. »Ihre Frau, nehme ich an?«

»Freundin«, verbesserte Christian ihn. Seine Antwort verwunderte sie, denn sie ließ Interpretationsspielraum zu. Amelie war darüber erstaunt, wie gut Dr. Lane deutsch sprach.

»Amelie Stolze«, stellte sie sich vor und reichte ihm die Hand.

»John Lane. Bitte nennen Sie mich John.« Sein Händedruck war fest, aber nicht grob. »Meine Mutter war Deutsche«, erklärte er, als hätte er ihre Gedanken gelesen.

Danach gaben er und Christian sich die Hand, bevor John sie in den schmalen Flur bat. »Hier entlang, bitte.« Er führte sie über die Treppe hinauf in den ersten Stock, an deren Ende sich unverkennbar sein Arbeitszimmer befand. Die Eibenmöbel mit den gedrechselten Verzierungen ließen ein Rosamunde-Pilcher-Feeling in Amelie aufkommen. »Bitte, setzen Sie sich doch.« Dr. Lane deutete auf zwei Stühle vor seinem Schreibtisch.

Christian schilderte ihm den Grund ihres Besuches und überreichte Dr. Lane die Fotos von den Schachspielfiguren, der Elfenbeinsonne und auch von Amelies Anhänger, die er am Morgen ausgedruckt hatte.

Der Wissenschaftler rückte seine Brille zurecht und betrachtete sie intensiv. »Was, sagten Sie noch einmal, haben die DNA-Untersuchungen ergeben?«

»Das Elfenbein stammt von ein- und demselben Tier, vermutlich aus Ostafrika. Nur bei Amelies Anhänger liegt uns noch kein Ergebnis vor.«

»Meine Großmutter hat mir erzählt, dass ihr Mann das Schmuckstück in Zentralafrika erworben hat. Deshalb gehe ich davon aus, dass es von einem anderen Tier stammt«, warf sie ein.

»Ungewöhnlich, sehr ungewöhnlich ...«, murmelte John. Christian und Amelie warfen sich fragende Blicke zu.

»Was ist denn daran ungewöhnlich?«

»Diese Zeichen da ...«, John tippte auf das Foto, »stammen aus Westafrika. Sie gehören zu einer Symbolsprache, die auch heute noch oft verwendet wird. Viele versehen ihre Häuser mit diesen Zeichen. Manche sind der Ansicht, dass sie magische Kräfte besitzen, weshalb einige sich in veränderter Form im Voodoo-Kult wiederfinden.«

»Westafrikanische Zeichen auf Stoßzähnen ostafrikanischer Elefanten?«, fragte Christian ungläubig.

»Das ist nicht ungewöhnlich, weil es viele Umschlagplätze für das weiße Gold in Afrika gab. Plätze, an denen auch der Sklavenhandel blühte. Die Hauptzentren waren Zentral- und Ostafrika. Viele Stoßzähne, die nach Deutschland gelangt sind, haben eine weite Reise von Ostafrika über Zentralafrika hinter sich. Kamerun als deutsche Kolonie exportierte ins Mutterland.«

Dr. Lanes Erklärungen leuchteten Amelie ein. Doch sie brannte darauf, mehr über die Bedeutung der Zeichen zu erfahren.

»Aber was bedeuten diese Symbole?« Ihre Finger trommelten auf der Schreibtischplatte.

»Dieses hier«, John deutete auf das Foto mit ihrem Elfenbeinanhänger, »bedeutet Vergänglichkeit, Tod, manchmal auch Trauer.«

Nach und nach erklärte ihnen John die einzelnen Zeichen. Amelie sog die Informationen auf wie ein Schwamm. Doch das Ergebnis befriedigte sie noch nicht. Auch Christian zog eine missmutige Miene, als hätte er sich mehr versprochen. John Lane schien ihre Unzufriedenheit zu bemerken.

»Sie haben sich mehr von mir erhofft?«, fragte er.

»Ehrlich gesagt, ja«, gestand Christian. Dann berichtete er dem Wissenschaftler von dem Fluch.

»Mein Vater hat sich von Schatten verfolgt gefühlt.« Es war spürbar, wie sehr das Christian noch immer bewegte. Er wirkte verletzlich und ratlos, auch wenn er offenbar ebenso wie sie nicht an okkulte Dinge glaubte. Amelie saß angespannt auf dem Stuhl.

»Okay, ich brauche mehr Zeit. Vielleicht kann ich ihnen morgen mehr sagen.«

»Morgen?«, kam es von Christian und Amelie wie aus einem Mund.

»Wir müssen heute bereits nach Deutschland zurückkehren!« Christian schnaubte wütend. »Wir müssen wissen, ob es einen Zusammenhang mit dem Fluch geben könnte.« Wie Amelie erkennen konnte, war er nur nach außen hin gelassen. Tief in seinem Innern schien ein Vulkan zu brodeln, der jederzeit explodieren konnte.

»Bitte glauben sie mir, diese Symbolsprache ist schwierig. Es existieren viele Interpretationsmöglichkeiten. Ich könnte eine falsche wählen, und ihnen wäre nicht geholfen. Die Reihenfolge der Zeichen kann die Gesamtbedeutung verändern. Deshalb brauche ich Zeit.« John musterte sie über die Brille hinweg.

Christian furchte die Stirn und schien zu überlegen.

Amelie schaltete sich ein. »Bitte, John, es ist wichtig. Wir glauben zwar nicht an Magie und Flüche, aber wir befürchten, dass jemand den Fluch benutzen könnte, um Christians Familie in Angst und Schrecken zu versetzen.«

John schien darüber nachzugrübeln. »Ich kann es versuchen … aber versprechen kann ich nichts. Ich muss darüber ungestört nachdenken. Drüben auf der anderen Straßenseite befindet sich eine Coffeebar. In einer Stunde weiß ich vielleicht mehr.«

Christian nickte, und auch Amelies Zuversicht wuchs.

In der Coffeebar tranken und aßen sie etwas. Die gespannte Atmosphäre zwischen ihnen war für Amelie unerträglich. Christian war höflich zu ihr, aber distanziert wie zu einer Fremden. Das verletzte sie.

»Ich weiß nicht, ob dieser Besuch bei Dr. Lane uns weiterbringt«, sagte er und seufzte.

Christian klang deprimiert. Sie hatte bei John das Gefühl, dass er ehrlich zu ihnen war. Sein Blick war direkt und offen, sein Lächeln sympathisch. »Wir sollten ihm vertrauen. Eva meinte, er wäre der Beste auf diesem Gebiet.«

Christian nickte. »Danke«, sagte er und sah sie an, voller Wärme und Zuneigung. Er ergriff ihre Hand, drückte sie und zog sie an seine Lippen. Amelies Puls schoss nach oben, als sein Mund sanft ihre Finger berührte. *In der Nacht damals hat er jeden deiner Finger einzeln geküsst und noch mehr …* Dieser Augenblick erschien ihr wie eine Brücke zu ihm, die in ihr erneut Hoffnung weckte.

Doch die Zweifel meldeten sich erneut zurück. Dennis hatte es damals auch immer geschafft, ihre Hoffnung zu beleben, dass ihre Beziehung hielt, obwohl er insgeheim längst beschlossen hatte, sie zu verlassen. Sie durfte nicht wieder ihren Gefühlen nachgeben. *Er wird Claudia heiraten! Hast du das immer noch nicht kapiert?*

Hastig zog sie ihre Hand zurück. Mit seinem distanzierten Verhalten vermochte sie besser umzugehen, das hier stürzte sie in ein Wechselbad der Gefühle.

»Ich glaube, John wartet auf uns«, sagte sie heiser.

Dr. Lane zog Schreibblock und Stift aus der Schublade und legte beides vor sich auf den Schreibtisch. Dann drehte er sich um und zog aus dem Drucker auf dem Beistelltisch ein Papier, das er danebenlegte. Es handelte sich um die Kopie eines Schachbrettes und den Spielfiguren am Seitenrand. Zum Schluss zog er ein aufgeschlagenes Buch zu sich.

»Ich habe mir das Schachspiel angesehen. Es gibt sechzehn Spielfiguren pro Farbe. Die Zeichen der von ihnen fotografierten Spielfiguren sind sieben verschiedene. Die Symbolsprache umfasst aber weitaus mehr.«

Amelie nickte. John schob ihr und Christian das Buch hin, in dem Schriftzeichen und deren Bedeutung tabellarisch aufgelistet waren.

»Das sind die Zeichen!«, rief sie aus und zeigte auf die, die sie wiedererkannt hatte.

»Stimmt. Aber bei manchen gibt es noch eine weitere Linie.« Mit dem Finger tippte Christian zuerst auf das Symbol im Buch und dann auf den Fotos.

»Das ist richtig, dazu komme ich aber später. Ich habe die Zeichen der Schachfiguren und die der beiden Anhänger notiert.« Nebenbei skizzierte John sein Vorgehen.

»Ja, und dann?« Ungeduld schwang in Christians Stimme mit.

»Die Zeichen allein sind wie ungeordnete Puzzleteile. Die richtige Anordnung ist entscheidend für das Gesamtbild. Diese sechs Zeichen ergeben in einer bestimmten Reihenfolge einen Sinn. Eine Botschaft, eine Warnung und womöglich einen Fluch.«

»Also doch ein Fluch?«

»Ich sagte vielleicht. Zur Vollständigkeit fehlen zwei Zeichen.« Er pochte mit der Bleistiftspitze auf das Papier.

»Ja, stimmt. König und Dame der weißen Spielsteine fehlen«, bestätigte Christian.

John nickte. »Um den Fluch richtig zu verstehen und wie ihm entgegengewirkt werden könnte, müssen sie die beiden Spielfiguren mit den Zeichen finden. So, nun werde ich versuchen, ihnen die Botschaft der sieben Zeichen zu erläutern. Wenn sie mir nicht mehr folgen können, dann stoppen sie mich, okay?«

Beide nickten. Amelies Hände waren eiskalt und feucht vor Aufregung. Nach all den Jahren würde sie endlich die Bedeutung des Anhängers verstehen.

»Dieses Zeichen stellt einen Vogel dar, der auf seine Schwanzfedern blickt. Es ist der Hinweis für alle: Sieh auf deine Vergangenheit und erkenne deine Zukunft. Ich deute es so, dass ein Geschehnis in der Vergangenheit die Zukunft beeinflusst hat und vielleicht noch beeinflusst, und als Hinweis, darüber nachzudenken und es wiedergutzumachen. Dass etwas Schreckliches geschehen ist, erkenne ich an dem folgenden Zeichen.« John malte einen Kringel um ein weiteres Symbol. »Es steht für Tod und Vergänglichkeit und ist durch diesen kleinen Strich mit dem vorhergehenden verbunden. Sie deuteten ja vorhin an, Christian, dass Sie noch zusätzliche Linien erkannt haben. Das war richtig.« John machte eine Pause und goss allen ein Glas Mineralwasser ein.

»Wenn ich es richtig verstanden habe, ist der Ursprung des Fluches ein Tod?« Amelie war von Dr. Lanes Wissen fasziniert und hing an seinen Lippen. Sie hätte nie gedacht, dass er das aus diesen Zeichen lesen konnte.

»Das vermute ich. Jeder Tod zieht Veränderungen nach sich, besonders in einer Familie. Dann kommt dieses Zeichen, das sich auf das Todeszeichen bezieht. Das Kriegshorn symbolisiert den Kampf. Jemand ist vermutlich während eines Kampfs gestorben. Da wären wir auch schon beim nächsten Symbol angelangt. Es verkörpert Heuchelei, Täuschung oder Verrat. Vielleicht wurde jemand wegen eines Verrats getötet.«

Es wurde immer spannender. Christian saß starr da, nur seine Augen folgten Dr. Lanes Handbewegungen. »Dann wäre auch ein Mord möglich?«, hakte er ein.

John nickte. »Das ist durchaus denkbar.«

»Vielleicht erklärt es das nächste Symbol?«, fragte Amelie die beiden Männer.

Wieder zog John mit dem Stift einen Kreis um das Zeichen. »Nein, leider nicht. Dieses weist auf Verbundenheit hin. Die ineinander verschlungenen Linien sind eine Kette, die Leben und Tod verbindet. Es könnte aber auch bedeuten, dass Tote die Lebenden beeinflussen. In eurem Fall wäre das vielleicht ein Vorfahre, dessen Taten sich auf seine Nachkommen auswirken. Dann folgen die Symbole für Kraft des Geistes und für Vergänglichkeit. Ich folgere daraus, dass jemand stark genug sein muss, um sich von dem Fluch zu befreien.«

»Aber weshalb gerade nur sieben Zeichen, wenn es doch noch mehr gibt?« Christian tippte mit dem Finger auf die Tabelle im Buch.

»Die Zahl sieben spielt in der Magie wie im Schamanismus eine wichtige Rolle. Selbst in unserer Kultur besitzt sie eine besondere Bedeutung. Die Schöpfung erfolgte in sieben Tagen. Die Sieben ist im Juden- und Christentum eine Zahl der Vollkommenheit.«

Amelie grübelte über das Gesagte nach, und auch Christian schien es zu beschäftigen. »Das habe ich verstanden. Wenn Sie es richtig gedeutet haben, könnte jemand den Fluch brechen, oder?«, fragte er nach einer Weile. »Aber diese Zeichen sagen nichts darüber aus.«

»Stimmt. Drei Symbole zum Abwenden des Fluches fehlen noch.«

»Drei? Aber es fehlen doch nur zwei Spielfiguren! Was ist mit der Elfenbeinsonne und Amelies Anhänger?« Christian war so aufgeregt, dass seine Nasenflügel bei jedem Atemzug bebten. Es war sicher ein seltsames Gefühl, einem solchen Familiengeheimnis auf der Spur zu sein. Amelie selbst fand es spannend und aufregend, wenngleich sie mit ihm mitfühlte. Was, wenn er Dinge erfahren würde, die dem Ansehen der von Güldensteins schaden könnten? Sie mochte gar nicht daran denken.

»Die Sonne trägt das gleiche Symbol wie eine der Schachfiguren.«

»Aber das sieht doch irgendwie anders aus«, widersprach Amelie.

»Sicher meinen Sie diese Linien hier.« John zog sie auf dem Foto mit dem Finger nach. »Das sind nur Verbindungslinien oder Schnörkel. Wichtig ist der Kern.« Er verdeckte rechts und links eines der Symbole die Linien mit den Fingern, und er hatte recht. Amelie war mehr als beeindruckt, und auch Christian sah Dr. Lane voller Respekt und Bewunderung an.

»Drei ist ebenfalls eine heilige oder magische Zahl. Außer den beiden fehlenden Spielfiguren muss demnach noch etwas ein Symbol tragen. Alle drei zusammen bilden den Gegenpart, sie verraten, wie der Fluch womöglich aufgehoben werden kann. Festlegen kann und will ich mich jedoch dabei nicht. Diese drei sollten sie unbedingt suchen, um das Rätsel zu lüften. Gern helfe ich dabei.« John sah sie voller Mitgefühl an.

»Es ist nicht leicht, das zu verstehen, aber wichtig.« Amelie blickte zu Christian, der ungewöhnlich blass war. Dann betrachtete sie das Blatt Papier, auf dem Dr. Lane die einzelnen Symbole geschrieben und markiert hatte. Die Güldensteins besaßen offenbar ein dunkles Geheimnis. »Auf meinem Anhänger waren auch Symbole. Ich habe mir nichts dabei gedacht und sie beim Bearbeiten des Elfenbeins entfernt.«

»Wissen Sie denn noch, wie sie ausgesehen haben?«, fragte John Lane.

»Ich denke schon.« Amelie bat John um einen Stift und einen Zettel, den er ihr reichte.

Mit gerunzelter Stirn betrachtete er danach ihre Skizze.

»Vermutlich die Abbildung eines Knotens. Ich würde es so deuten, dass nur Weise ihn lösen können«, erklärte ihnen John.

Ihr Bauchgefühl sagte, dass alles irgendwie miteinander verbunden war, die Schachfiguren, die Sonne und auch ihr Anhänger.

»Meinen Sie, dass das alles irgendwie zusammenhängt?«, hakte Amelie nach.

»Es könnte durchaus eine Verbindung zwischen dem Anhänger und den Schachfiguren geben. Ich kann mich auch irren. Um es wirklich zu bestimmen, müssen wir die Zeichen der beiden fehlenden Spielsteine kennen. Nur alle Symbole in einer entsprechenden Reihenfolge ergeben einen Sinn. Hier haben wir es mit zwei Zirkeln zu tun. Der des Fluches, der komplett ist, und der allumfassende Symbolzirkel, zu dem auch die Lösung gehört.«

Eine Frage brannte Amelie noch auf der Zunge. »Den Anhänger habe ich von meiner Großmutter bekommen. Sie hat nie etwas mit den Güldensteins zu tun gehabt.«

»Zufall, denke ich, es sei denn …« John stockte und musterte sie forschend.

»Ja, John?« Ihr Herz klopfte schneller.

»Es sei denn, es gibt eine Verbindung zwischen ihren Familien.«

Amelie hielt den Atem an und blickte zu Christian, der mit versteinerter Miene auf dem Stuhl saß. Eine Verbindung zwischen ihren Familien? Das klang so unglaublich, dass Amelie zu frösteln begann. Christian schwieg.

»Okay, verstehe. Vergessen sie diese Theorie ganz schnell wieder. War nur so ein Gedanke«, sagte John und hob die Hand.

Christian berichtete John, wie sie sich in Venedig kennengelernt und aus den Augen verloren hatten. Auch Ferdinands Geschichte umriss er kurz und zeigte die Parallelen zwischen seinem Leben und das des Vorfahren auf. In Amelies Kopf herrschte Chaos. Christian hatte ihr gegenüber nicht ein Wort darüber verloren.

»Wirklich interessante Parallelen. Als Wissenschaftler glaube ich jedoch mehr an Zufälle als an schicksalhafte Geschehnisse«, erklärte ihnen Dr. Lane. Doch Amelie war sein nachdenklicher Blick nicht entgangen.

»Das hört sich alles sehr ungewöhnlich an. In den Familienchroniken existieren weder Aufzeichnungen über einen Mord oder Kriegsverbrechen noch tauchen solche Zeichen auf. Auch nicht in den Tagebüchern meiner Vorfahren. Ich fürchte, Sie haben recht.

Wir müssen die restlichen beiden finden, um weiterzukommen. Nur haben wir nicht einmal einen Ansatzpunkt, wo wir mit der Suche beginnen sollten.« Seufzend stützte Christian den Kopf in die Hand.

»Ich helfe euch«, versprach Amelie und legte ihre Hand auf seinen Arm.

»Danke«, flüsterte Christian, ohne aufzusehen.

»Von wem haben Sie eigentlich das Schachspiel?«, fragte John.

»Das hätten wir auch gern gewusst. Jemand hat es an meinen Vater geschickt. Er hat keinem von uns darüber erzählt. Ich habe erst nach seinem Tod davon erfahren.«

Amelie spürte, wie nahe das alles Christian ging, und hätte ihn gern getröstet. Doch sie wagte es nicht.

»Absender unbekannt. Das gilt auch für die Fotokopien mit den Abbildungen der Schachspielzüge.«

»Fotokopien? Abbildungen von Spielzügen?«, bohrte John nach, und Christian erzählte ihm davon. Amelie wurde ganz seltsam zumute. Immer mehr offenbarte sich ihr, was Christian durchgemacht hatte. John betrachtete die Fotokopien der Spielzüge, die Christian als Bild auf seinem Handy gespeichert hatte.

»Meiner Meinung nach haben die nur indirekt etwas mit dem Fluch zu tun. Es scheint mir eher so zu sein, als wolle Sie jemand an den Fluch oder die Vergangenheit erinnern.«

»Sie meinen also, jemand, der den Fluch kennt, könnte uns damit Angst einjagen wollen? Dieser Gedanke ist mir auch schon gekommen. Aber ich wüsste niemanden, der uns derart feindlich gesinnt ist.«

Fast hätte Amelie Claudia und ihren Vater verdächtigt. Doch dann hätte Christian sich mit ihr sicher nicht verloben wollen. Irgendwann würde auch er bestimmt erkennen, was für ein Mensch Claudia war.

»Und hatte Ihr Vater Feinde, Christian?«

»Konkurrenten ja, aber Feinde? Nicht dass ich wüsste.«

Wieder hatten sich neue Fragen aufgetan.

»Ich hoffe, ich konnte ihnen weiterhelfen. Falls sie noch weitere

Fragen oder sonst etwas mit mir besprechen möchten, können sie mich jederzeit gern anrufen. Hier meine Visitenkarte.«

»Danke, John«, sagte Christian, und auch Amelie bedankte sich bei ihm.

»Passen sie auf sich auf. Besonders Sie, Christian, auf Amelie. Versprechen Sie mir das.«

Christian nickte. Johns Worte hallten noch lange in Amelie nach. Nachdem sie sich von Evas Freund verabschiedet hatten, fuhren sie zum Flughafen.

Eine Stunde später befanden sich Christian und Amelie auf dem Rückflug nach Hannover. Er schaute schweigend zum Fenster hinaus. Auch Amelie ließ das Gespräch mit Dr. Lane noch einmal Revue passieren. Er hatte Furcht in ihr geweckt. Gab es wirklich Flüche? Besaßen sie Macht über das Schicksal von Menschen über Generationen hinweg wie bei den Güldensteins? Waren Christian und sie ein Teil davon?

Was, wenn ihre Familien miteinander verbunden waren?

»Ich werde die Wahrheit herausfinden«, sagte Christian unvermutet und unterbrach ihre Gedanken. Amelie wusste, dass er sonst keine Ruhe finden würde, und sie auch nicht. Er fasste nach ihrer Hand und hielt sie fest, bis sie zum Landeanflug ansetzten. Zum ersten Mal spürte sie wieder eine Verbundenheit zu ihm. Wenn sie ihn auch nicht lieben durfte, aber vielleicht könnten sie Freunde sein.

36.

Sein Leben fühlte sich wie ein Albtraum an, und der Besuch bei John Lane hatte das Gefühl noch verstärkt. Amelie war ihm ein Trost gewesen, und obwohl er sich anfänglich gegen ihre Begleitung gesträubt hatte, war er nun froh, dass sie doch mitgekommen war. Sie hatte sich anteilnehmend und verständnisvoll gezeigt. Claudia hätte das nie für ihn getan. Der Gedanke an seine zukünftige Frau erfüllte ihn mit Bitterkeit. Doch er hatte sich entschieden, es gab kein Zurück mehr, selbst, wenn er es sich noch so sehr wünschte, Amelie wäre die Frau an seiner Seite.

Das Taxi bog in die Auffahrt zum Schloss ein.

»Wirst du noch bleiben?«, fragte er sie hoffnungsvoll. Er fühlte sich in ihrer Gesellschaft wohl. Außerdem gab es noch so viel Ungeklärtes, was das Familiengeheimnis anbetraf. Gern hätte er das mit ihr entdeckt und gelöst. Claudia würde sicher nicht mit ihm die fehlenden Spielfiguren suchen.

»Nein, ich werde meine Sachen zusammenpacken und mir dann ein Taxi bestellen, das mich zum Bahnhof bringt. Ich will meinem Vater nicht noch länger alles im Laden überlassen.«

Ihre Fürsorge beeindruckte ihn. Dennoch bedauerte er ihr Weggehen. Amelie führte ein eigenes Leben. Ohne ihn.

»Vielleicht sehen wir uns im Mai auf der Schmuckmesse in Mailand wieder. Wie ich von Flavio erfahren habe, plant er, dort deine Venezia-Kollektion zu präsentieren.« Wie gern hätte er ihr gestanden, dass er sie wiedersehen wollte.

»Ja, bestimmt«, antwortete sie lächelnd und zog ihre Tür auf.

Christian stieg aus und eilte zu ihr herum, um ihr behilflich zu sein. Amelie richtete sich neben dem Wagen auf und stand jetzt dicht vor ihm. Sie hob die Hand und strich sich eine Strähne aus dem Gesicht, bevor sie zu ihm aufsah. Ihr Duft, ihre Nähe, ihr Gesicht, alles war eine süße Versuchung für ihn. Jede Faser seines Körpers sehnte sich nach ihr. Als ihre Lippen zitterten, verspürte er das starke Verlangen, die Konturen mit dem Finger nachzuziehen. Als er merkte, wie sie sich anspannte, hielt er sich zurück.

»Ich muss jetzt nach oben, meine Sachen holen«, sagte sie mit einem entschuldigenden Lächeln.

»Ja, ja, natürlich«, antwortete er verwirrt und trat einen kleinen Schritt zurück, um sie vorbeizulassen. Sie legte ihre Hand auf seinen Arm.

»Egal, was zwischen uns vorgefallen ist, es würde mich freuen, Chris, wenn wir Freunde bleiben könnten«, flüsterte sie. »Auch wegen Tilda.«

Ihre Worte besaßen die Wirkung einer eiskalten Dusche. Die Enttäuschung darüber, dass sie ihn nur zum Freund haben wollte, brandete durch seine Adern wie ätzende Säure.

»Ja, natürlich sind wir Freunde.« Er wäre fast an dem Wort erstickt.

»Das freut mich. Dann bis irgendwann, Chris.« Sie küsste ihn zum Abschied auf die Wange.

Gedankenverloren sah er ihr nach, als sie zum Eingang eilte.

»Wenn Sie bitte zurücktreten könnten, Herr Baron.« Die Stimme des Taxifahrers riss ihn aus den Gedanken.

Als das Taxi davonfuhr, gab es den Blick frei auf Tomas' Sportwagen, der nur wenige Schritte entfernt auf dem Kies vor dem Westflügel parkte. Offenbar war er früher aus Siena zurückgekehrt, als geplant. Wenn Tomas Claudia erzählte, dass er zusammen mit Amelie nach London geflogen war, würde sie ihm die Hölle heißmachen.

Auf dem Weg zum Arbeitszimmer prallte er unerwartet mit Claudia zusammen. Sein untrügliches Gespür für Ärger bestätigte sich, als er ihre wütende Miene sah.

»Claudia, du bist schon zurück?«, fragte er lächelnd, neigte sich vor und wollte sie auf die Wange küssen, aber sie stieß ihn brüsk von sich.

»Wie du siehst. Ich war nicht Siena, der Wagen hatte Probleme. Papa kümmert sich gerade darum. Dafür hast du meine Abwesenheit ja schamlos ausgenutzt!«, warf sie ihm lautstark vor. Christian sah sich in der Schlosshalle um. Er hatte es stets vermieden, Streitgespräche dort auszutragen, wo Dritte sie belauschen konnten. Er hatte keine Lust, etwas darüber in den Klatschspalten zu lesen.

»Lass uns bitte in mein Arbeitszimmer gehen, wo wir in Ruhe miteinander reden können.« Er fasste sanft nach ihrem Arm. Wütend riss sie sich los. »Ich weiß, wo sich das befindet«, fauchte sie ihn an und schritt mit schwingenden Hüften voraus.

Kaum war hinter ihnen die Tür zugefallen, legte Claudia los.

»Du warst mit dieser Amelie in London! Streite es ja nicht ab!«, brüllte sie.

»Bitte, beruhige dich doch, Claudia. Lass mich dir erklären …«

»Du brauchst mir nichts zu erklären, ich weiß Bescheid! Ich kratze ihr die Augen aus!« Ihre Stimme überschlug sich fast. Claudia raste vor Eifersucht.

»Worüber weißt du denn angeblich Bescheid?«, fragte er betont ruhig.

»Na, über alles, deine billige Affäre, eure Romanze in Venedig. Einfach alles!« Wie immer, wenn sie wütend war, lief sie im Zimmer auf und ab. Christian stand neben dem Schreibtisch und hoffte inständig, dass sie sich endlich beruhigen würde.

»Wie kommst du denn auf den Schwachsinn? Ich habe keine Affäre mit Amelie, und die Reise nach London hat Eva für uns arrangiert.« Sofort bereute er seine letzten Worte, denn Claudia explodierte.

»Ach, dann spielt die Verlobte deines Bruders auch noch die Kupplerin! Das wird ja immer schöner!«

Sie wollte ihm nicht zuhören. Claudia stand vor ihm, die Hände in die Hüften gestemmt wie ein Racheengel. Wie sollte er das Jahre an ihrer Seite aushalten? Am liebsten hätte er ihr ins Gesicht geschleudert, dass sie zur Hölle fahren sollte, aber der

Gedanke an seine Geschwister, die dann alles seinetwegen verlieren würden, war ihm unerträglich. So schluckte er die Worte hinunter.

»Bitte, Claudia, höre mir zu. Bitte.« Er spürte, wie sie innerlich mit sich rang. Dann blieb sie stehen, die Arme vor der Brust verschränkt und mit einem kalten Lächeln auf den Lippen.

»Also gut, ich höre. Aber keine Lügen!«

»Ich habe nicht gelogen und werde es auch nicht tun. Ich kann dir immer nur versichern, dass deine Eifersucht unbegründet ist. Ich habe keine Affäre mit Amelie, okay? Wir sind nur nach London geflogen, um mehr über den Fluch herauszufinden. Zu Evas Freund, einem Ethnologen. Das war alles!« Er hasste es, sich zu rechtfertigen.

»Klar, der Fluch! Sag mal, diese ganze Geschichte ist doch erfunden, oder?«

Er atmete auf, als ihre Stimme ruhiger klang. Dann fasste er in wenigen Sätzen zusammen, was sie bei John Lane herausgefunden hatten.

»Frag doch meinen Vater. Er kennt sich mit Schach sehr gut aus. Als Jugendlicher hatte er sogar mal einen Titel«, meinte sie.

Christian stutzte. Auf diese Idee war er noch nicht gekommen. Er hatte nicht gewusst, dass Tomas Schach spielte.

»Das werde ich bei nächster Gelegenheit machen.«

Claudia kam auf ihn zu und legte ihm die Arme um den Nacken.

»Ich verzeihe dir«, sagte sie lächelnd und presste ihre Lippen auf seinen Mund. Christian legte seine Arme um sie und erwiderte den Kuss. Ein einziger Blick Amelies führte ihn in Versuchung, während Claudias Kuss ihn völlig kaltließ.

»Versöhnung ist doch das Beste am Streit«, gurrte Claudia. »Aber noch mal lass ich dir so was nicht durchgehen. Sei froh, dass ich Papa besänftigen konnte, sonst wäre eure Vereinbarung geplatzt. Trotzdem: Alles hat seinen Preis. Amelie muss weg. Niemand stellt sich zwischen uns!«

Er hätte nicht gedacht, dass Claudia so weit gehen würde.

»Das kannst du nicht machen! Mensch, sie ist eine klasse Goldschmiedin. Castanos braucht sie«, protestierte er. »Ich habe dir doch schon mehrfach beteuert, dass nichts zwischen uns gewesen ist. Außerdem packt sie gerade ihre Sachen, weil sie nach Bremen zurückfährt. Was willst du denn noch?«

»Dass sie aus unserem Leben verschwindet!«

Claudias frostiges Lächeln machte ihm bewusst, dass sie zu allem bereit war, wenn es um ihre Ziele ging.

»Wir werden sie höchstens auf einer Messe sehen.«

Sie wischte mit der Hand durch die Luft, als handele es sich bei Amelie um eine lästige Stubenfliege. »Papa hat alles bereits geregelt. Vergiss es einfach. Castanos wird ihre Kollektion nicht ins Programm aufnehmen. Papa hat veranlasst, dass sich die Schmuckstücke bereits fein säuberlich verpackt auf dem Weg nach Bremen befinden.«

»Was hat er gemacht?«, rief Christian fassungslos. »Weiß er, was ihm da an Einnahmen entgeht?« Er versuchte vergeblich, das Entsetzen hinunterzuzwingen, dass er angesichts der Kaltblütigkeit beider Castanos' empfand. »Wie konntet ihr nur?«

Er musste so schnell wie möglich mit Tomas reden, ihn davon überzeugen, dass er auf Amelie nicht verzichten konnte. Tomas würde ihm glauben, dass er keine Affäre mit ihr hatte. Doch dann erinnerte Christian sich an seinen Nachrichtenaustausch mit ihm nach dem Wettbewerb und gelangte zu der erschütternden Erkenntnis, dass Tomas für seine Tochter blindlings alles tat.

»Sei froh, dass du sie los bist. Sie wäre nur Konkurrenz für dich.« Mit diesen Worten verließ Claudia das Zimmer.

37.

Amelie konnte die Tränen nicht mehr zurückhalten, während sie ihre Reisetasche packte. Sie musste sich beeilen, wenn sie noch den letzten ICE nach Bremen erreichen wollte. Tildas Sachen, die sie trug, wollte sie sorgfältig waschen und der Freundin zurückschicken.

Sie lief zum Fenster und schaute ein letztes Mal in den Park hinunter. Wenn Claudia hier wohnte, würde Tilda nicht mehr nach Güldenstein zurückkehren, und sie selbst auch nicht. Dabei hatte sie sich hier sehr wohlgefühlt.

Die Sonne versank glutrot am Horizont und ließ die weißen Marmorstatuen golden schimmern. Die Frühlingsblumen hatten noch ihre Blütenköpfe geöffnet, um die letzten Sonnenstrahlen einzufangen. Ein paar Spaziergänger schlenderten durch den Park und blieben an den mit Buchsbaum eingefassten Rabatten bewundernd stehen. Alles wirkte idyllisch. Doch es gab keine heile Welt, die Mauern dieses prächtigen Palais bargen ein dunkles Geheimnis. Die vergangenen Tage und der Besuch bei John Lane hatten Amelie bewusst werden lassen, wie sehr Christian an seiner Familie und den Traditionen hing. Auch wenn sie noch so viel für ihn empfand, sie passte nicht hierher in diese Welt der Etikette und des Reichtums, und damit nicht zu ihm.

In seinem Blick vorhin am Taxi hatte Zuneigung und Begehren gelegen. Fast hätte sie für einen flüchtigen Moment dem Verlangen nachgegeben, sich von ihm küssen zu lassen. Zum Glück hatte ihre Vernunft sie davor bewahrt, einen Fehler zu begehen. Er gehörte zu Claudia, die ein glamouröses Leben gewöhnt war. Sie könnte die Rolle der Baronin mit Bravour erfüllen. Aber würde

Christian mit ihr glücklich werden? Sie kannte Claudia gut genug, um das zu bezweifeln. Christian war ein warmherziger, leidenschaftlicher Mann mit viel Humor.

Seit ihrer ersten Begegnung in Venedig liebte sie Christian. Doch ihr Traum von einer gemeinsamen Zukunft würde sich niemals erfüllen.

Amelie schaute auf ihre Uhr und erschrak. Da hatte sie doch jetzt die Zeit vertrödelt. Hastig schnappte sie sich die Reisetasche vom Bett und rannte aus dem Zimmer.

Draußen im Hof fuhr ein Auto vor, was sie daran erinnerte, dass sie noch kein Taxi gerufen hatte. Sie eilte die breite Treppe zur Schlosshalle hinab. Auf halber Höhe kam ihr Tomas Castanos entgegen, wie immer perfekt gestylt in einem hellgrauen Anzug und grüner Seidenkrawatte. Sie konnte jetzt nicht einfach an ihm vorbeistürmen, vor allem nicht, als er lächelnd auf sie zukam. Schließlich würde es ohne ihn keine Präsentation und Vermarktung über Castanos geben.

»Frau Stolze, Sie reisen ab? Schade, wir hatten kaum Zeit, einander kennenzulernen.«

»Buona sera, Signore Castanos. Ja, das ist wirklich schade. Bitte, ich möchte nicht unhöflich sein, aber ich bin schrecklich in Eile. Ich muss noch den letzten Zug nach Bremen erreichen.«

»Bringt Sie jemand zum Bahnhof?« Seine Besorgnis überraschte sie.

»Ich wollte mir gerade ein Taxi rufen.«

»Wann fährt denn Ihr Zug genau?«

»In einer guten Stunde.«

»Das könnte knapp werden. Wissen Sie, ich hätte da einen besseren Vorschlag.« Amelie horchte auf und war gespannt darauf, was er ihr sagen würde.

»Ja? Was denn für einen?«

»Sie können Claudias Wagen nehmen. Ich habe ihn gerade eben im Hof geparkt. Der Tank ist fast voll. Oder haben Sie keinen Führerschein?« Er zog einen Schlüssel aus der Tasche und hielt ihn ihr vors Gesicht. Sein Angebot verschlug ihr die Sprache.

»Doch, doch, natürlich. Das ist wirklich sehr nett, ich weiß gar nicht, was ich sagen soll und ob ich das annehmen kann.«

Weil sie sich kein Auto leisten konnte und nur hin und wieder Vaters alten Opel fuhr, fehlte ihr ein wenig die Übung. Deshalb fuhr sie nur ungern fremde Autos, besonders so schnittige, wie Tomas und Claudia besaßen.

»Ich bestehe darauf. In meiner Firma sind wir alle eine große Familie und helfen einander.« Noch immer zögerte sie, sein Angebot anzunehmen. Da drückte er ihr den Schlüssel in die Hand.

»Der Wagen hat ein Navi, falls Sie deshalb zögern.«

»Aber Claudia braucht ihn doch sicherlich.« Sicher wäre seine Tochter nicht gerade begeistert, wenn sie erführe, dass sie mit ihrem Wagen nach Bremen gefahren war.

»Darüber machen Sie sich mal keine Sorgen. Ich sage ihr Bescheid.«

Irgendetwas in seinem Blick ließ sie dennoch zögern. »Und wie kann ich Ihnen den Wagen zurückbringen?« Irgendwie musste sie ihn ja wieder zurückgeben.

»Einer meiner Angestellten wird ihn aus Bremen abholen. Wie Sie sehen, ist das alles kein Hindernis.«

Amelie schaute auf die Uhr. Verdammt, sie hatte mit dem Gespräch hier weitere kostbare Minuten verplempert. Ehe ein Taxi käme, um sie abzuholen, wäre sicher noch eine Viertelstunde vergangen. Noch eine Nacht auf Güldenstein bleiben wollte sie auch nicht. Außerdem käme sie in Hannover sicherlich in den Feierabendverkehr, und für Stau war wirklich keine Zeit mehr. Alles sprach dafür, Castanos Angebot anzunehmen.

»Von hier sind es nur wenige Kilometer bis zur Autobahn.« Er versuchte sie zu überreden. Wollte er sich bei seiner neuen Designerin einschmeicheln, oder war er wirklich immer so hilfsbereit?

Egal, Castanos hatte ihr das Auto schmackhaft gemacht.

»Ich glaube, ich bin zu spät dran und muss wirklich mit dem Wagen fahren.« Es war ihr unangenehm, aber es war mittlerweile die einzige Chance, heute noch nach Bremen zu kommen.

»Sehen Sie. Dann lassen Sie sich nicht länger von mir aufhalten.

Wir sehen uns dann spätestens in Milano. Ich wünsche Ihnen eine angenehme Fahrt.« Zum Abschied reichten sie sich die Hände, dann lief Amelie hinaus zum Wagen.

Draußen traf sie Christians Sekretär Schmiedel, der sich offensichtlich bereits im wohlverdienten Feierabend befand, denn er hatte seinen Anzug in Jeans und Sweatshirt getauscht. »Hallo, Frau Stolze. Sie verlassen Güldenstein? Das ist schade.«

»Ja, ich muss leider noch heute nach Bremen zurück.«

»Soll ich Sie vielleicht fahren?«, bot er ihr an.

»Das ist nett von Ihnen, vielen Dank. Aber Signore Castanos hat mir gerade den Wagen seiner Tochter geliehen.«

Schmiedel blickte sie verdutzt an.

»Sie meinen jetzt aber nicht Tomas Castanos?«

Seine Frage irritierte Amelie. »Doch, ja, Tomas Castanos. Wieso fragen Sie? Stimmt etwas nicht?« Plötzlich verspürte sie ein seltsames Magenkribbeln. Weshalb stellte Schmiedel ihr solch eine komische Frage?

»Ich wundere mich nur, denn Signore Castanos ist mit den Wagen immer sehr eigen. Sie verstehen, was ich meine? Er lässt niemanden an sie heran, nicht mal zum Waschen. Aber sicher genießt eine solch talentierte Designerin wie Sie einen besonderen Status bei ihm.« Er zwinkerte ihr lächelnd zu. Es schmeichelte Amelie, dass Castanos ihr vertraute. Tilda wäre jetzt an ihrer Stelle sicher argwöhnischer. Aber vielleicht war er zu Leuten, die mit ihm zusammenarbeiteten, hilfsbereiter?

»Ja, vielleicht.«

Amelie, die nur noch nach Hause wollte, verabschiedete sich von Schmiedel und lief zu Claudias Wagen.

Der Kofferraum des Porsches war so schmal, dass ihre Reisetasche genau hineinpasste. In solch einem eleganten Gefährt mit Ledersitzen und Wurzelholz hatte sie noch nie gesessen. Sie sank auf den Sitz und steckte den Zündschlüssel ins Schloss. Aus dem Augenwinkel bemerkte sie einen braunen Umschlag auf dem Beifahrersitz. Sie war versucht hineinzusehen. *Nein, es ist nicht deiner und du hast nicht das Recht dazu.* Der Motor war angenehm leise.

Während er lief, tippte sie die heimatliche Adresse ins Navi ein. Als die weibliche Stimme des Gerätes ihr bestätigte, dass die Route gestartet worden war, legte sie vorsichtig den Gang ein und fuhr los. Schnell stellte sich bei Amelie ein Hochgefühl ein, denn es war ein Genuss, diesen Flitzer zu fahren.

Bis zur Autobahn waren es gut zwanzig Kilometer mit einem sehr kurvigen Streckenabschnitt. Nach wenigen Kilometern jedoch bemerkte Amelie erschrocken, dass der Wagen beim Bremsen verzögert reagierte. Sie schob es darauf, dass das Fahrgefühl für sie ungewohnt war, und fuhr weiter. Bei der nächsten Kurve verhielt es sich ähnlich. Sie drosselte das Tempo zum Ärger der nachfolgenden Wagen. Aber das war ihr egal. Dann verflüchtigte sich das Gefühl, und sie gewann mehr Sicherheit. Die Fahrt verlief angenehm, bis sie einen Traktor vor sich hatte, der über die Landstraße tuckerte. Zunächst traute Amelie sich nicht, ihn zu überholen. Auf keinen Fall wollte sie etwas mit dem fremden Wagen riskieren. Bestimmt würde Claudia die Reparaturkosten von ihr fordern. Doch als die anderen Wagen hinter ihr permanent hupten oder an ihr vorbeizogen, packte auch sie der Ehrgeiz. Bei der nächsten Gelegenheit blinkte sie, scherte aus und trat das Gaspedal durch. Der Wagen schoss nach vorn. Ein LKW kam ihr entgegen. Aber sie hatte genügend Zeit, die Fahrspur zu wechseln. Bei der Wendig- und Schnelligkeit des Wagens war es ein Leichtes, am Traktor vorbeizuziehen. Die nächste Kurve folgte schneller als gedacht. Rechts ging es steil bergab zu einem Feld. Amelie trat auf die Bremse, weil sie vor der Kurve langsam wieder auf ihre Spur hinüberziehen wollte, aber der Wagen reagierte nicht, sondern brauste unverändert weiter. Schweiß brach ihr aus, und ihr Puls schoss in die Höhe. Sie schaltete einen Gang nach unten und noch einen, der LKW kam unaufhaltsam näher. Von Panik erfasst, riss sie das Steuer zu heftig nach rechts, der Wagen durchbrach die Leitplanke und flog den Abhang hinunter aufs Feld, wo er sich überschlug. Amelie schrie verzweifelt auf und schickte ein Stoßgebet gen Himmel. Als der Wagen irgendwo aufprallte, versank ihr Geist in einem schwarzen Nichts.

38.

Nachdem Claudia gegangen war, wollte Christian gerade Tomas aufsuchen, als es an der Tür klopfte.

Auf sein »Herein!« trat Andreas Schmiedel ein.

»Bitte entschuldigen Sie, Herr von Güldenstein. Aber … ich dachte, Sie sollten es wissen …«, druckste der Sekretär herum.

»Haben Sie nicht schon Feierabend?«

»Ja«, bestätigte Schmiedel und rieb sich verlegen den Nacken.

»Raus mit der Sprache, Schmiedel«, ermunterte Christian.

»Ich habe ein ungutes Gefühl. Sie kennen doch Signore Castanos. Der ist immer sehr eigen, wenn es um seinen Wagen oder den seiner Tochter geht. Doch heute hat er Frau Stolze den Wagen seiner Tochter geliehen. Für die Rückfahrt nach Bremen.«

Das Blut wich aus Christians Gesicht. Claudia hatte vorhin erwähnt, dass sie nicht in Siena gewesen wäre, weil sie Probleme mit ihrem Wagen gehabt hätte.

Blanke Angst um Amelie packte ihn. Hatte Tomas nichts davon gewusst? Ein schlimmer Gedanke schoss ihm in den Sinn, Tomas könnte vor nichts zurückschrecken, wenn es um seine Tochter ging. Aber so war er nicht. Oder?

»Sind Sie sicher?«

»Absolut«, bestätigte der Sekretär. Christian schluckte.

»Ist Frau Stolze noch hier?«, fragte er Schmiedel.

Der schüttelte den Kopf. »Nein, ich habe sie vor einer Viertelstunde wegfahren sehen. Kann ich helfen?«

Christian sprang vom Stuhl auf. Er musste Amelie sofort nachfahren. Er wusste nicht, was am Wagen defekt war. Vielleicht konnte er Schlimmeres verhindern.

»Ich brauche meinen Wagen. Schnell, kommen Sie!«

Schmiedel wurde blass. »Selbstverständlich.«

Der Sekretär wandte sich um und rannte aus dem Zimmer. Christian stürmte hinter ihm her.

In der Halle traf er auf Tomas und Claudia auf der Treppe zum Westflügel.

»Tomas!«, rief Christian und rannte auf ihn zu. Castanos wandte sich lächelnd um. »Ja, was gibt's?«, fragte der Unternehmer gelassen. Christian packte den viel kleineren Mann am Revers.

»Hast du Amelie Claudias Wagen gegeben? Antworte!«, brüllte er den Kleineren an. Tomas antwortete nicht sofort, sondern lächelte hämisch.

Claudia erbleichte. »Papa, stimmt das? Du weißt doch, die Bremsen sind defekt«, mischte sie sich erschrocken ein.

Christians Angst um Amelie wuchs mit jedem Atemzug.

»Ach«, antwortete Tomas, machte eine wegwerfende Geste mit der Hand und sah seine Tochter mit hochgezogenen Augenbrauen an. Claudia riss entsetzt den Mund auf.

Christian geriet außer sich vor Wut. »Wenn Amelie etwas passiert, dann gnade dir Gott«, stieß er hervor. »Was bist du nur für ein Mensch, der rücksichtslos das Leben eines anderen riskiert?« Das hätte er Tomas nie zugetraut. Alles, was er für ihn empfand, war Abscheu. »Sie ist nicht älter als deine Tochter!«

Doch Tomas lachte nur.

»Du widerst mich an, Tomas!«

»Das habe ich nicht gewollt, Chris. Ehrlich«, stammelte Claudia und schlug die Hände weinend vors Gesicht. Zum ersten Mal zeigte sie Mitgefühl.

»Herr von Güldenstein, Ihr Wagen!«, rief Schmiedel ihm vom Eingang zu.

Er musste zu Amelie, die in Gefahr schwebte. Vielleicht war noch nicht alles zu spät. Christian ließ von Tomas ab. »Wir sind noch nicht fertig.«

Er rannte zu Schmiedel und raunte ihm zu: »Rufen Sie gleich die Polizei und behalten Sie die beiden im Auge!«

Der Sekretär nickte. »Jetzt hat der Fluch Sie auch ereilt.«

Christian lief es bei seinen Worten eiskalt den Rücken hinunter. Doch vielleicht konnte er ein Unglück abwenden. Er fuhr vom Hof, sodass der Kies nur so spritzte.

Seine Hände umklammerten das Lenkrad, dass das Weiße seiner Knöchel zu sehen war. In halsbrecherischem Tempo folgte er der Landstraße. Er war vor Angst fast wahnsinnig. Schmiedels Worte hallten in seinem Kopf. »Jetzt hat der Fluch Sie auch ereilt.« Er dachte an Ferdinand. Sollte sich tatsächlich alles bewahrheiten? Würde er Amelie heute verlieren? Was sollte er ihrem Vater, ihrer Schwester und auch Tilda erklären, falls ihr etwas zustieße? Alle würden ihm die Schuld dafür geben. Es dämmerte bereits, als er von Weitem ein Blaulicht sah. Eine eisige Hand umfasste sein Herz. Amelie!

Je näher er sich der Unfallstelle kam, desto größer wurde seine Angst. Der Rettungswagen parkte am Straßenrand, dahinter die Polizei und zwei andere Wagen. Christian hielt hinter ihnen am Straßenrand. Kaum hatte er den Motor ausgestellt, sprang er aus dem Wagen und rannte zur Unfallstelle.

»Amelie! Amelie!«, schrie er verzweifelt, als er Claudias Wagen erkannte, der völlig demoliert auf dem Dach lag.

»Sie können hier jetzt nicht durch!« Ein kräftiger Arm vor der Brust stoppte Christian. Ein bärtiger Polizist stand vor ihm und schüttelte den Kopf. »Treten Sie bitte zurück.«

»Aber ich muss dorthin! Verstehen Sie?«, schrie Christian verzweifelt. Der Polizist sah ihn fragend an. »Bitte, in dem Wagen sitzt die Frau, die ich liebe! Ich muss zu ihr, muss wissen, wie es ihr geht!« Erst im Nachhinein wurde ihm bewusst, dass er seine Gefühle eben laut ausgesprochen hatte. Ja, er liebte Amelie mit jeder Faser seines Herzens.

»Sie ist nicht mehr dort unten«, erklärte ihm der Gesetzeshüter, deutete auf Claudias Wagen und dann hinter sich, »sondern im Krankenwagen.«

»Danke.« Sofort rannte Christian dorthin. Die Heckklappe stand offen, zwei Sanitäter schoben Amelie gerade mit der Trage in den Wagen. Ein weiterer Sanitäter sowie ein Mann in einer rot-neongelben Jacke mit einem Stethoskop um den Hals standen daneben und gaben Anweisungen.

»Wie geht es Ihr?«, fragte Christian atemlos den Mann mit dem Stethoskop, in dem er den Arzt vermutete.

»Wer sind Sie?«, kam prompt die Gegenfrage.

»Ihr Freund. Baron von Güldenstein.« Der Sanitäter neben ihm, ein junger Mann Anfang zwanzig mit blondem Strubbelhaar, drehte sich zu ihnen um. Christian erkannte in ihm Schmiedels Neffe Torben wieder.

»Ist okay. Ich kenne ihn, Doc, das ist der neue Baron«, bestätigte Torben und nickte Christian lächelnd zu.

»Also gut. Sie hat Rippenbrüche und vielleicht innere Blutungen. Wir bringen sie jetzt nach Hannover in die Unfallklinik. Sie hat verdammtes Glück gehabt. Kommen Sie, steigen Sie ein, wir dürfen keine Zeit verlieren.«

Christian folgte der Aufforderung und kletterte zu Amelie und dem Arzt in den Rettungswagen.

Beim Anblick ihres bleichen, blutverschmierten Gesichts zerriss es ihm das Herz.

Er verbot sich, an ihren Tod zu denken. Jemand klopfte energisch an die noch geöffnete Hecktür des Rettungswagens. Es war der bärtige Polizist, der eben noch Christian davon abgehalten hatte, zu Claudias Wagen zu laufen. In der Hand hielt er ihre Reisetasche und einen braunen Umschlag.

»Die Sachen Ihrer Freundin. Ich dachte, Sie möchten sie vielleicht mitnehmen.« Er drückte beides Torben an der Tür in die Hand. »Bekommen Sie später«, teilte der Christian mit und verstaute die Sachen in einer Box. Die Sirene des Rettungswagens ertönte, und sie preschten davon.

Christian tigerte den Flur vor der Notaufnahme auf und ab. Er war bereits beim vierten Becher Kaffee, den er sich gezogen hatte. Die Ungewissheit über Amelies Zustand machte ihn fertig, er fühlte sich elend. Da erinnerte er sich an das Kuvert, das ihm der Polizist gebracht hatte, und zog es aus Amelies Reisetasche.

Neugierig riss er den Umschlag auf und zog die Fotokopie mit den Schachspielzügen heraus. Christian erstarrte, als er es wiedererkannte. Das Gleiche hatten er und sein Vater erhalten. Doch das hier war das Original. Auf der Rückseite war eine handschriftliche Notiz. Er kannte die Schrift von zahlreichen Verträgen. Tomas hatte nicht nur den Anschlag auf Amelie verübt, sondern hatte damit bereits die Furcht vor dem Fluch bei seinem Vater schüren wollen. Sicher hatte er schon lange geplant, die Unternehmen zu vereinen.

Hatte Tomas den Umschlag im Wagen übersehen? Oder Claudia? Oder war er bewusst dorthingelegt worden?

Und er hatte geglaubt, dass Tomas freundschaftliche Gefühle für Vater und ihn empfunden hatte. Alles nur wegen Geld und Macht.

Erschüttert sank er auf die Wartebank.

Nach einer gefühlten Ewigkeit wurde die Tür aufgeschoben, und eine Frau im weißen Kittel mit dem Arztschild an ihrem Revers kam auf ihn zu. »Dr. Schmidt«, stellte sie sich vor. »Sie sind der Freund von Frau Stolze?«, fragte sie lächelnd.

Christian nickte. »Wie geht es ihr?«

»Sie ist vor ein paar Minuten aufgewacht. Innere Blutungen haben sich zum Glück nicht bestätigt. Aber sie hat drei gebrochene Rippen, eine Gehirnerschütterung und ein Schleudertrauma. Sie hatte wirklich einen Schutzengel.«

Christian fiel ein Stein vom Herzen. »Darf ich zu ihr? Bitte.«

Die Ärztin furchte die Stirn. »Ihre Freundin braucht vor allem Ruhe. Wenn Sie mir versprechen, nur fünf Minuten bei ihr zu bleiben, lasse ich Sie ausnahmsweise zu ihr.«

»Versprochen«, antwortete er. Sie schob die Tür auf, dass er eintreten konnte.

Außer ihm waren noch zwei Krankenschwestern im Raum, die Amelie versorgten. Langsam trat er neben das Krankenbett. Sie hatte die Augen geschlossen. Ihr Haar war blutverklebt. Sie so bleich und zerbrechlich zu sehen, ging ihm sehr nahe.

Im Geist sah er die strahlende Frau vom Karneval vor sich.

In ihrem Rokokokleid und der Maske. Sie hatte entzückend ausgesehen. Ihre Augen waren ihm als Erstes aufgefallen. Blau wie das Meer, in das er eintauchen wollte.

Jetzt lag sie hier, still und knapp dem Tod entronnen.

Seine Augen füllten sich mit Tränen. Wie hatte er sich nur für Claudia entscheiden können. Kein Geld der Welt, kein Güldenstein könnte ihm je die geliebte Frau ersetzen. Fast hätte er sie für immer verloren. Hatte der Fluch auch sie ereilt? Und weshalb waren sie ihm entronnen? Oder war es nur der Anfang vom Ende?

Als er behutsam ihre Hand nahm, schlug sie die Augen auf.

»Christian«, flüsterte sie und lächelte. Sie wollte weiterreden, aber er schüttelte den Kopf.

»Sag jetzt bitte nichts.«

Er strich ihr sanft über die Wange. Eine Träne quoll aus seinem Auge und tropfte auf sie herab. Sie zu verlieren, hätte er sich nie verzeihen können.

»Amelie, kannst du mir verzeihen?«

»Es gibt nichts zu verzeihen, Christian.«

»Doch, ich war so dumm … Als du dich damals nach Venedig nicht bei mir gemeldet hast, war ich verzweifelt und zutiefst gekränkt. Ich war mir sicher, dass du den Zettel gefunden haben musstest, und dachte, dass du nichts mehr von mir wissen willst. Aber vorhin habe ich befürchtet, dich für immer zu verlieren. So wie Ferdinand seine Berte. Und ich habe endlich begriffen, dass ich dich liebe. Mein verfluchter Stolz und der Fluch standen die ganze Zeit zwischen uns. Jetzt verspreche ich dir, dass nichts und niemand uns mehr trennen wird.« Dann beugte er sich zu ihr hinunter und küsste sie zart auf den Mund.

Epilog

Angelockt vom süßen Duft der Zitrusbäume schritt Amelie den schmalen Weg zwischen den buchsbaumgesäumten Rabatten auf die Orangerie des Palais zu. Auch heute Morgen war der Himmel wolkenlos und versprach einen wunderbaren Frühsommertag. Singvögel zwitscherten von überallher. Am Beckenrand der Springbrunnenfontäne nahmen sie ihr erstes Bad vor der drückenden Hitze. Umrahmt von den alten Mauern herrschten noch angenehme Temperaturen. Seitdem Amelie vor ein paar Wochen aus dem Krankenhaus entlassen worden war, nutzte sie deshalb jeden Morgen für einen Spaziergang durch den Schlosspark. Ein Lächeln huschte über ihre Lippen, als sie den Ring an ihrer rechten Hand spürte. Ihr Ehering. Christian hatte ihn selbst geschmiedet, zwei ineinander verschlungene Kordeln, die einen Rubin umrahmten. Die beiden Kordeln symbolisierten ihrer beider Leben, und der rote Stein ihre Liebe. Seit einer Woche war sie Christians Frau und Baronin von Güldenstein. An Namen und Titel musste sie sich erst noch gewöhnen. Sie waren für sie nicht wichtig, sondern der Mann an ihrer Seite, den sie aus tiefstem Herzen liebte. Entgegen der Erwartungen ihrer Kunden und Geschäftspartner hatten sie im engsten Familienkreis in der kleinen Kapelle des Palais geheiratet. Zu ihrer großen Freude hatten Laura und ihr Vater sich vor allem dank Eva nicht fremd gefühlt. Anschließend hatten sie im Festsaal des Palais diniert. Es war für Amelie der schönste Tag in ihrem Leben gewesen.

Als Amelies Rippen wieder schmerzten, setzte sie sich auf die Teakbank vor der Orangerie, um es hochzulegen, und ließ ihren Blick über den Teil des Gartens schweifen, den Christian besonders liebte. Tief sog sie den Zitrusduft ein, den die Blüten der Kübelpflanzen verströmten. Christian hatte sie gefragt, ob sie sich vorstellen könnte, für immer auf Güldenstein zu leben. Wie konnte er nur fragen? Für sie gab es keinen schöneren Platz auf Erden. Vom ersten Moment an hatte sie das Palais ins Herz geschlossen. Im Erdgeschoss des Westflügels hatten sie eine neue Werkstatt und einen Laden ausbauen lassen. Seit zwei Wochen saß sie wieder regelmäßig auf dem Drehstuhl und kreierte neuen Schmuck. Nach ihrer Kollektion Venezia, die wie eine Bombe eingeschlagen war, hatten bereits zwei neue Designs Furore gemacht, von denen eine bald auch im Laden ihres Vaters verkauft werden sollte. Es war Christians Idee gewesen, den Bremer Laden ins Unternehmen einzugliedern. Seitdem verkaufte sich der Schmuck wie verrückt. Stolz hatte ihr Vater am Telefon geklungen, und glücklich, als er ihr die Bestellungen für die neuen Schmuckstücke angekündigt hatte.

Amelie seufzte zufrieden. Alles hatte sich zum Guten gewendet. Auch für Claudia, die nach dem Anschlag auf Amelie sehr gelitten hatte. Claudia hatte den Umschlag mit den ausgedruckten Schachspielzügen in ihrem Wagen gefunden. Weil sie Christian davon erzählen wollte, war es zum Streit zwischen Vater und Tochter gekommen. Tomas hatte den Umschlag in ihrem Wagen deponiert, damit sie als Schuldige dastand. Er hatte Claudia gedroht, sie nicht mehr finanziell zu unterstützen, wenn sie Christian von dem Umschlag erzählen würde. Claudias schlechtes Gewissen hatte es nicht zugelassen, dass sie Amelie im Krankenhaus besuchte. Aber sie hatte ihr einen Brief geschrieben, in dem sie ihr erklärt hatte, sich ihres Vaters zu schämen und dass sie Christian freigegeben hatte.

Amelie war ein Stein vom Herzen gefallen. Danach gab es eine Aussprache zwischen ihrem Mann und Claudia, die den geschlossenen Fusionsvertrag zerrissen und gleich darauf für nichtig hatte erklären lassen. Ein neuer Vertrag mit dem Firmennamen Güldenstein & di Clementi wurde unterschrieben, in dem vereinbart wurde, dass Claudia als stille Teilhaberin der Firma erhalten bliebe. Flavio übernahm die Geschäftsleitung des ehemaligen Castanos-Konzerns und arbeitete nun gleichberechtigt mit Christian zusammen. Von den satten Gewinnbeteiligungen des Unternehmens finanzierte Claudia ihr luxuriöses Leben, das sie von einem Ort zum nächsten auf der Welt trug. Gerüchten zufolge hatte sie gerade eine Affäre mit einem englischen Adligen. Das traute Amelie ihr durchaus zu.

Claudias Vater, Tomas Castanos, hatte Schmiedel leider entkommen können. Wenige Tage nach Fahndungseinleitung wurde er auf dem Flughafen in Buenos Aires festgenommen. Das Gericht verurteilte ihn wegen versuchten Mordes zu fünfzehn Jahren Haft, die er in Rom verbüßte.

Amelies Handy vibrierte. Sie zog es aus der Hosentasche und sah aufs Display. Es war Tilda, die sie fragte, ob sie aus dem Gartenmarkt noch eine Flasche Pflanzendünger mitbringen sollte. *Ja*, tippte Amelie schmunzelnd ins Handy und fügte ein Smiley hinzu. Sie war glücklich, dass die Freundin wieder auf Güldenstein wohnte und sie jeden Tag wie in alten Zeiten plaudern konnten.

Nur ihre Schwester Laura vermisste sie sehr. Aber die war zu sehr mit der Buchhandlung beschäftigt, die sie vor Kurzem übernommen hatte, und fand kaum die Zeit für einen Besuch. Aber Laura ging es nach der Trennung von Markus besser. Amelie hatte schon befürchtet, dass ihre Schwester sich im Kummer vergraben würde. Doch zum Glück hatte sie die Verantwortung für den Buchladen so beansprucht, dass es ihr leichter fiel, ihren Liebeskummer zu vergessen.

Schritte erklangen neben ihr auf dem Kies des Schlosshofes. Amelie blickte auf und erkannte Emanuel, der einen Umzugskarton in seinen Wagen wuchtete. Er und Eva bezogen gerade ihr neues Apartment im Schloss Sophiengarten. In zwei Tagen wollten sie die alte Porzellanmanufaktur wiedereröffnen, die sein Großvater damals geschlossen hatte. Neben der Dekormalerei hing Evas Herz auch an dem prachtvollen Garten des Schlosses. Mit einem Gärtner hatte sie die alten Pflanzpläne durchgesehen, um die Beete nach diesen Vorbildern wieder neu anzulegen. Es hatte sogar schon eine erste öffentliche Führung durch den fertigen Staudengarten stattgefunden. Amelie hatte den Garten bereits vorher betreten dürfen und war von der Blütenvielfalt und deren Fülle beeindruckt gewesen. Der Anblick hatte sie bereits zu einer weiteren neuen Kollektion inspiriert.

Ihr Leben hatte jetzt seinen Mittelpunkt gefunden. Das Glück mit Christian war unbeschreiblich, würde da nicht noch immer der Fluch über ihnen schweben, von dem sie nur wenig wussten. Ihre Hoffnung ruhte auf den Schultern von John Lane, der sich dazu bereit erklärt hatte, Christian und sie bei der Suche nach der Wahrheit zu unterstützen.

Irgendwann, da war sich Amelie sicher, würden sie gemeinsam herausfinden, was wirklich geschehen war, und vielleicht auch, wie der Fluch ein für alle Mal abgewendet werden könnte.

»Amelie?« Christian war von seinem Besuch bei einem Edelsteinhändler zurückgekehrt. Noch immer klopfte ihr Herz schneller beim Klang seiner Stimme. Es war Zeit, den Schlosspark zu verlassen und sich ihm zu widmen. Das Leben war zu kurz, um es nicht zu genießen.